LA MAESTRA NORMAL

COLECCION TEXTOS

EDICIONES UNIVERSAL, Miami, Florida, 1991

MANUEL GALVEZ

LA MAESTRA NORMAL

Edición,
estudio preliminar y notas

de

MYRON I. LICHTBLAU

P.O. BOX 450353 (Shenandoah Station)
Miami, FL, 33245-0353. U.S.A.

PQ
7797
.G25
M25
1991

© Copyright by Lucía Gálvez de Tiscornia
Derechos reservados de Lucía Gálvez de Tiscornia,
nieta del autor, Manuel Gálvez.

Derechos de la introducción y notas de esta edición crítica, de Myron I. Lichtblau.

Library of Congress Catalog Card No.: 90-83956
I. S. B. N.: 0-89729-580-3

PREFACIO

Despertó mi interés en Manuel Gálvez la lectura de *La maestra normal* que debí leer como parte de un curso dictado por el gran novelista peruano Ciro Alegría en Columbia University en el verano de 1946. A lo largo de más de cuarenta años este interés no ha menguado. Aunque la reputación de Gálvez ha sufrido algo desde su muerte en 1962, no por ello ha perdido el lugar destacado que ocupa en el desarrollo de la novela argentina. El objetivo de este libro, pues, es presentar por primera vez una edición crítica de *La maestra normal*, una de las obras de mayor envergadura de Gálvez y que está entre los mejores ejemplos de la novela realista en Hispanoamérica. En las ocho ediciones de la novela que he examinado, no noté variantes de suficiente importancia como para cotejarlas aquí. Por ser la más reciente, escogí para el texto la edición de Losada, 1964, que desde hace cuatro años está agotada. Espero que esta edición de *La maestra normal* que he preparado sea útil al profesor especialista, al estudiante, y a todo lector que tenga interés en las letras hispánicas.

La realización de este volumen se debe en gran parte a la generosa ayuda de Syracuse University, que en 1987 me proporcionó los fondos necesarios para llevar a cabo mi obra de investigación en la Argentina, en las ciudades de Buenos Aires, Córdoba, y La Rioja. Deseo también hacer constar mi profundo agradecimiento a muchas personas que facilitaron mi trabajo: a Raúl Castañino, Presidente de la Academia Argentina de Letras, que me concedió autorización para consultar la vasta colección de materiales en la "Sala Gálvez"; a Amelia Sánchez Garrido, director de la biblioteca de la Academia, y a María Carmen Maritato, bibliotecaria, por su gentileza y sus excelentes servicios profesionales. Quedo agradecido también a Marcelina Jarma, bibliotecaria de la Biblioteca Nacional, por hacerme accesible el acopio de viejos periódicos y revistas almacenados en la hemeroteca.

Debo mencionar en forma muy especial a Raquel Romeu, profesora de LeMoyne College, por haber leído el manuscrito y ofrecido numerosas sugerencias estilísticas.

M.I.L.
DeWitt, N.Y.

ESTUDIO PRELIMINAR

La obra de Manuel Gálvez (1882-1962) es la máxima expresión de la novela realista en la Argentina, partiendo de un concepto que exige la fiel reproducción de una realidad dentro de la visión objetiva del novelista. Tanto en sus novelas de Buenos Aires y de las provincias como en sus novelas históricas, Gálvez ve el ambiente como lo reproduce la cámara, observando la escena y los detalles y registrándolos de la manera más directa e inequívoca posible. La realidad galvesiana es como la de un cronista que testimonia los sucesos acaecidos en su país en torno a diversos grupos de personajes que habitan este ambiente.

Gálvez fue el primer novelista que reveló artísticamente toda la gama de la sociedad argentina. Es verdad que lo precedió Carlos María Ocantos (1860-1949) con la larga serie de *Novelas Argentinas*, pero por su prosa que tan poco refleja la escena americana no logró crear una literatura nacional con que el público pudiera identificarse. Desde la segunda década de este siglo hasta la segunda Guerra Mundial, Gálvez fue el novelista más importante de la Argentina, con treinta y una obras de ficción que representan la vida argentina, desde el espíritu liberal y materialista de la capital hasta el letargo y conservadorismo de La Rioja, desde las luchas ideológicas de los intelectuales y los artistas hasta los jugadores de caballos, desde la opulencia de los ricos hasta la degradación de las prostitutas. En algunas obras Gálvez se revela también defensor ardiente de la fe católica, y en otras severo moralista que castiga a los pecadores y premia a los creyentes. Con más arietes que ningún otro novelista antes, Gálvez atacó los males del país - la indiferencia de los porteños hacia los valores culturales y espirituales, la relajación del código moral y sexual, el atraso de la vida provinciana, el falso patriotismo, la hipocresía y la pretensión.

Difícil será afirmar que Gálvez haya sabido crear grandes personajes, pero supo crear grandes ambientes y colocar en ellos una rica variedad de interesantes tipos humanos. El retrato de La Rioja es muy superior al de Raselda o al de Solís en *La maestra normal*; el retrato de Córdoba bajo la dominación de los Jesuitas es más convincente que el retrato de la vida atormentada del joven Flores en *La sombra del convento*. La insensible sociedad porteña es la que resalta en *El mal metafísico* y en *Nacha Regules* aún por encima de la angustia y el sufrimiento de sus víctimas.

Gálvez el escritor anterior a *La maestra normal*

Gálvez ya había publicado varios libros cuando vio la luz *La maestra normal* en 1914, alcanzando con esa novela fama inmediata. Dos volúmenes de versos, *El enigma interior* (1907) y *El sendero de humildad* (1909) fueron las primeras obras importantes salidas de su pluma, seguidas de tres colecciones de ensayos que le marcaron como escritor serio de fuertes opiniones y de una tenacidad aún más fuerte para defender y justificar sus creencias. En *El diario de Gabriel Quiroga* (1910), Gálvez aborda temas polémicos de la historia argentina que unos años después había de tratar en sus obras de ficción—federalismo y unitarismo, el papel de la Iglesia, la inmigración, Sarmiento como figura nacional, la pujanza de la capital y el estancamiento de las provincias, la argentinidad y la soberanía nacional frente a las demandas económicas. *El solar de la raza* (1913), tal vez el libro más bello de Gálvez, afirma la gran afinidad cultural y espiritual entre la Argentina y la madre patria. Aquí reúne una docena de bosquejos pintorescos que describen las ciudades y las culturas regionales de España, desde Salamanca a Granada, desde Avila a las Provincias Vascongadas. Aplaudido tanto en España como en Hispanoamérica, *El solar de la raza* fue el primer éxito comercial de Gálvez y contribuyó mucho a que cundiera su fama literaria. Un critico argentino, Luis Gorosito Heredia, escribió que *El solar de la raza* debió convencer a Gálvez que su verdadero talento estaba en la prosa y no en la poesía: "En las descripciones certeras del ambiente social... se ve como el reformador social, el idealista, el critico de las clases privilegiadas y el defensor de los derechos del proletariado."[1] Como novelista, Gálvez pronto ganaría semejantes titulos.

Gálvez y su obra

De una vieja y distinguida familia,[2] Manuel Gálvez nació el 18 de julio de 1882 en la ciudad de Paraná, capital de la provincia de Entre Ríos. Entre sus antepasados figuran Juan de Garay, quien en 1573 fundó la ciudad de Santa Fe y unos años después volvió a fundar la colonia de Buenos Aires; Gabriel de Quiroga, que tuvo un cargo importante en la Inquisición; y Julián de Gálvez, otro oficial de alto rango en el Santo Oficio. En años más recientes, un tío, José Gálvez, fue gobernador de la provincia de Santa Fe; y el padre del novelista fue figura notable en la ciudad de Santa Fe y en la política de la nación.

Gálvez recibió su educación primaria en el colegio La Inmaculada en Santa Fe con los Jesuitas; luego, cursó sus estudios secundarios en el Colegio del Salvador en Buenos Aires. Estudió en la Facultad de Derecho de la Universidad de Buenos Aires, que le concedió el titulo de abogado en 1905. Pero su verdadera vocación fue la literatura y no leyes; por eso escogió para su tesis un tema en el que pudo mostrar su talento narrativo a la vez que satisfizo los requisitos académicos. Este tema, "Trata de blancas," muestra también su temprano interés en los problemas sociales de su pais, en los pobres y los desafortunados, quienes serán luego el núcleo de algunas de sus novelas más acreditadas, como *Nacha Regules*, *El mal metafísico* e *Historia de arrabal*.

Sus primeros esfuerzos literarios datan de 1900, cuando escribió *La conjuración de Maza*, pieza teatral sobre el dictador Juan Manuel de Rosas, y publicó unos artículos para una revista de Santa Fe. En 1903, con Ricardo Olivera, Gálvez fundó *Ideas*, revista de grandes ideales y de poca duración. En 1905, para ensanchar sus horizontes culturales, viajó por Europa, frecuentando los cenáculos literarios donde llegó a conocer a Pardo Bazán, Pérez de Ayala, Valle Inclán, Marinetti, y Darío. De vuelta en Buenos Aires, Gálvez se asoció con otros escritores jóvenes—Ricardo Rojas, Emilio Becher, Alberto Gerchunoff, Mario Bravo. Visitó los cafés, participó en discusiones fogosas sobre la literatura y las artes. En política era liberal e incluso abrazó una suerte de anarquismo. Un tema frecuente, que Gálvez defendió vigorosamente por sus valores humanitarios y éticos, fue el socialismo cristiano de Tolstoi. Y con igual fervor, atacó a los que frustraban la justicia social: los ricos, la oligarquía, los políticos hipócritas, los terratenientes abusivos. Su joven espíritu de rebelión le condujo a romper con la fe católica en 1905, una decisión contraria a su naturaleza que sólo se explica como un acto impulsivo y precipitado para demostrar la magnitud de su descontento con la sociedad que le rodeaba. Su infidelidad duró poco tiempo; volvió a la religión dos años después con una renovada devoción espiritual que quedó impregnada en numerosas novelas como *Miércoles Santo* (1930), *La noche toca a su fin* (1935), y *Perdido en su noche* (1958).

En toda su vida Gálvez ocupó sólo dos puestos no relacionados con su carrera literaria. Desde 1903 a 1905, sirvió de ujier en la Cámara en lo Criminal y Correccional en Buenos Aires. Y este modesto cargo le hizo ver las malas condiciones en que vivían las clases bajas y despertó su interés en la reforma social. Más importante fue su puesto de Inspector de Enseñanza Secundaria y Normal, que ocupó durante veinticinco años, desde 1906 a 1931. Aparentemente este empleo no le robaba mucho tiempo ni energía, pues en este período se las arregló para escribir dieciocho libros, incluso muchas de sus novelas más célebres. Sus giras semianuales de inspección por la Argentina septentrional y central le permitieron conocer directamente la vida provinciana que había de invocar en novelas como *La maestra normal* y *La sombra del convento*.

A Gálvez le interesó mucho promover las letras argentinas y divulgarlas al mundo hispánico. Con este fin fundó en 1917 la Cooperativa Editorial Buenos Aires, siendo su editor durante los nueve años de su existencia. Entre las obras que publicó la Cooperativa están *Raquela* de Benito Lynch, *Cuentos* de Horacio Quiroga, *Dulce daño* de Alfonsina Storni, y *La sombra del convento* del propio Gálvez. Además, en 1919, con objeto de presentar a los lectores argentinos las mejores obras europeas en traducción castellana, Gálvez fundó la Editorial Pax. El primer libro publicado fue *El hombre es bueno* del novelista alemán Leonhard Frank; el segundo fue *Nacha Regules*, que llegó a ser la novela más leída de Gálvez. En 1930, Gálvez fundó el PEN Club y en 1931 vio hacerse realidad su propuesta de que se estableciera una Academia Argentina de Letras. Tres veces, en 1932, 1933 y 1951, Gálvez fue candidato para el Premio Nobel; sus probabilidades de éxito fueron mayores en 1932, pues había salido dos años antes el último volumen de su afamada obra *Escenas sobre la Guerra del Paraguay*.

Gálvez es autor de treinta novelas e igual número de ensayos, de cuentos, poesía, y teatro. En los veinte años a partir de 1914, fecha en que aparece *La maestra normal*, produjo sus novelas más importantes y perdurables. Aunque *La maestra normal* fue su primera novela, es tal vez la mejor que escribió en cuanto a técnica novelesca y creación del ambiente. Siguieron otras que le consagraron como el novelista nacional de la Argentina. *El mal metafísico* (1916), "roman a clef" y portavoz de la generación de Gálvez, pinta la lucha y la desilusión de un grupo de intelectuales ante el materialismo e indiferencia de la gran urbe. En *La sombra del convento* (1917), Gálvez describe la ciudad de Córdoba bajo el dominio jesuita y otras poderosas fuerzas reaccionarias. *Nacha Regules* (1919), novela de tesis, es la historia de una prostituta, víctima de la sociedad que la oprime y redimida por el amor de un hombre. Aun más naturalista es *Historia de arrabal* (1922), relato sórdido de una pobre muchacha forzada a la prostitución por la vileza de un malvado. Símbolo de los males de una sociedad industrializada es el frigorífico, donde los obreros representan las masas explotadas.

De honda penetración psicológica son dos novelas: *La tragedia de un hombre fuerte* (1922), que analiza el alma femenina con gran comprensión y aborda el tema de la soledad interior y la enajenación emocional antes de que lo generalizaran los escritores existencialistas de la promoción posterior; la otra, *Hombres en soledad* (1938), tal vez la novela más enjundiosa en contenido, también trata de la condición solitaria del hombre, esta vez en el contexto de la alta sociedad porteña. John Walker, que ha estudiado con gran profundidad la ideología galvesiana, comenta que este tema de la soledad interior va asociado claramente en dos novelas con el interés de Gálvez en los conflictos nacionales de su país. Escribe Walker: "En *Hombres en soledad* y en *El uno y la multitud* (1955), Gálvez escoge dos episodios históricos, la revolución militar del General Uriburu (1930) y la rebelión del Coronel Perón (1944) respectivamente para tratar el tema de la regeneración política, enlazado con el de la soledad espiritual."[3]

Parte importante de la obra de Gálvez son sus novelas históricas. La trilogía *Escenas de la Guerra del Paraguay* (1928-29) figura entre sus novelas mejor logradas y le ganó fama internacional por su aguda interpretación de aquella contienda entre el triunvirato la Argentina, el Brasil y el Uruguay por un lado y el Paraguay por otro. Más ambiciosa pero de calidad literaria inferior son *Escenas de la época de Rosas* (1931-54), una reconstrucción en siete volúmenes del mando de hierro del hombre que gobernó la Argentina entre 1829-1852 y a quien Gálvez defiende tenazmente como el líder que protegió la soberanía política y económica del país contra enemigos domésticos y extranjeros. El ávido interés que tuvo Gálvez en la historia le llevó a cultivar la biografía, que él consideró una extensión natural de sus obras de ficción. De 1939 a 1948, Gálvez no escribió novelas, dedicándose por completo a la biografía, con estudios de figuras argentinas como Hipólito Irigoyen, Manuel Rosas y Domingo F. Sarmiento, y de próceres hispanoamericanos como el venezolano Francisco de Miranda y el ecuatoriano Gabriel García Moreno. Algunas de sus biografías argentinas revelan claramente el espíritu nacionalista de Gálvez manifestado en: el papel fundamental de la Iglesia que mantiene la esencia del alma argentina y las tradiciones del pueblo; el acato a la ley y al orden quizá por encima de la libertad individual; una leve desconfianza de las culturas anglosajonas; y graves dudas sobre el valor de un gobierno totalmente democrático.

Fin de una larga carrera

La fecundidad de Gálvez fue asombrosa; aún más asombrosa fue la sostenida actividad literaria en sus años avanzados. En 1954, a la edad de setenta y dos años publicó la última novela de la serie sobre Rosas. Publicó también *Las dos vidas del pobre Napoleón*, novela que se aparta de la base realista de todas sus obras anteriores para entrar en el mundo del subconsciente y la imaginación. En 1955 se publicó *El uno y la multitud*, novela que versa sobre el papel de la Argentina en la Segunda Guerra Mundial. Aparécio en 1956 *Tránsito Guzmán*, novela nacida de la indignación que sintió Gálvez cuando grupos peronistas quemaron y saquearon muchas iglesias de la capital durante la noche del 16 de junio de 1956. *En Perdido en su noche*, publicada en 1958, Gálvez volvió a los temas religiosos para presentar las dudas de un joven jesuita que por fin decide abandonar la orden. Y en 1962, un mes antes de su muerte, vio la luz *Me mataron entre todos*, novela que oscila entre la realidad y la imaginación en el caso de un profesor que de repente adquiere la capacidad de adivinar los pensamientos de otros y penetrar en lo más íntimo de su ser.

Pero estas novelas escritas en las postrimerías de su carrera son obra de un escritor cuya pujanza se ha debilitado, cuya luz se ha amortiguado. Con el pasar del tiempo, novelistas más jóvenes captaron la atención del público y fueron el blanco de los elogios de los críticos. Mas en su época Gálvez representó el eje de la novelística argentina, y obras como *Nacha Regules*, *El mal metafísico*, *Hombres en soledad* y *La maestra normal* figuran entre lo más destacado de su vasta producción.

La aparición de La *maestra normal* y la reacción crítica

La génesis de *La maestra normal* se remonta a 1908, cuando Gálvez había comenzado a escribir "La maestrita," que iba a formar parte de una colección de novelas cortas editadas por un español Martínez Orozco. No se realizó nunca esta publicación y Gálvez pronto se dio cuenta de que esta obra en ciernes, tanto por su tema como por el ambiente evocado, podría convertirse en una novela de amplia extensión y alcance. Mas no se puso a escribirla hasta 1912, cuando se le ocurrió la idea de publicar una serie de obras que revelaran diversos aspectos de la sociedad argentina. "La realización de este ambicioso plan," dice Gálvez,'empezó en 1914 con *La maestra normal* y terminó en 1938 con *Hombres en soledad*."[4]

Según nos cuenta Gálvez, *La maestra normal* fue la novela que más sintió, que más le salió de adentro. En primer lugar, Gálvez, aunque pasó la mayor parte de su vida en Buenos Aires, había nacido en Paraná, vivió en Santa fe hasta los quince años, y por temperamento y espíritu siempre se consideró provinciano. También, en el período 1906-1914, Gálvez viajó mucho por las provincias como Inspector de Enseñanza Secundaria y Normal, mezclándose con la gente del pueblo, observando la vida provinciana en sus costumbres y actividades cotidianas, y sobre todo empapándose del funcionamiento del sistema educativo tanto en los colegios nacionales como en las escuelas normales. Para mejor sentir el ambiente riojano, muchas veces tarareaba canciones típicas de la región, como "Vidalita" o "Azahares."

Gálvez escribió *La maestra normal* con gran lentitud, pensando bien cada palabra y cada construcción gramatical antes de asentarlas en el papel. Siguiendo los consejos de Flaubert, a quien admiró grandemente, siempre buscó la palabra justa, la palabra más adecuada para expresar su pensamiento y sugerir el tono deseado. Incluso pronunciaba en voz alta lo que queria escribir para que su prosa tuviera un buen ritmo. Dice Gálvez a este respecto: "La prosa de *La maestra normal* estaba hecha para ser leída en voz alta, según el dogma flaubertiano."[5] Avido lector de las novelas clásicas, Gálvez admite la gran influencia que sobre *La maestra normal* tuvo *Madame Bovary* e incluso afirma con irónico disimulo: "El defecto de *La maestra normal* es el de recordar, aunque vagamente, a *Madame Bovary*. Como *El primo Basilio* de Eça de Queiroz, mi novela desciende también de la formidable obra flaubertiana."⁶ Y añade también, como para buscar la aclamación de la crítica por asociación con los grandes maestros, que hay semejanza entre *La maestra normal* y *El primo Basilio*. Gálvez nos hace saber además que en una encuesta hecha por *La Nación* sobre los diez mejores libros argentinos, figura *La maestra normal* junto con obras como *Facundo*, *Martín Fierro*, y *La gloria de don Ramiro*.

La aparición de *La maestra normal* en octubre de 1914 atrajo la atención del público y de los críticos. Fue comentada en un gran número de periódicos de Buenos Aires y de otras ciudades en la Argentina y provocó no pocas discusiones acaloradas entre los lectores y los críticos profesionales. Ninguna otra novela argentina fue causa de tantas disputas sostenidas entre grupos de diferentes ideologías sociales o políticas. Con temas tan candentes como el normalismo, el sistema universitario, el secularismo y el atraso de las provincias, *La maestra normal* provocó los más hondos odios y las más apasionadas simpatías. Tal era su impacto que el lector no podía permanecer neutral al terminar la novela; tenía que ponerse al lado de Gálvez o en su contra.

La primera noticia sobre *La maestra normal* apareció en un periódico madrileño *El Diario Español* (10 de octubre de 1914), señalando que el autor de la obra ya era conocido por *El solar de la raza* y que su novela estaba "destinada también a un gran éxito." Siguieron a ésta otras muchas referencias periodísticas tanto en España como en la Argentina que elogiaban la novela por sus elementos costumbristas, por la maestría con que Gálvez había pintado el ambiente provinciano. En *La Capital* , periódico de Rosario (21 de noviembre de 1914), leemos: "La nota descriptiva y amena campea, como fruto de una profunda observación de tipos y costumbres, matizada con graciosos pasajes escritos con finura y buen gusto. En el mismo diario, unas semanas después, el 17 diciembre de 1914, apareció otro comentario de un Manuel Núñez Regueir (Electron), quien, en general, alaba la novela por ser fiel a la realidad, afirmando que "hay mucha psicología de ambiente provincial, mucho sentido de la belleza."

Un crítico escribe en *La Acción* de Paraná (22 de diciembre de 1914) que Gálvez es un fino observador de la escena social, quien por sus detalles descriptivos recuerda al español José María de Pereda. Pero, al mismo tiempo, increpa a Gálvez por haber caído bajo la influencia de la escuela naturalista y de autores como Felipe Trigo y Alberto Insúa. Asimismo, otro comentador dice en *El Pueblo* de Buenos Aires (8 de diciembre de 1914) que Gálvez ha rebasado los límites del realismo y "ha desacatado el pudor en la mujer y en algunos trozos llega a la pornografía." En *La Tribuna* de Buenos Aires (8 de diciembre de 1914), un tal R.C. opina que Gálvez ha hecho una labor patriótica al pintar la pobreza y el amodorramiento espiritual de las provincias argentinas, que la novela puede despertar al pueblo riojano y hacerle entrar las brisas del progreso y desarrollo.

En *La Libertad* de Santiago del Estero (30 de diciembre de 1914), el comentarista ve *La maestra normal* como una novela sentimental y costumbrista y cree que Gálvez ha penetrado con mucho acierto en las almas sencillas de la gente provinciana. Y se observa en *La Voz del Interior*, de Córdoba (20 de enero de 1915) que en *La maestra normal* Gálvez, por su dominio de la técnica narrativa, "parece un viejo novelista, hecho a salvar todas las dificultades del género."

Enrique de Loucán, en *La Gaceta de Buenos Aires* (24 de diciembre de 1914), escribió una de las críticas más encomiásticas de *La maestra normal*. Tras decir que con esta novela Gálvez se ha consagrado como novelista, lo vincula a los grandes escritores telúricos, a Joaquín V. González, célebre por su fina evocación de La Rioja en *Mis montañas* (1893) y a Martiniano Leguizamón, autor de *Calandria* (1896) y *Montaraz* (1900). Gálvez nos ha dado, continúa Loucán, "el sabor de la tierra, los pasajes nativos, las costumbres nacionales, donde se encuentra el verdadero carácter del alma de la raza." Reconoce también que el argumento, con su sentimentalismo y cursilería, es inferior a la obra propia, que es "una gran novela argentina" que pinta con gran acierto a estos tipos de La Rioja que "constituyen el sedimento de la dominación española sobre las tribus originarias. De ahí su indolencia y su inferioridad para amoldarse al progreso y a la civilización."

Incluso españoles residentes en la Argentina elogiaron la novela, como lo hizo José Gabriel en *La Unión*, de Buenos Aires (25 de noviembre de 1914). Para Gabriel, pocos eran los libros argentinos que pudieran compararse con *La maestra normal*, sobre todo porque presenta con absoluta fidelidad "la situación tan difícil y abandonada de los humildes maestros de escuela, que parece predestinada a ser eterno cúmulo de desdichas y de vejaciones." En el retrato condenatorio del jefe Albarenque, Gabriel ve al "eterno impostor," cuyo poder autoritario el gobierno federal debe controlar a toda costa. Para no pocos críticos españoles, la novela es un libro pesimista porque Gálvez se deleita pintando las bajezas y la maldad de los personajes. En el mismo periódico, en el número del 22 de noviembre de 1914, encontramos este comentario: "Leyendo a Gálvez recuerda a Valle Inclán. Hay identidad en la elevación del concepto, en las filigranas del estilo, en la fuerza del lenguaje." Y agrega el articulista que Gálvez es superior al novelista español porque afronta directamente los problemas que plantea. En *Revista de Letras* (12 de diciembre de 1914), el reseñador afirma que el lector, aunque lee la novela con gusto, lo hace agobiado por la pesadez del ámbito que se describe, y añade que Gálvez se equivoca al culpar la escuela laica por la caída de la protagonista.

En *La Patria degli Italiani*, de Buenos Aires (30 de noviembre de 1914), Folco Testena escribe que "Egli ci ha dato un libro originale: un libro che é suo. Egli ha scritto il romanzo argentino, il primo romanzo forse che possa dirsi completamente argentino—per l'ambiente, per la favola, per il carattere delle 'dramatis personae.'"

En *El Argentino*, periódico de La Plata (26 de diciembre de 1914), el crítico dice que Gálvez "ha logrado, técnicamente, tocar la perfección, en el dominio del detalle," pero lamenta que sólo se presenten las condiciones adversas de la vida riojana, que no haya ningún aspecto edificante. Le censura a Gálvez la falta de equilibrio entre lo bueno y lo malo.

El modernismo y el naturalismo

Aunque el movimiento modernista todavía era vigoroso en la Argentina cuando salió a luz *La maestra normal* (sólo ocho años antes Enrique Larreta había publicado *La Gloria de don Ramiro*), la prosa de Gálvez no pudo estar más distante del amaneramiento y la artificialidad de los que cultivaron aquel género. Los críticos pronto vieron la limpieza, la diafanidad, lo directo de su estilo y le elogiaron estas cualidades. Núñez Regueira comentó en *La Capital* (17 de diciembre de 1914) que Gálvez tenía un estilo claro, preciso y elegante, "con paleta rica de colorido en las descripciones." El reseñador del diario *La Gaceta de Tucumán*, el 20 de diciembre de 1914, habla de "la corrección del estilo y la facilidad descriptiva." En *La Libertad*, de Córdoba, (4 de enero de 1915), leemos que Gálvez es "un escritor correcto y ameno." El mismo José Gabriel, en *La Unión* antes citado, habla de la "prosa castiza y correcta," de Gálvez, de su "estilo sencillo, natural y sin afectaciones."

Aunque Gálvez niega toda influencia de Emile Zola y la escuela francesa naturalista, *La maestra normal* , así como otras de sus novelas tales como *El mal metafísico* e *Historia de arrabal*, revelan un marcado apego a las doctrinas del naturalismo, sobre todo en lo que se refiere al equilibrio entre la herencia y el ambiente. Sabemos que el culto a

Zola nunca se arraigó fuertemente en Hispanoamérica, salvo en las obras del argentino Eugenio Cambaceres (*Sin rumbo* (1885), *En la sangre*, 1887) y en las del mexicano Federico Gamboa (*Suprema ley*, 1896; *Metamorfosis*, 1899; *Santa*, 1903). En efecto, Gálvez llega muy tardíamente a la fuente naturalista, unos veinte años después de que se habían apagado los fuegos de este movimiento. Además, su fuerte fervor religioso nunca le permitió aceptar totalmente la doctrina determinista que fue tan querida a los escritores naturalistas. Por otra parte, Gálvez siempre vio un rayo de luz, una esperanza, en medio de las adversidades más abyectas, y no quiso mirar con frío desapego las condiciones misérrimas de los pobres y los desafortunados. Asimismo, Gálvez jamás llegó a los excesos del naturalismo al describir explícitamente escenas de violencia, de prostitución, de degradación moral. Sugiere pero no especifica; se para a las puertas del dormitorio, pero no entra.

Mas los críticos querían ver en *La maestra normal* algo escandaloso que ofendía al lector, algo inmoral en su tratamiento de las relaciones entre Raselda y Solís y, sobre todo, en la referencia al aborto que se hizo ella. Para estos críticos, Gálvez había sobrepasado los límites de la verosimilitud realista al retratar las pasiones humanas. Se lee en *La Acción de Paraná* (22 diciembre de 1914) que "A Manuel Gálvez le están reservados grandes éxitos literarios, pero fuera más completo su triunfo si se independizara de escuelas que ya han entrado en desuso por su atrevimiento y amoralidad." *El Pueblo* de Buenos Aires, el 8 de diciembre de 1914, después de elogiarle a Gálvez su pintura de la vida provinciana, le increpa por haber conspirado "contra el mantenimiento del pudor en la mujer" y en algunos capítulos por ser francamente pornográfico. El articulista vio en el desarrollo de la acción novelesca todo lo que "la decencia universal ha condenado en Zola." En *La Gaceta de Tucumán*, el 9 de mayo de 1915, N. Rodríguez del Busto ataca severamente la novela por su vergonzosa obscenidad y sensualismo. "El impudor," dice, "llega a un límite de inconfesable grosería con todo el cariz nauseabundo de la inmoralidad."

En *Humanidad Nueva*, de Buenos Aires (enero de 1915), Arturo Haraux sostiene que uno de los méritos de *La maestra normal* es el retrato de la realidad basada en la directa observación, pero al mismo tiempo reprueba a Gálvez por lo poco desarrollado de la personalidad de Raselda, cuyos pensamientos y conducta no la distinguen mucho de una costurera o una secretaria. Igualmente dispar en sus observaciones sobre la novela, Alvaro Melián Lafinur, en la prestigiosa revista *Nosotros* (Enero 1915, p. 98), afirma que es una de las más logradas novelas por lo que atañe al ambiente, pero critica la obra por su aspecto artístico, notando lo superficial, inconsistente y ridículo de muchos de los personajes. Pero el defecto más grave, escribe Melián Lafinur, es que el novelista sufre de "un exceso de minuciosidad, cae a menudo de lo fotográfico, alejándose de lo pictórico."

Unamuno, Lugones, y *La maestra normal*

La Nación de Buenos Aires, el 3 diciembre de 1914, publicó una crítica bastante favorable de *La maestra normal*, señalando sobre todo el ambiente físico y el realismo de la vida provinciana. "La lectura dejó una impresión de tristeza en el ánimo. Gálvez ama la provincia", añade el articulista, "y la comprende y es capaz de dar de ella una impresión tan honda y tan sincera que en vano se querría desvanecer o debilitar con la contemplación de los hombres mezquinos, egoístas y groseros." Para este crítico, Gálvez muestra un espíritu tendencioso que ataca inmerecidamente al normalismo, sus creencias y sus métodos de enseñanza; además, su Raselda no puede ser representativa de las maestras normales ni es su triste destino típico de las vidas de las maestras en La Rioja o en otras provincias.

Con la aparición de un artículo de Miguel de Unamuno en la misma *La Nación* (8 de junio de 1915), aumentó enormemente el interés del público en *La maestra normal*. El gran escritor español tituló su artículo "La plaga del normalismo" y expresó su acuerdo con Gálvez sobre los males de este tipo de educación, que él conocía bien en su capacidad de rector y profesor en la Universidad de Salamanca. Lo que más le impresionó a Unamuno fue el realismo intrépido de la novela, que contrastaba marcadamente con lo fríamente estético e intelectual de muchas obras de ficción españolas de aquella época. Para otros críticos, sin embargo, este descarnado realismo acusaba una falta de imaginación y de espíritu creador por parte del novelista. Entre éstos últimos, el más influyente fue el poeta modernista Leopoldo Lugones, quien unos días después del artículo de Unamuno, escribió en el mismo periódico una vehemente crítica de *La maestra normal*, fustigando a Gálvez por su gran distorsión del ambiente riojano. Para Lugones, el normalismo y la vida provinciana no merecían ser los blancos de las balas galvesianas. No habiendo sido nunca amigo de Gálvez, Lugones insistió además en que el novelista atacaba deliberadamente a las maestras normales porque rechazaba el concepto de la escuela laica en favor de la educación religiosa. No obstante esta censura, Lugones admitió que la novela estaba bien escrita y que Gálvez poseía un admirable talento narrativo y destreza técnica. Los comentarios de Lugones, tanto los contrarios como los favorables, produjeron todavía mayor interés en el libro y en Gálvez como novelista destacado y objeto de controversia. Indignado ante la acusación de ser enemigo del normalismo, Gálvez respondió a sus adversarios, afirmando que el caso de Raselda era excepcional y de ninguna manera típico y que por lo tanto la novela no debía considerarse como un ataque al normalismo. Su caída se debía a su ignorancia e incompetencia profesional, a su naturaleza romántica y ensoñadora, y sobre todo a su incapacidad de adaptarse al ambiente de La Rioja.

A la acusación de que *La maestra normal* ofendía moralmente al lector, Gálvez contestó que Raselda había sido la víctima inocente de un hombre engañoso y cobarde, a quien se entregó creyendo que se casaría con ella. Y que también una sirvienta imprudente y una amiga vulgar contribuyeron a su caída. A la verdad, Gálvez es siempre discreto al describir el contacto físico entre hombre y mujer; hacia el final del capítulo VIII, al lector simplemente se le da a entender que Raselda y Solís son amantes. Además, aunque Raselda se provoca un aborto, la palabra misma nunca se emplea en la novela y se alude a su condición con gran delicadeza. Lo que es más importante, Gálvez quería que *La maestra normal* fuera considerada una novela católica, ya que, en ella, "el sentimiento del pecado y del remordimiento es evidente y porque la historia de Raselda contiene una moral y una lección cristiana."[7]

Unos meses después de la publicación de *La maestra normal*, impulsados por el extraordinario interés en la novela, los editores de *Nosotros* decidieron reunir una selección de comentarios críticos. En junio de 1915 apareció este florilegio con el título "Cincuenta opiniones sobre *La maestra normal*." Entre los escritores hispanoamericanos, el artículo cita a Horacio Quiroga: ". . . siento en la suya, un partipris excesivo de hacer novela. La prueba le salió bien, sin duda, y no hay naturalista que no alabe su plan. Pero para mí, hay sobrado camino trazado de antemano, una manera demasiado clara de hacer marchar sus personajes y cuadros por el trazado de una novela naturalista."[8] Y entre los autores peninsulares figura Ricardo León: ". . . la lectura de *La maestra normal* me ha deleitado. Es usted un novelista maestro; como tal lo acredita ese admirable libro, dechado de agudísima observación y de sano realismo."[9]

Aguda controversia de otro cariz acompañó el tremendo éxito de *La maestra normal*. Facciones conservadoras en Buenos Aires y en las provincias censuraron a Gálvez lo que consideraron un tratamiento poco compasivo de la vida provinciana y del magisterio. Un grupo de maestros normales resultaron tan enfurecidos que pidieron a Gálvez que renunciara a su puesto de Inspector de Escuelas Secundarias y Normales. Algunas ciudades del interior, encabezadas por La Rioja, organizaron mitines para discutir las partes ofensivas de la novela y desprestigiar a su autor. Incluso en Paraná, ciudad natal de Gálvez, hubo una manifestación pública contra el novelista y un debate acalorado entre los dirigentes del periódico liberal y los del periódico católico. Para impugnar la novela con mayor rigor, algunos escritores de Catamarca fundaron una revista llamada irónicamente *La Maestra Normal*. En verdad, en los años 1914-15, Gálvez fue el centro de atención de la ficción argentina, pero la vehemencia y el odio de algunos de sus detractores hubieron de perseguirle por muchos años después.

La maestra normal y la crítica moderna

Fernando Alegría, en su *Breve historia de la novela hispanoamericana*, llama a Gálvez "el nombre señero en la transición novelística hispanoamericana del siglo XIX al siglo XX."[10] Sobre *La maestra normal*, comenta que "es una de las obras maestras del costumbrismo hispanoamericano. Gálvez alcanza en ella un perfecto balance de forma y contenido. A diferencia de los costumbristas tradicionales que sobre un fondo de prolija y detallada realidad colgaban sus caracteres típicos sin preocuparse mayormente de conservar en ellos sus cualidades humanas, Gálvez inyecta un apasionado sentido vital en sus criaturas."[11] La importancia de Gálvez como novelista de ambientes la señala Alegría al decir que "No hay otro novelista hispanoamericano de este período que logre una conjución tan esencial entre el hombre y el paisaje."[12] Julio Cejador y Frauca expresa una opinión semejante sobre el costumbrismo de Gálvez en su *Historia de la lengua y literatura castellana*.[13] Germán García, en *La novela argentina*, opina que *La maestra normal* es la obra más importante de Gálvez, y Raselda "uno de los mejores personajes de nuestra novelística, admirablemente retratado, real, humano."[14] Para Alberto Zum Felde, en *Indice crítico de la literatura hispanoamericana: La narrativa*, el gran mérito de *La maestra normal* reside en ''la excelente pintura del medio provinciano argentino,"[15] pero objeta que los personajes de la obra carecen de verdad psicológica y la acción y el desarrollo argumental recuerdan las novelas folletinescas. En un estudio dedicado a Gálvez,

Ignacio Anzoátegui declara que *La maestra normal* "inauguró una época en nuestra literatura,"[16] refiriéndose a que mostró su independencia de los modelos europeos que tanto habían entorpecido la ficción argentina en el siglo XIX. Anzoátegui añade que *La maestra normal* fue considerada la mejor novela argentina por no pocos críticos hasta la publicación de *Don Segundo Sombra* en 1926.

Torres-Ríoseco, en 1943, coloca a Gálvez con Martínez Zuviría (Hugo Wast) entre los novelistas argentinos más conocidos, célebre por ser "novelista de ideas que se mete a fondo en problemas sociales, artísticos, religiosos, educacionales o científicos."[17] Refiriéndose a la tendencia galvesiana de narrar con una minuciosidad verídica, Torres-Ríoseco añade que "El afán de la exactitud del detalle ocupa un lugar más importante que la concepción imaginativa."[18] Para aquella época de los años 40, Gálvez ya había escrito sus obras más significativas y otros novelistas habían ido apareciendo para disputarle su primacía entre los escritores de ficción de su país. Pero Torres-Ríoseco advierte que éstos "tendrán que estudiar mucho, luchar mucho, para llegar a ocupar el puesto que ocupa el autor de *La maestra normal* en las letras argentinas."[19] Acierta bien Adolfo Prieto en su apreciación de la novela al comentar que "Convincentes pasajes de observación se contraponen con trozos de gruesa caricatura; y Raselda, personaje construido según las leyes más rígidas del determinismo naturalista, se desdibuja entre otros personajes que la juzgan y la condenan desde pautas ubicadas fuera del mecanismo social que la vuelven comprensible."[20]

En el primer estudio detallado en inglés de *La maestra normal*, 1948, Jefferson Rea Spell escribe que "In its technique, the author is a worthy disciple of his master Flaubert; . . . the most carefully and the most skillfully constructed of the many novels we have discussed."[21]

El ambiente riojano

La trágica historia de amor entre el porteño Julio Solís y la ingenua provinciana Raselda Gómez se proyecta contra el fondo de conservadurismo, malicia y mezquindad de ciertos grupos riojanos y se ve como una lucha entre la voluntad individual y las restricciones y el entrometimiento de una sociedad rígida. Mucho más importante que el argumento sencillo y nada original son los detalles ambientales y el retrato de los personajes. Esta es la riqueza de la novela y de ello surge el interés. Gálvez pinta gráficamente este ámbito provinciano desde el momento en que Solís baja del tren en La Rioja hasta las últimas escenas. Se capta bien, con toques descriptivos muy acertados, toda la letargia y la monotonía de la vida riojana. Lo completo y riguroso de la presentación de este ambiente no tiene igual en ninguna de las otras novelas posteriores de Gálvez, incluso las que versan sobre Córdoba o Buenos Aires.

En parte, Gálvez concibió *La maestra normal* como un estudio determinista de los efectos nocivos de una sociedad cerrada y estática sobre el destino de una ingenua maestra normal, víctima tanto de su propia debilidad como de las fuerzas dañinas que la asedian. El novelista había intuido el tremendo potencial de ficción en las regiones interiores de la Argentina y pronto transfirió esta intuición a una visión artística de aquella realidad. En 1910, escribió en *El diario de Gabriel Quiroga*:

> Estas ciudades, por su personalidad y la poesía que en sí llevan, ofrecen vírgenes universos de materia prima a los escritores. Pero éstos las desconocen o las desprecian. La vida de aquellos poblachones misérrimos, piensan, carece de poesía y de emoción estética. Y siguen cantando a Mimí, a las marquesas versallescas, a los faunos, y a los cisnes en los lagos crepusculares. Además creo que como ambiente, nada supera a nuestros pueblos del norte. La novela realista, que narra los dramas íntimos y silenciosos de las vidas oscuras, tiene un asunto lleno de emoción y de melancolía en la existencia triste de cada muchacha provinciana, de aquellas pobres muchachas sentimentales que viven entre lánguidos ensueños y miserables realidades.

La vida provinciana no puede ser tan negativa como la pinta Gálvez. Conviene recordar que un compatriota suyo, Eduardo Mallea, en *Historia de una pasión argentina* (1937), estimó mucho esta misma vida de provincia, afirmando que allí había que buscar la Argentina verdadera y auténtica, los valores más altos del país. Literariamente, no es tanto que Gálvez repruebe el ambiente provinciano, sino que halla en las costumbres, en la gente y en los viles intereses creados un microcosmo de todo lo que frustra e impide la libre expresión de la voluntad personal. El paisaje mismo en *La maestra normal*—las montañas, la semiaridez, los terrenos baldíos en torno a La Rioja—es parte de este ambiente y lo sentimos por toda la novela, aunque por temperamento y estilo Gálvez dista mucho de ser paisajista. Gálvez no se detiene con frecuencia para describir el paisaje riojano, ocupándose mucho más de la ciudad misma en que hace jugar las pasiones humanas y los conflictos sociales. En aquellas ocasiones en que sí observa el paisaje, Gálvez casi siempre se fija en la soledad y la sequedad que parecen reflejar la atmósfera de la ciudad y sus habitantes.

Gálvez pinta el paisaje a través de los ojos de Solís, que hace el viaje de Buenos Aires a La Rioja para recuperar la salud y cuya primera impresión de la región le impacta inolvidablemente: "un desierto," "vegetación escasa y ruín," "campos llanos," "serrezuelas pardas," "cruel desolación," "algarrobos secos y retorcidos, de formas trágicas" (p. 34). Y el tren que parece cuadrar con el ambiente por su "lentitud desesperante . . . se detenía en alguna estación de nombre bárbaro y sonoro" (p. 34). Era la primera vez que Solís veía las montañas, y conforme a su propia disposición "les encontraba una agria melancolía, una huraña aspereza" (p. 32). Para Solís las montañas tenían poco encanto y "le pareció cosa fea y monstruosa, cuya eterna presencia debía inquietar, afligir" (p. 32). Desde la ciudad, Solís ve "parapetarse la montaña pelada y parduzca" (p. 48). En otra ocasión, Gálvez hace mención de las montañas con referencia directa al estado de ánimo de Solís, como en una relación antagónica: "Se encontraba solo, terriblemente solo, ahogado por aquellas montañas enigmáticas y grises" (p. 48).

Ya en La Rioja donde Solís siente más la pesadez y la morosidad de la vida provinciana, a la que responde con constante disgusto. Gálvez sugiere que la conquista de Raselda y su abandono cuando más le necesitaba los efectuó Solís bajo circunstancias empeoradas por el ámbito que rodeaba al joven maestro. Para Gálvez, es un ambiente que sofoca emocional, intelectual y humanamente. Es un ambiente de poca cultura, y si no fuera por las dos instituciones académicas—la Escuela Normal y el Colegio Nacional—habría un vacío total. La música que se escucha, fuera de los conciertos universitarios, es música popular, folklórica, música lenta y lánguida que satisface al pueblo pero no lo enaltece: "los lentos compases de una música lánguida, que invitaba a soñar"(p. 47). El pueblo riojano sufre de pereza; se siente adormecido y amodorrado. La gente se muestra aburrida y su único escape del tedio es la chismografia y la calumnia, ejercidas en máximo grado por las Gancedo que destruyen a Raselda y apoyan la flaqueza moral de Solís. El ambiente riojano se halla empantanado por toda suerte de males, desde el despotismo del director de la Escuela Normal hasta la crueldad de la Regente, desde la inmoralidad de Amelia hasta la inconstancia y pusilanimidad de Solís, desde el despecho y pequeñez de algunos poderosos hasta la pedantería de otros pedagogos y supervisores. El normalismo, con su metodología restringida, está encerrado en este ambiente y quizás es un producto de este tipo de sociedad.

Gálvez ve el estancamiento provinciano en todas partes y en toda actividad: "las chicharras cantaban monótonamente"; "las calles estaban solitarias"; "el carruaje pasaba lentamente y como con desgano"; esta estación triste y solitaria"; y "las acequias, como salmodiando un rezo monótono, le producían un tedio indefinible" (p. 48). Y es también la languidez, el cansancio, el hastío, la indiferencia o el vacío lo que se siente a cada momento en La Rioja: "la locomotora, cansada del largo viaje" (p. 31); "un hombre, medio dormido aún, se refregaba los ojos soñolientos" (p. 31); "algunas mujeres entraban en la iglesia indolentemente" (p. 33); "la tierra cenicienta, las palmeras solitarias" (p. 34); "en un rincón del cuarto, bostezaba el empleado de la farmacia: un individuo tuerto que dormitaba el dia entero" (p. 51); "en un adormecimiento agradable, en una voluptuosa somnolencia" (p. 67); y "la ciudad se aletargaba, muellemente, en el blando sopor" (p. 68). Tan numerosas son estas expresiones que denotan cansancio que llegan a constituir casi un leit motif de la novela.

Aunque a veces Gálvez intenta suavizar sus descripciones peyorativas de la ciudad con frases como "de una dulce tristeza" (p. 48), es un cuadro gris, poco atractivo el que ofrece al lector, un lugar donde pocas cosas prosperan. En una ocasión, Solís compara el ambiente amodorrado de La Rioja con el ambiente alegre y bullicioso de la capital: " ¡Ah, ya maldecía al Destino que le trajera a este rincón del mundo! ¿Se pasaría las horas muertas, él también, jugando a las carambolas o al truco, o arrastrando su hastío por las aceras de la plaza? ¡Ah, Buenos Aires, Buenos Aires! ¿Cuándo podría volver, sano ya, a aquella gran ciudad encantadora donde tenía todo: alegría, amistades, ilusiones?" (p. 49).

En la ciudad silenciosa de La Rioja caminan hombres y mujeres silenciosos. En la soledad de sus calles yace el alma de la gente. Gálvez elige con cuidado los sustantivos y los adjetivos para sugerir el miserable estado físico de la ciudad: "Muchachos harapientos y sucios" (p. 31); "casas chatas y viejas, los paredones en ruina" (p. 32); "paredes negruzcas y carcomidas" (p. 32); "postes altos y torcidos, de aspecto enclenque y tristón" (p. 32)." Al describir la plaza, Gálvez dice que "se encuentra sin jardín y sin pavimento" y que un escaño donde se sentó Solís "estaba despintado y rengo" (p. 48). Por la acera pasan algunas muchachas, caminando con aire de abandono, con ojos melancólicos. Los prejuicios que desde hace años abriga Solís contra la vida de provincia se patentizan apenas sale él a la calle la primera vez. Hasta imagina la desolación que le espera con "esa existencia de provincia que veía tan estúpida, tan monótona, tan triste (p. 49)." Cuando el propio Solís no hace la observación, lo hace Gálvez por él, notando en una ocasión que una mujer morena se apoyaba "indiferentemente" en un balcón, que las casas tienen "ruinosos paredones de adobe," que por toda la ciudad "quedan restos de la antigua ciudad destruida por los temblores de tierra" (p. 48); que las casas cerca de los naranjos eran "viejas y miserables" (p. 48) y que "abundaban campos estériles y bravíos" (p. 35).

Lugares de reunión

La evocación del ambiente riojano también se realiza a través de tres lugares de reunión—la pensión, la farmacia y la confitería. La yuxtaposición de estos sitios, tan diversos en su función y tan importantes en la vida de Solís durante su permanencia en La Rioja, le da a Gálvez la oportunidad de mostrar sus dotes de narrador. Primero, la pensión de doña Críspula, donde se hospeda Solís al llegar a La Rioja, es un hervidero de pasiones y voluntades puestas en feroz combate. Los pensionistas, entre ellos el comerciante Galiani y el joven pianista Pérez, forman un pequeño mundo en que intervienen la dueña, su hija Rosario y la sirvienta Candelaria. Gálvez describe a cada pensionista en breves palabras que a veces rayan en la caricatura. A doña Críspula se le caracteriza como "una vasta y apacible señora, más bien baja, de vientre abultado y cara de luna llena. Las mejillas le relucían lustrosas como bolas de billar. Tenía en la barbilla un lunar de largos y enrulados pelos. Hablaba con la continuidad y la lentitud de una canilla de agua mal cerrada y cabeceaba al compás de sus palabras. La papada le temblaba como gelatina" (p. 36). Y a Galiani se le capta así: "Tenía bigotes muy gruesos y algo caídos, el pelo en onda hacia la frente y unos ojuelos incisivos y maliciosamente risueños que solían mirar de lado. Llevaba anillos y, en un bolsillo alto del chaleco, un enorme cronómetro de oro cuya cadena, de impresionante grosor, concluía en un surtido de medallas y de amuletos contra la *jettatura"* (p. 43).

Luego, en la farmacia de don Numeraldo, Solís conoce a Ambrosio Albarenque, director de la Escuela Normal, cuya ideología pedagógica y filosófica acarrea tamaña polémica. La descripción de la farmacia en su función de tertulia es de las más vívidas de la novela y las vehementes discusiones sostenidas allí nos hacen sentir a fondo el ambiente conflictivo en que se mueven Solís y Raselda y que influye sobradamente en los destinos de ellos. Es de notar que en *La maestra normal* y en otras novelas, Gálvez muestra su gran destreza para retratar este tipo de ambiente intelectual que reúne personas con diferentes ideologías o gustos estéticos. Aunque Gálvez trata de convencernos de su completa objetividad, con frecuencia emergen del texto sus propios puntos de vista, ya a través de los personajes que actúan como su portavoz, como en el caso de Gabriel Quiroga, ya a través del contenido y tono verbal de la narración, como en su crítica de Albarenque. Sobre esta última figura, Gálvez dice: "Como todo perfecto pedagogo, era anticlerical y positivista" (p. 52). Para Albarenque, el fundador de positivismo, Auguste Comte, era nada menos que un dios: "Se decía que al llegar a La Rioja usaba para su correspondencia privada el calendario comtiano—mes de Homero, mes de Shakespeare. Las bromas de algunos insolentes le obligaron a abandonarlo" (p. 52-53).

El tercer lugar de reunión es la confitería del hotel, frecuentada por los que buscan buena compañía y diversión. Aunque por disposición y cultura Solís se siente más cómodo en la tertulia, la confitería le da muchas horas de satisfacción y placer entre gente de gustos sencillos y convicciones fuertes.

En parte, la ociocidad y la inercia de la confitería son símbolos de lo que hay de malo en La Rioja y de lo que dificulta toda tentativa de reforma social. En la confitería, "nacían todas las iniciativas, se fraguaban las revoluciones, se comentaban los actos de gobierno." (p. 70). Solís, por ser porteño, es al principio objeto de curioso interés y sospecha. Temáticamente, la presencia de Solís en la confitería reúne dos mundos opuestos: el mundo intelectual del que él es parte, y el mundo afectivo ejemplificado por los concurrentes habituales del lugar.

Además de la pensión, la farmacia, la confitería y la propia Escuela Normal, Gálvez describe otros muchos lugares de interés para dar un cuadro completo de la vida provinciana. Pocos aspectos de La Rioja escapan a su pluma, ni la casa elegante de Gamaliel Frutos, ni las casuchas más humildes en los alrededores de la ciudad. Entre los retratos más pintorescos figura el de la fiesta del Niño Alcalde, celebrada cada año por la población indígena en las afueras de La Rioja (pp. 223-228). Al describir el regocijo, la música, el baile y todo el ambiente orgiástico que invade estas actividades, Gálvez entra en una cultura marginada fuera de los caminos principales de la civilización argentina y crea un interesante contexto contrastante.

Los personajes

Lo que da a *La maestra normal* un sentido de movimiento y vitalidad son las numerosas escenas en que se alternan el diálogo y la narración misma. Una escena, por ejemplo, muestra la incapacidad de Raselda y la altivez e inhumanidad de la Regente. La escena nos inquieta por su pathos y su tremenda verdad. Ocurre cuando un día, sin previo aviso, la Regente entra en la clase de primer grado de Raselda para evaluar sus métodos de enseñanza. Al verla, se sobrecoge de miedo la pobre maestra y queda torpemente callada. Molesta por el comportamiento de Raselda, la Regente le ordena continuar la lección: "Raselda enrojeció. Se mordía los labios, miraba a la Regente, bajaba los ojos. La Regente, irritada, golpeaba nerviosamente con el pie en el suelo: "He venido a presenciar su clase, señorita," dijo la Regente, con sequedad autoritaria y cruzando los brazos como disponiéndose a esperar(p. 105). Con dificultad, Raselda se las arregla para presentar la clase de geografía, pero su actuación es pobre en lo que es generalmente la materia que mejor domina. Su voz es tímida y sin vigor y los alumnos, a su vez, responden aburridos, mostrando poco interés en la lección. Con una sonrisa sardónica, la Regente dice: "Pero señorita, no veo motivo para asustarse tanto; no soy el cuco, me parece" (p. 106). Y como si esto no fuera asaz hiriente, la Regente se pone a dar la clase, humillando a Raselda aún más. La lección ahora es excelente, los niños están atentos, pero su acción rebaja a Raselda delante de sus propios discípulos y destruye la poca confianza que tenía en sí como maestra. Realizada su demostración, la Regente se vuelve desdeñosamente hacia Raselda para amonestarla: "Es así, señorita, como debe llevar su grado. Le he dado una clase modelo para estimularla solamente, pues no estoy obligada a enseñarle" (p. 106-107).

Si Raselda, a pesar de sus flaquezas morales o quizás a resultas de ellas, gana nuestra compasión, Solís nos parece un personaje moralmente deshonesto, casi odioso. En tanto que simpatizamos con los anhelos románticos de Raselda y su deseo de ser aceptada profesionalmente, no podemos responder a las inquietudes de Solís en el nuevo ambiente provinciano. Desde el principio nos atraen ciertas circunstancias y condiciones en la vida de Raselda: una niñez infeliz ocasionada por su nacimiento ilegítimo, un desdichado episodio amoroso un poco antes de conocer a Solís, una capacidad limitada para adaptarse a las exigencias de su profesión, y sobre todo una naturaleza dócil e insegura que le hace una fácil víctima del autoritarismo de Albarenque, del chismorreo malicioso del pueblo y de los móviles egoístas de Solís. Su ineficiencia como maestra dentro del sistema dogmático e inflexible del normalismo nos despierta la piedad más que la reprobación. Paradójicamente, la debilidad de Raselda resulta ser su mayor atracción. Solís también es débil, mas su debilidad es injustificable y reprehensible; es un irresponsable cuyos actos emanan de sus propios intereses.

Muchos críticos han señalado en *La maestra normal* la feliz mezcla de realismo e idealismo, es decir, el retrato objetivado de La Rioja por un lado, y la visión romantizada de Raselda dentro de la mezquindad de su ambiente por el otro. En un sentido también, el idealismo de Raselda, que se va socavando insidiosamente a lo largo de la obra, sufre un golpe mortal cuando Solís, oportunista y cobarde, se niega a casarse con ella y parte de La Rioja. Gálvez recurre al epílogo para decirnos qué ha sido de los protagonistas cuatro años después, como si las ruedas de la fortuna que el novelista había puesto en marcha todavía giraran y tuvieran interés para el lector. Abandonada, sola y avergonzada, Raselda resulta una figura lastimosa. En una conversación entre Solís y Pérez nos enteramos de que Raselda había sido despedida de un trabajo en Chamical y luego trasladada a un pueblo remoto donde "soporta sus males como un castigo a sus faltas y está muy entregada a la religión" (p. 280). En cuanto a Solís, alcohólico y todavía tísico, no ha podido hallar en Buenos Aires la felicidad ni el cumplimiento personal tan anhelado, aunque su puesto en un periódico de la capital le da cierta seguridad económica.

Myron I. Lichtblau

NOTAS
(AL ESTUDIO PRELIMINAR)

1. Luis Gorosito Heredia, "Nuestros escritores: Manuel Gálvez," en *Historium* 10, No. 109 (Junio 1948): 434.
2. Para algunos datos biográficos, he consultado el libro de Ignacio B. Anzoátegui, *Manuel Gálvez*. Buenos Aires: Ediciones Culturales Argentinas, 1961.
3. John Walker, "Ideología y metafísica en Manuel Gálvez: Una síntesis novelística." *Revista Canadiense de Estudios Hispánicos* 10 (Spring, 1986): 475.
4. Manuel Gálvez, *Recuerdos de la vida literaria: En el mundo de los seres ficticios*. Buenos Aires: Librería Hachette, 1961., p.50.
5. Op. Cit., p. 54.
6. Op. Cit., p. 68.
7. Op. Cit., p. 61.
8. "Cincuenta opiniones sobre *La maestra normal*," *Nosotros* (Junio 1915), p. 7.
9. Ibid., p. 1.
10. Fernando Alegría, *Breve historia de la novela hispanoamericana*. México: Ediciones De Andrea, 1959, p. 107.
11. Ibid., pp. 109-110.
12. Ibid., pp. 110.
13. Julio Cejador y Frauca, *Historia de la lengua y literatura castellana*. Madrid: Revista de Archivos, Bibliotecas, y Museos, 1920. Vol. XII, pp. 216-217.
14. Germán García. *La novela argentina: Un itinerario*. Buenos Aires: Editorial Sudamericana, 1952, pp. 119-120.
15. Alberto Zum Felde, "Manuel Gálvez," en *Indice crítico de la literatura hispanoamericana: La narrativa*. México: Editorial Guaranía, 1959, p. 219.
16. Anzoátegui, op. cit., p. 22.
17. Arturo Torres-Ríoseco, "Manuel Gálvez," en *Grandes novelistas de la América Hispana*. Berkeley: University of California Press, 1943. Vol. II, 140.
18. Ibid., pp. 149-150.
19. Ibid., p. 157.
20. Adolfo Prieto, "Gálvez: Una peripecia de realismo," en *Estudios de literatura argentina*. Buenos Aires: Editorial Galerna, 1969, p. 25.
21. Jefferson Rea Spell, "City Life in the Argentine as Seen by Manuel Gálvez," en *Contemporary Spanish American Fiction*. Chapel Hill: University of North Carolina Press, 1944, p. 27.
22. Manuel Gálvez. *El diario de Gabriel Quiroga*. Buenos Aires: Arnoldo Moen y Hermanos, Editores, 1910, p. 147. Dos críticos han señalado que en *El diario de*

Gabriel Quiroga Gálvez ya habia concebido a Raselda como la protagonista de *La maestra normal* y considerado a La Rioja como una fuerza impelente en su vida. Véanse Otis H. Green, "Manuel Gálvez, *Gabriel Quiroga*, and *La maestra normal*," *Hispanic Review* XI, No. 3 (1943), 240-241; y Hugo D. Barbagelata, *La novela y el cuento en Hispanoamérica*, Montevideo: Enrique Miguez, 1947, p.90.

PRIMERA PARTE

I

Fue un domingo de febrero, el último de aquel mes, cuando Julio Solís llegó a La Rioja[1].

La mañana, serena, tibia, dulcemente plácida, anunciaba un día de calor. El sol comenzaba a salir, y una luz apenas azulada, que no era aún la decisiva claridad del día, llenaba el ambiente. Las montañas aparecían lejanas y vagas.

Acababa de llegar el tren. La locomotora, cansada del largo viaje, daba sus últimos suspiros. Los pocos pasajeros bajaban. Un hombre de aire tosco, medio dormido aún, con el chaleco y los zapatos sin prender, se refregaba, con los gordos dedos, los ojos soñolientos. Otro viajero, desperezándose, estiraba los brazos, sacudía las piernas, bostezaba con todo el cuerpo. Se veían por la abertura de una ventanilla —cuya oscuridad acentuaban las paredes del vagón, suciamente emblanquecidas de polvo— pantalones que se movían de un lado a otro, apresuradamente, entre valijas y cajas.

En el andén, fuera de los cocheros y changadores[2], no había casi nadie. Solís, mientras bajaba, comparaba esta estación triste y solitaria —estación de capital provinciana—, con aquellas estaciones bulliciosas de las comarcas agrícolas que vio al comenzar el viaje. Muchachos harapientos y sucios, ofreciéndose con insistencia humilde y pegajosa para llevarle las maletas, se amontonaban a su lado. Entregó a uno las dos y las hizo subir a un carruaje.

— ¿A dónde lo llevo, niño?— preguntó el cochero.

— A la casa de doña Críspula Paredes.

Era la señora que le recibía como pensionista. "¡Gente muy decente!", había exclamado con beatitud, al recomendársela, el riojano Borja, ex condiscípulo

---

1. **La Rioja:** Capital de la provincia de La Rioja, en el noroeste de la Argentina. Tiene 66.826 habitantes. La ciudad fue fundada en 1591 por Juan Rodríguez de Velasco. En 1894, un terremoto destruyó gran parte de la ciudad. Tiene industrias textiles y alimentarias de considerable importancia. También se cultivan la uva, el algodón, las naranjas y los limones.
2. **Changador:** Mozo de cordel, maletero.

suyo en la Escuela Normal[3] de Paraná[4]. No era aquella una verdadera casa de huéspedes. Doña Críspula Bernal de Paredes sólo admitía dos, tres personas. Sus presuntos huéspedes debían presentarle muy buenas recomendaciones. En cambio, ella los trataba "divinamente". Comida "de primera", conversación amena y hasta un poco de buena sociedad. ¡Eran de verse, en los sábados invernales, las loterías de aquella casa!

El carruaje comenzó a andar por una angosta calle de álamos, orillada de acequias, que subía en cuesta casi imperceptible. Solís, desde el coche, la veía atravesar las pocas cuadras de la ciudad y perderse entre los callejones del arrabal. Al fondo, tan cercano que parecía un obstáculo puesto al avance de la calle, se levantaba un cerro aislado y redondo. Parecía el lomo arqueado de un inmenso animal. Vetas de sombra, como enormes arrugas, descendían desde lo alto.

Solís nunca se cansó tanto desde que se hallaba enfermo. El día anterior lo pasó con fiebre; por la noche tuvo pesadillas y abundantes sudores en las piernas. La afección pulmonar que le llevaba a La Rioja —tal vez para siempre, pensaba—, era su ruina. ¡Venirle tan luego ahora, cuando comenzaba a vivir la vida, cuando su cómodo empleo le ahorraba inquietudes para el porvenir!

El carruaje saltaba sobre las piedras puntiagudas, y sus barquinazos molestaban al viajero poniéndole de mal humor. Además, la soledad del viaje, su monotonía, le habían aplastado. Por esto miraba sin interés, casi con indiferencia, las calles angostas de la ciudad, sus casas chatas y viejas, los paredones en ruina, las hileras de naranjos, las acequias que corrían a lo largo de las aceras. Las calles estaban solitarias. De cuando en cuando, a pie, siguiendo al burrito gris que llevaba su carga de frutas y verduras, pasaba algún vendedor matinal. Las puertas de las casas permanecían cerradas. Eran casi todas casas de adobe, en forma de rancho, con techo de tejas y paredes negruzcas y carcomidas. Algunas estaban pintadas de colores vivos: de rojo, de azul. A Solís más le interesaban las montañas. Era la primera vez que veía montañas. Los encontraba una agria melancolía, una huraña aspereza. Ningún encanto. Le parecía una cosa fea y monstruosa, cuya eterna presencia debía inquietar, afligir.

Pasó el carruaje por una plaza poblada de naranjos. De unos postes altos y torcidos, pintados de azul y de aspecto enclenque y tristón, colgaban los faroles del alumbrado. Frente a la plaza, en una esquina, había una iglesia en

---

3. **Escuela Normal:** Institución educacional en la que los estudiantes se preparan para enseñar en las escuelas primarias. A la Escuela Normal se opone El Colegio Nacional, y la rivalidad pedagógica y filosófica entre estos dos centros docentes constituye un tema candente en *La maestra normal*.
4. **Paraná:** Capital de la provincia de Entre Ríos, al norte de Buenos Aires, sobre el río Paraná. Tiene 159.581 habitantes. Puerto ribereño, es un centro importante de comercio. Tiene mucha agricultura y ganadería, además de industrias como los frigoríficos y la preparación de frutas en conserva.

construcción. Las campanas llamaban a misa, y algunas mujeres, envueltas en chales negros, entraban en la iglesia indolentemente.

Dos cuadras más lejos se detuvo el carruaje, frente a un caserón de ancha puerta, techo de tejas y paredes de adobe que habían perdido el revoque. El viajero golpeó las manos. Las palmadas repercutieron sonoramente en el inmenso zaguán. Pero no salió nadie. De un cuarto se asomó al corredor, en mangas de camisa, un hombre tomando mate. Solís volvió a llamar, al tiempo que una muchacha con trazas de sirvienta atravesaba el patio del fondo. Después de un buen rato, la muchacha, con toda cachaza[5], se allegó a la puerta. Cuando supo que se trataba del viajero esperado, lo hizo entrar.

—Esta es su pieza, niño— dijo la muchacha con sonrisa humilde y confiada, mientras le indicaba el primer cuarto, a mano derecha del zaguán.

Y salió para traerle las valijas.

El cuarto era espacioso, con dos ventanas a la calle. Tenía piso de ladrillos, muchos de los cuales estaban rotos, y, al fondo, un entrado de baldosas. Los muebles eran viejos y pobres. La cama, de fierro, se inclinaba contra la pared, y la mesa de pino, que servía de escritorio, rengueaba. El lavatorio era portátil, de latón. Había una enorme silla de hamaca. Las dos grandes puertas daban a un corredor cuyo techo, algo saledizo, caía sobre el patio. Por las columnas, barrigudas y toscas, trepaban enredaderas. Un pequeño parral techaba el centro del patio, separado de la casa vecina por una tapia baja. Naranjos de copas anchas y frondosos verdeaban próximos al corredor.

—¿Y la patrona?— preguntó el huésped a la sirvienta, que volvía con las valijas.

— Ya viene, niño.

Solís observó a la muchacha. Era muy morena y regordeta, de senos abundantes y redondos y unos ojazos asombrados que miraban tiernamente. Hablaba de un modo cadencioso y suave, con mucha tonada. Solís la encontró bonita. Al ayudarla a colocar las valijas le apretó la mano. La muchacha no dijo nada.

—¿Cómo se llama?— le preguntó Solís.

—¿Yo? Candelaria.

Y canturreó, abriendo los ojos:

—¿Y usted?

Solís, sonriendo, le dijo su nombre. Luego le pidió agua para lavarse y se arrojó sobre la cama. Una luz fuerte, cruda, entraba en el cuarto. En el otro patio cantaban los canarios, y una voz de mujer, a todo gritar, llamaba a Candelaria.

El huésped estaba cansadísimo. ¡Viaje inacabable! Dos días mortales desde Buenos Aires. No conocía un alma en todo el tren, y su timidez le impedía iniciar conversaciones. En la mesa tuvo enfrente a un inglés escuálido y seco,

---

5. **Cachaza**: Pereza, indiferencia, lentitud.

ingeniero en las minas de Chilecito,[6] según le enteró el camarero del coche dormitorio, y que no se dignó mirarle en todo el tiempo. El paisaje, además, era muy monótono. Hasta Córdoba,[7] no cesaron de pasar ante sus ojos llanuras interminables, sembradas de trigo y de maíz. Sólo las parvas cortaban la pampa infinita. Se asemejaban a chozas de salvajes y aparecían agrupadas como formando breves caseríos; al caer la tarde, cobraron un aire melancólico bajo el sol que las doraba. Desde Córdoba, el paisaje se tornó más interesante. Los alrededores de la ciudad eran un espectáculo de pobreza y desolación. Los ranchos miserables; las criaturas, cuyas desnudeces quemaba un sol atroz; la indolencia y la suciedad de aquella gente de rostros tostados y ojos negros; la tierra cenicienta; las palmeras solitarias; las desigualdades del suelo, en cuya mayor hondura yacía la ciudad; todo sugería al viajero visiones del Oriente. El no salió jamás del país, pero sus lecturas le hacían imaginar de esa manera los pueblitos en el valle del Nilo, los caseríos árabes de Argelia,[8] las aldeas cabilas.[9] Desde que el tren pasó un ancho río seco hasta la estación Deán Funes,[10] Solís fue viendo pequeñas sierras áridas. Hacía un calor pesadísimo. En el coche-comedor quedaban, sobre algunas mesitas, restos del almuerzo. Las moscas cargoseaban como azonzadas. El único pasajero que allí permanecía, silbaba un tango. Solís sentía cerrársele los párpados; la tonada del tango, como una obsesión, zumbaba en sus oídos. Muchachas parleras y bonitas, enrojecidas por el calor y el aire, bajaban con sus familias en los pueblitos veraniegos. Jóvenes de andar indolente y tonada, con látigo en la mano, polainas de cuero, chambergo[11] sobre los ojos, las esperaban en el andén. Desde el vagón, Solís alcanzaba a ver las casas y las iglesias de tosco estilo colonial. En Deán Funes hubo otro cambio de tren. Desde allí hasta La Rioja, el paisaje fue siempre igual. Campos llanos y abiertos. En la lejanía se borraban las ondulaciones de unas serrezuelas pardas. La vegetación, escasa y ruin daba aspecto de cruel desolación a aquellas travesías. A la vera de los rieles, entre jarillas y cardones, se esparcían algarrobos secos y retorcidos, de formas trágicas. No se divisaba en aquel desierto ni un alma, ni un triste rancho. El tren marchaba con lentitud desesperante, y, cada dos o tres horas, se detenía en alguna estación de nombre bárbaro y sonoro: Chamical,[12] Huascha,[13] Punta

---

6. **Chilecito**: Pequeña ciudad de la provincia de La Rioja, en la sierra de Famatina. Tiene 14.010 habitantes. Es un centro minero para la extracción de plata, oro y cobre.
7. **Córdoba**: Capital de la provincia de Córdoba, en el norte de la parte central de la Argentina. Tiene 982.018 habitantes. Fundada en 1573, la ciudad ha conservado mucha de su arquitectura colonial. Es un gran centro cultural, industrial y agrícola.
8. **Argelia**: País soberano en el noroeste de Africa.
9. **Cabila**: Una tribu beréber de Argelia.
10. **Deán Funes**: Pequeña ciudad a 130 km. al norte de Córdoba. Población: 16.306 habitantes. Gregorio Deán Funes (1749-1829) fue sacerdote e ilustre patriota.
11. **Chambergo**: Sombrero de ala ancha, generalmente de fieltro.
12. **Chamical**: Cabecera del departamento de Gobernador Gordillo en la provincia de

de los Llanos.¹⁴ En aquellos lugares permanecía el tren largo rato: diez, quince minutos. Algunos hombres astrosos, renegridos por el sol y la mugre, se recostaban a las paredes de la estación, unos junto a otros, y miraban el tren con expresión estúpida. Idiotas repugnantes, babeando, se acercaban a las ventanillas para mendigar.

Al atardecer, el paisaje presentó cierta belleza misteriosa y salvaje. Solís, en su camarote, sacando fuera de la ventana la cabeza afiebrada, se desmelenaba al viento de aquellos llanos legendarios. Un tanto emocionado de tradición, miró pasar los campos estériles y bravíos y las serrezuelas pardas esfumándose en la lejanía. Recordaba los tiempos feudales del caudillaje y la vida nómada y violenta de aquel héroe de gesta que fue Facundo.¹⁵ Pensó en lo que debieron ser, hacía cuarenta años no más, cuando aún mandaba el Chacho¹⁶ sus montoneras,¹⁷ los viajes en diligencia por aquellos llanos de La Rioja, a través del desierto, en la inminencia de las partidas gauchas, bajo el rugir del tigre próximo.

Llamaron a la puerta. Candelaria, con una jarra de agua, anunció al huésped que la señora le esperaba. Solís lavóse apresuradamente y salió al patio.

La patrona ya venía a saludarle.

Era una vasta y apacible señora, más bien baja, de vientre abultado y cara

---

La Rioja. Población: 6333 habitantes.
13. **Huascha**: Pequeña localidad del departamento Ischilín en la provincia de Córdoba.
14. **Punta de los Llanos**: Cabecera del departamento Vélez Sársfield en la provincia de La Rioja.
15. **Facundo**: Referencia a Juan Facundo Quiroga (1788-1835), caudillo militar del norte, llamado El Tigre de los Llanos. Nació en La Rioja. Luchó ferozmente por las causas federales en contra de los unitarios en las contiendas políticas en la Argentina. En 1835 fue asesinado en Córdoba por enemigos conspiradores, quizás enviados por Rosas mismo.
    Facundo (1845) es la obra maestra de Sarmiento y uno de los libros más importantes en las letras argentinas. Es un ensayo sociológico y político que Sarmiento publicó durante su exilio en Chile. El subtítulo *Civilización y barbarie* abarca la filosofía de Sarmiento en cuanto a las dos tendencias del país: por un lado, la civilización y la cultura de Buenos Aires y las otras ciudades; por otro, la barbarie de la pampa y la parte rural sintetizada en la vida de Juan Facundo Quiroga. En parte es un estudio de los tipos, costumbres y carácter del gaucho, en parte una biografía de Quiroga, y en parte una prognosis de la República posRosista. *Facundo* ha tenido una profunda influencia sobre la literatura argentina y sobre la formulación de las ideologías políticas del país.
16. **El Chacho**: Apodo del general Vicente Peñaloza (1798-1863), caudillo militar de mucho poder e influencia. Nació en la provincia de La Rioja. En 1863, se rebeló contra el gobierno nacional, a consecuencia de lo cual las tropas federales invadieron los Llanos. El Chacho fue derrotado en febrero de 1862 y asesinado por soldados nacionales en 1863.
17. **Montoneras**: Referencia a las huestes que los caudillos controlaron en tiempos de la independencia y en la época de Rosas.

de luna llena. Las mejillas le relucían lustrosas como bolas de billar. Tenía en la barbilla un lunar de largos y enrulados pelos. Hablaba con la continuidad y la lentitud de una canilla de agua mal cerrada y cabeceaba al compás de sus palabras. La papada le temblada como gelatina. Debía ser cincuentona y reía a todo reír por cualquier motivo, sobre todo al final de párrafo.

—El viernes lo aguardábamos— dijo doña Críspula después de los cumplidos usuales.

—Debí venir ese día, es verdad, pero...

—Asuntos, tal vez; inconvenientes que nunca faltan; los hombres, es claro... ¡ja, ja, ja!...

Doña Críspula parloteaba y reía sin cesar. Si el caballero deseaba alguna cosa no tenía más que pedirla. El caballero aún no conocía la ciudad, pero le gustaría mucho, sí señor. La Rioja, a pesar de su pobreza, se enorgullecía de su buena sociedad. ¡La gente era tan bondadosa, tan sencilla! Nada de estiramientos como en Buenos Aires. Había mucha obsequiosidad con los forasteros y un gran atractivo para un caballero como el señor Solís: las muchachas. Eran todas muy donosas, simpáticas, instruidas. Pero ya vería el caballero, ya las iría conociendo.

Solís declaró que un pueblo así sería encantador.

—¡Encantador!— exclamó doña Críspula, riendo a borbollones.

—¿Y hay fiestas, entretenimientos?

—¡Una barbaridad, una barbaridad!— decía la patrona, y abría los brazos como abarcando la cantidad de los entretenimientos.

—El carnaval —agregó—, estuvo soberbio.

Era una pena, una verdadera pena, que el caballero no hubiera llegado unos días antes. Ahora, cierto, venía la Semana Santa; pero no era tan divertida como el carnaval. ¡Qué máscaras, qué bromas, qué bailes! Una esplendidez. Estaba segurísima de que en Buenos Aires no estuvo mejor. Solís reconoció que en Buenos Aires el carnaval había fracasado. Fue una fiesta populachera, vulgar.

—¿No ve? Lo que yo siempre digo. ¡Si aquí no tenemos tanto que envidiar!

Se lo contaría al señor Galiani. ¿No conocía el caballero al señor Galiani? Solís dijo que no, lo cual pareció abismar de asombro a doña Críspula. ¿Era posible que no lo conociera, siendo él también de Buenos Aires? ¿Ni siquiera de nombre? Solís tuvo que asentir en que de nombre, efectivamente, algo lo conocía.

—¡Ya decía yo!

Solís quiso saber por qué le contaría al señor Galiani su opinión sobre el carnaval de Buenos Aires. Doña Críspula explicó: el señor Galiani hablaba muy mal del pueblo.

—No nos quiere nada. Pero, eso sí, es muy buena persona el señor Galiani. Rico, simpático, bien educado...

Sonaron campanas de iglesia. Doña Críspula, apenas las oyó, se puso a gritar,.

—¡Rosario, el último toque!

—Ya estoy— contestó desde el fondo una voz seca y entonada.
—Estas muchachas de hoy día, ¡qué lidia, caballero! Nunca están prontas. ¡Qué coqueterías, señor, qué de perendengues![18] En mis tiempos había más sencillez. Nosotras...

En ese instante apareció Rosario. Era bonita, a pesar de sus muchas pecas. Representaba veinticinco años. Tenía buen cuerpo, pero se vestía sin gusto. Solís creyó notar que se pintaba un poco los labios y las mejillas. Usaba anteojos. Saludó a Solís con indiferencia y le dio un chal a doña Críspula. Luego se asomó al zaguán y miró hacia la calle.

—Está de novia— dijo doña Críspula misteriosamente y mirando con satisfacción a su hija que volvía.

Solís felicitó a Rosario, pero ella, aunque "muerta de gusto", como observó su madre, negó. Eran cosas de su mamá. Doña Críspula, muy seria, se quejó de los jóvenes de hoy. Eran todos unos perdidos; jugaban, se emborrachaban, se llenaban de hijos por atrás de la iglesia. ¡Ja, ja, ja! Por eso ella estaba contenta. El novio de Rosario era un buen muchacho. Ya podía morirse tranquila sabiendo que dejaba a su hija bien casada.

—¡Ah, cómo están los hombres!— exclamó, a modo de resumen—. Pero usted no es de ésos, caballero. ¡Aunque quién sabe! ¡Ja, ja, ja!

Y reía explosivamente, poniéndose el chal.

Rosario le advirtió que perdían la misa. Pero doña Críspula quiso saber, ante todo, si a Solís le gustaba el cuarto.

—Magnífico, señora.

Entraron en la pieza. La señora señalaba cada uno de los muebles y detalles del cuarto, como si Solís ignorase su objeto.

—Aquí tiene su camita, ¡ja, ja, ja!, su mesa de noche, su lavatorio, una silla de hamaca para estudiar descansadamente, ventanas espléndidas por donde mirar a las muchachas que pasen! ¡ja, ja, ja!

Solís aprobaba, sonriendo. Ella, satisfecha, le pidió disculpa por tener que retirarse. Había que ir a misa. Sentía con toda su alma abandonar tan agradable conversación, pero Dios estaba antes que nada y ella tenía terror al infierno. Se despidió. Y ya en el zaguán, mientras el huésped la acompañaba:

—El caballero— dijo— también irá a misa, lo supongo. Aquí hay que ser buen cristiano. Y nuestra catedral es una alhaja, un chiche[19]. Ya verá el caballero qué sacerdotes tan ilustrados tenemos. Uno, el padre Domínguez...

Rosario interrumpió la retahila arrastrando a su madre de un brazo. Solís, en la puerta, manifestó que por este domingo no iría a misa. Necesitaba recostarse y sólo se levantaría para almorzar. Se encontraba aniquilado. Las molestias del viaje, el calor...

Las dos mujeres se alejaron y el huésped oyó que doña Críspula preguntaba a Rosario:

---

18. **Perendengue**: Adorno de mujer, muy chillón y de poco valor.
19. **Chiche**: Una joya. Algo muy exquisito.

—¿Qué mozo tan fino y simpático, no?
—Como para usted todos son simpáticos...
—Pues a mí me parece una monada. ¡Y qué cara de bueno!
—masculló doña Críspula poniendo en blanco los ojos y meneando la cabeza de arriba abajo.

Solís se recostó en su cama y se puso a leer *Mis montañas*, el libro famoso de Joaquín González [20] que había comprado "para el tren". Pero durante el viaje leyó poco. Hubiera deseado ahora saborear de un golpe, hasta la última línea, aquellas páginas melancólicas que tan bellamente le iniciaban en la comprensión del alma riojana. Pero el viaje, las preocupaciones múltiples producidas por la enfermedad y por la nueva y casi extraña vida que comenzaba, la nostalgia de Buenos Aires, el sentimiento de su porvenir destruído, le impedían leer tranquilamente. ¡Estaba demasiado lleno de sí mismo!

Era el comienzo de una nueva existencia para él esta venida a La Rioja. ¡Qué distinta a la que llevó hasta entonces! Sus años anteriores, algunos pormenores insignificantes, escenas triviales que creía haber olvidado, desfilaron por su memoria unos tras otros. Recordó las viejas horas, que retornaban como envueltas en poesía y vaguedad. Abandonó el libro. Y pasó toda la mañana, bajo la calma suscitadora de ensueño que tienen los domingos de verano en provincia, sumergido en la hondura de su recuerdo, reviviendo las horas de sus días lejanos.

Había nacido en la ciudad de Paraná, en el barrio de San Miguel. Su madre, hija de una mujer que fabricaba dulces y empanadas, se había enredado en furtivas relaciones con un joven de familia tradicional; y de los fugaces episodios de amor en la Bajada Grande, nació Solís. Su padre no le reconoció legalmente, pero costeó su educación.

¡Triste y silenciosa su infancia! No se parecía a la vida turbulenta de los demás chicuelos. El nunca hizo la rabona,[21] ni guerreó a pedradas, ni cortó cuerdas de barriletes,[22] ni se burló de los negros que vivían en el barrio. Cuando volvía de la escuela, si no se entregaba a sus lecciones se lo pasaba al lado de su abuela mirándola hacer empanadas o revolviéndole los dulces con el cucharón de palo. Tendría once años cuando murió su abuela. Todavía la recordaba, como si la viese, en aquel ataque violento que la mató: gritaba, pataleaba, se revolvía y parecía una bruja con su cara amulatada, llena de arrugas, y sus ojos convulsos. Esta muerte agravó en el niño la seriedad de su temperamento. Se hizo muy estudioso. Seis años después —tenía él diecisiete

---

20. **Joaquín V. González (1863-1923)**. Influyente polígrafo argentino. Fue político, jurisconsulto y educador. Ocupó el cargo de gobernador de la provincia de La Rioja y fundó la Universidad Nacional de La Plata. Fue asimismo poeta, cuentista y narrador. Su obra más importante es *Mis montañas*, bellísimo libro de relatos, una exquisita evocación de su suelo natal, La Rioja.
21. **Hacer la rabona**: No asistir a clase.
22. **Barrilete**: Tipo de cometa con que juegan los niños.

y le faltaban dos para concluir su carrera— el padre, todavía joven, murió en una revolución. La madre, agobiada de dolor, murió en el mismo año. Entonces él, solo en el mundo, se fue a un cuartucho que alquilaban dos condiscípulos suyos en una casa sobre la Alameda, con vistas al río Paraná.[23] El no dudaba de que su padre, a morir en otras circunstancias, le dejara con qué vivir; pero aquella muerte inesperada le sorprendió sin testar. ¡Las miserias que pasó durante dos años, hasta recibir su título de maestro! Los amigos, casi tan pobres como él, le sostenían de lástima. Toda su ropa exterior fue, durante los últimos tiempos, un chaqué raído y lustroso como los que usaban muchos de sus compañeros, una de aquellas prendas que se hicieron famosas en Paraná. ¡Si se habrán reído las muchachas de los célebres chaqués[24] de "los normales"! Por fin se recibió. Como había sido el mejor alumno de la clase, consiguió con facilidad el primer grado vacante. Cinco años después, cuando tenía veinticuatro, un diputado nacional, primo hermano de su padre, y el único de sus amigos a quien él había llevado a su hogar clandestino, le hizo dar un empleo en Buenos Aires, en el Ministerio de Instrucción Pública.

En Buenos Aires su vida cambió completamente. Su retraimiento y su afición al estudio desaparecieron ante el desborde de los sentidos que, después de tantos años de relativa inacción, reclamaban su desquite. Durante los primeros meses de Buenos Aires se aburrió. Sus conocidos eran todos maestros, gente laboriosa y ordenada. El deseaba divertirse, tener aventuras. Seguía por las calles a todas las mujeres que le miraban; pero jamás se atrevió a hablarlas. Fue asiduo a los cafés cantantes de la calle Veinticinco de Mayo,[25] adonde le llevara su vecino de cuarto, el estudiante de medicina Marcelo Aguiar. La sensualidad baja de aquellos lugares le atraía poderosamente. Imaginaba que los cantos y los gestos obscenos, las músicas canallescas, la explosión de cinismo, no tenían otro objeto que hacer olvidar la vida. Aquel espectáculo le volvía triste, y, al par que le repugnaba, le iba hundiendo en el vicio subalterno. Frecuentaba hasta el exceso los sitios en que se vendía el placer; llegó a emborracharse. Había olvidado por completo su afición al estudio, y ya ni leía ni escribía.

Una noche se encontró en el Royals' Keller[26] con Miguel Saavedra, uno de sus compañeros del Ministerio. Solís se hallaba en un profundo abatimiento, en uno de aquellos períodos que sucedían a sus borracheras. Como Saavedra, enamorado y expansivo, necesitaba hacer a alguien sus confidencias, conversó con Solís casi toda la noche, hasta las tres de la mañana. Se narraron mutuamente sus tristezas, sus ilusiones.

---

23. **Río Paraná**: Rama principal del río de la Plata que atraviesa la Argentina, el Paraguay, y el Brasil. Es una vía de comunicación muy importante en la Argentina y la única salida al mar que tiene el Paraguay.
24. **Chaqué**: Tipo de levita de faldones abiertos.
25. **Calle 25 de Mayo**: Una de las calles principales en el centro de la capital.
26. **Royals' Keller**: Cervecería y lugar de reunión en Buenos Aires.

—Pero hombre, ¿por qué lleva esa vida?— le preguntó Saavedra.

—¡Qué quiere, amigo! Siento placer revolcándome en el fango— contestó Solís, con asco de sí mismo.

Saavedra, en su interior, le compadeció, y desde esa noche se le hizo amigo.

Solís había vivido así cerca de un año, pero salió de su situación cuando, por medio de Saavedra, intimó con los compañeros del Ministerio. Eran muchachos tranquilos y correctos. Algunos iban a recibirse de abogados, uno era periodista, y otro, Alberto Reina, escritor de cierto renombre.

Comenzó a salir con ellos por las noches. Iban a los teatros, se interesaban por los estrenos. Una vez la contó a Reina que él también escribía. Había publicado algunos versos, hacía tiempo, en los diarios de Paraná. Pero lo que él estimaba entre sus escritos eran sus pequeñas páginas sobre asuntos morales y filosóficos. Solís estaba imbuido de la literatura y de las ideas del poeta Almafuerte.[27] Constantemente, y tratando de imitarlas, leía con amor las *Evangélicas*, aquellas páginas errabundas y fragmentarias en que el maestro expresaba su trágico pesimismo sobre los hombres. Reina quiso conocer los escritos de Solís y pasó con él una noche entera, leyéndolos, en un café de la calle Rivadavia[28] al que los jóvenes bohemios de la literatura llamaban Puerto Lápice. Reina se declaró sorprendido. Las páginas de Solís le impresionaron por su precisión, por su hondura.

—Hay en usted la pasta de un moralista, de un escritor a lo Montaigne,[29] a lo Gracián[30] —le dijo con entusiasmo.

Le recomendó algunos libros y le alentó protectoramente. Había que trabajar, que cuidar el estilo, sobre todo. Después habló de sí mismo, de su reputación. El sabía que algunos no apreciaban su obra. Eran fracasados, envenenados. El había saltado de su casa a los grandes diarios, y esas cosas molestaban, evidentemente.

Por medio de Reina conoció los círculos literarios e hizo amistad con algunos muchachos distinguidos que cultivaban las letras. Estas amistades le hacían mucho bien. Comprobaba con satisfacción que se iba refinando; alquiría mejores modales, aprendía a vestirse. Era, en todo sentido, un hombre cambiado. Ahora estudiaba, y, por las noches, escribía. Y hasta sus ideas se iban transformando. Ya no quedaba en su espíritu ni rastros de aquel

---

27. **Almafuerte:** Seudónimo de Pedro Bonifacio Palacios (1854-1917), poeta argentino, muy popular en su época. Entre sus volúmenes de versos están *Lamentaciones* (1906) y *Amorosas* (1917). *Evangélicas* (1915) son homilías en forma de sentencias aforísticas.
28. **Rivadavia:** Calle principal de Buenos Aires y una de las más largas del mundo.
29. **Michel de Montaigne (1533-1592).** Moralista y pensador francés, considerado como el fundador del ensayo moderno. Autor de *Essais* (1571-80).
30. **Baltasar Gracián (1601-1658).** Escritor español conceptista, autor de El *héroe* (1637), *El politico* (1640), y *El criticón* (1653), gran novela alegórica del hombre.
31. **Teosofía:** Doctrina religiosa y filosófica en que predominan el misticismo y la

materialismo que, con tanto denuedo, habían profesado en Paraná. En el fondo era un romántico. Lloraba como una criatura leyendo ciertas novelas. Creía en una vida superhumana, en la realidad del misterio, en la existencia de una voluntad superior. Estas ideas le inclinaron hacia los estudios teosóficos. Ignoraba lo que fuese la teosofía,[31] cuando una noche cierto bohemio amigo suyo, en un sucio cuarto de la calle Viamonte,[32] le explicó, sumariamente, cuando abarcaba y enseñaba la Ciencia de la Sabiduría y le leyó algunos párrafos de la Blavastky[33] y de Annie Besant.[34]

Esta inclinación teosófica le hizo desear una vida pura y se esforzó en conseguirla. Ahora disgustábale su inclinación al vicio que él consideraba como atávica. Pero, débil de voluntad, fue incapaz de defenderse. Una noche, dos amigos le llevaron a una casa de citas de la calle Sarandí. Una muchacha flaca, pecosa y desenfadada, se encaprichó con él. ¡Era tan parecido a Ricardo! Solís se vio obligado, pocos días después a "sacarla" y a ponerle un cuarto. La visitaba todas las tardes, a la salida del Ministerio. La flaca le hacía estarse quieto durante horas enteras, dejándose mirar. ¡Si era el mismito Ricardo! Solís odiaba, sin conocerlo, al tal Ricardo. Llegó, por esto, hasta querer deshacerse de la muchacha. Pero ella, perdidamente enamorada, le exigía dejar la casa de huéspedes e irse con ella. A él le disgustaba la idea, pero al fin, odiándose a sí mismo, cedió. Se mudaron a un cuarto, frío y triste, cerca del Once.[35] Pasaban las horas bebiendo cerveza, tomando mate. A veces él tocaba la guitarra, que aprendiera, durante unas vacaciones, en Paraná. La flaca se enardecía con la música de los tangos, y, en medio del aire viciado por los vahos de cerveza y el humo del tabaco, estrujaba a Solís con sus cariños sádicos. Pero él se aburría, y, al cabo, experimentó repugnancia por la muchacha. Era de modales ordinarios y violentos y vivía en perpetua exaltación amorosa. Su frenesí iba

---

creencia en la hermandad universal del hombre. El sistema teosófico busca el conocimiento de Dios mediante la intuición, la iluminación contemplativa, o la comunión directa.

32. **Viamonte:** Una de las calles principales del centro de Buenos Aires.
33. **Helena Petrovna Blavatsky (1831-1891).** Teósofa ruso-americana. En 1875, con Henry Steel Olcott, fundó la Sociedad Teosófica de Nueva York para combatir el materialismo y estimular la investigación sobre las leyes inexplicadas de la naturaleza y las fuerzas latentes del hombre. Sus obras incluyen *Isis sin velo* (1877), *La doctrina secreta* (1888), y *La clave de la teosofía* (1889) .
34. **Annie Besant (1847-1933)** . Teósofa y reformadora social inglesa, discípula de Blavatsky. Participó activamente en el movimiento librepensador de Charles Bradlaugh. Vivió muchos años en la India y en 18 98 fundó la Universidad Central Hindú en Benares. Entre sus libros están *Teosofía y los descubrimientos modernos* (1907) y *La sabiduría de los Upanishads* (1906) .
35. **El Once:** Una de las plazas más concurridas de Buenos Aires y una estación de metro a dos kilómetros del Congreso. Es también una terminal de autobuses del interior.

destruyendo el organismo del hombre débil que era Solís, pero él no tenía coraje para despedirla. Había vuelto a beber, y sentía, junto con un gran cansancio físico, que los nervios se le desajustaban y que empezaba a agobiarse de una tristeza desconocida. Una tarde, al volver del Ministerio, la flaca no estaba. Le había dejado una carta donde, entre frases cariñosas y obscenas, y con pésima ortografía, le anunciaba que había encontrado a Ricardo. Solís se creyó salvado. De nuevo se dedicó al estudio y al trabajo con ahinco tenaz. Pasaba las noches, hasta que amanecía, leyendo y escribiendo.

Por fin se sintió con fiebre. El médico le preguntó si deseaba vivir muchos años.

—Siquiera unos veinte más— le había contestado.

Le recomendó reposo, no beber, no trasnochar. Mejor, pensaba Solís; así llevaría una vida sana, normal, y podría escribir. Pero pasaban los días y cada vez estaba más enfermo. Su amigo el teósofo le habló mal de los médicos, unos farsantes, unos comerciantes. Le llevó a un instituto de fisiatría y le hizo seguir el sistema de Kneipp-Kuhne.[36]

Una tarde encontró en la calle Florida[37] a Marcelo Aguiar y le habló de su enfermedad. Marcelo Aguiar se indignó. Los médicos serían farsantes, pero el teósofo era un asesino. Su enfermedad era tal vez peligrosa y podía morirse pronto. Le hizo ir al hospital para que le examinara un célebre clínico. Era un hombre antipático, muy alto, orejudo, lleno de gestos desdeñosos; hablaba bruscamente y no tenía una sola palabra amable para los enfermos. Le examinó un instante y le dijo que estaba tísico.

—¿Y qué puedo hacer, doctor?— preguntó Solís, casi con angustia.

El médico alzó los hombros con indiferencia brutal, y, mirando a Marcelo Aguiar, contestó:

—¿Qué puede hacer? ¡Ps! Que salga de Buenos Aires, que se vaya a las sierras de Córdoba...

Desde ese día, Solís se aplicó a solucionar el problema de su salud. No podía pensar en Córdoba. Aguiar le indicó algunas ciudades del norte. Podía cambiar su empleo, conseguir cátedras. En La Rioja había un grado vacante. Aceptó el humilde puesto que le ofrecían y la promesa de dos cátedras.

Golpearon en la puerta.

—¿Qué hay?— preguntó.

—Son las doce, niño; lo esperan a almorzar —contestó Candelaria.

Empezó a arreglarse. Al mirarse en el espejo del lavatorio portátil, no se encontró mal. Su poco de demacración le hacía interesante el rostro: largas ojeras subrayaban sus fatigados ojos, acentuándolos de tristeza. Estaba más

---

36. **Sistema Kneipp Kuhne**: Referencia a un sistema de hidroterapia fundado por Sebastián Kneipp (1821-1897) para curar muchas enfermedades. Kneipp, sacerdote alemán, recomendó el uso de baños de vapor, lavados y envolturas.
37. **Calle Florida**: Una de las principales calles en el centro de Buenos Aires, que termina en la plaza San Martín. Florida es famosa por sus tiendas de lujo.

blanco, algo pálido. ¡Era una suerte haber salido a su padre, tener algo de su tipo distinguido, no llevar siquiera un solo rastro de su familia materna!

Cuando hubo terminado salió al patio.

Hacía un calor sofocante. El cielo resplandecía molestamente y no se podía levantar los ojos hacia arriba. El aire era sumamente seco; parecía que las paredes iban a agrietarse. Por el corredor, con aspecto solemne y como con curiosidad, paseaba una gallina.

Doña Críspula, en cuanto vio a Solís, le llamó a gritos desde el comedor. Ya estamos sentados todos a la mesa. El comedor era un cuarto fresco, de piso de ladrillos. en las paredes, blanqueadas con cal, cuatro oleografías representaban cestas con uvas, granadas, pescados de diversos tamaños y gallinas y pavos desplumados. Sobre una silla dormía una guitarra con las cuerdas rotas.

En la cabecera de la mesa, un hombre en pie, con una punta de servilleta en el ojal del saco, esperaba, inclinado y sonriente, a que le presentaran.

—El caballero Solís, el señor Galiani— dijo gravemente doña Críspula.

Y mientras ellos se daban la mano, la dueña de casa le espetó a Galiani:

—El caballero lo conoce a usté mucho.

Y agregó muy oronda:

—De nombre y de vista.

Solís, asombrado, declaró que así era, efectivamente.

—Tal vez me conocerá de la Bolsa— dijo Galiani con importancia.

—Es probable— contestó Solís, que jamás había estado en la Bolsa.

—O no, ya sé: usté me conoce de las fiestas en el *Circolo Mandolinístico*.

—¡Ah, es claro!— exclamó Solís en un tono que no daba lugar a dudas.

Doña Críspula, sirviendo la sopa, se dirigió a los dos:

—¿De modo que eran ustedes amigos?

Y reía estrepitosamente.

Los dos huéspedes se inclinaron sonriendo y como confirmando las palabras de la patrona.

El señor Galiani tendría cerca de cincuenta años. Dijo que estaba en La Rioja por negocios, especulaciones. Tenía bigotes muy gruesos y algo caídos, el pelo en ondas hacia la frente y unos ojuelos incisivos y maliciosamente risueños que solían mirar de lado. Para hablar torcía el cuerpo con afectación. Trataba de ser insinuante y amable. Llevaba anillos y, en un bolsillo alto del chaleco, un enorme cronómetro de oro cuya cadena, de impresionante grosor, concluía en un surtido de medallas y de amuletos contra la *jettatura*. [38]

Solís observó que el señor Galiani era mirado como un personaje. Había otro huésped, un joven Pérez, pianista, director del Conservatorio y también porteño. Doña Críspula le elogiaba. Buen muchacho, carácter alegre, lleno de cuentos y gracias. ¡Pero qué tartamudez la que tenía, señor! Cierto que a veces

---

38. **Jettatura**: Mala suerte.

eso le daba gracia; pero otras "inspiraba lástima", era cosa "de morirse". Pérez no almorzaba en la casa esa mañana porque, según informó doña Críspula, había ido a Cochangasta,[39] al paseo que le daban "a ese mozo" Vergara, de los Vergara de Córdoba, que vino por unos días a escriturar el campito que había comprado en Chamical.

Doña Críspula se lo hablaba todo. Contó la vida de medio pueblo con asombrosa riqueza de detalles. Era un viviente diccionario biográfico, una obra maestra de información. Doña Críspula sabía la fecha en que se casaron las personas más o menos conocidas del pueblo, el número de hijos que tenían, los sueldos que los hombres ganaban. Podía informar sobre el grado de acuerdo o desacuerdo que existía en cada matrimonio, qué hombres jugaban o no, quienes se confesaban. En cuestiones políticas doña Críspula era un portento. Recordaba, lo que parecía increíble a Galiani, todas las revoluciones, motines, intervenciones, conflictos y alborotos que ocurrieron en los últimos treinta años, y, lo que era aún más increíble, sabía matemáticamente las evoluciones políticas de todos sus comprovincianos insignes.

A Solís le divertía la conversación, si bien se trataba de personas que jamás oyó nombrar. Galiani, guiñando un ojo a Solís, ponía en duda, a cada rato, las afirmaciones de doña Críspula. La Patrona se exaltaba, defendiéndose con un irrefutable exceso de erudición. Ella y Rosario se trenzaron varias veces en tremendas discusiones sobre edades, quizás el tema que, según Faliani, profundizaba más doña Críspula.

De postre sirvieron unas naranjas redondas y limpias, y "mashaco":[40] un dulce duro y de aspecto desagradable. Galiani y Solís encontraban incomible el mashaco; doña Críspula declaró que para su gusto era exquisito.

Galiani preguntó a Solís si venía a La Rioja para dictar alguna cátedra.

—No, señor; a dirigir un grado —contestó Solís, ruborizándose levemente.

Rosario dijo que hacía pocos días había llegado de Nonogasta[41] una amiga suya, que también venía para dirigir un grado, el primer grado.

—Ah, si usté la conociera!— interrumpió doña Críspula, mirando a Solís.

Hablaron de ella. Se llamaba Raselda, Raselda Gómez, y era un encanto, una niña excelente. Doña Críspula no acababa de alabarla. ¡Qué alhajita, qué monada! Era lo mejor de La Rioja. ¿No le parecía lo mismo al señor Galiani? Pero Galiani afirmaba no conocerla.

—¡Cómo no la ha de conocer, Galiani!— vociferaba doña Críspula— Acuérdese, hombre: Raselda, Raselda Gómez...

—Raselda, Raselda— repetía Galiani mirando al techo y frunciendo sus ojuelos como si le molestase el sol en la cara.

---

39. **Cochangasta**: Localidad a unos cinco kilómetros de la Rioja.
40. **Mashaco**: Tipo de mazapán, hecho con harina fina. Es dulce y muy duro y muchas veces tiene forma de animalitos.
41. **Nonogasta**: Pueblito en el departamento de Chilecito en la provincia de La Rioja. Tiene 2154 habitantes. Aquí nació el poeta Joaquín González.

—Es aquélla que cantó anteanoche, señor Galiani— dijo Rosario.
—¡Ah!
Galiani la encontraba vulgar, un poco gruesa. Era un tipo demasiado provinciano. A él le gustaban las mujeres delgadas, de silueta elegante, las francesas sobre todo. Y decía esto mirando a Solís maliciosamente.
—Es muy buena, muy buena— argumentaba Rosario.
—¡Pero, Galiani, si es una ricura!— exclamaba doña Críspula.
—A mí me parece una muchacha media infeliz— retrucó Galiani.
—¡Qué barbaridad! ¿Dónde tiene usté los ojos?
Pero Galiani no se convencía. Y lo que sobre todo le disgustaba era ese nombre ridículo: Raselda, Raselda...
—¿Conoce algún nombre más raro, señor Solís?
A Solís el nombre le era hasta entonces desconocido. Lo hallaba muy bonito, muy suave, muy musical. Parecía nombre de novela. Doña Críspula y Rosario no le encontraban nada de feo ni de extraño. Rosario había tenido en la escuela varias condiscípulas que se llamaban Raselda.
—¡Ah, sí!— interrumpió Galiani—. ¡Aquí hay cada nombrecito!
—¡Qué le dije hoy, caballero!— exclamó doña Críspula dirigiéndose a Solís, con el acento, de quien ve realizada una profecía—. ¡Si no nos quiere nada, no nos puede tragar!
—Pero, no, mi buena señora; lo que digo es la pura verdad.
En las provincias se estilaban ciertos nombres que él no sabía de qué almanaques los sacaban. En La Rioja conocía un ciudadano que se llamaba Senator, una señora a la que sus padres le habían endilgado criminalmente el nombre de Venérea, un cochero llamado Obispo y una desgraciada muchacha, bastante bonita, por cierto, que llevaba un nombre escandaloso: Circuncisión.
—¡Que nombres! Son gentes de muy mal gusto éstas de por acá— resumió Galiani, mientras se escarbaba las muelas con el palillo y miraba a doña Críspula con su modo risueño.
Doña Críspula se indignó. ¿Qué se había pensado el señor Galiani? ¿Creía que La Rioja era un pueblucho? Pues no, señor. Todos los forasteros quedaban encantados con la ciudad. Ella sabía de más de uno que entre Buenos Aires y La Rioja prefería La Rioja. Ahí estaba, si no, ese mozo Quiroga, Gabriel de Quiroga, que hacía poco vino a pasear y que prometió volver. Era un joven ilustradísimo, que había viajado mucho. Pues se encontraba en La Rioja mejor que en Buenos Aires. Así lo proclamó en todas partes.
—Decía a quien quería oírlo— vociferaba triunfante doña Críspula—, que era esto más argentino; como lo oyen, más argentino.
—Llámele hache— contestó Galiani, levantando los hombros.
Solís declaró que él se sentía muy provinciano. No conocía las comarcas del Norte, pues acababa de llegar a La Rioja; pero las adivinaba. Las provincias, seguramente, conservaban el espíritu nacional que en Buenos Aires se había perdido. Las ciudades provincianas tenían, sin duda, más carácter, más personalidad propia que Buenos Aires. En ellas, según le informaron los amigos

y las lecturas, había cierta tristeza poética que faltaba en la capital, una mayor espiritualidad, un paisaje con alma. La vida era en tales ciudades más intensa y profunda. Había en ellas una paz, una beatitud llena de sugestiones. Además las gentes eran buenas, sencillas, cordiales y casi siempre de una simpática ingenuidad.

—¡Ah— interrumpió con entusiasmo doña Críspula, que estaba inquieta por no poder hablar—, en ninguna parte la gente es como la de acá!

—Yo creía que doña Críspula no conocía otro pueblo que La Rioja— dijo Galiani con afectada sencillez.

—¡Vean si es malo! Es un perverso— contestó la señora con tono mitad en serio, mitad en broma.

Ella nunca había salido de La Rioja, pero conocía personas de toda la república. Había oído hablar de muchísima gente y ella se acordaba siempre de esas cosas. Sabía la vida y milagros de infinidad de personas que jamás había visto.

—Lo creo, eso sí que lo creo.— dijo Galiani.

Doña Críspula afirmaba que en ninguna parte había tan buena sociedad como en su pueblo.

—¡Hay que ver— exclamaba radiante— los bailes de la alta sociedad! ¡Qué elegancia, qué esplendidez! El año pasado, cuando vino el ministro de Obras Públicas, hubo un baile en la Casa de Gobierno que fue, ni más ni menos, como los mejores de Buenos Aires.

—¿Cómo lo sabe?— inquirió Galiani sin levantar la cabeza, que casi hundía en el plato.

—Así lo dijo el langostero, que es un mozo bien, de la gente decente de allá.

Solís preguntó quién era el langostero. Doña Críspula informóle que allí daban ese nombre a los empleados de la Defensa Agrícola, quienes, como era sabido, tenían a su cargo "la destrucción del acridio".[42]

—Doña Críspula— dijo Galiani dirigiéndose a Solís— alaba la bondad de la gente, después de haber cuereado[43] a medio mundo.

—No es cierto, Galiani— refunfuñó Rosario.

—No me nieguen. ¡Mire que anoche han dicho unas cosas de los Gancedo!

—¡Pero las Gancedo, también! —exclamó la señora.

—¿Quiénes son?— preguntó Solís.

—Unas pobres niñas que no hacen mal a nadie— contestó Galiani, sonriendo.

Doña Críspula y Rosario chillaron de asombro y se llevaron las manos a la cabeza, horrorizadas, como si hubieran oído decir que no existía Dios.

—¡No las conoce, Galiani!— vociferaba doña Críspula—. ¡No las conoce, no las conoce y no las conoce!

---

42. **Acridio**: La langosta.
43. **Cuerear**: Azotar. Aquí, criticar severamente.

Las Gancedo eran "unas solteronas antipáticas". Ella las odiaba. Les sacó la edad a cada una de las tres hermanas y las llamó varias veces "las guanacas"[44] que era el sobrenombre, ya histórico, con que el pueblo denominó a tres generaciones de dicha familia.

—¡Habladoras, lenguas largas!— rugía doña Críspula.

Enumeró todos los defectos de "las guanacas" con una precisión implacable. Eran unas entremetidas, unas víboras. Sabían todo lo que pasaba en el pueblo y vivían levantando calumnias, intrigando, "sacando el cuero". A la segunda se le iba un ojo, y la menor, el chiche de la casa, no pensaba más que en los hombres. Rosario las acusó de chismosas y malas. Y doña Críspula concluyó afirmando que lo más intolerable en ellas, lo que más rabia le daba, era el ojo, el ojo torcido de la Clemencia.

Terminada la sobremesa fueron al patio. Sentáronse en sillas de hamaca, bajo el corredor, y tomaron té de naranjo. El calor sofocante y el aire denso contribuían a hacer pesada la calma. El piso de ladrillos parecía hervir bajo el sol. No se movía una sola hoja de los árboles. La resolana hería los ojos. La ciudad era un monstruo que dormitaba aplastado bajo el sol: un sol que se desplomaba sobre las casas, resbalaba a lo largo de los techos de tejas, entibiaba el agua de las acequias y salpicaba de oro las copas de los árboles. Las chicharras cantaban monótonamente.

Repantigada ya en su silla, doña Críspula, durmiéndose, entornaba los ojos y cabeceaba. De rato en rato la despertaban las moscas; ella espantábalas con sacudones de cabeza, palpitaba su vientre con desigual ritmo y su largo lunar peludo trazaba jeroglíficos en el aire. Galiani miraba a Solís, y, sonriendo, le indicaba a doña Críspula. Rosario, que había ido directamente a la sala, tocaba en el piano con disciplencia. Al corredor llegaban apagadamente los lentos compases de una música lánguida, que invitaba a soñar. De cuando en cuando se oían algunos versos que tarareaba Rosario en voz baja, con expresión de abandono:

Rioja querida, nativo suelo,
Novia llorosa de ausente amor...

Todos fueron a sus respectivos cuartos para recostarse. A Solís, adormecido por el calor, un sueño invencible le cerraba los párpados. Entró en la pieza y se arrojó sobre la cama. Quedó al instante profundamente dormido.

Se despertó al cabo de un largo rato. No se oía ningún ruido en la casa, ni en la calle. ¿Qué hora sería? Hubiera querido levantarse, ¡pero la siesta era tan pesada, se sentía tan amodorrado! Paseaba sus ojos, que se abrían a medias, sobre los objetos del cuarto, y le pareció que ellos también dormitaban. Volvió a su sueño.

---

44. **Guanacas**: Como adjetivo, de uso vulgar, significa torpe o tonto. El guanaco es un mamífero rumiante de los Andes, emparentado con el camello pero sin joroba y más pequeño.

Era casi las cinco cuando le despertaron los gritos de doña Críspula llamando a las "chinas".[45] Debía haber visitas, pues eran varias las voces de mujeres que se oían. Solís se arregló descansadamente; luego se sentó en la silla de hamaca, mirando a la calle, frente a la ventana de rejas. Las voces no tardaron en desaparecer; tres muchachas pasaron bajo su ventana, mirándole curiosamente. Al cabo de un rato, como se aburría sobremanera, salió a caminar. Era cerca de las siete. Pidió la señas de la plaza a Candelaria, que estaba en la puerta con otras sirvientas, y echó a andar en la dirección que le indicaron.

La ciudad parecía de una dulce tristeza, a pesar del color que ponían los naranjos y las tejas sobre el fondo gris de la montaña. Por las calles no andaba sino una que otra persona. En algunas puertas, las sirvientas endomingadas, miraban como atónitas a los transeúntes. De cuando en cuando pasaba algún carruaje, lentamente, como con desgano, saltando sobre el ruido empedrado.

Sus ecos se perdían en la soledad de las calles. Los pasajeros eran hombres; por excepción se veía algún carruaje con muchachas, todas en cabeza. Y hombres o mujeres iban serios, silenciosos. En uno que otro balcón se apoyaba indiferente alguna mujer morena, de ojos profundos. Al pasar Solís, le miraban asombradas y seguían con los ojos sus pasos. Las casas alternaban con ruinosos paredones de adobe, restos de la antigua ciudad destruida por los temblores de tierra. Las acequias, como salmodiando un rezo monótono, le producían un tedio indefinible. Las calles estaban orilladas de naranjos y, al fondo, se parapetaba la montaña: una montaña pelada y parduzca que le recordaba, no sabía por qué, aquellas cordilleras de cartón con que las viejas de su pueblo lejano adornaban los pesebres de Navidad.

Llegó a la plaza. Era pobre, sin jardín y sin pavimento. Los naranjos le daban aspecto umbroso y cordial. Las casas circundantes eran viejas, miserables. No faltaban, en aquella plaza, paredones en ruina y terrenos baldíos. En una de las aceras frente a una casa de altos, desparramábanse mesitas y sillas. Algunos hombres bebían y conversaban. Era "la confitería".[46] Llegaban hasta Solís, de cuando en cuando, apagados ruidos de carambolas.[47]

Solís sentóse en un escaño de la plaza, despintado y rengo. Por la misma acera paseaban de a dos o tres, y en cabeza, algunas muchachas. Caminaban del brazo, pausadamente, con aire de abandono, y tenían, casi todas, ojos aterciopelados y melancólicos. Solís las miraba ir y venir, oyendo sus voces cálidas, su tonada provinciana. Sentía que la tristeza le abrumaba: una tristeza sutil, penetrante, enfermiza; una tristeza que le impregnaba la languidez y de recuerdos sentimentales. Se encontraba solo, terriblemente solo, ahogado por aquellas montañas enigmáticas y grises. Imaginó la desolación que le esperaba.

---

45. **Las chinas**: Aquí, sirvientas. Pero también se le llama china a la mujer indígena y a la mujer del pueblo, ya sea indígena o criolla. La palabra china puede ser un término afectuoso o también despectivo.
46. **Confitería**: Café, pero sobre todo lugar de reunión.
47. **Carambolas**: Juego de billar con tres bolas.

Porque ¿cómo se habituaría él a esa existencia de provincia que veía tan estúpida, tan monótona, tan triste? Su puesto en la Escuela Normal no podría bastarle para llenar el vacío de su vida. Él no amaba la profesión; sobre todo, por suponer que la condición de maestro le disminuía. ¡Ah, ya maldecía al Destino que le trajera a este rincón del mundo! ¿Se pasaría las horas muertas, él también, jugando a las carambolas o al truco,[48] o arrastrando su hastío por las aceras de la plaza? ¡Ah, Buenos Aires, Buenos Aires! ¿Cuándo podría volver, sano ya, a aquella gran ciudad encantadora donde tenía todo: alegría, amistades, ilusiones?

Los faroles comenzaban a alumbrar y no quedaba un alma en la plaza.

En la casa de huéspedes le esperaban para comer. La patrona aseguraba que el caballero Solís se había extraviado, y se enfurecía con Galiani porque, según él, era preciso ser un tilingo[49] para perderse en un pueblo de "cuatro casas locas". Pérez, el pianista, que regresara del paseo con hambre canina, una hambre "riojana" decía, se paseaba nervioso y tartamudeaba lastimosamente.

Solís fue recibido con júbilo. Todos se precipitaron al comedor; y mientras Pérez describía lo que era capaz de engullir, doña Críspoula devoraba silenciosamente rebanadas de pan. Solís pidió disculpas por la tardanza.

Durante la comida, Pérez monologó tartajosamente refiriendo su paseo a Cochangasta, un lugar pintoresco, casi en la puerta de la quebrada. Había ido a la casa de don Molina, una casa a la criolla, con largos corredores umbrátiles y frescos y con cuartos inmensos y abandonados. Un espléndido paseo. Bailaron, contaron cuentos, jugaron a la tabla.[50] El almuerzo, opíparo: unas empanadas riojanas de chuparse los dedos, cordero al asador, tamales, vino de Andalgalá.[51]

Terminaban de comer cuando empezóse a oír la música de la plaza. Todos se desbandaron menos Solís, que prefería quedarse. Se acostaría en seguida, pues aún le quedaba algo que descansar. Desde su cuarto oyó al poco rato conversación de mujeres. Todas se interesaban por conocerle y hacían preguntas a Rosario. El nombre de Raselda surgió varias veces. Rosario las chistaba para que callasen. Por fin salieron, y al pasar frente a su ventana miraron hacia dentro del cuarto.

En la casa, fuera de él, no quedaban sino las sirvientas, que se amontonaban en el umbral de la puerta. Solís, lo mismo que a la tarde, se sentó en la silla de hamaca. Pasaban grupos de muchachos que iban a la plaza. La banda tocaba el *Miserere* de *El Trovador*. Cuando callaba la música, se percibía el ruidito del agua rodando tumultuosamente por la acequia.

---

48. **Truco:** Juego de cartas.
49. **Tilingo:** Una persona tonta o estúpida, de poco valor.
50. **Jugaron a la taba:** Juego popular en que se usa un hueso con dos caras, generalmente una vértebra. Se gana cuando el hueso tiene la cara llamada carne hacia arriba.
51. **Andalgalá:** Pequeño pueblo en la provincia de Catamarca, en el noroeste del país, a 200 kilómetros al norte de La Rioja. Tiene 6853 habitantes.

Solís se sentía cada vez más solo y más triste. Tuvo añoranzas del pasado, cuando estudiaba en la escuela de Paraná y vivía en aquel cuarto miserable con vistas al ancho río. Se acostó, pero no pudo dormir. Su imaginación divagaba incesantemente. Pensaba en mil cosas: en su largo viaje; en los pobres opas que mendigaban en las estaciones; en las montañas inquietantes; en su incipiente tuberculosis; en Buenos Aires, cuyo recuerdo, a tal hora, se tornó para él agudo y doloroso.

Cuando la gente volvía de la plaza aún estaba despierto. Oyó que hablababn las muchachas y se alejaban con pasos cadenciosos. Las personas de la casa entraron; sus voces resonaban en el patio, bajo la noche clara. Alguien cerró la puerta de calle; todo quedó en profundo silencio. El deseaba levantarse, salir. Luego pensó que la vida era una cosa miserable, y tuvo ganas de llorar.

II

Pocos días después, a principios de marzo, divulgóse por todo el pueblo una importante noticia: había llegado de Catamarca el Director de la Escuela Normal. Todas las vacaciones el Director iba a Catamarca,[52] su pueblo, para descansar y visitar a su familia. Solís deseó saludarle esa tarde en la propia escuela; pero, encontrándose un poco enfermo, dejó la visita para el siguiente día. No obstante, como desde el atardecer se sintiera otro, aceptó a la noche la proposición de Pérez, el pianista, su convecino en la casa de huéspedes, de presentarle al Director en la tertulia del boticario, una reunión escogida a la que asistía "lo más intelectual" de la ciudad. El músico aseguraba a Solís que él disfrutaba en la tertulia de sólido prestigio y que tenía, por lo tanto, autoridad de sobra para llevarle.

Y allá fueron.

La *Farmacia Moderna* ocupaba una esquina frente a la plaza. Era una pieza vasta, cuyo piso constituía una de las curiosidades de La Rioja, pues lo formaban pequeños cubos de madera, de aquellos que se emplean en Buenos Aires para pavimentar las calles. En los anaqueles dormían, abrigados por las telarañas, grandes frascos de vidrio, la mayor parte vacíos; estaban allí, casi exclusivamente, como pretexto ornamental. El cielo raso era una tela combada hacia el suelo habitualmente; su blancura originaria, bajo una mugre de años, apenas se adivinaba. Por las noches oíanse ruidos misteriosos al compás de los cuales se columpiaba el cielo raso; eran los ratones. Había a lo largo del cuarto un mostrador cubierto de cajones con tapas de vidrio. Allí se amontonaban los artículos de más salida: las cajas de polvos, los frascos de Agua Florida, las pastillas para la tos, y, sobre todo, ciertas galletitas purgantes, feliz

---

52. **Catamarca:** Capital de la provincia de Catamarca en la región andina. Población: 88.432 habitantes.

invención de la casa que unía a su condición agradable una rara virtud operativa. Los vidrios estaban normalmente cubiertos de polvo; dibujando en ellos con el dedo, mientras el farmacéutico preparaba las recetas, los mandaderos entretenían el tiempo. En un rincón oscuro del cuarto, bostezaba el empleado de la farmacia: un individuo tuerto y cachaciento [53] que dormitaba el día entero.

Todas las noches se reunían en la farmacia los amigos del boticario don Numeraldo Vargas. Personas de edad, en su mayoría; gentes graves, reposadas. Conversaban plácidamente, comentando las noticias de la semana, interpretando los sucesos políticos. A veces se hablaba de libros, de autores. Todas las noches se reunían en la farmacia los amigos del boticario don Numeraldo Vargas. Personas de edad, en su mayoría; gentes graves, reposadas. Conversaban plácidamente, comentando las noticias de la semana, interpretando los sucesos políticos. A veces se hablaba de libros, de autores. La reunión no duraba más de dos horas. Comenzaba en seguida de comer y concluía a las diez y media en verano y a las nueve y media en invierno. En verano, la reunión se celebraba en la acera.

La tertulia de don Numeraldo disfrutaba de un increíble prestigio, Algunas celosas consortes soñaban con que sus maridos la frecuentasen en lugar de acudir a la confitería donde "¡gastaban tanto!". Además, las reuniones de la confitería, sobre todo las de la noche, se hallaban muy mal reputadas. En ellas se jugaba, se bebía, se hablaba mal de todo el mundo. En la de don Numeraldo, por el contrario, se odiaba el juego, se murmuraba sólo discretamente y no se bebía sino agua, pues don Numeraldo jamás convidó con otra cosa.

Don Numeraldo Vargas era popular en La rioja. No se le llamaba sino don Nume. Era feo y peludo; tenía la nariz aplastada, corta, ancha y la frente de dos dedos. Sus ojos, capirotudos [54] y lagañosos,[55] se perdían entre los pelos. Su barba era negra y redonda. Se peinaba hacia atrás. Hablaba muy poco y sus escasas palabras salían atropelladamente, con voz confusa, como rezongando. Tenía gestos de pensador. Los chiquilines del pueblo le temblaban, y las madres, para impedir sus travesuras, les amenazaban: "¡que te agarra don Nume!" Pasaba por hombre sesudo y muy prudente. Su afán era apartar las conversaciones indiscretas, quitar toda aspereza a las discusiones. No se metía en política. Hacía diez años había sido intendente municipal. Su proyecto de mayor trascendencia fue el de los adoquines de madera. El pueblo se oponía, pero él hizo traer dos vagones para empezar los trabajos. La iniciativa fracasó y entonces don Nume llevó los adoquines a su casa y pavimentó con ellos la botica. Después se hizo opositor, pero como la gente "de la situación", amenazando con cerrarle la botica, dijera que don Nume envenenaba al pueblo, se

---

53. **Cachiciento**: Indolente, perezoso.
54. **Ojos capirotudos**: Es decir, como si los ojos tuvieran por encima un capirote o gorro.
55. **Lagañosos**: Ojos con una secreción mucosa de los párpados.

retiró a la vida privada. Don Nume no era propiamente un intelectual. No se le conocía afición a ninguna disciplina literaria o científica. Pero a pesar de no ser un letrado, sus tertulianos no dejaban de consultarlo. El se excusaba y de este modo iba creciendo la fama de su cordura. Tampoco era farmacéutico. La botica había pertenecido a su suegro, un cordobés habilidoso y vividor, con cuya hija se casó don Nume. Al morir el boticario, su hija heredó la farmacia. Don Nume colocó un mostrador, compró los frascos grandes y, con entera convicción, le puso el nombre de *Farmacia Moderna*.

Esa noche salió temprano a la acera. Como había luna, apagó la luz de la botica. En la plaza, en las calles, los faroles no habían sido encendidos. Bajo los árboles se movían pesadamente algunas figuras. Hacía un fuerte calor. Se adivinaba, en las aceras, plácidas reuniones familiares. Pasaban hombres de chaleco desprendido, abanicándose con el sombrero de paja. La luna plateaba un trozo de la iglesia en construcción y daba a las calles una blancura de papel. Don Nume sacó varias sillas y se sentó en una. Luego tomó el palillo de dientes que llevaba detrás de la oreja y comenzó a escarbarse. Así esperaba siempre a sus tertulianos. Antes que todos, inexorablemente, llegaba el Director, En toda La Rioja no se empleaba otra palabra para designar al profesor Ambrosio Alvarenque, "reputado pedagogo" que llevaba cuatro años en la dirección de la Escuela Normal de maestras. Era de mediana estatura, flaco, huesoso. Tenía el rostro chupado, lleno de puntas, y de color amarillento. Caminaba con los pies abiertos en ángulo obtuso, ceremoniosamente, pisando primero con los talones. Padecía de una tenaz dispepsia flatulenta. Acosábanle los gases, y su cara, sin duda por esto, exhibía cierta expresión de recogimiento: pensaba en ellos. A causa de esta enfermedad y de los catarros intestinales, usaba sobretodo tanto en invierno como en verano. Tenía modales distinguidos. En todas las cosas de su vida era extremadamente ordenado, grave, solemne. Pasaba su existencia preocupado con los métodos de enseñanza; su afán de minucias y formalidades era una enfermedad. Hombre pulquérrimo, jamás se le oyó un terno[56] ni una palabra de sentido dudoso. Cuando algún audaz contaba en su presencia cuentos verdes, él, si no encontraba pretexto justificado para retirarse, fingía no oír. No decía lavativa sino enema, y juzgaba una grosería que se hablase de enfermedades del estómago, del intestino y de otras, refiriéndose pormenores.

Como todo perfecto pedagogo, el director era anticlerical y positivista.[57] Declaraba su indiferencia hacia todas las religiones, pero en el fondo tenía un odio secreto, subterráneo, a la Iglesia Católica. Su positivismo había pasado por una época pintoresca. Se decía que al llegar a La Rioja usaba para su

---

56. **Terno**: Palabrota
57. **Positivista**: El positivismo fue un movimiento filosófico nacido a mediados del siglo XIX y desarrollado de acuerdo con los avances científicos de la época. El sistema positivista reconoce solamente los hechos y la inducción como medios de conocer la verdad. Para los positivistas la única realidad científica es el hecho mismo, es decir, lo que se puede ver y tocar.

correspondencia privada el calendario comtiano:[58] mes de Homero, mes de Shakespeare. Las bromas de algunos insolentes le obligaron a abandonarlo. El catecismo de Comte y la pedagogía de Torres eran para él lo único fundamental en los conocimientos humanos. Por esto, allá en su interior, despreciaba a los tertulianos de don Nume, y si a veces aceptaba discutir con ellos era sólo por cortesía.

—Son hombres atrasados, espíritus metafísicos— solía decirle a don Nume confidencialmente.

Don Nume reconoció desde lejos al Director y salió a su encuentro, con los brazos abiertos.

—¡Mi amigo!— exclamó casi gruñendo.

El Director, sonriendo imperceptiblemente, se dejó abrazar, y, sin decir una palabra, fue a ocupar su silla. Era el asiento de preferencia: una vasta silla de hamaca que don Nume colocaba para el Director. Como a causa de sus enfermedades el Director no quería permanecer en la acera, sentábase dentro de la botica. Don Nume, para acompañarle, ponía su silla sobre el umbral.

—¿Y la salud?— preguntó don Nume con interés casi paternal.

Instintivamente, antes de contestar, el Director se llevó la mano al estómago. Después se quejó del agua de Catamarca, de los calores, del viaje. Estaba lo mismo. O tal vez peor. Ahora pensaba volver al régimen en las comidas, privarse de carne, suprimir todo excitante.

—Método— decía—, todo es cuestión de método.

Don Nume insinuó que tal vez el amigo Director hubiera extrañado la vida de la escuela, siempre tan variada, tan interesante, sobre todo para un pedagogo "de campanillas"[59] como él era.

—La escuela, señor don Numeraldo, debía ser agradable, pero... ¡esa gentuza!

Se refería a los profesores, a quienes odiaba pedagógicamente. Eran unos ignorantes, unos desaforados.[60] El Ministerio no debía oirlos jamás. Los peores eran esos abogados sin pleitos, esos médicos sin enfermos, que tomaban las cátedras como vulgares empleos. Carecían de preparación pedagógica, de espíritu profesional; no querían estudiar la metodología, sin lo cual era imposible llegar a ser un buen maestro. ¡Ah, si él pudiera! Y explicó a don Nume su idea: una escuela independiente, con maestros elegidos a su gusto, formados por él

---

58. **Calendario comtiano**: Referencia a Auguste Comte (1798- 1857), filósofo francés, líder del movimiento positivista. Para Comte, todo conocimiento procede de la experiencia sensorial. Comte procuró aplicar los métodos de la ciencia a la filosofía, a las creencias sociales y hasta a la religión. La referencia aquí a un calendario comtiano y al catecismo de Comte son obvias exageraciones para sugerir la influencia de Comte en muchas esferas de la vida, incluso en las actividades cotidianas de la gente.
59. **De campanillas**: De mucha distinción.
60. **Desaforados**: que obran con exceso, arrebatados.

mismo; una escuela donde su autoridad estuviera robustecida y sostenida por los superiores; una escuela científica, donde se aplicaran las últimas conquistas de la pedagogía, que fuese un crisol donde se ensayaran los nuevos métodos y una pepiniera[61] de hombres libres...

—¿El qué?— preguntó don Nume.

—Una pepiniera de hombres libres, una pepiniera...

—¡Ah, sí sí!— exclamó el boticario, como si hubiera entendido.

Quedaron en silencio.

Don Nume refirió luego, con cierto misterio, que había llegado el nuevo maestro, un joven Solís. Parecía un "mozo bien": decente, estudioso, intelectual.

—Será como todos— susurró débilmente el Director, incomodado por el flato.

El ya no esperaba nada de estas generaciones degradadas, insolentes, que estaban surgiendo. Y el Ministerio, en lugar de nombrar a las personas que él proponía, le enviaba esos mequetrefes que no servían para nada. ¡Así andaban las cosas! ¡Ah, los hombres de Buenos Aires! Mixtificación y mixtificación.

Y decía estas palabras con sonrisa desdeñosa, torciendo la boca.

En este instante aparecieron Pérez y Solís.

Pérez saludó con afabilidad exagerada, y presentó a su amigo haciendo de él grandes elogios. Solís se puso a las órdenes del Director. El no ejercía desde hacía algunos años, más esperaba llegar, con buena voluntad, a ser un maestro discreto.

—Dejemos estas cosas para tratarlas mañana en la escuela. —interrumpió el Director, en un tono seco y autoritario que dejó a Solís un tanto cortado.

Los recién venidos ocuparon las sillas de la acera.

La luna llena comenzaba a rodearse de un halo amarillento y opaco. En la plaza, dentro de la sombra que bajo la arboleda se espesaba, movíanse algunos vestidos claros. Voces femeninas traían fragmentos de palabras. Los puntitos de luz de los cigarrillos interrumpían, por instantes, la ancha sombra. Los pocos carruajes que se estacionaban frente a la confitería se alejaron. La montaña se destacaba, morada y maciza, sobre el fondo claro del cielo.

Hablaron de los calores que hacía, de los pequeños progresos de la ciudad, de algunas cosas que ocurrieron en ausencia del Director. Era una conversación apagada y fría. Inútilmente trataba Pérez de animarla. Pero, ¿dónde hallar un tema interesante? Solís sentía el retorno de aquella lasitud que le invadía casi diariamente, desde su llegada a La Rioja. Se preguntaba si serían así todas las conversaciones, si no habría algo que satisficiera a su espíritu. Deseaba que llegaran otras personas, esos "intelectuales" a que aludió su amigo con ironía.

Luego se habló de Paraná, en cuya escuela normal habían estudiado, aunque en épocas distintas, el Director y Solís. El recuerdo de Paraná transformó a

---

61. **Pepiniera**: Un gran número.

Solís. Tomó la palabra y habló largo rato de su ciudad natal, de los paisajes que la rodeaban, del río en cuya belleza enorme y salvaje había aprendido a sentir la poesía de la naturaleza. El Director parecía dar a eso poca importancia. Recordó la antigua escuela, tuvo frases de veneración para Torres, su viejo maestro, suspiró y dijo:

—De la escuela de Paraná salían en aquellos tiempos, verdaderos educacionistas. No como éstos de ahora...

Don Nume escuchaba religiosamente.

Pérez, que se había levantado y se paseaba por la acera con las manos en los bolsillos, entró en la botica, y dirigiéndose en la oscuridad a uno de los frascos grandes, sacó una pastilla de goma y se la zampó en la boca. Don Nume, inquieto, le había seguido con la mirada. No le gustaba tales familiaridades, pero no dijo una palabra.

De pronto, la figura enorme de don Nilamón Arroyo tapó la puerta de la botica. El doctor Arroyo, el mejor médico de La Rioja, era uno de los tertulianos habituales de don Nume; raras veces faltaba. Era corpulento y barrigón. Tenía la cabeza en punta, pies y manos monumentales, el cabello escaso y gris, los ojos pequeños y movedizos. Caíasele el bigote; parecía poco propenso a afeitarse. Su ropa estaba siempre llena de caspa y de manchas. Fumaba en pipa. Sus maneras eran campechanas, "a la que te criaste". Vivía solo, en un caserón frente a la plaza. Había perdido a sus dos hijos y, recientemente, a su mujer. Esta desgracia le abatió mucho, pero él la soportó con resignación. En la escuela era el más querido de los profesores y uno de los más dedicados a sus cátedras. Enseñaba Ciencias Naturales. Fue el único que lograra resistir las imposiciones del Director, quien, como le temía, sobre todo a causa de su espíritu burlón, no se atrevió a ejercer con él sus procedimientos habituales. Virtuoso, hasta el punto de no haber dado jamás el menor motivo a la murmuración, era, sin embargo, muy tolerante para con los defectos ajenos. Católico, cumplía sin ostentaciones los deberes de la religión. Su único defecto era el ser mal hablado. Empedraba su conversación de palabras feas. Cada terno que echaba en las reuniones de la botica tenía un eco de malestar en la metódica pudibundez del Director. También era exagerado y algo mentiroso. A él todo le había ocurrido y se aplicaba a sí mismo los cuentos que narraba.

—¡Hola, amigazo!— exclamó el recién venido, sacudiendo la mano del Director— ¿Y cuándo llegó? Yo no sabía nada.

Pérez presentó a su amigo sin cesar de tartamudear.

El médico sacó una silla a la acera y, desprendiéndose el chaleco y bufando de calor, se repantigó. Se limpió el sudor de la calva con un enorme pañuelo, resopló varias veces y, abanicándose con el sombrero de paja, descolorido y deformado, exclamó:

—¡Gran bruta, qué día!

Le habían asegurado que en el hotel, bajo el corredor a la sombra, naturalmente, hubo esa tarde cuarenta grados. Después los porteños pretendían que ellos fuesen activos, y los llamaban "calandangudos"[62] porque se pasaban las horas panza arriba. ¡Como si pudiera hacerse otra cosa con temperatura semejante!

—Y a todo esto —agregó—, yo ¡de parto!

—¿Usted?— preguntó Pérez socarronamente.

—Muy vieja la gracia, hijito— le contestó, pinchándole con el dedo en la barriga.

Y dirigiéndose especialmente a don Nume:

—Filomena Ramírez, que ha abortado hoy en Sanagasta,[63] a las dos de la tarde. ¡Mire que ocurrírsele parir en tal día y a tal hora!

Pérez dijo que no admitía las quejas de don Nilamón. Ya sabían todos que a él le gustaba hacer servicios, sacrificarse por los demás.

Don Nilamón, en efecto, vivía sacrificándose por todo el mundo. Había asistido de balde a tres generaciones. Aunque no poseía fortuna, ni siquiera un pasar, jamás quiso presentar la cuenta a sus clientes. El médico, según él, era un sacerdote, y envilecía su profesión todo lo que no prestaba sus auxilios gratuitamente. Ricos y pobres, amigos y desconocidos, todos eran iguales para don Nilamón. Sacó al mundo, con el placer que anegaba su alma en cada caso, a centenares de criaturas. Atendía a las parturientas como si fuesen de su familia, y si era preciso pasar la noche en la casa no aceptaba cama; dormía sobre un sofá cualquiera para hallarse pronto en las urgencias. Si moría el enfermo, don Nilamón continuaba al lado de sus deudos dándoles su consuelo. Pagaba a los pobres los remedios; para ello tenía una cuenta en la botica de don Nume. Si bien ya no estudiaba, conservaba un raro don de acertar; por ello tenía fama extraordinaria y, entre el pobrerío, cierta reputación de persona misteriosa. Le incomodaba que le tuviesen por servicial y generoso. Y así, contestó a Pérez refunfuñando:

—¿Que me gusta hacer servicios? ¡Una polaina![64] ¡Qué sonsera! En esto Pérez, mirando a un individuo que atravesaba la calle en dirección a la botica, exclamó:

—¡Miren quién viene!

—Salud, amigo Palmarín— dijo don Nilamón.

Palmarín fue presentado a Solís. Era un muchacho como de veintisiete años, flaco, largo, lleno de granos, con la boca de oreja a oreja. Vestía un traje de brin[65] blanco que debía ser eterno por lo encogido. Los pantalones le quedaban por mediapierna y el saco no le cubría bien lo que todo saco decente debe cubrir. Iba acollarado por un cuello monumental; llevaba una larga y policroma corbatita y el sombrero en la nunca. Andaba como si pisara huevos, levantando

---

62. **Calandangudos**: Palabra caída en desuso.
63. **Sanagasta**: Pequeña localidad en la provincia de La Rioja, con una población de 1217 habitantes.
64. **¡Una polaina!**: ¡Qué ridículo!
65. **Brin**: Lona fina.

los pies apenas tocaban el suelo. Tenía aspecto de caricatura y pasaba por el bromista del pueblo. Al llegar el día de los Inocentes todo el mundo temblaba. ¿Que inventará Palmarín? Su broma preferida consistía en pedir, con cualquier pretexto justificable, cinco pesos prestados, y cuando se los daban, decía: "la inocencia te valga", reía con su bocaza de tal modo que por poco se le veía hasta el estómago, y se quedaba muy fresco y con los cinco pesos. Pero sus bromas no se limitaban al día de Inocentes.[66] Una vez, cuando en la botica inventaron o introdujeron —nunca se pudo esto saber— las galletitas purgantes, Palmarín, el único enterado, compró cierta cantidad y fue a la confitería. Dijo que las había traído de Buenos Aires su cuñado, quien había llegado esa mañana; él las llevaba a la confitería para recomendárselas al patrón. Eran muy ricas, estaban de moda en Buenos Aires. Todos se atracaron de galletitas. Y se dice que esa tarde, con gran asombro de sus directores, hubo de agotarse la edición de *El Constitucional*. Palmarín era profesor de francés en el colegio. Cuando lo nombraron sabía tanto de francés, según las malas lenguas, como do sánscrito. Los muchachos le hacían preguntas comprometedoras; pero él jamás perdió el ánimo ni se quedó sin respuesta: resolvía las dudas ortográficas preguntando a toda la clase y poniéndose de parte de la mayoría. No gastaba en cigarrillos: los pedía, insensible a las sonrisas de los circunstantes, diciendo que los dejó olvidados en su casa, en el otro saco.

—¿Ha visto, señor Director— preguntó con sorna Palmarín— lo que dice *El Constitucional* de esta tarde?

—No leo papeluchos ni pasquines— contestó el Director con sequedad y firmeza y apretándose el hígado con una mano, incomodado por los gases.

Palmarín era uno de los más temibles enemigos del Director. Le combatía con saña, con refinamiento. Palmarín no tenía motivo personal para odiarle, pero entre el Colegio y la Escuela existía una vieja rivalidad, que el Director había contribuído a aumentar. Palmarín le detestaba en nombre del Colegio, en nombre de la ciencia libre, "de la alta cultura", pues la Escuela, según él, era la enmarcación de la ciencia dogmatizada y pedagogizada. El Director, a su vez, sentía repugnancia por un establecimiento donde los métodos no se tenían en cuenta. Además, el colegio era, según el Director. "un antro de inmoralidad, una podre". Los muchachos del colegio conocían todas las corrupciones. Iban a la confitería, jugaban al billar, andaban siempre detrás de las muchachitas y algunos hasta frecuentaban ciertos ranchos.[67] Se estacionaban insolentemente, sin respeto a la autoridad del Director, en la esquina de la escuela para ver pasar a las niñas. "Ligaban" con ellas y trataban de seducir a las más humildes, y las autoridades del Colegio, indiferentes, ni intervenían para cortar tales escándalos ni le dejaban a él intervenir. Palmarín se complacía en soltar pullas[68] contra la escuela. Era el único hombre en la ciudad que carecía

---

66. **Día de Inocentes**: El 28 de diciembre, en que se hacen bromas.
67. **Ranchos**: En este caso, se refiere a casas de citas.
68. **Pullas**: Palabras indirectas o alusiones desfavorables.

de todo respeto hacia el Director. En su presencia contaba cuentos verdes, que don Nilamón aplaudía; relataba las diabluras de los alumnos del colegio, lo que exasperaba al director; y hasta se permitía de vez en cuando hacerle víctima de sus bromitas. Una de sus burlas habituales consistía en publicar en *El Constitucional* sueltos anónimos en los que se criticaban abusos o escándalos de la escuela y que, a la noche, en la botica, y, en las narices del director, leía solemnemente, declamatoriamente.

Las palabras del Director le hicieron declararse ofendido. El Director, que era de otro pueblo, insultaba a La Rioja. *El Constitucional* era el periódico más serio, mejor informado que desde hacía muchos años hubo en la ciudad. Estaba bien escrito, publicaba telegramas auténticos de Buenos Aires, y aparecía tres veces por semana. La importancia de *El Constitucional* no podía ser negada sino por mala fe. Era con relación a La Rioja lo que *La Nación* o *La Prensa* con relación a Buenos Aires.

—Es nuestro gran órgano, señores— clamaba Palmarín en la acera, en pie, con el sombrero en la mano, y agitando el periódico que había sacado del bolsillo.

Y como nadie le seguía en su indignación, agregó, con tono persuasivo.

—El Director nos ofende con el alma afirmando que nuestro mejor diario, el diario de que nos enorgullecemos, es un miserable pasquín y que este noble pueblo...

Se interrumpió para mirar a todos como pidiendo aprobación.

—...que este pueblo tan noble, señores, no merece otra cosa...

El Director, con voz flaca, pidió la palabra.

Sin duda ese joven —así designaba a Palmarín por no nombrarle y por no hablar con él directamente— no le había oído bien. El no dijo eso. Recordó sus palabras textuales y aseguró que en ellas no había ofensa para el pueblo riojano. Repetía que *El Constitucional* era un papelucho.

Palmarín preguntó a los tertulianos si creían semejante cosa. Pérez confesó que a él le divertía enormemente. La vida social era una delicia, sobre todo cuando había acrósticos, siluetas, crónicas de casamientos. La parte política no le satisfacía del todo. Ponían demasiada pasión.

—Quie... quie... ren hacer tab... bla rasa de las instituciones— exclamó Pérez indignado y pegándole con el codo a Solís.

Don Nilamón, que se complacía en contradecir al Director, manifestó que a él le gustaba. *El Constitucional*. Era un periódico sin pretensiones, meritorio, sensato. Escribía en él Araujo, Miguel Araujo, un muchacho inteligente, sesudo.

—Y usted, don Numeraldo, ¿qué opina? —preguntó Pérez.

—¿Eh? Este...

Don Nume reconcentró todas sus potencias y se abismó en la hondura de su pensamiento. Palmarín quiso decir algo, pero don Nume lo evitó, levantando la mano como quien ataja un carro.

Pensó un minuto más y luego, acentuando sílaba por sílaba, preguntó:

¿Qué dice esa hoja?

Palmarín comenzó por pedir un cigarrillo. Había dejado los suyos en la confitería, sobre una mesa. Solís se lo dió. Luego desdobló el periódico solemnemente. El Director se repantigó en su silla con supremo desdén y miró al techo, como quien resuelve hacerse el sordo. Palmarín no veía las letras a causa de la oscuridad, pues la luz de la luna era insuficiente. Pérez encendió un fósforo y le iluminó el papel, operación que repitió varis veces, lleno de aspavientos al quemarse los dedos, hasta el fin de la lectura. Palmarín, haciendo valer todas las palabras, con voz lenta y en tono misterioso, leyó el suelto siguiente: "*Educacional*. Circulan alarmantes díceres sobre gravísimas inmoralidades ocurridas en la Escuela Normal. Se afirma que el protagonista en uno de los escándalos más sonados es un profesor de la casa. ¿Por qué no interviene el gobierno provincial denunciando al de la Nación tales enormidades que son mengua y desdoro de la cultura de este pueblo? Las autoridades del establecimiento nada hacen por detener el mal y viven absortas en sus métodos y pedagogías. En cuanto a la oligarquía que nos gobierna, ya sabe el pobre pueblo que nada puede esperar de ella. Es preciso que el Ministerio Nacional ordene una prolija investigación. Parodiando al poeta, diremos que algo huele a podrido en Catamarca".

—¡Qué bagual![69]— don Nilamón riendo a carcajadas y dando patadas en el suelo—. ¿En Catamarca dice, che?[70]

—Así dice— contestó Palmarín como si tal cosa, después de cerciorarse en el periódico.

—Pero, ¿y por qué en Catamarca?— preguntó Solís.

—Yo creo que es una alusión al Director, que es catamaqueño.

—¡Claro, hombre, qué más iba a ser!— decía don Nicamón, riendo con todas sus ganas.

—Muy bueno, muy bueno— tartamudeaba Pérez mientras el Director le fulminaba con los ojos.

La lectura había producido el efecto que Palmarín deseara. Don Nume, consternado, no pensaba sino en utilizar su prudencia y su seso a fin de impedir todo acaloramiento intempestivo. El Director, por primera vez en ese verano, sudaba a mares. De buena gana hubiera abofeteado a Palmarín, pero pensaba que, felizmente, había pasado la edad de la barbarie, los tiempos metafísicos de violencias y supersticiones. Se hamacaba en su silla con señoril calma, mientras los gases se le multiplicaban por el disgusto. Miraba a sus contertulios con desprecio, incluso a Solís cuyas sonrisas había ya notado.

—Y... ¿de qué se trata, señor Director? —preguntó Palmarín con la mayor naturalidad.

El Director lo miró indignado. Tenía deseos de levantarse, de hacerse el desentendido, de insultar a Palmarín. Prefirió contestar, pensando que, aunque fuese a costa de su salud, no vendría mal poner los puntos sobre las íes. Y con

---
69. **¡Qué bagual!**: ¡Qué tonteria!
70. **¡Che!**: Interjección familiar y afectuosa para intensificar las palabras dichas.

la voz aflautada por la ira, levantando el dedo, profirió solemnemente:

—Debo advertir a ese joven que el Director de la Escuela Normal de maestras, profesor Ambrosio Albaranque, no necesita de las indicaciones de los periódicos para cumplir con su deber.

Palmarín explicó. El no dudaba de la diligencia del Director en los asuntos de disciplina y moralidad. Había oído decir cosas atroces, que él no creía, ¡qué esperanza! Y si deseaba saber la verdad, la entera verdad, era para refutar a los maliciosos. Se consideraba amigo del Director, vivía como él consagrado a los afanes de la enseñanza y no quería que circulasen falsas noticias sobre un establecimiento de educación. Era cuestión de patriotismo.

—Ustedes saben que los diarios cambian a veces las cosas...

—¿Y qué has oído?— preguntó don Nilamón.

—Les contaré... —anunció Palmarín, mientras tomaba una silla y se sentaba.

Decían que una celadora[71] había patrocinado las relaciones ilícitas de un profesor y una alumna de cuarto año; que varias alumnas se hallaban encintas y asistían a la escuela "exhibiendo el fruto pecaminoso"; que más de una niña acudía por las noches a verdaderas orgías que se celebraban en los ranchos...

El Director interrumpió:

—Todo cuanto se acaba de decir es un tejido, una red de mixtificaciones y de inexactitudes. Me explicaré. Pero procedamos con método.

Hablaba con parsimonia y firmeza. Pero estaba nervioso. Las acusaciones se referían a hechos ciertos, aunque agrandados por sus enemigos. Tenía la razón de su parte y, previendo su triunfo, dejaba asomar a veces una sonrisa. Su frase salía pulcra y lenta. Accionaba discretamente con el brazo derecho y formaba un cerco con el índice y el pulgar.

—Sí, señores; vuelvo a repetir que nada de ello es exacto.

La celadora a que sin duda se refería el suelto era una mujer excelente, ya entrada en años, con largo tiempo en la escuela, muy celosa en el cumplimiento de su deber. Lo que había sucedido era lo siguiente: Hacía seis meses, no tanto, sólo cinco y medio, una alumna de familia humilde, parienta de la celadora, había comenzado a aceptar los "vergonzosos" galanteos de un profesor. La celadora se irritó por tal audacia e impulsada por el deseo directorial amonestó a la "incauta niña". Pero ésta no cambiaba de conducta, y la dirección se vio obligada a expulsarla. En cuanto al profesor, había sido "apercibido" mediante una severa nota. En las vacaciones, y no siendo ya alumna de la escuela dicha niña, el profesor siguió cortejándola. Se había dicho por ahí que entró una noche en la casa y en el cuarto de la muchacha. No constaba que fuese exacto, pero ya se habían iniciado las averiguaciones necesarias. De todas maneras, por nota de la fecha, se solicitaba al ministerio la destitución del profesor.

—Esto es lo que hay respecto al primer punto. En cuanto a las orgías...

---

71. **Celadora:** Que hace de vigilante en una escuela.

—¡Qué orgías ni qué badajo!— interrumpió don Nilamón, que no podía más.

Y levantándose furioso, golpeando el suelo con el bastón, increpó al Director.

—¿Con qué derecho se entromete en la vida privada de los profesores? Si la muchacha no es ya alumna de la escuela, ¿qué le importa a usté lo que el profesor haga con ella? ¿O quiere usté que sus profesores sean castos como las camisas de las colegialas?

Y volviéndose a la acera se sentó, refunfuñando. Luego esgarró y envió la escupida como un balazo, hasta el medio de la calle.

—Los profesores— repuso el Director dogmáticamente— deben ser ciudadanos modelos.

—¡Ba, bah, bah, música!— decía don Nilamón, abanicándose violentamente con el sombrero.

—Si ellos— continuó el Director— se conducen incorrectamente, los jóvenes, en estos pueblos donde todo se sabe, ampararán sus vicios en los ejemplos que vienen de arriba.

Y agregó, triunfante, mirando de reojo a Palmarín:

—Por eso si el Colegio Nacional parece... una cueva de corrompidos, ¿a qué se debe sino a la inmoralidad de aquéllos que debieran ser inmaculados?

Palmarín protestó. El no era un San Luis Gonzaga,[72] pero tampoco un corrompido. Quería defender al colegio de "las calumnias y antipatrióticas imputaciones" del Director, demostrar que allí se respetaba el decoro y la moral, convencer al Director que...

—Silencio, mocoso!— interrumpió don Nilamón—. ¡Basta de barbariar![73]

Palmarín, habituado a las expresiones de don Nilamón, que le había visto nacer, lejos de darse por ofendido dejó la palabra al médico.

Don Nilamón se desató. Parecía que cuanto iba diciendo lo tenía guardado desde hacía rato y que aprovechaba la oportunidad para desahogarse. Hablaba a borbotones, atropellándose, dando manotadas. Se levantaba, se sentaba, se abanicaba furiosamente. De cuando en cuando se volvía para escupir hasta el medio de la calle. Amenizaba su oratoria con gran gasto de ternos, que incomodaban al Director casi tanto como sus gases.

—La escuela no debe invadir el hogar, señor Director; es el hogar, en todo caso, lo que podría invadir la escuela. Antes, los directores de colegios jamás pretendieron reglar la conducta privada de los maestros. Todas estas novedades las ha traído el normalismo, ¡badajo!

Y se despachó contra el normalismo.

---

72. **San Luis Gonzaga (1568-1591)**: Jesuita italiano, patrón de los estudiantes. Su fiesta es el 21 de junio.
73. **Barbariar**: Decir barbaridades, cosas absurdas.

El Director pasaba momentos de angustia, pues los gases le ahogaban. Sentía frío, aunque la noche era sofocante, y tuvo que ponerse el sobretodo. A cada rato miraba el reloj. En cuanto a don Nume, ni veía ni oía. Su sola preocupación era que llegase el momento oportuno para ejercer su prudencia.

—¡El normalismo es la peor de las plagas!— clamaba don Nilamón.

En el orden de la cultura el normalismo significaba el predominio de la enseñanza primaria sobre la universitaria, la muerte de los altos estudios, la desaparición de aquella aristocracia cultural que se llamó humanismo. Con la invasión de los pedagogos y los primarios, verdaderos primarios, ya no se quería que el país tuviese sabios, escritores, artistas, filósofos, humanistas: sólo querían tener escueleros.[74] Escuelas y más escuelas pedían los bárbaros en coro y combatían la creación de nuevas universidades. Lo que interesaba a los políticos, a los mediocres, al periodismo, era que todas las gentes del país supiesen leer: hasta el indio de ojota.[75] ¡Enseñar a leer a quienes no han de leer en su vida! ¿Para qué les servirá? En cambio, les servirá que haya en su provincia algunos hombres de saber. Estos hará construir caminos, puentes, contribuirán a mejorar las condiciones de la vida. La gloria de los pueblos no dependían de que el rebaño supiese leer, sino del valimiento de algunos de sus hijos.

—Estamos en una era científica— sentenció el Director.

—Mediocre, querrá decir— contestó el médico.

Y continuó con el normalismo, que propendía, según él, a la más presuntuosa forma de cultura. Un poquito de todo, pero, eso sí, todo muy bien ordenado y encajado en la cabeza. En el orden de las instituciones, el normalismo llevaba a la anarquía. Enemigo de la familia, por idiosincrasia y rivalidad de predominio, prescindía por completo de la autoridad paterna. Todo era el maestro, "la señorita". Había libros de lectura para los niños, escritos por pedagogos, donde en las trescientas páginas no se nombraba una sola vez ni al hogar ni a los padres. En su pedantería cientificista, los pedagogos eran enemigos de la libertad de enseñanza. Si por ellos fuese, se llegaría al monopolio por el Estado. Ellos quisieron que el Estado se apoderara del niño en cuanto saliese del vientre de la madre. ¡Iniquidad más grande! Privar a un padre del derecho de educar a su hijito, de formar su espíritu, de inculcarle las ideas y creencias que él cree mejores y que considera lo único fundamental de la vida!

—¡Inexacto!— Exclamó el Director amagando un gesto oratorio—. Los profesores no pretendemos semejantes cosas. Ha dicho Comte...

—Permítame, señor— terció Solís—. Soy maestro y puedo afirmar que tales opiniones son comunes entre nuestros colegas.

—Claro que lo son, ¡qué badajo!— apoyó don Nilamón.

En lo moral ocurría algo peor. Como el normalismo era laico, anticlerical

---

74. **Escueleros**: Maestros de escuela. Usado en tono un tanto despectivo.
75. **Ojota**: Un tipo de sandalia que usan los indios.

y dogmático, no admitía la moral basada en principios religiosos. ¿Con qué la reemplazaba? Más o menos con las mismas reglas morales, pues no las había mejores, pero basadas en nada, en el criterio de los hombres. Edificio sin cimientos, se derrumbaba fácilmente. Las muchachas, a quienes en diez años no se les había inculcado los principios religiosos, se encontraban indefensas. La pedantería normalista hablaba de educar la voluntad frente al catolicismo que, según ellos, sólo cultivaba el sentimiento. ¡Y qué voluntad ni qué badajo! Era ignorar a nuestras mujeres, no ver que en aquellos pueblos donde hacía tanto calor no podía haber voluntad que valiera. Las pobrecitas muchachas, tan tiernas, tan buenas, tan débiles, creían que podían confiar en sí mismas, según la doctrina de la escuela. Y si alguna vez se hallaban en un momento difícil, no contaban con un Dios a quien temer, ni siquiera con un infierno que les evitara la caída.

—¡La... la... verdad! —Exclamó Pérez—. Habló co...co...mo un libro.

El Director reconoció que ciertos hechos eran exactos. Pero ¿en dónde estaba la culpa? En la enseñanza anticuada, en los prejuicios. Si se practicara la coeducación de los sexos, si se enseñara minuciosamente la reproducción, las niñas no tendrían curiosidades malsanas que...

—¡Bah, bah, bah! ¡Pamplinas![76]

¿Qué era la coeducación de los sexos y la enseñanza de la reproducción? Imaginaciones de vulgares ninfómanos, nada más. Había mujeres tan viciosas que sentían placer sexual escribiendo en favor de esas teorías.

—Y dígame... —continuó don Nilamón—. Nosotros los hombres conocemos desde muchachos todos los misterios habidos y por haber. ¿Y qué? Acaso dejamos de sentir curiosidades, como dice usté? Al contrario, hombre, nos gusta más, qué badajo!

—Muy bueno, muy bueno— repetía Palmarín abriendo la boca de oreja a oreja.

—El doctor Arroyo nos tiene poca simpatía a los normalistas —dijo Solís sonriendo.

—Individualmente, no; tengo infinidad de amigos normalistas.

Lo que "le daba en los nervios" era el sistema. ¡Ah! y faltaba lo más divertido: la literatura de los normalistas. Desde el punto de vista estético el normalismo significaba la orgía del mal gusto, la apoteosis de la pedantería, el lugar común convertido en sistema. Los maestros literatos carecían de cultura clásica y escribían en un estilo desorbitado, hueco y cursi. En ciencia, el normalismo conducía a las pseudociencias, a las ciencias "de macaneo".[77] la sociología, la psicología experimental.

—¿Me permite, doctor Arroyo?— preguntó Solís.

—Cómo no, mi amiguito, diga lo que quiera.

Solís declaró que él, aunque maestro normal, estaba de acuerdo con don

---

76. **Pamplinas**: Tonteras.
77. **Ciencias de macaneo**: Disparatadas, de poco valor.

Nilamón en cuanto al espíritu del normalismo. ¿Pero no creía el doctor Arroyo que se encontrarían análogos o peores defectos analizando el espíritu de la medicina o de la abogacía?

—Es probable— contestó don Nilamón naturalmente.

Para Solís no había duda alguna. La práctica de una profesión acaba por modelar a quienes la ejercen en un sentido casi siempre opuesto al verdadero espíritu de la profesión. Nada más noble que la ciencia del Derecho pues su fin es defender la justicia, y nada más innoble y utilitario que el ejercicio de la abogacía. Los abogados eran en su mayoría hombres sin ideales y sin moral. Un abogado valía más cuanto más experto fuese en las triquiñuelas del oficio. ¿Y los médicos? ¿Y los sacerdotes?

—Por ahí, por ahí— dijo el Director, señalando con el dedo.

—Los profesores normales— continuó Solís— más que los maestros, son algo pedantes.

Creían ser sacerdotes de la ciencia, pensaban que sólo ellos eran capaces de enseñar, como si el enseñar fuese otra cosa que un don, una aptitud personal. Pero don Nilamón atribuía demasiada importancia a la escuela en la formación de nuestro espíritu.

Y exclamó, con acento casi declamatorio:

—Es la vida, la vida múltiple y compleja, lo que en realidad forma el carácter y el espíritu.

—Inexacto, inexacto— clamaba don Nilamón.

El Director estaba escandalizado por las palabras de Solís. En su vida había oído una herejía mayor. Se llevaba las manos a la cabeza, gesto que reservaba para las grandes ocasiones. Quería refutar a Solís, aniquilar a ese mequetrefe,[78] demostrarle que era un ignorante y un botarate;[79] pero todos hablaban a un tiempo y era imposible hacerse oír.

—Escúchenme, óiganme dos palabras— imploraba.

Pero nadie le tomaba en cuenta. don Nilamón se había trenzado con Solís que estaba apoyado por Palmarín y Pérez. En cuanto a don Nume, se hallaba aturrullado. Jamás hubo en su tertulia discusión tan acalorada. Hasta se levantó de su asiento, tratando de calmar a los contendientes.

—Nilamón, Pérez, vamos a ver —rogaba—. ¡Esto es un burdel!

Por fin el Director obtuvo que don Nume le oyera. ¿De dónde sacaban estos jóvenes doctrinas tan erróneas? La escuela era todo, absolutamente todo. Así pensaban los más insignes pedagogos. Y con razón. Lo esencial eran los cimientos, el punto de partida. La dirección de una pelota dependía del movimiento del jugador: no se desviaba del camino que aquél le había trazado. Y el jugador era aquí la escuela.

—El hogar, la familia— le gritaba Pérez, que, como se había puesto nervioso con la discusión, tartamudeaba lastimosamente.

---

78. **Mequetrefe:** Persona de poca monta a quien uno quiere rebajar.
79. **Botarate:** Hombre sin juicio.

Y se metió a contar su vida, su educación. Sus maestros de primera enseñanza fueron unos pobres diablos. No aprendió nada. En el Colegio Nacional, donde cursó tres años, jamás se le ocurrió a nadie que él pudiera tener aptitudes artísticas. Un tío suyo vio claro. Se empeñó en que estudiara música, le costeó los estudios. En cuanto al carácter, él salía a su madre. No debía "ni medio" a la escuela. Era su madre quien le había formado.

—¡Ah, la vida, la vida es la gran educadora!— repetía Solís.

Y si no, ahí estaba su caso para probarlo. Diez años de escuela normal no influyeron para nada en la formación de su espíritu. En cambio, los sufrimientos, la pobreza, los años de Buenos Aires, donde conoció "toda clase de vida", le habían hecho tal cual era.

—¡Toda clase de vida!— repetía melancólicamente, acariciándose el rostro.

—La escuela es todo, señor— sentenció el Director, medio ronco y levantando su dedo amenazante.

—*Iamé de la vi!* le contestó Palmarín, queriendo decir *jamais de la vie*, pues desde que era profesor de francés gustaba largar frasecitas en dicho idioma. *¡Iamé de la perra vi!*— repitió.

Y se trenzaron. El Director, en actitud casi hierática, afirmó que los jóvenes no tenían derecho para tratar estas cuestiones. Ellos apenas comenzaban a conocer el mundo, no habían vivido. Palmarín y Pérez se enfurecieron.

—¡No vale la pena, hombre!— gritaba don Nilamón desde la acera—. Están gastando saliva al santo cuete.[80]

Y agregó, dirigiéndose a dos personas que se habían detenido en la puerta:

—¡A buena hora! No saben lo que han perdido.

Todos callaron al ver a los que llegaban. El Director se sentó mientras se tocaba el estómago. Pérez aprovechó para apoderarse de otra pastilla de goma y engullírsela. Sólo Palmarín quería seguir discutiendo. Pero acabó por calmarse, y entonces pidió un cigarrillo a Solís. Había olvidado los suyos en su casa.

—Se les saluda, caballeros— dijo uno de los recién llegados, entrando en la botica y dando la mano al Director y a Solís.

Era don Eulalio Sánchez Masculino. Don Eulalio, considerado como uno de los tertulianos de mayor volumen, sólo acudía a la botica hacia fines de mes. Las demás noches las pasaba en la confitería. Era muy alto y tenía el pelo casi colorado y rostro de foca. Su nariz enorme estaba enrojecida por los granos y, según algunos, por el alcohol. Fue en otro tiempo el mejor abogado de la provincia. Ahora vivía de rentitas y de una cátedra de moral e instrucción cívica en la escuela normal. Cuando hablaba parecía mascar las palabras, y apenas se le entendía. Hombre más distraído no se conoció en toda La Rioja. Tomaba un tren por otro, dejaba el bastón en cualquier parte, se iba de la confitería sin pagar y más de una vez salió a la calle con la bragueta desprendida. En el colegio, su nombre proporcionaba todos los años un chiste clásico. "A ver, decía

---

80. **Al santo cuete**: En vano.

el profesor de castellano a un alumno: nómbreme una cosa del género masculino". "Don Eulalio Sánchez", contestaba el muchacho, muerto de risa. Don Eulalio vivía dominado por su mujer, una señora muy devota y de mal genio que le obligaba a entregarle sus sueldos y rentas y le daba cinco pesos cada semana para sus gastos personales.

—¿Y cuándo te vas a Buenos Aires, Eulalio?— preguntó don Nilamón.

—Voy a esperar la Semana Santa.

Los viajes de don Eulalio eran célebres en La Rioja. Don Eulalio tenía a su disposición un surtido de enfermedades que los justificaban. Su mujer, entonces, le daba dinero en buena cantidad, y don Eulalio, al rendirle cuentas, cuando no podía explicar ciertos gastos, decía que le habían robado. Y como era tan distraído "tan sonso" decía su mujer, ella lo creía.

—Han perdido una discusión de rechupete[81]— dijo don Nilamón, besándose con estrépito las puntas de los dedos en ramillete.

—*Sí, ia los veo moy divértidos*[82]— contestó el otro personaje.

Y agregó, como quien está en el secreto:

—Por lo visto, no saben lo que pasa.

—¿Qué pasa?— preguntaron todos.

Don Sofanor Molina, a quien no se llamaba sino don Molina, era el más politiquero entre los politiqueros. Veía enredos y conflictos por todas partes, y preveía las revoluciones con meses de anticipación. No era alarmista, sino que su desenfrenado amor a la política le llevaba a husmearlo todo y a exagerar la importancia de las noticias. Leía los editoriales de los diarios porteños a conciencia, dos y tres veces; a él no le bastaba el sentido aparente de las palabras. Allí tenía que haber otras intenciones y se ingeniaba para encontrar en cada frase algún propósito oculto. Popularísimo y ameno, gran contador de cuentos verdes, nadie le superaba como vehículo de noticias políticas. Ocupaba desde hacía un año el cargo de Intendente Municipal. Su acción, según el órgano de los constitucionales, enemigo de cuanto oliese "a la situación", no se hacía sentir. Calumnia. Don Molina vivía para la Intendencia. ¿Qué las aceras estaban intransitables y las calles sin barrer? No era culpa suya. Los treinta mil pesos anuales del presupuesto no alcanzaban para eso. Don Molina era de poca estatura, viejón, calvo. Usaba una perita muy graciosa. Andaba siempre con el saco harto espolvoreado de caspa, y salía a la calle sin corbata ni cuello, pero no por distracción, como don Eulalio, sino por abandono. Hablaba con una pachorra que le había hecho célebre. A su lado los riojanos más cachazudos en el hablar parecían hacerlo como un relámpago.

A la pregunta de los tertulianos contestó misteriosamente, mirando primero hacia la plaza y la acera y metiendo el cuerpo dentro de la botica:

—Parece que la cosa se pone fea.

---

81. **De rechupete:** Muy exquisito y vigoroso, que da mucho placer.
82. **ia los veo moy divértidos:** Quiere decir "Yo los veo muy divertidos."

Don Molina no daba sus noticias así no más. Se complacía en largarlas de a poquito, para hacerlas desear y para que las saboreasen. Suponía que todos se interesaban tanto como él en las novedades políticas.

—¡Este Sofanor siempre el mismo!— exclamó don Nilamón.

Era preciso que revelara claramente lo que sucedía, sin rodeos. Pero don Molina no quiso decir una palabra más. Ya había hablado demasiado. Mañana sabrían los detalles.

A los tertulianos de don Nume poco les interesaba la política, salvo a Palmarín, quien, si los constitucionales se apoderaban del gobierno, conseguiría otra cátedra.

—De lo que caiga— decía—. Soy capaz de aceptar la de inglés o la de trabajo manual.

Al director le interesaba indirectamente la política. Los constitucionales le hacían una guerra a muerte desde el periódico; su triunfo le crearía una situación difícil. Rumiaba sus pensamientos, cuando don Eulalio, a quien su mujer amonestaba por llegar tarde, recordó que eran "ya" las diez y media.

Todos se levantaron y despidieron. El Director saludó con la cabeza ceremoniosamente y se alejó.

El boticario, bostezando y desperezándose, salió a la acera. La luna estaba blanca y enorme. Todas las puertas se hallaban cerradas y no se veía una sola luz. Corría un vientito fresco. Don Nume bostezó de nuevo a la luna. Miró con satisfacción la botica, su casa, donde dormían su mujer y sus tres hijas, y se sintió feliz. ¡Bah!, no valía la pena tener quebraderos de cabeza, discutir tanto sobre si esto o lo otro. Llamó a Nazareno, el empleado de la farmacia, para que cerrara todo. Y se fue a la cama, donde su consorte le pondría el beso de las buenas noches en el matorral de su rostro.

III

Los primeros días de marzo fueron para Solís de una tranquilidad perfecta. El clima, el aire, el paisaje urbano, tenía una suavidad y una calma que hacían bien al cuerpo y al espíritu. Era casi imposible pensar, tener preocupaciones. Con el calor que se diría tangible y la sensualidad tropical que todo lo penetraba, la inteligencia se adormecía pesadamente. Solís pasaba las largas horas de calor, de diez a seis, en un adormecimiento agradable y bienhechor, en una voluptuosa somnolencia. Era la vida vegetal, indispensable para su salud. Había mejorado notablemente. Ya no tenía aquellos sudores que le molestaban por la noche; la fiebre desaparecía; el apetito aumentaba; los sueños eran fáciles y apacibles. No sufría tampoco inquietudes. Las tristezas del primer día se borraron sin dejarle huella. Estaba contento. Sólo le desagradaba un poco su mediocre condición de maestro primario. Las cátedras prometidas no se anunciaban. Tenía a su cargo el cuarto grado y las clases se inauguraban el quince del mes. ¡Hacía tantos años que no ejercía! Estudiaba toda la mañana, en su silla de hamaca, en el corredor. Horas de silencio y de paz. Los canarios alborozaban la casa, y el sol, brillante e intenso, exageraba la luminosidad del ambiente.

Doña Críspula no dejaba nunca de decirle algo al pasar.

—Así me gusta verlo, tan aplicadito. ¡Ja, ja, ja!

Antes de almorzar charlaba con sus convecinos, sobre todo con Pérez. Solía jugar una breve partida de truco. A veces tocaba la guitarra. Y entonces, por asociación de ideas, recordaba las horas perdidas en Buenos Aires en aquel cuartito cerca del Once, con aquella muchacha provocativa y ardiente que le tuvo tan dominado.

Durante el almuerzo eran siempre las mismas conversaciones. Pero no le aburrían. Por el contrario, sentía una satisfacción inexplicable en oírlas. Le parecía que, por su trivialidad, aquietaban su espíritu.

Después de almorzar dormía la siesta, una siesta realmente deliciosa, en la frescura de su cuarto. Afuera, el sol abrasaba; se oía el cantar perezoso de las chicharras y el ruidito adormecedor del agua, que lentamente corría por las acequias de la calle. No se oían otros rumores. Cuando callaban las chicharras y el agua de la acequia se dormía, parecía sentirse el silencio. La ciudad se aletargaba, muellemente, en el blanco sopor de aquellas horas.

Todas las tardes Pérez iba a buscarle.

—¡Pero amigo, a estas horas en la cama!— le decía tartamudeando—. Vístase para que salgamos.

—Y mientras Solís se vestía, los dos charlaban. Solís encontraba a Pérez sumamente simpático, con su cara afeitada y larga, su nariz algo torcida, su pelo echado hacia atrás, su espalda cuadrada, sus modales distinguidos, su tartamudeo gracioso. Buen muchacho, Pérez. Animoso, alegre, "muy camarada". Su conversación resultaba especialmente interesante para Solís cuando criticaba a las gentes y a las cosas del pueblo. Poseía el don de hallarles el aspecto ridículo y de satirizarlo con gracia.

Muchas veces hablaban de la casa en que vivían. Solís le hacía preguntas sobre doña Críspula y Rosario.

Doña Críspula era extremadamente bondadosa. La pobre tenía, eso sí, algunas ridiculeces: un candor, una ingenuidad enternecedores. Pero una santa, un pan. Y ¡qué genio alegre! Por cualquier cosa que él decía, ella reía una hora, a carcajadas, con una risa contagiosa que propagaba buen humor. A él lo quería como a un hijo. Cuando estuvo enfermo de difteria, no se apartó de su lado. Pasó en vela varias noches junto a su cama.

—¿Y Rosario?

—No me es muy simpática.

Era orgullosa, reservada. A su madre solía decirle cosas chocantes. Le molestaban las excesivas familiaridades de doña Críspula y, por ellas, le ponía mala cara; eso, cuando no la reprendía delante de todo el mundo. Era una maestrita, llena de puntos y comas. Pero no mala. A Galiani le odiaba, y con razón, sobre todo después que festejaba a doña Críspula.

—¿A doña Críspula? Pero ¿habla en serio, amigo Pérez?

—Como lo oye— contestaba Pérez paseándose por el cuarto, con las manos en los bolsillos.

En realidad no podía afirmarse que la festejara. El chisme había partido de las Gancedo. Estas almas de Dios desparramaron por todo el pueblo que Galiani quería casarse con doña Críspula, y la buena señora llegó a creerlo.

—Y, dígame, Pérez: ese Galiano, ¿qué tal?

—Un far...far...sante.

—¡Qué aspecto desagradable!

—De ru...ru...rufián clá...clásico.

—¡La verdad! ¿Y es hombre rico?

—¡Psh, va... vaya a saber!— contestó el músico desconsoladamente.

En cuanto Solís estaba vestido, iban a la plaza. Allí conversaban largamente. El arte, la literatura, eran los temas. A veces se les unía algún conocido en trance de aburrimiento; pero ellos prescindían de su presencia. Pérez tenía cierta cultura literaria y un interés profundo por las cosas del espíritu.

—¡Padecía hambre atrasada de todo esto!— le decía a Solís.

Allí no había con quien hablar. Estaba harto de conversaciones sobre política. No faltaban hombres estudiosos, inteligentes. Pero se dedicaban a la historia argentina —¡un opio!— o a la sociología o al derecho constitucional ¡un horror! Imposible hablar con nadie sobre arte moderno, sobre literatura actual. Ignoraban, por ejemplo, hasta la existencia de un Strauss,[83] de un Debussy,[84] de un Verlaine;[85] no conocían a los escritores de Buenos Aires.

Ya en este camino se despachaba contra los pueblos de provincia. Solís le incriminaba su injusticia. No había derecho a exigir una cultura de última hora en pueblos lejanos y pobres, cuando en Buenos Aires, con su millón y medio de habitantes eran escasísimos los espíritus cultivados.

—¡Ah, claro!— contestaba Pérez.

Para encontrar un ambiente había que ir a París. ¡París! Su ideal era conseguir una beca para continuar allí sus estudios. En Buenos Aires no se oía música. La gente llamaba música a las intragables "drogas" condimentadas por un Puccini[86] o un Mascagni.[87] Eran pastas italianas, música que olía a tallarines.

Y Solís reía de buena gana.

---

83. **Johann Strauss, hijo (1825-1899):** Compositor austríaco, llamado "el rey de los valses." Obras: "El Danubio azul," "Voces de primavera." También escribió operetas como "El barón gitano" y "Die Fledermaus."
84. **Claude Debussy (1862-1918):** Compositor francés . Muy influyente en el movimiento vanguardista de la música para piano.
85. **Paul Verlaine (1844-1896):** Célebre poeta francés cuyos versos poseen una fina musicalidad y fluidez. Obra: *Romances sans paroles* (1874) .
86. **Giacomo Puccini (1858-1924):** Compositor italiano de ópera. Obras: *Manon Lescaut* (1893), *La Boheme* (1896), *Tosca* (1900), *Madame Butterfly* (1904).
87. **Pietri Mascagni (1863-1945):** Compositor italiano de ópera. Su obra más célebre es *Cavalleria Rusticana* (1890).

—Pero, dígame: ¿cómo cayó usted a esta tierra?

—Una des...des...desgracia.

Tenía amores con una chica muy bonita, pero provista de una tanda de hermanos, tíos y cuanto Dios había creado. Lo pillaron. Y pretendían que se casara, los salvajes. ¡Hasta llegaron a sacarle el revólver!

—Unos bárbaros, gente primitiva— decía Pérez indignado.

—¿Y usted qué resolución tomó?

—La m... m... más digna.

—¿Se batió?

—No, hom... hom... bre... Disparé.

Si se queda en Buenos Aires, aquellos energúmenos le hacen casar. No, no era programa. Por medio de sus relaciones consiguió cátedras en las escuelas provinciales de La Rioja. Y se largó, resignado, "como quien va a la hora". Pero ¡qué diablos! había que salvar el pellejo.

Muchas veces hablaban de mujeres.

El músico refería aventuras extraordinarias, amores con grandes damas, paseos románticos en Palermo.[88] Solís le escuchaba atentamente, como si le creyese.

—Y aquí en La Rioja, ¿hizo ya alguna conquista el amigo Pérez?

—Psh, ¡la mar!

Lo difícil era llevarlas a buen término. En el conservatorio de música que dirigía —una veintena de muchachas— varias estaban enamoradas de él. Si quisiera podría hacer un excelente casamiento. Pero a él "no lo agarraban". Se contentaban con arrimárseles mientras daban la lección de piano, con tocarles la mano para corregir alguna posición defectuosa. En primavera solía pasarse las horas corrigiendo posiciones defectuosas.

Todas las tardes iban también a la confitería. A Pérez harto de la confitería, le aburrían aquellas reuniones en grupitos de tres o cuatro personas que, alrededor de una mesita llena de copas y de moscas, "mataban el tiempo" mirándose unos a otros. Decía Pérez que en realidad no mataban el tiempo; apenas si lo adormecían con el narcótico de las pachorrientas conversaciones. Pero a Solís le interesaba la confitería. Era el único sitio donde se encontraba la gente, ¡y él se hallaba también entre aquellos provincianos sencillos, ingenuos, cordiales! Por complacer a Solís, Pérez accedía a que después de la plaza, y antes de retirarse para comer, fuesen por un momento a la confitería.

La confitería era el alma de la ciudad. Allí nacían todas las iniciativas, se fraguaban las revoluciones, se comentaban los actos del gobierno. La confitería participaba del ágora, del forum. Era cátedra de gobierno y cátedra de rebelión, y el único lugar donde se leían los diarios locales, pues no se sabe que alguno tuviera suscritores. Por las tardes las reuniones se decoraban con algunas per-

---

88. **Palermo:** Antes, fue la gran estancia del dictador Rosas en Buenos Aires. En época actual, es un parque público. Palermo tiene también una extensa sección residencial.

sonas bien vistas. Por la noche no quedaban sino "los perdidos", los que jugaban a las cartas y bebían whisky.

La confitería, llamada así por antonomasia, pues muy cerca existía otra, ocupaba, sobre la calle, los bajos del hotel. Arquitectural y comercialmente, era la confitería digna de verse. Formaba parte del único hotel, instalado en una de las dos casas de alto que había en todo el pueblo.

El edificio del hotel se componía de una serie de cuartos paralelos sobre un patio interminable y angosto, cubierto por un parral. Había en el patio, y al fondo, una pajarera donde trinaban canarios y zorzales. La confitería propiamente dicha ocupaba sobre la calle una pieza que continuaba en martillo siguiendo el patio. En esta sala había dos mostradores, algunas mesitas y un billar melancólico que se hastiaba en espantosa soledad. Sobre uno de los mostradores ostentaba su exotismo un gran vaso cilíndrico, dentro de cuya agua nadaban desganadamente algunos pescaditos de colores. En los altos quedaban las piezas de preferencia, eternamente desocupadas. Separada por un ancho zaguán, utilizado en las horas de sol, estaba la sala condenada, con las terribles mesas de tapete verde. Colgaban de las paredes, aumentando el carácter pecaminoso del lugar, grandes retratos de mujeres: artistas a medio vestir, que exhibían, ante los concurrentes resignados, formas redondas y tentadoras. En el estío, la acera rebosaba de mesitas.

En cuanto Pérez y Solís llegaban, se les reunían tres o cuatro individuos que iban "al olor" del forastero, de Solís, que, en su condición de recién venido, era aún considerado como extraño. En los pueblos de provincia la presencia de un forastero constituye una rara novedad, a veces un acontecimiento. Por la mañana el forastero va a la confitería; allí hace relaciones. Por la tarde, infaliblemente, lo sacan en coche. "¿Quién será"? pregunta todo el mundo. Las gentes le miran como asombradas, se asoman a las puertas para verle pasar. Y al día siguiente ya nadie ignora quién es, el objeto de su viaje, sus ocupaciones, su estado civil. Estos datos, sobre todo el último, son solicitados con agresivo interés. En los pueblos, ¡son tan escasos los jóvenes casaderos! Pero el forastero interesa también por otra razón: viene de Buenos Aires. Todo forastero viene de Buenos Aires y por eso es casi un símbolo. Representa aquella gran ciudad de dichas y de placeres con la que todos sueñan perennemente y a la que a muy pocos ¡ay! es dada la felicidad de visitar. El forastero: ¡un hombre que vive en Buenos Aires! Para muchos, aunque no lo dicen, es una superioridad, un privilegio injusto que Dios concede, un usufructo de los más codiciados goces. Los jóvenes, sobre todo los que nunca han ido a Buenos Aires, miran al forastero como a un ser sagrado. Le suponen viviendo alegremente, nadando en dinero, lleno de amigas fáciles y encantadoras.

—¿Qué noticias nos trae de Buenos Aires, señor?— preguntaban a Solís las personas con quienes hablaba por primera vez.

En espera de la respuesta, los ojos apagados de aquellos hombres brillaban un momento, mirando con desmayada curiosidad. Pero él contestaba, como casi siempre, y encogiéndose de hombros: "Ninguna, no ha sucedido nada de importancia". Los ojos volvían a bajarse con desconsuelo. Y empezaba un silencio de varios minutos.

—Parece que el ministro del Interior va a renunciar— susurraba una voz perezosa, cantante y adormilada.

—Así cuentan los diarios— respondía otra voz al cabo de un rato.

Y todos se volvían hacia el forastero, no pudiendo convencerse de que lo ignorase un hombre que venía de Buenos Aires.

—Cómo no *ha'i* saber algo, *señor*[89]— decían, mirándole socarronamente, convencidos de que algo reservaba.

—Nada, lo que dicen los diarios— contestaba Solís con cruel parquedad.

Y seguía otro silencio de varios minutos.

La política, según Pérez informó a Solís, era el tema que primaba en la confitería. Cuando había noticias trascendentales, los periódicos de Buenos Aires eran leídos en alta voz, comentados minuciosamente. En época de elecciones, la confitería hormigueaba. Claro era que "los ases" no iban allí sino en raras ocasiones: se reunían en la casa de algún "dirigente". Pero "las cartas menores" no faltaban. Cuando la política local se alborotaba, ocurrían feroces discusiones, altercados, hasta incidentes graves. Muchos hombres prudentes se abstenían de concurrir en esas épocas. Cuando la política local estaba en calma, quedaba como recurso la nacional. Cobraba entonces proporciones enormes el más insignificante suceso que aconteciera en Buenos Aires. Y era que la imaginación, explorando entretenimientos, buscaba a todos los hechos un lado trascendental; y no dejaban de hallarlo, sobre todo si lo relacionaban con los enredos locales. Anunciaban los diarios, por ejemplo, la posibilidad de que renunciara el ministro de Instrucción Pública; e inmediatamente empezaban las conjeturas sobre los probables candidatos.

—El doctor Ramírez— decía uno de "los rumbeadores"[90]— parece el candidato más seguro, y anda en buena amistad con don Ibáñez.

Don Ibáñez era el jefe del partido constitucional de La Rioja.

—Y si lo nombran a él, habrá cambios en la Escuela y en el Colegio— insinuaba un eterno aspirante a profesor.

—De cajón.[91] ¡Y quién sabe si el mismo Director no salta!

—¿Y a quién nombrarían director?

Al llegar a este punto las imaginaciones golosas se desenfrenaban. Veían cátedras por todos lados; los más reputados como intelectuales se sonreían de esperanza, y los profesores que ya dictaban cátedras se imaginaban trasladados a Buenos Aires. En cambio los que militaban en el partido oficial quedaban derrotados con la noticia. Escribían a Buenos Aires, celebraban reuniones secretas. Y el ministro, a todo esto, ¡ni pensaba renunciar!

---

89. **Ha'i saber:** Ha de saber.
90. **Rumbeadores:** La voz se refiere aquí a una persona influyente en el pueblo, que habla mucho y con convicción.
91. **De cajón:** Es muy evidente.

A veces las conversaciones ofrecían un carácter más ameno para Solís: era cuando se contaban cuentos. Nunca faltaba algún especialista. Pero requerido a mostrar su habilidad para amenizar la reunión, solía hacerse rogar. Cuando el cuentista era don Molina, se formaba una gran rueda a su alrededor.

—Un cuento de don Molina— advertían los de su mesa a los de las mesas vecinas, mientras don Sofanor esgarraba y escupía.

Luego don Sofanor reía para sí mismo, y, después de una espera, comenzaba un cuento que no duraba menos de media hora. Subrayaba sus frases maliciosas con gestos indicativos y guiñando los ojos con picardía. Los oyentes festejaban los detalles con grandes risotadas y decían a cada rato:

—¡Qué don Sofanor este!

Pero las sesiones narrativas no eran frecuentes, pues los tertulianos se sabían de memoria todos los cuentos. Pérez también refería anécdotas, y, a pesar de ser tartamudo, se despachaba con más prontitud que sus colegas.

El referir y comentar la vida y obras de algún personaje pintoresco de la localidad solía ser tema de muy amenas conversaciones. Todos conocían las ridiculeces de cada cual, y en ellos ejercitaban su don satírico. Generalmente eran los forasteros quienes suministraban el asunto.

—¿Quién es aquel señor que se apoya en el mostrador?

Los interpelados miraban sin disimulo.

—¡Ah! Don Emerenciano.

Y ya empezaba la descripción del personaje. Uno contaba chistes y frases de don Emerenciano; otro refería sus ardides para no pagar las cuentas; un tercero narraba las picardías del viejo verde. Porque don Emerenciano era un tipo realmente extraordinario. Solía decir, contaba uno de los presentes, que "ningún sastre podía alabarse de haberle hecho pagar una cuenta en toda su vida". Era soltero y viejón. Tenía un empleo provincial, pero no iba jamás a la oficina. Se lo pasaba en la confitería jugando a cualquier cosa o bebiendo. A la noche se le veía en los ranchos, mezclado entre gente baja, emborrachándose con las chinas en el clásico "tomo y obligo"[92] Los muchachos le invitaban a todos los bailecitos. Les servía de diversión, porque cuando "agarraba la tranca"[93] le entraba por bailar y besuquear a las chinas. Don Emerenciano era abogado y decían que en sus buenos tiempos "fue una ilustración". Pertenecía al partido conservador, y en las manifestaciones públicas solía arengar al pueblo con discursos que quedaban célebres. Las gentes graves huían al encontrarse con don Emerenciano. "¡Qué lástima de mozo!", decían compasivamente.

Cuando no se hablaba de don Emerenciano, se hablaba de don Eulalio Sánchez Masculino, o de Palmarín Puente, o de don Molina, o del cura Cardones que tenía pleitos con todo el mundo y hacía el amor a las muchachas.

En estas conversaciones el personaje predominante era Miguel Araujo, que

---

92. **Tomo y obligo:** Invitaciones para beber.
93. **Agarraba la tranca:** Estaba borracho.

había hecho buena amistad con Pérez y que apreciaba mucho a Solís. Miguel Araujo pasaba por ser "lo más intelectual" de La Rioja. Orador de cierta elocuencia, "cortaba muy bien" la frase, como decían los entendidos del pueblo. Hablaba mal de todo el mundo y ponía a sus víctimas epítetos terribles. Solía escribir los editoriales de *El Constitucional*. Los del partido conservador los estimaban a pesar de todos los sarcasmos e ironías con que se cebaba en ellos. Araujo era cabezón y de facciones enormes, y su nariz tenía algo de monumental. Hablaba con exagerada lentitud, como picando las palabras, acentuando todas las sílabas. Tenía un genio atroz y era el único hombre en el pueblo que mandaba padrinos. Se había batido una vez, a sable, con don Sofanor Molina. El duelo fue célebre, pues allí jamás había habido otro. Para impedirlo intervino medio mundo, hasta el vicario; las beatas se comprometieron con abundantes promesas. Había estado de novio varias veces, pero siempre "dejó plantadas" a las infelices muchachas. Dos quedaron con la ropa pronta,[94] y a la otra la dejó "hasta bañada",[95] como decía doña Críspula. Ahora no había ninguna que le hiciera caso. Tenía queridas; se le conocían hijos naturales. Araujo era abogado y vivía de algunas rentitas. Su temperamento despótico, su prestigio entre las mujeres, sus simpatías en el bajo pueblo que le tenía por caudillo, sus modales distinguidos, su índole aventurera y desordenada, sus generosidades fantásticas, le daban un cierto aire de gran señor. Odiaba al Director, y una vez, a consecuencia de un altercado en el que precisamente el Director llevó la parte de las ofensas, le había mandado los padrinos. El retado o duelo declaró que sus principios no le permitían batirse. Más le valiera no haberlo dicho. Durante dos meses *El Constitucional* estuvo analizando los principios del Director. El pedagogo parecía indiferente a tales ofensas, "que no le llegaban"; pero su dispepsia se agravó y los gases le tuvieron medio loco durante ese tiempo.

Solís se complacía en preguntar a Araujo sobre sus conocidos.

—¿Qué piensa usted de don Numeraldo?

—Es un hombre discreto. Aquí a los sonsos les dicen discretos.

—Y Palmarín Puente, ¿qué tal?

—Es un gracioso de teatro de aficionados.

Una tarde muy calurosa, Pérez y Solís fueron temprano a la confitería. No había nadie, salvo don Eulalio. Sánchez Masculino, que contemplaba los retratos de la sala de juego.

—¿Se prepara para ir a Buenos Aires, don Eulalio?— preguntó Pérez.

—¿Por qué, por qué lo dice?— repuso con su voz ininteligible el aludido.

—Como mira tanto los retratos... Parece que tomara un aperitivo— dijo Pérez.

—No, hombre, no sea bárbaro!

En seguida comenzaron a llegar los concurrentes. Pérez vio con cierto asombro que estaban casi todos los profesores de la escuela.

---

94. **Con la ropa pronta:** Con el ajuar de boda.
95. **Hasta bañada:** Aquí también, la chica lo ha hecho todo preparándose para la boda.

—¿Y esto, don Eulalio?

Era una reunión del personal docente. Con motivo de la próxima apertura de las clases, intentaba resistir a las imposiciones del Director. Probablemente constituirían una sociedad secreta.

Solís invitó a Pérez a dar una vuelta en carruaje. En la confitería hacía demasiado calor. Despues, esa sociedad secreta no le interesaba. El acababa de llegar y no podía quejarse del Director, con quien apenas habló cuatro palabras.

Mientras pagaba el gasto se acercó a la acera un cochecito, una "arañita". Iba en él un honbre de barba cerrada, vestido de brin, con botas que pasaban de la rodilla y sombrero panamá. Tenía aspecto soñoliento y pesado.

Era el gobernador.

—Buenas tardes, *cábaieros*— dijo perezosamente.

Los presentes le saludaron. Solís había hablado una vez con él. Una mañana, a los pocos días de llegar, había ido a visitarle, vestido elegantemente, de chaqué. Cuando llegó a la esquina quedó estupefacto. El gobernador le aguardaba en la acera, sentado en una silla de hamaca, conversando con el tendero, frente al negocio. Estaba en zapatillas y llevaba el saco sobre la camiseta. Le recibió amablemente. El no era en realidad un gobernador, le dijo, sino el capataz de una estancia muy grande.

El gobernador continuaba inmóvil en su cochecito, apoyando la cara sobre la mano derecha, melancólicamente.

—Que lo pasen bien— dijo al fin con su habitual cachaza, tomó el látigo y, como sin alientos, le pegó al caballo.

El caballo, escuálido y con aire de aburrido, echó a andar con su trotecito desganado, que concertaba exactamente con la idiosincrasia de su dueño.

Solís y Pérez tomaron un carruaje.

—¿Adónde vamos?— preguntó Pérez.

—A los alrededores— contestó Solís.

Fueron a los arrabales. El carruaje se internaba en callejones estrechos y torcidos, orillados de ancochas,[96] de talas[97] y de chañares.[98] Algunos callejones eran anchos y tenían en el centro, o en un costado, una acequia. En el angosto canal de las aguas corrientes se bañaban, desnudos, algunos muchachos. Las pocas viviendas de aquellos lugares eran ranchos de techo horizontal, de ramas y paja, con un vasto y bajo cobertizo formado por las parras y que llegaba hasta el sendero. Una intensa sensación de frescura se desprendía de aquellos sitios. Bajo los parrales, las familias comían naranjos o tomaban mate. Solís se sacaba el sombrero para gozar del aire puro. Pasaron luego por una calle de álamos blancos, cuyos troncos altos, elegantes, parecían las columnas de una Alhambra[99] irreal.

---

96. **Ancochas:** Arbusto cuyas hojas tienen un sabor muy amargo.
97. **Talas:** Arbol de cuya madera se hacen cabos de herramientas.
98. **Chañares:** Arbol cuya madera se usa como combustible.
99. **Alhambra:** El célebre fortaleza-palacio islámico en Granada, construido en el siglo XIII.

Volvieron a la ciudad. En todas partes había ruinas: negros paredones de adobe que daban a la ciudad un aspecto extraño. En pleno centro se veían ranchos miserables con cercos de ramas. Junto a un mercado había un templete circular, pintado de colores chillones. Eran, según informó Pérez, las célebres letrinas construidas durante el gobierno municipal de don Nume. El carruaje seguía dando vueltas y vueltas. Pasó frente a las ruinas de una iglesia, y luego frente a otra iglesia de forma tosca, edificada con grandes piedras informes entre las cuales las junturas trazaban originales líneas. Era un templo de varios siglos, el único edificio que había resistido a la devastación de los temblores.

Luego, delante de un convento, informó Pérez:

—Aquí vivió San Francisco Solano.[100]

Bajaron. Pérez, que conocía a los padres, pidió permiso para entrar. En el viejo patio había una galería con arcadas, y en el centro se mantenía aún, glorioso de vejez, el árbol patriarca que plantó en tiempos de la conquista San Francisco Solano. Era un naranjo muerto en su mitad, como herido por una hemiplejia. Luego visitaron la celda donde vivió aquel gran santo que convertía a los indios calchaquíes[101] con la música de su violín. En el altar —el sitio que ocupara el lecho— una estatua del santo ostentaba su lamentable estética. Aparecía allí Francisco Solano con una mirada tierna y falsa, teniendo en una mano un violín nuevecito, en la otra un crucifijo de plata labrado por los indios, y, pendientes de la cintura, el arco y el rosario.

Dejaron el carruaje frente a la casa de doña Críspula. Rosario se paseaba por la acera con una amiga, a la que Solís recordó haber visto en la plaza.

—¿Se han divertido mucho?— preguntó Rosario.

—Es muy interesante La Rioja— contestó Solís.

Rosario presentó a su compañera.

—La amiga de que tanto hemos hablado.

Solís no recordaba quién podría ser. Estuvo por decirle a Rosario que ella y doña Críspula hablaron de media humanidad. Pero, pensando, rememoró los nombres que oía con más frecuencia. Y cuando creyó haber acertado, dijo con modo amable:

—Es la señorita de Gancedo, ¿verdad?

Fue una bomba. Rosario lloraba de risa. Pero Raselda, a quien la confusión no le hizo gracia, entreabría apenas los labios con sonrisa forzada. Pérez exclamaba: "¡Qué lindo"!. Solís se había sonrojado levemente.

—¡Que no sepa mamá— decía Rosario.

Y agregaba, ahogándose de risa:

---

100. **San Francisco Solano (1549-1610)**: Misionero franciscano, nacido en Montilla, España. Llevó el catolicismo y la civilización a millares de indios en la Argentina y el Perú. En Tucumán, Argentina, estableció muchas misiones y se dice que pacificó a los indios con la música de su violín.
101. **Calchaquíes**: Indios procedentes del valle del Tucumán llamado Calchaquí.

—¡Mire que confundirla con las guanacas!

—A todo esto— intervino Solís— todavía no sé quién es la señorita.

—Es Raselda— dijo Rosario.

Habían hablado muchísimo de ella. ¿No se acordaba? Solís declaró que no era fácil adivinar. ¡Habían hablado de medio pueblo! Luego, amablemente, acusó a Rosario como culpable del papelón.[102] ¿Por qué presentaba a su amiga de esa manera? El no conocía a las Gancedo; se imaginó que serían unas niñas como todas.

Se disponía a pedir disculpas a Raselda, cuando apareció doña Críspula en la puerta. Había oído las risas. ¿Qué pasaba? Pérez, tartamudeando, le contó lo sucedido, mientras a Rosario le volvía el ataque de risa. Pero a doña Críspula no le hacía gracia el tremendo error.

—Pero, señor don Julio— vociferaba—, ¡confundir a esta alhajita con las guanacas, que son las brujas del pueblo!

Y como siempre que se presentaba una ocasión propicia, comenzó a sacarles el cuero. Era su vicio, su placer más positivo. Dijo incendios de las Gancedo. Y al fin, juzgando que ya las había "puesto en su lugar", declaró que tenía que hacer y se retiró. Solís, que deseaba hablar aparte con Raselda, le pedía disculpas en voz baja.

—No tengo por qué perdonarle— contestó ella modestamente, mirándole con simpatía, mientras soltaba el brazo de Rosario y se disponía a hablar con él.

Solís sentíase atraído por los ojos de Raselda. Temiendo incomodarla, trataba de mirar hacia otra parte. Pero sus ojos, fatalmente, se encontraban a cada momento con los de ella.

Quedaron silenciosos, sin saber de qué hablar, dominados los dos por su timidez. Solís insistía en que le perdonara. Fue un crimen confundir a esta "alhajita" con una de las horrendas brujas del pueblo.

—No son tanto— decía Raselda, encantada de oír en boca de Solís el elogio que de ella hizo doña Críspula.

—Sí, lo son— contestaba Solís, que jamás había visto a las Gancedo—. Todo el mundo lo dice. En cambio, usted, Raselda...

No se atrevió a concluir la frase, pero ella le miró como interrogándole, como animándole.

—En cambio a usted... sólo por verla... vale la pena venir a La Rioja— balbuceó Solís, mirándola en los ojos.

Raselda sintió un suave placer en oír estas palabras, aunque se trataba de una vulgar galantería.

—Es demasiado amable el señor— contestó sonriente, sonrosada, mirándole como con agradecimiento.

Quedaron silenciosos otra vez. Un carruaje que pasaba con forasteros prolongó la breve pausa.

---

102. **Papelón**: Acto estúpido o ridículo de confusión o de torpeza.

Solís observó a Raselda. Tenía un tipo muy provinciano. De estatura mediana, más bien baja, no carecía de cierta elegancia natural. Era bien formada y repleta de carnes sin llegar a ser gruesa. Cuando caminaba, sus senos, redondos y blandos, mal sujetados por los amplios corsés que se usaban generalmente en los pueblos, se movían con movimientos bien perceptibles. Su rostro era en óvalo y de ese color tostado, de un moreno suave y cálido, tan común en las provincianas. Tenía manos y pies pequeños, cabellera abundante y oscura, ojos negros, profundos. Había en su rostro una expresión de bondad. El pausado movimiento de sus párpados tornaba lánguida su mirada. Los labios eran un poco gruesos; en el superior aparecía un vello suave. Hablaba con voz dulce y acariciante y se comía las eses. Su piel parecía tibia y húmeda. Solís no dudaba de que fuese un temperamento pasivo, sentimental, quizá soñador.

—¡Qué lindo es su nombre— exclamó Solís naturalmente, cortando el silencio.

—¿Le gusta?— preguntó Raselda levantando hacia él sus grandes ojos confiados, y halagada porque, evidentemente, Solís había estado pensando en ella.

—Mucho. Parece nombre de novela.

Y agregó, mirando al cielo:

—Raselda, Raselda... Es un nombre romántico, suave, sedoso...

Le parecía un nombre ideal para una heroína de novela romántica. Aseguró que en los nombres había un destino. Tal vez ella estaba señalada para tener en su vida una novela.

—¡Oh!, no diga eso— contestó Raselda inundada de felicidad y mirando a Solís de un modo lento y agradecido.

—¿Le gustan las novelas?— preguntó el maestro después de un corto silencio.

—¡Ah, muchísimo!— repuso Raselda apasionadamente, con los ojos entornados.

—¿Las novelas de amor?

Sí, las de amor. Pero había leído pocas novelas. Pensaba que todas serían de amor, que en todas, por lo menos, habría amores. Recordó sus años en la soledad de Nonogasta. Allá no había libros. En los veranos, algunas amigas que pasaban en aquel lugar las vacaciones le prestaban novelas. Le entusiasmaban las tristes, las que hacían llorar.

—¿Y qué novela la hizo llorar más?

—¡Ah! *María*,[103] de Jorge Isaacs.

La había leído cuatro veces. La primera vez, cuando estaba en la escuela. Siempre se acordaba de aquella larga noche que pasó en vela hasta concluir el

---

103. *María* : La célebre novela romántica (1867) del colombiano Jorge Isaacs (1837-1895).

libro. ¡Cuánto había llorado! Y sonreía recordando para sí que, al acabar la última página, besó las tapas del volumen y que después se durmió con el libro contra su pecho. Tuvo un sueño poético, donde era la heroína de unos amores desgraciadísimos hasta que terminó su vida decorada por los tigres en una selva fantástica.

Había oscurecido. En las casas encendían las luces; algunos transeúntes retardados se dirigían, sin apresurarse, a sus viviendas. Ya no hacía tanto calor. El aire no era tan espeso y ardiente y se había sutilizado un poco. En el silencio de la calle, las voces se propagaban sonoras, melancólicas, transparentes.

Rosario y Pérez se incorporaron al grupo.

Todos felicitaron a Rosario.

—Pero, ¿por qué? No hay motivo —decía ella.

—Ha pasado más de cincuenta veces— le argüía Pérez.

Rosario irradiaba felicidad. Se reía sola; acariciaba la mano de Raselda.

En seguida llegó Galiani. Raselda se despidió. Solís la siguió con los ojos y vio que ella, al llegar a la esquina, volvía la cabeza disimuladamente.

Entraron en la casa. Galiani tomó del brazo a Solís y le dijo con melosidad.

—Lo felicito. Buen bocado, ¿eh?

—No comprendo— dijo Solís, haciéndose el desentendido.

—Pero Raselda, hombre...

Solís protestó. Era una muchacha decente y no había derecho para clasificar así.

—No digo que no— contestó Galiani, escépticamente.

Y agregó, poniéndole un brazo en el hombro y hablándole al oído en tono confidencial:

—Yo, qué quiere, amigo, estoy por las francesas. ¡No hay vuelta que darle!

Y sonreía, como saboreando algún recuerdo picante.

IV

Raselda dormía con un sueño intermitente, cuando sintió que abrían la puerta interior de su cuarto y que una voz la llamaba con timidez:

—¡Raselda! Son más de las ocho...

Se levantaba todas las mañanas antes de las siete; y mientras la abuela estaba en misa, ella ayudaba en los quehaceres cotidianos a la única sirvienta. Pero aquella mañana amaneció sin ánimo de levantarse a la hora de costumbre. ¡Se había dormido tan tarde!

Dos días antes había conocido a Solís; y esa noche la pasó desvelada, pensando en él. No había vuelto a verle. Pero su imagen permanecía en su recuerdo, y a veces, como en esa noche, le había sido imposible alejarla.

Sintió de nuevo que la puerta se abría y que la misma voz la llamaba, amonestándola cariñosamente:

—¡Pero, mi hijita! ¿No te vas a vestir?

Era la abuela. Raselda la vió entrar en el cuarto, abrir los postizos de par en par, salir silenciosamente.

Misia Rosa Pomarán pertenecía a una familia de abolengo. Era de los Pomarán de Catamarca, hija de un don Cástulo que fue gobernador interino de la provincia en la época de Rosas y murió muchos años después, asesinado por unos collas,[104] en cierta ranchería del valle de Andalgalá. Los Pomarán, antiquísimos en Catamarca, descendían del capitán don Leandro Pomarán, del cual se contaba que fue muy pendenciero y enamoradizo. Misia Rosa, Mama Rosa como la llamaban, se casó a los veintiocho años con Rudecindo Gómez, un salteño atrabiliario, sombrío y misterioso. Gómez, empleado en el correo de Salta,[105] se hizo trasladar a La Rioja, donde vivió retraído. No hablaba con nadie, sólo salía de su casa para ir a la oficina y se pasaba la noche jugando al solitario. Con los años se volvió más lúgubre y fatídico. Le encontraron manías. Todas las noches, después de comer, atestaba de firmas muchas hojas de telegramas, realizando su ocupación escrupulosamente, con la gravedad de un ministro, durante dos horas exactas. ¡Era para no olvidarse de firmar! En la casa nadie le tenía en cuenta. Muchas veces, cuando le daba por encerrarse y comer en su cuarto, pasaban sin verle hasta semanas enteras. Tenía cincuenta y ocho años cuando una tarde, en carnaval, mientras su mujer y su nieta bromeaban con unas máscaras en el patio, se pegó un balazo en la sien derecha. Rosa Pomarán había tenido dos hijos: Zenaida y Juan Antonio. Zenaida nació en el primer año de matrimonio y Juan Antonio en el siguiente. Juan Antonio era un perdido. Vivía amancebado, en un rancho de los arrabales, con una muchacha tuerta y sucia que fue sirvienta en su casa. Tenía un empleo en la policía. Se emborrachaba a menudo, y entonces, infaliblemente, apaleaba a su querida. Por la noche, hacía reunión de amigos en su casa. Juan Antonio, que había estado un tiempo en Santa Fe,[106] cantaba en la guitarra, con voz sentimental y borrosa, tristes[107] y milongas[108] del litoral. Después contaba cuentos indecentes, riéndose a carcajadas, mientras la tuerta le cebaba mates. En cuanto a Zenaida, también "había salido mal". Cuando fue grandecita, su madre pensó que "le daría trabajo". Tenía un carácter independiente y turbulento y, desde pequeña, demostró su inclinación a los hombres "ligando" con los muchachos y hablando

---

104. **Collas**: Se refiere a los naturales de la puna de Catamarca que viajan por los pueblos comprando y vendiendo artículos para ganarse la vida.
105. **Salta**: Capital de la provincia de Salta, en el noroeste de Argentina, con 260.323 habitantes. En Salta se cultivan cereales, caña de azúcar, y tabaco; y hay además mucha ganadería y yacimientos mineros.
106. **Santa Fe**: Capital de la provincia de Santa Fe en el Noreste de la Argentina, con una población de 287.240 habitantes. Ciudad natal de Manuel Gálvez, es una de las más antiguas del país. Como puerto fluvial, es de gran importancia económica. Además de productos agrícolas y ganaderos, Santa Fe tiene astilleros y fábricas para la preparación de vinos y cervezas.
107. **Triste**: Canción del campo argentino, de tono melancólico y sobrio.
108. **Milonga**: Composición musical muy rítmica y animosa.

con ellos, a la noche, por las rejas de la ventana. No había cumplido dieciseis años cuando huyó de la casa con el sacristán de la Matriz, un individuo escuálido, de aire enfermizo, que daba serenatas y escribía acrósticos a las chicuelas. Rosa envejeció repentinamente y, aunque sólo tenía treinta y cinco años, su cabeza se pobló de cabellos blancos. Gómez continuó jugando al solitario como si nada hubiese pasado. Durante dos años no se tuvo noticia de Zenaida. Una mañana, su hija Rosa recibió una carta, llena de borrones y faltas de ortografía, donde, con frases incoherentes y desgarradoras, su hija imploraba perdón y se lamentaba. Decía encontrarse enferma, a la muerte, en un hospital de Córdoba. Su amante la había abandonado; ella había dado a luz una mujercita y se moría de fiebre puerperal. Terminaba rogando que fuesen a buscar a la criatura, "que era una preciosidad, idéntica a la abuelita". Ella se quedaría en Córdoba, "viviendo como pudiese", y no iría jamás a La Rioja para no avergonzar a su familia. Rosa lloró a mares, y al día siguiente Juan Antonio, que no había comenzado su vida de perdición, partió para Córdoba. Cuando llegó, Zenaida había muerto. Llevó a la pequeña a La Rioja, donde la bautizaron poniéndole por nombre Raselda. Catorce años más tarde fue cuando Gómez se suicidó. A su muerte, Mama Rosa, sin recursos, tuvo que irse a la casa de un hermano suyo que vivía en Nonogasta. Raselda, a quien le faltaban dos cursos para concluír sus estudios en la escuela normal, se quedó en casa de Rosario, su íntima amiga y compañera de clase. Cuando Raselda recibió su título, su tío, el hermano de Mama Rosa, vino a buscarla y la llevó a Nonogasta. Ahora, después de vivir en este pueblo ocho años, Mama Rosa, por influencia de su hermano, acababa de conseguir que se nombrase a Raselda maestra de grado en la escuela normal de La Rioja. Por esto las dos se vinieron a la ciudad. Mama Rosa había envejecido mucho. Sus setenta años, que iba a cumplir dentro de pocos meses, encorvaban y enflaquecían su cuerpo. Arrastraba un poco los pies al caminar; su cara, donde los huesos empezaban a transparentarse, alargábase cada día más; los ojos, fríos y tristes, sin expresión, se hundían visiblemente.

Raselda iba a salir de la cama cuando oyó a una mujer que, entrando en el cuarto precipitadamente, la nombraba con cariño y a gritos. La mujer, sin dejarla respirar, la besuqueaba, la abrazaba y no concluía de palparle el cuerpo asombrándose de "la largura de la niña".

Después, contemplándola devotamente, exclamó:

—¡Pero qué niña ésta! Y se ha puesto muy moza, ¿sabe? Muy alhajita, muy donosita...

—¿Me extrañabas, Chacha?— preguntó Raselda por decir algo.

—¡Vaya que no, niña! ¡Quiere que me olvide!

¡Cómo no se iba a acordar de su niña Raselda, a la que había criado y quería lo mismo que si fuese una hija! Para eso la había alzado, le dió de comer en la boca, le llevó mensajes y hasta cartitas para los novios... Y esto lo decía apretándole las piernas por sobre las cobijas y riendo destempladamente, con su boca de oreja a oreja.

—¿Por qué no viniste antes a verme? Hace como un mes que estamos en La Rioja.

—¡Y qué quiere niña!— exclamó desolada la mujer—. Estuve muy enferma. ¡Vieran qué mal me hallé!

Se sentó al borde de la cama, y cruzando las dos manos sobre el vientre, dijo con voz acongojada:

—Fíjese que, primero, me vino un dolor...

Y empezó a contar sus males con minuciosidad.

—Bueno, Chacha, me tengo que levantar— interrumpió Raselda, empujándola blandamente.

Cuando la mujer salió, Raselda, con displicencia, empezó a vestirse.

Mientras tanto, se acordaba de Chacha en aquellos años de la escuela, ya tan lejanos. ¡Qué envejecida estaba ahora la pobre! ¡Y qué horriblemente fea, casi sin dientes, con ese color tan tostado y esas manchas oscuras en la cara! Plácida, a quien ella cuando chiquita llamaba Chacha, la había alzado y cuidado desde que la trajo de Córdoba su tío Juan Antonio. Era muy buena esta Plácida, aunque cachacienta y haragana. Raselda se acordaba de un modo vago de cierta vez que Plácida salió de la casa y no volvió sino dos meses más tarde. Cuando ella le preguntó a Mama Rosa dónde estaba Chacha, la abuela le contestó de mala gana:

—Ya vendrá, qué se te importa...

Un día, Plácida volvió. Al ver a Mama Rosa se puso a llorar acongojadamente, pidiéndole perdón. En la escuela, una muchachita de quinto grado que vivía por los ranchos le aseguró que Plácida había tenido un hijo. Raselda nunca supo nada. De todos modos, en la casa la querían mucho, y, si había faltado, su culpa le fue muy fácilmente perdonada. Plácida hacía empanadas riquísimas y tortas con azúcar. De esto estuvo viviendo después que Mama Rosa se fue a Nonogasta. Todos los años le mandaba a Raselda, el día de su cumpleaños, una fuente de empanadas o de cabello de ángel. Ahora ¿qué haría? En Nonogasta le contaron a ella que Plácida trabajaba como lavandera del hotel, y que hacía de intermediaria en ciertos comercios misteriosos.

Raselda salió al patio. En el corredor, sentadas en sillas de hamaca, Mama Rosa y Plácida conversaban. Plácida concluía de referir su enfermedad.

—Y al último, ¿Qué fue, Plácida?— preguntó Mama Rosa.

—Y... ¡vaya a saber! El *dotor* dijo que era del hígado, pero Justina, la curandera, dice que es del vientre.

Después hablaron de los parientes y conocidos. Plácida contó las pobrezas que pasaba la familia de Prado que vino el gobierno que había ahora y que dejó sin empleo al señor don Fabio. Las Gancedo, siempre lenguas largas y envidiosas. A doña Encarnación Tiscornia la habían operado en Buenos Aires. El vicario era el padre Martos. Aquel mocito de Buenos Aires— ¿no se acordaban?— uno flaco y tristón, que era quién sabe qué de la luz *eléctrica*, agarró el chucho[109] y se murió. El jefe de la banda...

---

109. **El chucho**: La fiebre palúdica, malaria.

—¿Y los Cálcena, Plácida?— interrumpió Mama Rosa—. ¿Es verdad que fueron desdichados?

Plácida nada ignoraba de cuanto ocurría en el pueblo. Los Cálcena, efectivamente, fueron muy desdichados. ¡Pobre doña María de Cálcena, lo que había sufrido con sus hijas! A la menor, Amelia, le había sucedido una desgracia. La mayor murió de un mal parto. La segunda se casó con un teniente que le pegaba. ¡Qué hombre, por Dios, el militar! Se estaba en la confitería hasta la madrugada, volvía a su casa borracho y le daba una paliza a la señora. Una noche le vino un ataque y se quedó enfermo. Arrastraba las piernas para caminar, hablaba como si estuviese ronco. Daba miedo. Los ojos parecían de loco. Después se murió de otro ataque.

Raselda había quedado pensativa. Aquella desgracia de Amelia la apenaba profundamente. ¡Hubiera querido que Plácida explicara, pero la mujer se había empeñado en contar la vida del teniente. Ya en Nonogasta le hablaron de Amelia. Las muchachas, sin duda, no sabían lo ocurrido o no se atrevieron a contárselo. ¿Cuál era la desgracia de su amiga? Pensó que tal vez tuvo un novio, y que le entregó, antes de casarse, todo su amor. Tal vez... Se acordó de su madre. Deseaba preguntarle a Plácida, pero no se atrevía, y menos en presencia de Mama Rosa. Tenía miedo de saber. Amelia fue, en los primeros años de la escuela, su más íntima amiga, "su novio", como ellas decían. Después se pelearon y no se hablaron más. Pero ella se acordaba siempre de Amelia; la quería de veras, sentía nostalgias de su amistad. ¡Ah, verdaderamente, no se animaba a preguntar!

Plácida, mientras tanto, continuaba hablando. Refería sucesos de escaso interés para Raselda. Al fin se despidió.

—Ese cuento de Amelia no ha de ser verdad— dice Raselda que la acompañaba hasta la puerta, mirando hacia el patio por si venía Mama Rosa.

—Vaya, ¿por qué?— exclamó Plácida con asombro.

—No sé, Chacha; se me pone que son calumnias.

¿Calumnias? ¡Si todo el mundo lo sabía! Raselda, ruborizada, contestaba que no podía ser. Además, ignoraba cuál fuese la desgracia de Amelia. No podía adivinar. Plácida no habló claro, no dio detalles...

Plácida, entonces, le contó todo.

Amelia, hacía dos inviernos, había ido a Córdoba con su madre para hacerse operar la garganta, según explicaron el padre y los hermanos. En realidad era con el objeto de que la muchacha diese a luz, sin que en La Rioja nadie se enterase. Pero las chinas de la casa habían propalado la noticia del embarazo. Cuando volvió de Córdoba, "se cortaba de puro flaca". En cuanto al padre, se ignoraba quién fuese. Unos aseguraron que el *dotor* Ruiz Morales; otros que Beltrame, el hijo del comisario, "el tilingo ese".

—En fin, ¡vaya una a saber!— terminó Plácida, como si tal cosa.

—Y las amigas, ¿la ven a Amelia?

!Qué la iban a ver! Le disparaban. Ninguna se atrevía a visitarla, ni por caridad. Las más malas le sacaban el cuero. ¡Las Gancedo contaban unas cosas de Amelia! ¡Ave María Purísima!

—¡Son unas víboras— dijo Raselda con odio—. Adios, Chacha.

Desde aquella tarde en que conoció a Solís, Raselda no había salido. Tenía que estudiar: el quince de marzo, es decir, diez días después, comenzaban las clases. Y ella, ¡qué mal preparada estaba! Era natural que así fuese. Desde que recibió su título, hacía ocho años, no había leído sino algunas novelas. Por esto, temiendo al fracaso, tomó los libros con ahinco. Se levantaba casi de madrugada para estudiar. Pero en ocasiones se quedaba largo rato en la cama. Retiraba el embozo hasta la mitad del lecho, y volvía luego a cubrirse. Una dulce modorra la invadía. ¡Se estaba tan agradablemente, durante las frescas horas de la mañanita, en la cama tibia y blanda! En seguida de levantarse tomaba los libros y no los soltaba hasta la noche. A la tarde, ni se vestía; era el modo de evitar las tentaciones de salir, de ir a casa de Rosario, sobre todo. A esa hora se quedaba en el patio, en batón, sentada en una silla de hamaca, con los libros en las manos. Algunas tardes venían visitas. Entonces se arreglaba y, después de estar con ellas unos instantes, salía al balcón. Le aburrían las visitas. Eran casi siempre señoras ancianas; parientas, amigas de Mama Rosa. No hablaban sino de enfermedades, milagros y terremotos. Cuando se iban, Raselda sentía un verdadero alivio.

Sin embargo, no estudiaba suficientemente. Con harta frecuencia, que hacía imposible toda comprensión perfecta de aquello que leía, sorprendíase con el libro abierto sobre la falda, el pensamiento vagabundo, la mirada lejana. Muchas veces, después de estudiar con eficacia una o dos horas, se daba por descanso, por premio, un buen momento de ensueño. Cerraba el libro y tomaba en la silla de hamaca una postura cómoda, algo de lado, con una pierna doblada sobre el asiento y la otra encima. Y así, bien recostada, acodada en el brazo de la silla, hamacándose apenas, dejaba volar su imaginación. Soñar era su vicio. Pensaba casi siempre en el amor. ¿Qué sería el amor? Recordaba las novelas que había leído, y deducía que el amor era una cosa poética y novelesca, cuya posesión daba la absoluta felicidad. ¡Ah, ella sentía, sabía lo que era el amor!. En ocasiones se preguntaba si sería capaz de enamorarse y su respuesta fue siempre afirmativa. ¡Era capaz de enamorarse locamente! Pero la importuna realidad se empeñaba en mostrarle obstáculos. "¿De quién me voy a enamorar?" se interrogaba, pensando en el ambiente en que vivía. Ella había soñado con venir a La Rioja. Conservaba de la ciudad el recuerdo de su niñez, cuando abundaban los muchachos festejadores. Todo había crecido en su imaginación. Creía encontrar los jóvenes a montones, espíritus ideales, seres superiores. Y sucedía que en la ciudad apenas había hombres jóvenes que pudieran casarse. No pasaban de tres o cuatro. Todos se iban a Buenos Aires y no volvían jamás. Los que quedaban en el pueblo vivían festejando a todas las muchachas, una por una ¿Cómo apasionarse de ellos? Por esto Raselda soñaba en algún forastero.

Quería que fuese rubio, que tuviese ojos azules, manos cuidadas, bigotes finos. ¡Adoraba los bigotes finos y rubios! Sería un hombre inteligente, un hombre rico, que la llevaría a Buenos Aires. Pero no era su único ideal. Solía tener otros muy diferentes. Cuando pensaba que pudieran no llegar, se afligía. ¡Tendría que casarse con el primero que quisiera llevársela!

Desde la primera vez que estuvo Plácida en su casa, pensó frecuentemente en Amelia. La veía en clase, en los recreos, en la plaza, siempre sentimental y hablando de novios. La imaginaba llorando su falta, arrepentida, como cuando imploraba perdón a la vicedirectora, una jamona horrible y tiernísima, por haberle puesto un sobrenombre. Pero por lo que más le preocupaba la desgracia de Amelia, no era por el hecho en sí mismo, sino por su cierta semejanza con la historia de su madre. ¿Por qué caían las mujeres? ¿Serían malas? Amelia, sin embargo, no era mala; tampoco lo había sido su madre, seguramente. Y ella, entonces, intentaba descifrar tan raro enigma.

Nada despertaba tanto sus ensoñaciones como el balcón. Acostumbraba sentarse detrás de él, en la sala. Era casi siempre a la caída de la tarde, cuando empieza a ser noche. Como ningún transeúnte pasaba a esa hora, y el que pasaba no veía sino un bulto entre las sombras, nadie interrumpía sus largas meditaciones. Complacíase en recordar los hechos menudos de su niñez, pasaba las horas muertas pensando en su porvenir. A esas horas todo favorecía la plenitud del ensueño: la melancolía del atardecer, la soledad de la calle, la indulgencia suave del ambiente, el misterio invasor de las ruinas… Entonces ella prolongaba en la noche el complicado hilar de sus cavilaciones. Rememoraba, inagotablemente, aquel caserío de Nonogasta donde vivió los más tristes años de su juventud, hilvanaba sus ilusiones dispersas, revivía las inquietudes de su corazón.

Raselda María Gómez nació en una noche de verano, en el hospital de Córdoba donde su madre, Zenaida Gómez Pomarán, murió una semana después. Su infancia, entre el abuelo neurótico y la abuela destruida por los rencores de un destino implacable, fue seria y triste. Las personas que la rodeaban no se ocuparon de ella. Mama Rosa, aún bajo el dolor que le causara Zenaida, vivía como aletargada, en un desfallecimiento de la voluntad de vivir. Andaba por la casa como una sombra, y más de una vez la nieta y las sirvientas le vieron llorar en los rincones. De tarde en tarde le acometían accesos de ternura, y entonces, entre lágrimas ahogadas, besaba a su nieta con efusión. Juan Antonio, que ya comenzaba su vida licenciosa, habíase marchado por este tiempo a Santa Fe. En cuanto a Gómez, el abuelo era para Raselda un ser sobrenatural y terrible. Jamás le había hecho un cariño, ni la había hablado. Ella, cuando aprendía a caminar, solía acercársele tambaleando mientras él jugaba al solitario. Gómez la apartaba con un gesto brusco y huraño, y Plácida, con miedo, la retiraba. Fue preciso inculcar a la criatura sentimientos de terror hacia su abuelo para evitar que se le aproximase. Plácida llegó a decirle que era el cuco, y cuando quería asustarla gritaba desaforadamente: "que te agarra el viejo". Algún tiempo después, amortiguados sus pesares. Rosa Pomarán concretó en su nieta el afecto que había creado en su alma la soledad y el dolor, hondo afecto que no podía sentir por su marido ni por su hijo. Enseñaba a Raselda la doctrina, y todas las noches, para hacerla dormir, le cantaba viejas tonadas populares con voz monótona y soñolienta. Cuando Raselda tuvo ocho años, fue mandada a la Escuela Normal. Siguió allí los seis grados y los cuatro cursos del magisterio, hasta alcanzar su título de maestra. No fue jamás alumna sobresaliente. Si bien su inteligencia parecía despierta y clara, su voluntad para el estudio era mediocre.

Desde que Raselda entró en la escuela fue siempre una señorita. No jugaba en los recreos; en lugar de saltar la cuerda con sus compañeras de clase, paseábase por el patio con "las grandes", oyéndolas hablar de novios. De carácter suave y tímido, nunca se negaba a un empeño de las demás, aunque fuera contrario a su conveniencia y deseo. Cierta vez una compañera de clase, que había escrito una insolencia contra la maestra en el pizarrón del aula, para salvarse de un castigo inevitable, pues su letra la denunciaba, acusó como autora a Raselda, que tenía una escritura parecida a la de ella; y Raselda, incapaz de defenderse, soportó el grave castigo con la resignación de un culpable. La señorita Warnes, maestra del quinto grado, que tenía fama de literata, escribió en el cuaderno donde "llevaba" la psicología de las niñas, que Raselda era sumisa, tierna y suave; que su carácter franco y maleable permitiría formar de ella un espíritu firme y juicioso, pero que, por su misma suavidad y su temperamento pasivo, "podría correr gravísimos peligros en la lucha por la existencia."

Por esa época, Raselda comenzó a notar entre las niñas cierta inexplicable hostilidad hacia ella. Ninguna quería ser su amiga; las muy pocas a las cuales les ofreciera o pidiera visita, contestáronle que "le preguntaría a su mamá". Después le daban cualquier pretexto para no visitarse: tenían ya muchas relaciones, sus madres no fueron amigas, la mamá no se visitaba con la abuelita de Raselda... Una vez, en el recreo, Benita Gancedo, que terminaba ese año los estudios y estaba conversando con otras grandes, la llamó y en presencia de todas, palmeándole el hombro, le preguntó:

—Raselda, ¿cómo era el apellido de tu papá? Teníamos una discusión aquí.

—Gómez— contestó ella rápidamente.

—Pero, hija, Gómez era el apellido de tu mamá.

Raselda no supo qué decir. Notó la curiosidad burlona con que la contemplaban, se puso roja, miró a Benita con tristeza y bajó los ojos. Las grandes se codeaban. Benita, con una mano en la boca, ahogaba risas maliciosas.

Desde este día, Raselda, que apenas iba a cumplir doce años, comenzó a pensar "en su historia". ¿Por qué llevaba el apellido de su abuelo? En la casa jamás se habló de sus padres. Cuando muy pequeña, preguntó por ellos más de una vez a Mama Rosa y a Plácida y siempre le respondían que murieron en Córdoba. Tal vez no tenía padres conocidos. será hija de gente pobre, alguna criatura "dada", recogida en un portón, a media noche, muriéndose de frío. Pero de todos modos ¿cómo se llamó el marido de Zenaida Gómez, la que pasaba por su madre? ¿Por qué no hablaban de él? ¡Ah! probablemente era un perdido, un borracho como su tío Juan Antonio.

Raselda sufrió mucho durante esos años, pero nadie, ni sus únicas amigas, que eran entonces Rosario Paredes y Amelia Cálcena, conocieron sus preocupaciones, que ella no se animaba a revelarles. Amelia y ella andaban siempre juntas, del brazo, y cuando estaban solas se comían a besos, asegurándose que se adoraban y que nunca habrían de separarse. Visitábanse los domingos. Cuando Raselda iba a la casa de Amelia, se encontraba con algunas otras niñas y los hermanos de Amelia, y entre todos jugaban a las escondidas. Una tarde, casi al anochecer, Raselda se escondió en el cuarto de las sirvientas, debajo de una cama, con uno de los hermanos de Amelia, que fue el de la idea. Silvano, mayor que Raselda cuatro años, se arrinconó al lado de ella junto a la pared; después de un rato se le fue acercando poco a poco y al fin acabó por besarla y tocarle la cara y las piernas. Raselda quiso oponerse, pero se sintió sin ánimo.

Cuando entró en primer año era ya una mujer. Su cuerpo estaba definitivamente formado, y su rostro, antes insignificante y desabrido, había cobrado cierta gracia suave y un tanto melancólica. Todas las compañeras de la clase tenían sus novios: alumnos del colegio nacional que se instalaban en las esquinas próximas a la escuela para verlas pasar. Raselda notó que uno la miraba; consultó con las amigas sobre si le haría caso o no, y, después de meditar largamente durante algunas clases y recreos, resolvió corresponderle. Supo que su novio se llamaba Palmarín Puente. Era un muchacho flaco y encogido, con la cara llena de granos. Tenía amistad íntima con uno de los hermanos de Amelia, y de ambos se valían Raselda y su novio para entenderse. Raselda le escribía a su amiga, y por medio del hermano las cartitas llegaban hasta Palmarín. Por este sistema se cruzaron primero sus tarjetas y luego se enviaron flores y papelitos amorosos, donde se decían "único bien", "tesorito adorado" y "corazón mío", todo con muchas faltas de ortografía. A veces utilizaban a Plácida. Al padre de Palmarín desagradábanle estas relaciones de su hijo porque temía que se eternizaran. Amenazó al muchacho con enviarle a estudiar a Catamarca, donde tenía parientes, si persistía "en andar con la hija del sacristán". Palmarín tuvo que ceder y no fue más a la esquina. Entonces Raselda, indignada por la frialdad de su novio, decidió "quebrar". Y así lo hizo, después de consultar a las amigas.

A causa de Palmarín fue su disgusto con Amelia. Algunas compañeras de clase las intrigaron contándole a Raselda que Amelia se había reído de Palmarín. Raselda le reprochó esto a su amiga. Amelia se enojó y no quiso hablar más con ella. Sabía que hubo una intriga, pero, orgullosa y huraña, esperaba para reconciliarse que Raselda fuese hacia ella. Raselda, que temía un desaire y que cada vez estaba más tímida desde el descubrimiento de "su historia", no tuvo valor para buscar de nuevo la amistad de Amelia. Una tarde que Amelia salía de la escuela con dos amigas, Raselda, que iba sola detrás, oyó a una de ellas decir:

—Has hecho bien en romper con ésa. Su madre fue una loca.

Raselda sintió que la sangre se le subía a la cabeza y temió que le diese algo. Trató de serenarse, apresuró el paso, dejando atrás a Amelia; y cuando llegó a su casa se arrojó de bruces sobre la cama, llorando. Después llamó a Plácida y le pidió, por amor de Dios, por lo que más quisiera en este mundo, que le contara toda la historia de su madre... No podía vivir ya más tiempo en su incertidumbre. Plácida tuvo que acceder. Rogó antes a Raselda que jamás, con nadie, hablase una palabra del asunto. Raselda así lo prometió y entonces Plácida le refirió lo esencial, ocultando detalles y cambiando algunas cosas que pudieran impresionarla demasiado. Raselda quedó anonadada, pero, preparada para todo, se resignó. Solamente le incomodaba que se supiese la historia y se la comentase. Entonces explicóse muchas cosas. Por esto las compañeras de la escuela no querían ser sus amigas. La historia de la madre caía sobre ella como una gran vergüenza. Pero le perdonó el mal que le había hecho.

Poco después aconteció el terremoto que destruyó la ciudad. La casa de Raselda fue una de las pocas que no se derrumbaron. Ella se acordaba de que ese día oyó por única vez la voz del abuelo. Estaban Mama Rosa, ella y Plácida conversando en el corredor, cuando se les acercó Gómez, que un rato antes paseaba por la huerta observando cómo las gallinas se amontonaban y cacareaban. Las mujeres se asustaron. Era la primera vez que tal cosa sucedía. Gómez parecía un loco, tenía los ojos vagos, el pelo revuelto, y con voz cavernosa, lúgubremente, dejó caer una a una estas palabras: "va a temblar."

Fue al año siguiente cuando Gómez se suicidó. Mama Rosa quedaba sin recursos, pero su hermano Antonio, desde Nonogasta, le rogó que se fuera a vivir con él. Raselda no interrumpió sus estudios y permaneció en la casa de Rosario los dos años que le faltaban. Doña Críspula no quiso recibir dinero por la pensión de Raselda, que fue en esos dos años para ella como una segunda hija. Raselda, durante todo este tiempo, sufrió una crisis sentimental. Leía novelas vorazmente y se pasaba las horas soñando. No estudiaba y terminó los cursos con suma dificultad. Apenas recibió el título, la llevaron a Nonogasta.

Allí vivió ocho años. Antonio Pomarán tenía una hija soltera, Eduvigis, cuarentona, beata y escrupulosa. Raselda no hizo amistad con ella. Estaba, pues, enteramente sola y se aburría. Desde abril hasta diciembre ¡qué existencia desesperada! Pasábase largas horas tocando la guitarra y cantando. A veces sumíase en absurdas imaginaciones. Era reina y se prendaba locamente de un paje de cabellos rubios y ojos celestes. Casábase con un general, joven y buen mozo, que moría en el campo de la guerra llamándola agonizante: ¡mi esposa, mi universo! Entraba de monja y se veía con su toca blanquísima andar pos los claustros silenciosamente, cantar en el coro al son de un órgano solemne y morir en su lecho como una santa, Santa Raselda de La Rioja. La mayor parte de las veces eran casamientos espléndidos: con un marqués español, o un millonario de Buenos Aires que la llevaba a pasear por todo el mundo. ¡Soñaba con los viajes! Deseaba conocer los países de las novelas, abandonarse sobre los cojines de una góndola veneciana, romantizar junto a los lagos de Escocia, ir a Sevilla, ver al Papa. ¡Ah, si pudiera! Y mientras tanto se contentaba con pasar unos meses en Buenos Aires, con vivir en La Rioja. La capital de la provincia representaba para ella el único ensueño realizable. Allí pensaba encontrar al hombre señalado por Dios para ser su esposo, su poético esposo, al que amaría locamente, al que amaba ya. Se creía designada por Dios para una irreductible vocación de amar. Sólo que su aislamiento en Nonogasta retardó ese florecer de su destino. Allí no había ningún joven, nadie con quien le fuera dado realizar el designio providencial: su matrimonio de ensueño, de pasión novelesca, de perenne felicidad. Y por natural asociación de ideas, en sus visiones de La Rioja sólo había una calle, ella en un balcón y una interminable procesión de jóvenes que pasaban por verla.

En los veranos todo cambiaba. Venían al pueblo bastantes familias, muchachas, jóvenes alegres. Había tertulias, paseos, cabalgatas. Ella cayó en gracia, y como, además, tocaba la guitarra y cantaba, su presencia se hacía indispensable en las reuniones. ¡Iban olvidando su historia! Pero al llegar abril no quedaba ya nadie en Nonogasta, y otra vez comenzaba la vida terrible, desolada, durante ocho largos meses.

Todo concluyó una tarde, cuando supo que tenía un puesto en la Escuela Normal. Aunque era a principios de febrero, se vinieron a La Rioja inmediatamente. La ciudad estaba casi desierta. Las familias, en su mayoría, habían salido a veranear. La ciudad era triste y pobre. Pero Raselda sentía un encanto inexplicable, una dulzura penetrante, hasta algo de poesía, en ver aquellas cosas que le evocaban su infancia. Una tarde, mientras paseaba con Rosario, vio, desde lejos, en el fondo de una plaza, un edificio bajo con jardín al frente.

—¡Rosario, la Escuela¡— exclamó, en medio de la calle, apretando nerviosamente el brazo de su amiga.

¡De qué manera había idealizado en Nonogasta a su nueva vida! La realidad era bien inferior a sus imaginaciones; y al comprobar el error de sus ensueños, sentía un poco de vergüenza. ¡Ah! ella pensó hallar otra cosa en la ciudad: una existencia alegre y placentera, un porvenir de felicidad. ¿Cómo creer ahora en que se cumpliría su vocación de amar?. Así, lentamente, involuntariamente, iba entrando la desilusión en su alma indefensa: como entra la humedad devastadora en las paredes sin sol.

Llegada apenas a La Rioja, Raselda observó que un mozo la festejaba. Rosario le dijo que era un porteño, cuyo padre comprara muchas leguas en el departamento de Los Llanos.[110] El mozo había festejado a varias niñas y se iba pronto a Buenos Aires. Raselda tuvo un desengaño. Todas las tardes él pasaba en carruaje y parecía querer comerla con los ojos. Raselda se sintió humillada de que no la festejase en serio.

Fue en los primeros días de marzo cuando conoció a Solís. ¡Ah, qué

---

110. **Los Llanos**: Hoy en dia no existe este departamento de "Los Llanos" en la provincia de La Rioja.

simpático! Ella lo había visto en la plaza, en la calle. Desde un principio supuso que no era de allí. Tenía en los ojos, en su andar, en todo, un algo extraño a los hombres que ella conocía y que era, sin duda, el lógico resultado de la vida en un ambiente superior.

No cesaba de pensar en él... ¿Le quería tal vez? Imaginaba que el alma de aquel hombre era parecida a la suya. Acaso era un soñador como ella. Tenía, sobre todo en los ojos, una expresión de tristeza que ella no había observado en otros hombres. Decían que estaba enfermo, que era tísico. Sería por eso. Ella le compadecía con toda el alma. Veíale gravísimo, cada vez más enfermo en la cama, con mucha fiebre. Ella estaba a su lado, cuidándole. Una noche, después de agradecer a todos las bondades que tuvieron con él, se moría dulcemente. Y pensando estas cosas, Raselda se entristecía como si fuesen ciertas.

Cuando discutía con Rosario sobre Solís, Raselda alababa el corte de cara, los ojos, el modo de mirar. Aunque no le consideraba buen mozo, le gustaba. Era un hombre culto, inteligente y tenía aire de poeta. Nunca había visto ninguno, pero imaginaba que los poetas, aunque mucho más buenos mozos que Solís, algo tendrían con él de parecido. Desde que le conoció, comprendió que si él la festejaba, ella, aunque no era su ideal, se enamoraría. Además, ya tenía veinticuatro años y se le iba pasando el tiempo de casarse. La tarde en que se conocieron él la miró con interés, le habló de un modo "muy especial". ¿Pero podría él festejarla, él, que venía de Buenos Aires, que habría conocido allí tantas muchachas lindas, que tendría novia tal vez? Pero si no pensaba festejarla, ¿por qué la miro de ese modo? Le consultó a Rosario. Pero Rosario la convenció de que hasta entonces "no había nada". Solís no le había dicho que le gustara su amiga, ¿y a quién sino a ella podía dirigirse para que "le hicieran gancho"? Raselda no se desilusionó. Y, llena de esperanza, se decidió a observar.

V

El quince de marzo era día de extraordinario movimiento en toda la ciudad. Se inauguraban las clases en la Escuela Normal de Maestras y en el Colegio Nacional.

Este doble suceso constituía para La Rioja el acontecimiento más trascendental del año; entre múltiples motivos, porque allí se educaban, casi íntegras, las jóvenes generaciones. Podía afirmarse que cada quince de marzo la ciudad recomenzaba a vivir.

En la soledad y la pobreza de ciertas ciudades provincianas —ciudades muertas, sin comercio, sin industrias—, el Colegio y la Escuela Normal son los únicos lugares donde hay vida. Ellos representan la exclusiva riqueza de aquellas ciudades. El Colegio y la Escuela sostienen, con sus sesenta cátedras en conjunto, a muchas familias de la alta clase; ayudan a los pobres con buen número de becas y reparto de **víveres** en las fiestas patrias; constituyen para ciertos comercios —las librerías, por ejemplo—, la sola razón de ser. En lo moral y lo intelectual, la significación de la Escuela y del Colegio es aún mayor. Sin contar la educación gratuita y el enseñar la sola profesión productiva en aquellas ciudades, ambos suministran al pueblo sus casi únicas fiestas, surten a los periódicos de adecuada literatura y hasta mejoran, con su vasta influencia, la moralidad general.

Nada existe en los pueblos comparable, en importancia, a las cátedras. Superan, en ganancia y categoría, a las más lucrativas tareas, salvo a los pocos empleos nacionales. La clase de rentista apenas se conoce allí. El comercio —algunas tiendas, almacenes y boticas de triste catadura— vegeta en apacible rutina provinciana. Las profesiones liberales no engañan ni el hambre de un dispéptico. La calma patriarcal de los pueblos no es suelo para pleitos. Tampoco son clima propicio para médicos la pobreza y sencillez de la vida. La gente se enferma rara vez y no es posible cobrar a nadie, pues todos son parientes o amigos. Los desdichados médicos, si no fuera por las cátedras, tendrían que huir. Los ingenieros y arquitectos no podrían construir sus ilusiones. En cambio las cátedras y los varios empleos del Colegio y la Escuela —los de secretario, celador, maestro de grado y otros— satisfacen, suficientemente, las mediocres necesidades de sus poseedores. Un profesor con tres cátedras puede hasta compadecer a un ministro provincial, y el portero de la escuela tiene razones para no creerse inferior a un secretario de juzgado. El rector del Colegio, por su sueldo, por su posición intelectual, por la clase y número de las personas sometidas a su autoridad, tiene más volumen, y aun más poder, que el propio gobernador. Es un señor feudal.

Cada cátedra equivale, lógicamente, a una fortaleza cuya posesión sólo se alcanza mediante formidables batallas. Los políticos de la provincia que, por sus cargos, tienen influencia en Buenos Aires, combaten heroicamente para hacerlas dar a sus amigos; son las mejores posiciones en las repartijas[111] de la política. Todos los "intelectuales" poseen cátedras; en caso contrario, esperan obtenerlas apenas haya un cambio de gobierno.

La manera cómo en los pueblos están repartidas las cátedras es muy sencilla. Los tres o cuatro médicos enseñan física y ciencias naturales; la química suelen dejarla, como de lástima, al boticario. Los abogados, más audaces, apencan con casi todas las asignaturas restantes. El dibujo y las matemáticas pertenecen, por tradición, al único ingeniero o agrimensor. Los politiqueros de más "muñeca"[112] hacen dar a sus hijas o a sus consortes las cátedras de labores y de economía doméstica. "Con saber coser bien, un poco de bordado y preparar algunos dulces y platitos de cocina —les dicen— no se necesita más". La literatura y el castellano suelen estar a cargo del periodista semiliterato, autor

---

111. **Repartija:** Término despectivo que se refiere al sistema de dar puestos importantes, como cátedras, por razones políticas.
112. **De más muñeca:** De mayor influencia.

de siluetas y acrósticos, poeta del género. "¡Ay! ¿por qué me desdeñas bella ingrata?"; o si no, de la maestra que declama versos de Manuel Flores[113] y recita a Bécquer[114] acompañándose en el piano, romántica anacrónica solterona de encantos percudidos. Ninguna dificultad ofrece proveer la cátedra de música: corresponde por derecho a Fulana porque "¡canta lo más bien!", o al director de la banda, cuando hay banda. Las cátedras de francés se dan al único francés decente que existe en el pueblo, salvo que se encuentre un Palmarín dispuesto a todo. La única cátedra que no se sabe a quién dar, la que cuando está vacante desespera al rector del Colegio, aquélla que, cosa rara, nadie, absolutamente nadie pretende, es la de inglés. A veces no hay otra solución que importar de Córdoba, o de Tucumán[115], un inglés cualquiera y más o menos auténtico.

Nadie deja las cátedras sino por haber sido gobernador o diputado, haber conseguido un cargo incompatible con ellas, hacerse jubilado o muerto. En cuanto un profesor se enferma, ya empiezan los conciliábulos y las maniobras de "los dirigentes". Dentro de cada partido se trata el asunto en cónclave cerrado. "¿A quién recomendaremos?" pregunta un personaje; y los tres o cuatro presentes indican un candidato. "Pero si no sabe de la misa la media", objeta tímidamente alguno. "No *ha'i* saber, oh si *ej abogao*!"[116] Y esto basta. Si todos los "intelectuales" del partido —hay hasta cuatro o cinco en cada partido— están ya colocados, se piensa en algún profesor o maestro normal independiente. Pero antes de recomendar a un maestro los políticos meditan el punto concienzudamente, pues los maestros no largan las cátedras sino cuando se mueren. Habiendo otros intelectuales en el partido influyente, ya pueden esperar los maestros hasta el día del juicio final.

Aquel quince de marzo por la mañana, la animación en las calles era mayor que nunca. Se diría que algo insólito había ocurrido. Hombres en mangas de camisa, señoras en batón, sirvientas, se amontonaban en las puertas. Era que las seiscientas alumnas de la Escuela Normal debían presentarse con uniforme azul y sombrero. Tan "desatentada"[117] disposición directorial había conmovido a todo el pueblo y puesto a prueba la habilidad femenina en la apresurada fabricación de los trajes. Si pasaba alguna conocida la señalaban con el dedo y se reían. Y cuando el anormal espectáculo de las alumnas uniformadas hubo terminado, un padre de familia exclamó, refiriéndose al Director:

—Para mí que está ido; no se explica de otro modo.

---

113. **Manuel Flores (1840-1885):** Poeta romántico mexicano, muy popular en su época por la sensualidad y a veces el erotismo de sus versos, recogidos en *Pasionarias* (1886).
114. **Gustavo Adolfo Bécquer (1836-1870):** Gran poeta lírico español de la época posromántica. Autor de *Rimas* (1860). Bécquer también es célebre por sus *Leyendas*, como "Maese Pérez el organista" y "La ajorca de oro".
115. **Tucumán:** Capital de la provincia de Tucumán, en el noroeste de Argentina. Tiene 496.914 habitantes. Es el centro industrial de la parte septentrional del país.
116. **Ej abogao:** Así se pronuncia "Es abogado."
117. **Desatentada:** Excesivamente severa.

—Es de perverso— afirmó su perspicaz consorte.

Los profesores, mientras tanto, iban llegando a la Escuela desde temprano. Todos se habían trajeado lo mejor que pudieron, con sus chaqués anacrónicos y sus levitas extemporáneas. La apertura de los cursos en la Escuela, desde que Albarenque ocupaba la dirección, no podía dejar de realizarse con cierta solemnidad. Era un acto grave, pesado, con copiosa oratoria pedagógica.

El día, caluroso y nublado, tenía algo de soñoliento, de monótono, de melancólico.

La escuela ocupaba una casa frente a la Plaza Nueve de Julio distante algunas cuadras de lá otra, "la Plaza", como se la llamaba por antonomasia. Era un edificio sin altos, relativamente moderno y cómodo. Sobre la plaza, ocupaban dos vastas piezas: la secretaría, a mano derecha del zaguán, y la dirección, en seguida. Separada de la secretaría por el zaguán, quedaba, también a la calle, el aula de cuarto año. Detrás de estas tres piezas corría un largo patio.

Los profesores, apenas entraban en la secretaría, que era también sala de profesores, pasaban a saludar al Director. En su escritorio, echado para atrás, con el aire de hombre superior que le daba el ceño grave y el brazo extendido noblemente sobre la mesa, el Director hablaba en estilo solemne con la Regente y el profesor Urtubey. Saludaba secamente a sus subordinados. Sólo tendió la mano a don Nilamón y a don Eulalio, sus compañeros en la tertulia de la botica. Los que entraban permanecían un instante frente al Director; luego, viendo el papel desairado que hacían, se retiraban. El Director, inmutable, continuaba su conversación con la Regente y Urtubey.

En la secretaría, los profesores parloteaban. Pero sin la alegría habitual en las inauguraciones de los cursos. Hablaban en voz baja, misteriosamente. Una atmósfera de inquietud llenaba la sala. El tema de las conversaciones era la sociedad secreta que los profesores habían fundado para combatir al Director.

Los asistentes a la reunión de la confitería relataban a las profesoras todos los detalles. Las cabezas se arracimaban para oír. Por las actitudes, por el misterio con que hablaban, por el incesante mirar hacia las puertas, parecían un coro de conspiradores. Al menor ruidito, cambiaban de cara y de conversación.

Desde hacía dos cursos las relaciones entre el Director y los profesores se hallaban en pésimo estado. Los primeros actos del Director, recién llegado a La Rioja, agradaron. Todo el mundo reconoció sus buenas intenciones, su amor a la profesión, sus propósitos progresistas. Los profesores le estimaban. Pero al año siguiente comenzaron las antipatías. El Director "se metía en todo", y los profesores, habituados a un régimen de libertad, resistían su intromisión tenaz. En los años posteriores la resistencia se acentuó, y los últimos meses del cuarto año fueron borrascosos. En el período escolar que comenzaba, estallaría, según aseguraba todo el pueblo, una verdadera guerra.

Los profesores odiaban ahora al Director. Casi no había día que no recibieran de él alguna nota. El Director jamás se dirigía a sus subordinados verbalmente. Eso sería disminuir su autoridad, sería una llaneza perjudicial a la buena marcha de la escuela. Era preciso alejar toda sospecha de camaradería, para lo cual enviaba solemnes notas a los profesores, largas notas en las que no dejaban de ser recordados "los sagrados deberes del maestro", "las altas enseñanzas de la pedagogía" y otras frases muy caras al Director. No hubo asunto que no fuera tratado en esas notas. Unas ordenaban, otras aconsejaban, no faltaba alguna en tono iracundo. Una de las más célebres reglamentaba las relaciones entre los profesores del sexo masculino y las alumnas. Los profesores no podían, así fueran parientes muy cercanos de las alumnas, hablarlas en los recreos, ni sonreírse con ellas al pasar, ni tutearlas en clase. Pero la nota más combatida, que originó una algarada[118] descomunal, fue una en que, reglamentando las relaciones entre los profesores de uno y otro sexo, prohibía hablar entre hombres y mujeres en los intervalos de las clases y disponía que los profesores no debían festejar a las profesoras solteras sin advertirlo al Director. Los diarios trataron mucho de esta nota, y los profesores delegaron a don Nilamón para pedir su retiro. El Director la retiró, pero desde entonces casi nadie le hablaba.

Defensor terrible de la moralidad, que veía atacada por todas partes, el Director había establecido disposiciones que humillaban a las alumnas y a los padres de familia. Las alumnas no podían asistir, sin su autorización, a bailes y reuniones donde acudieran jovencitos. A cierta niña de cuarto año, perteneciente a una familia tradicional, la había amenazado con expulsarla en caso de que, sin que sus padres lo supieran, volviera a encontrarse con su festejante en otra casa que la suya. A los muchachos del Colegio los odiaba.

Si sabía que alguna alumna andaba en relaciones, por inocentes que fueran, con alguno de ellos, la apercibía severamente. Había llegado hasta prohibir a las alumnas que saludaran a los muchachos que se plantaban en la esquina para verlas pasar, y pretendía que el rector del Colegio castigase a los muchachos por tal delito. El rector se había negado terminantemente, lo que disgustó al Director y aumentó su antipatía hacia el Colegio. Por estas cosas, los padres de familia eran sus enemigos personales. Contínuamente quejábanse al ministerio.

El Director conocía la sorda hostilidad que existía hacia él dentro y fuera de la escuela. Algunos profesores, sobre todo las mujeres, le demostraban su malquerer. Varias veces habían recurrido al ministerio y siempre hallaron satisfacción. Era lo que al Director más incomodaba. Su ideal sería una escuela donde él, todopoderoso, pudiera aplicar ampliamente su pedagogía y los principios del positivismo. La rebeldía del personal, siendo el mayor obstáculo a sus planes, le hacía odiarlo. Se alegraba de los fracasos y desgracias de los profesores; sentíase feliz cuando alguno faltaba a clase, pues si excedía el número de faltas tolerado podía hacerlo destituir. Sabía que sus notas disgustaban, y se complacía en multiplicarlas acumulando las obligaciones y las reprimendas. Acechaba, con paciencia feroz, el instante de vengarse.

---

118. **Algarada:** Tumulto, conmoción.

Había tenido cuestiones con todo el personal, desde la vicedirectora hasta el portero. Sólo la regente y el profesor Urtubey se hallaban con él en buenas relaciones, demasiado buenas, según las malas lenguas, por lo que tocaba a la regente. En el año anterior el rencor de los profesores había crecido con motivo del espionaje a que se les sometía. El Director no sólo trataba de averiguar si conspiraban; la vigilancia se ejercía hasta en los asuntos íntimos. Así, los profesores solteros no podían divertirse con una mujer sin que el Director se enterase. Para sus espionajes empleaba a una celadora, dócil a la regente. La celadora ponía en movimiento un ejército de hermanos, sobrinos y otros parientes, que demostraron poseer, algunos por lo menos, notables aptitudes policíacas.

—¿Y quién es nuestro presidente?— preguntó una voz femenina, con mucho sigilo, en uno de los grupos de la secretaría.

Todos señalaron a don Nilamón. El protestó. El Director era, si no propiamente su amigo, su compañero en la tertulia de don Nume. El presidente indicado era Zoilo Cabanillas. Todos hablaron a un tiempo.

—¡Muy bien!
—¡Gran candidato!

El aludido, indeciso, se rascaba la cabeza y miraba al suelo. Era un hombre alto, gordo, verdaderamente enorme. Tenía un vozarrón que asustaba en clase a las alumnas distraídas. Cuando hablaba con rapidez, su lenguaje semejaba el parpar de los patos. Era pesado, y caminaba lentamente, con paso de oso, balanceándose hacia los lados. Tendría cuarenta años. Enseñaba historia y geografía, y era hermano del rector del Colegio.

—Acepto— exclamó al fin con voz tremenda, que sobresaltó a todos.

Los más tímidos miraron, aterrorizados, la puerta de la dirección. Luego se creyó obligado a agradecer y hasta se dispuso a echar una arenga.

—¿Pero te has vuelto loco, Zoilo? ¡No seas bárbaro! No nos comprometas— le decían.

—Desisto por ahora— voceó el presidente de los rebeldes.

Y agregó dirigiéndose a Pedro Molina, que se moría de risa:

—Te nombro secretario.

Pedro Molina, sobrino de don Sofanor, era bajo, flacucho, saltarín y risueño. Tenía la voz finita, usaba un bogitito rubio enderezado hacia arriba y atusado, y llevaba, salvo en verano, un chaqué muy coludo con hombreras y pantalones angostísimos. A Cabanillas y Molina se les veía siempre juntos en carruaje, en la confitería, en misa, en la plaza. A este propósito corría un chiste:

—¿Han visto que se casa Zoilo Cabanillas?
—¿Con quién?
—Con Pedro Molina.

Y todos festejaban "la salida".

Pedro Molina declaró que aceptaba. Y se reía como si hubiese dicho algo muy chistoso.

—¿Y cómo bautizaremos a nuestra sociedad?— preguntó Zoilo.

Cada uno propuso un nombre. Pero ninguno agradaba. De pronto, Zoilo se dio una sonora cachetada en la frente. Todos se asustaron.

—Ya lo encontré— parpó el presidente de las sociedad—. Nos llamaremos como él dice: *Los desaforados*.[119]

Aceptación unánime. Era un hallazgo. Pedro Molina brincaba de risa y pinchaba en la barriga al presidente de *"Los desaforados"*.

En esto se abrió la puerta de la dirección. Todos iban a cambiar de fisonomía, cuando vieron aparecer el rostro bonachón y sonriente de Urtubey.

—*Zeñores, ze lez zaluda*— dijo Urtubey, que era ceceoso,[120] acercándose al grupo.

—¿Qué hace encerrado con esa mujer tu eximio director?— preguntó Cabanillas viendo que cerraban la puerta de la dirección.

Urtubey no contestó. Era amigo del Director y le admiraba sinceramente. Como él cultivaba la pedagogía. Había sido considiscípulos en la escuela normal de Paraná. Urtubey enseñaba matemáticas y había publicado, hacía dos años, un texto de geometría. Pero su sueño era la historia argentina, asignatura que creía poseer, y sobre la cual solía publicar artículos en los periódicos y hasta dar conferencias. Era feo, aindiado y le faltaban varios dientes. Tenía un bigote ralo y descolorido.

La puerta de la dirección se abrió y en seguida la cerraron de adentro dando un fuerte golpe.

—Esto ya es un escándalo— dijo en voz alta Zoilo Cabanillas.

Todos rieron, menos Urtubey que se hizo el distraído. Algunos comentaron la frase con guiñadas y sonrisitas. Las mujeres cuchichearon y rieron con breves carcajadas maliciosas.

La amistad entre el Director y la Regente suministraba copioso tema a las murmuraciones. La Regente vivía en casa del Director. Se habían conocido en San Luis,[121] hacía ocho años. Albarenque regenteaba en aquella ciudad la escuela de varones y la señorita Rodríguez era maestra del primer grado. La comunidad de ideales y aspiraciones, como decía Alberenque, había hecho nacer aquella amistad histórica. Simpatizaban con los mismos autores, las mismas asignaturas; tenían idénticas ideas respecto a cosas educacionales, y ambos se consagraban con ardor al estudio de la metodología. Albarenque era casado, y, como no tenía hijos, vivía muy solo con su mujer. La niña era huérfana. Albarenque le rogó que viviera en su casa. La mujer de Albarenque no puso ningún obstáculo a que la pobre niña se instalara con ellos. ¡Si hasta le

---

119. **Desaforados**: Nombre de esta organización para combatir al director. La palabra, tal como se emplea aquí, significa "revoltoso."

120. **Ceceoso**: Se dice de la persona que pronuncia la "s" como "Z". Lo hace Urtubey con las palabras citadas "Zeñorez, ze lez zaluda."

121. **San Luis**: Capital de la provincia central de San Luis, con 70.632 habitantes. Importantes son las industrias de carne y artesanías de cuero.

convenía! afirmaba el Director; su mujer no sólo tendría una compañera, sino que la señorita Rodríguez contribuiría, aunque modestamente, a los gastos de la casa. Cuando Albarenque fue trasladado a Salta, se llevó a la muchacha, que también consiguió ser trasladada. De Salta pasaron los dos, es decir los tres, a La Rioja, donde continuaron viviendo en común. No se sabe cómo fueron conocidas en Salta todas las habladurías de las feroces lenguas de La Punta. Y como en Salta no había de ser menos, pusieron algo de su exclusiva cosecha, alargando la mala reputación que acompañaba a las dos personas aludidas. Y cuanto se dijo en Salta pasó, tampoco se sabe cómo, a La Rioja. Aquí cayeron los tres en manos de las Gancedo, quienes, en colaboración con otras lenguas de menos celebridad, injustamente postergadas a la fama pública, se encargaron de magnificar las cosas a satisfacción universal. Clemencia Gancedo afirmaba, sin que nadie supiese cómo había obtenido tales datos, que la Regente, cuando la esposa iba todos los inviernos a Rosario de la Frontera para tomar baños contra su reumatismo, la reemplazaba "con ventaja". Y Miguel Araujo aseguró en *El Constitucional* que el Director había enseñado a la Regente varios métodos nuevos y que los aplicaban en común.

La puerta se abrió y aparecieron el Director y la Regente. La Regente no era fea, a pesar de sus picaduras de viruelas y de tener en su expresión cierta dureza que los lentes de oro acentuaban. Su cuerpo era elegante, macizo de carnes. Miraba con aire dominador y no sonreía nunca. Pasó de largo y el Director se incorporó a un grupito que formaban Urtubey, don Nilamón, don Eulalio y Sabá Montaña, profesor de geografía.

Hablaron de los rumores que traían los diarios sobre un cambio de plan. Don Nilamón no aprobaba los cambios. Era una instabilidad excesiva. El plan peor sería preferible al más sabio con tal que durase veinte años. Pero los ministros se sucedían con rara facilidad y cada uno modificaba los planes a su antojo.

—El plan actual es muy defectuoso— arguyó el Director.

Afirmó que no era posible continuar como hasta entonces. La enseñanza debía ser más racional, más científica. Y aunque se había progresado mucho en tal sentido, todavía dominaba un memorismo perjudicial.

—Eso del memorismo, como dicen ustedes los pedagogos— estalló don Nilamón—, es una pamplina.

Antes se estudiaba todo de memoria y al pie de la letra. Costaba trabajo, pero después de cincuenta años uno recordaba algo de lo que aprendió. Además, tal procedimiento desarrollaba la memoria, facultad sin la cual no existe la inteligencia. Las generaciones actuales estudiaban racionalmente, pero salían de los colegios sin saber nada de nada. ¿Qué les quedaba? ¿Ideas generales? ¡Pero si eso de las ideas generales era otra pamplina! Palabras vacías, frases huecas.

—No tanto, no tanto— repetía Sabá Montaña con suficiencia, retorciéndose los bigotes.

—Si, hombre sí— contestó don Nilamón.

Y si no ¿cómo se arreglaba en geografía para no enseñar datos y minuciosidades que sólo se aprendían de memoria? ¿Cuáles eran las ideas generales en geografía?

—Bueno— dijo Montaña—, pero es que *io* no enseño propiamente geografía, geografía pura, se entiende.

—¿Y qué enseña?— preguntó don Nilamón con asombro.

—Filosofía de la geografía...

—¡Ja, ja ja!...

Montaña quedó cortado. El Director y Urtubey se pusieron muy serios.

—De los colegios— continuó don Nilamón— nadie sale sabiendo. Lo único que se adquiere es el hábito del estudio, una disciplina. Y nada más.

El Director objetó que también se podía ensanchar el horizonte mental, aprender a investigar, a pensar.

—¡Aprender a pensar! ¿Usted cree que eso es moco de pavo? ¡Pensar! ¡Me caigo en la gran flauta!

—Yo *eztoy* con el *zeñor director*— declaró Urtubey, con los dedos pulgares metidos en los bolsillos horizontales del pantalón y tamborileando con los demás dedos sobre el vientre.

—¡Pero claro, hombre, con quién ha de estar usted sino con el Director!

—*Ezte* don Nilasmón *ziempre el mizmo*— dijo Urtubey sonriendo y meneando la cabeza como resignado ante la fatalidad...

En el patio, tres mujeres parloteaban formando un grupo. Pasó la Regente, que no contestó al saludo de una de ellas.

—Lo que es a mí no me hace eso— decía María Ramos a la vicedirectora. ¡Dejarte con el saludo!

María Ramos, la profesora de economía doméstica, era una "niña grande". Solterona, de antigua familia riojana, simpática, bastante feúcha, tenía fama de maliciosa y graciosa; sus chistes y desvergüenzas eran célebres. Detestaba al Director y le había "chantado"[122] más de una verdad.

—Y... ¡qué voy a hacer yo!— le contestaba la vicedirectora—. Ella es todo, ella lo puede todo...

Matilde Arana, la vicedirectora, era salteña, solterona, horrorosamente fea. Pasaba de los cuarenta y cinco y tenía carnes abundantes y fofas. La nariz, de pico de loro, caía en punta sobre la boca inmensa y desigual. La piel de la cara era rugosa y manchada: "cuero de yacaré",[123] como decía Miguel Araujo. Amable y bondadosa para con todo el mundo, gozaba en la escuela de verdaderas simpatías. Los profesores embromábanla por su fealdad; ella sonreía bonachonamente cuando don Nilamón le decía "buena moza". Quería como a hijas a las alumnas, que recurrían a ella para todas sus reclamaciones. Pero la vice no ejercía la menor influencia. Era una de las víctimas del Director,

---

122. **Le había chantado:** Le había puesto en su sitio.
123. **Yacaré:** Nombre del cocodrilo en Sudamérica.

quien, poco a poco, la había despojado de sus atribuciones. Se pasaba las horas sin saber qué hacer. Desterrada en la vicedirección, no tenía autoridad ni trabajo alguno fuera de su cátedra de pedagogía. El Director la había hecho a un lado sin que se conocieran sus razones. Algunos profesores afirmaban que el Director trataba de deshacerse de Matilde para hacer nombrar a la Regente. Matilde, incapaz de concebir tales propósitos, no creía. Sabía, sin embargo, que el Director la odiaba, no obstante su amistad con ella, hacía dos años. Todavía se recordaba en La Rioja aquel episodio que la puso en ridículo y en el que tuvo tanta parte el Director. Sucedió que un español, viajante de comercio a quien el Director conociera en casa de don Nume, gustaba de ella, lo que pareció increíble a todo el pueblo. El Director, informado de la seriedad de los propósitos del viajero, habló a Matilde, quien aceptó conocer a su pretendiente. El Director los presentó en su casa y aconsejó a Matilde para que no desdeñara el buen partido. El español estaba bien vinculado en Buenos Aires y pensaba establecerse en La Rioja con negocio de tienda. El hombre se declaró y Matilde, muy conmovida, le dio su sí. Al cabo de tres meses de noviazgo, el viajante pidió a Matilde los ahorritos que ella tenía en el banco. Era para ir a Buenos Aires a adquirir mercaderías; y como "precisamente" le faltaban esos cinco mil pesos que ella tenía, había pensado en pedírselos para redondear su capitalito. Matilde le dijo que todo lo suyo era de él; para eso serían pronto mujer y marido. El viajante se fue a Buenos Aires con el dinero y no volvió más a La Rioja, ni nunca se supo nada de él.

—Yo soy menos que la celadora— dijo la vice melancólicamente.

—Bueno, pero no se compare con la celadora— exclamó María Ramos—. Usted es demasiado ambiciosa en querer ser tanto como ella.

La celadora era un personaje, una potencia. Y no sólo por su cargo honorífico de superintendente de los espías, sino también por su habilidad para encubrir ciertas cosas que el Director necesitaba ocultar.

—No seas habladora, María— interrumpió Josefina Márquez—. En eso de los amores con la Regente no se sabe nada de cierto.

María dijo algo en secreto a Josefina, haciéndola reír.

—Pero, ¡qué descarada te has vuelto!— exclamó Josefina.

Zoilo Cabanillas y el doctor Migoya se acercaron al grupo.

—¿De qué se habla, niñas?— voceó Cabanillas.

—¡Ay!— exclamó María—. Me has asustado, Zoilo.

Y agregó, naturalmente:

—Hablábamos de... métodos. ¿No es verdad, Matilde?

La vice, poniéndose colorada, asintió.

—¿Pero a ustedes les interesan los métodos?— preguntó Migoya, profesor de Historia Argentina.

—¡Cómo no, Migoya, si el método es todo! Mire con qué método el Director nos está reventando.

Todos se rieron, menos la vice, que jamás comprendía las bromas. Josefina, señalando a la Regente que pasaba, indicó que callaran.

La Regente se dirigió a la dirección.

—Una de las primeras notas que envíe este año al ministerio— decía el Director a Urtubey solemnemente— será haciendo constar la inmediata urgencia de robustecer la autoridad de los directores.

—*Ez* claro.

No era posible gobernar con la escasa autoridad de que actualmente disponía. La escuela era una barca combatida por la ola de la ignorancia y de mil intereses mezquinos, barca que podría naufragar si el timonel no poseía un fuerte brazo.

—*Zí, puez, ez* claro.

El directo tenía en Urtubey el oyente ideal. Jamás le contradecía, la escuchaba con todos sus sentidos. El Director le exponía sus planes, solicitaba su aprobación. Una vez llegó hasta pedirle consejo.

La Regente comunicó al Director que los cursos y la escuela de aplicación de niñas estaban ya colocados en el salón de actos.

Faltaban los varones, que no habían llegado aún.

—Señorita— dijo el Director en tono austero—, ordene a las maestras y celadoras que no permitan a las niñas mirar hacia atrás mientras los varones estén en el salón.

—Ya está ordenado, señor; por eso se colocará en el fondo a los varones— dijo la Regente, que tenía el don de adivinar los pensamientos del Director.

—*Ezo ez*; muy bien *dizpuezto*— dijo gravemente Urtubey—, porque... *zino*... claro...

—¡Los varones!— exclamó la Regente.

El Director y los profesores salieron al zaguán.

Los niños iban entrando. El departamento de varones ocupaba un viejo caserón en la plaza. Desde allí venían los alumnos, conducido cada grado por el maestro correspondiente. Los niños, muchos de los cuales tenían rasgos indígenas y la piel oscura, desfilaban con torpe andar. Solís pasó conduciendo su cuarto grado.

—¿Ese es el maestro nuevo?— preguntó María Ramos a don Nilamón.

Y a su respuesta afirmativa, agregó:

—Va como avergonzado...

—Es un mozo que no está en su lugar— farfulló don Eulalio, que se hallaba detrás de María—. Es una ilustración.

—¡Bah!— exclamó Zoilo Cabanillas—. Es un maestro de escuela *barnizao* de literatura.

Después del desfile de los niños, los profesores se encaminaron al salón de actos. El Director iba adelante y, a su lado, la Regente. Los últimos eran don Nilamón, que no cesaba de renegar, y Zoilo Cabanillas que hablaba en voz alta, como en su casa. El Director volvía la cabeza, furibundo contra Zoilo.

En el salón de actos, los alumnos de la escuela guardaban la llegada del Director. Adelante estaban las niñitas del primer grado; los demás grados seguían inmediatamente. Luego venían las alumnas de primer año, y, detrás de todas, las de cuarto. Los varones, separados de las niñas por algunos metros, ocupaban el fondo del salón.

Raselda se recostaba a la pared, cerca del escenario, vigilando a las niñitas de primer grado. Desde allí veía todo el salón. Sin saber por qué, aquella mañana se sentía triste. Recordó sus tiempos de la Escuela, cuando era chiquita. ¡Hacía tantos años que no veía la Escuela! Le emocionaba ver las paredes de la casa, las aulas donde pasó tantas horas ya lejanas, el patio donde había jugado con sus amigas y donde conoció momentos de inocente felicidad. ¡Ah, en esta casa había aprendido a leer, había crecido, se había hecho mujer! ¿Cómo le iría, ahora de maestra? El Director, la Regente, parecían muy buenos. Las maestras, sus compañeras, eran buenas también. Pero ella ¿sabría desempeñarse?

—¡El Director!— exclamó una maestra.

La Regente dio una palmada y la escuela entera se puso en pie. Todos miraban al Director, que había subido al tablado. Los niños movían la cabeza de un lado al otro y curiosamente trataban de alzarla por sobre las demás. Cuando todo quedó en profundo silencio, el Director se adelantó, sacó del bolsillo unos papeles, tosió débilmente y leyó:

—Señores profesores y maestros; jóvenes alumnos— comenzó con voz amortiguada y enclenque.

Y sin mirar a su auditorio, levantando la mano derecha acompasadamente, haciendo una "o" con el pulgar y el índice leyó:

"Al inaugurar el nuevo año escolar con esta casa que dirijo, cúmpleme la obligación primordial de dar la bienvenida a los profesores y maestros que me secundan en las arduas tareas que nos imponen los sagrados deberes del profesorado, así como a los niños y niñas que vienen a aprender de nuestros labios los nobles principios de la ciencia y a recibir las altas enseñanzas de la pedagogía".

Hizo una pausa, esperando aplausos. Pero nadie se movió; sus mismos admiradores no hubieran osado iniciarlos por temor de caer en el vacío. Don Nilamón, apenas oyó que se recordaban los eternos "sagrados deberes", comenzó a tragar saliva y a menear la cabeza. María Ramos había dado un codazo a Josefina, la cual no pudo menos que reírse, con lógica indignación de la Regente, que se hallaba a su lado. Todos los profesores tenían en los labios una sonrisa sospechosa. Urtubey escuchaba religiosamente, con la vista baja; mientras, teniéndo los dos dedos pulgares en los correspondientes bolsillos del chaleco, se daba con el resto de la mano palmaditas en la barriga y decía para sí, moviendo la cabeza de un lado al otro: "muy bueno, muy bueno".

"Os invito, señores profesores y maestros— continuó el orador después de varios párrafos—, a que no abandonéis ni por un instante el amor de los libros. Estudiad, estudiad sin cesar. El ejercicio del magisterio es una de las más difíciles labores intelectuales. Porque no basta de ningún modo poseer la ciencia, sino que es preciso conocer profundamente los secretos de la metodología. La ciencia pura es inútil para el maestro, es trabajo perdido, si no se la enseña de acuerdo con los principios y las leyes de aquellos métodos que especialmente le convienen".

Era lo mismo del año anterior, lo de todos los días. El propio Director, en su párrafo siguiente, que fue saboreado por los profesores, manifestó que tales verdades "inconcusas"[124] ya las había expresado otras veces, pero que consideraba el repetirlas como un deber de conciencia.

Los profesores se hacían señas y sonreían, sobre todo María Ramos, que no intentaba disimular. Don Nilamón bufaba: sostenía la cabeza con una u otra mano, o con las dos a un tiempo, resollaba, hacía ruidos con la boca, decía en voz baja malas palabras que oían sus vecinos. La Regente no apartaba los ojos del Director, suspensa en su oratoria. Urtubey, plenamente satisfecho, sonreía para sus adentros y comentaba cada frase diciendo a sus vecinos, que no le hacían caso: "ez claro", "muy bueno", ni qué hablar".

El director siguió con sus temas predilectos. Afirmó, con disgusto de sus oyentes, que era preciso robustecer la autoridad directorial.

—¡Tragaldabas![125] exclamó don Nilamón.

Los directores, según el orador, carecían de autoridad para resolver por sí mismos los conflictos que suscitaban diariamente personas díscolas y rebeldes que había en todas las escuelas. Carecían de medios para orientar la enseñanza de acuerdo con los modernos principios pedagógicos. No podían llevar la acción de la escuela hasta el hogar, mejorar las costumbres, evitar que los padres de familia diesen mal ejemplo a sus hijos. Si había padres que se embriagaban, destruyendo así la obra educativa de la escuela, ¿por qué no estarían facultados los directores para impedirlo?

—¡*Manífico*— exclamó Urtubey con su lengua dura.

El orador se iba quedando sin voz. Felizmente se acababan las cuartillas. Terminó, después de citar a Comte, a Pestalozzi y a Torres, con un párrafo dedicado a los niños. Les incitaba a que fuesen aplicados para poder llevar a sus hogares "la luz de la ciencia"; para que más tarde llegaran a ser ciudadanos modelos; para que, cuando fuesen maestros, transmitiesen "la antorcha de la verdad" a otros niños y cumpliesen con fe y patriotismo "los sagrados deberes del profesorado". Los niños, enseñados por sus maestros, aplaudieron con entusiasmo.

Se levantó el profesor Migoya. Werfil Migoya, un hombre de mediana edad, de tipo correcto y vulgar, legislador provincial, abogado, ciudadano de grandes aspiraciones políticas, era el orador de la casa. Como respetaba al Director, aunque sin estimarle, su discurso se limitó a agradecer en nombre de los profesores. Ellos deseaban cumplir con su deber. Prometían entregarse al trabajo con fervor. Anhelaban que su obra educativa perdurase, querían formar ciudadanos patriotas y útiles. Migoya agradecía al Director sus palabras y ase-

---

124. **Inconcusas**: Indudables, seguras.
125. **¡Tragaldabas!**: ¡Tonterías! ¡Cháchara!

guraba que los profesores secundarían su acción "eficiente". Pero también reclamaban mayor libertad en la enseñanza. No era posible encadenar los caracteres, siempre distintos, a idénticos procedimientos y a sistemas iguales.

Los profesores aplaudieron estrepitosamente. El Director miraba al suelo y, con amargura irónica, sonreía. La Regente paseaba sus ojos del Director a Migoya, asombrada. Zoilo Cabanillas salió de su sitio y fue a felicitar a Migoya dándole un manotón feroz. Pedro Molina se retorcía su bigotito, y su cuerpo daba pequeños saltos al compás de su risita infeliz.

Luego habló, en nombre de los alumnos, una niña de cuarto año. Era una muchacha alta, bien formada, bonita, a pesar de sus pecas y su nariz puntiaguda; se llamaba Codulfa Ramírez. Leyó con afectación, en el clásico tono declamatorio y pedante de las escuelas normales, varias cuartillas atestadas de cursilerías e hirviendo de lugares comunes. Todos reconocieron en su "producción" la pluma de la profesora de literatura, su parienta, quien con seguridad corrigió el discurso, adornándolo con metáforas provincianas y ripios de fiesta patria. La oradora llamó al Director "intelectual de fibra"; dijo que los alumnos esperaban con ansia la apertura de las clases, ávidos de darse en cuerpo y alma a la adquisición de la ciencia; aseguró que una mujer sin ilustración era una flor sin perfume; predijo que había llegado la hora de la liberación de la mujer, hasta hoy sometida a prejuicios seculares; y concluyó cantando un himno a la escuela, hogar de la ciencia, madre cariñosa que a las mentes infantiles daba amparo y sustento.

Los alumnos le hicieron una ovación. La profesora de literatura, para estimular a su parienta, aplaudió enérgicamente. Y el Director, el propio Director, manifestó a su vecino Urtubey que esa niña era "una promesa para el país".

El acto había concluido; las clases empezarían a la tarde. Mientras los alumnos se dispersaban, los profesores dirigiéronse a la secretaría. Migoya fue felicitado entusiastamente. Nadie sospechaba en él, siempre contemporizador, semejante coraje. Pedro Molina le pinchó con el dedo en la barriga, mientras, de risa, daba saltitos. Zoilo Cabanillas le apretó contra su corpachón hasta estrujarle y le dijo:

—*Sos* un gran *desaforao y merecés* ser nuestro presidente.

—Io nada le digo, Werfil— habló Sabá Montaña tendiéndole la mano— Ia sabe que soy de los que piensan como usté...

Se formaron pequeños grupos. La sala estaba llena de profesores que comentaban animadamente el discurso de Migoya. En el zaguán conversaban varias profesoras y don Nilamón. Hacían la psicología del Director.

—¡Pero han visto qué hombre tan vulgar!— exclamaba Josefina Márquez.

—Es un eunuco— soltó don Nilamón, escupiendo hacia la calle.

—¿Qué es eso?— preguntó María Ramos, con seriedad fingida.

—¡Pero, María!— le reprochó Josefina, mientras don Nilamón contestaba una barbaridad.

En ese instante pasó el Director con la Regente. Cruzaron la secretaría sin mirar a nadie y se encerraron en la dirección. Minutos después, el Director salía con el sombrero en la mano. Los profesores iban también a marcharse cuando la Regente, invocando órdenes del Director, les hizo quedar. Traía un papel en la mano y empezó a leerlo. Eran instrucciones. Algunas fueron recibidas con protestas; la última causó indignación. Por ella los profesores debían, después de las horas de la mañana y de la tarde, redactar en un libro las incidencias de cada clase. Había que referir cómo fue la conducta de las alumnas, a quiénes interrogaron y qué calificación mereció la respuesta, la preparación que la clase reveló en cada asignatura y otros detalles minuciosos.

Los profesores parecían amotinados. La vice estaba a punto de lloriquear; don Nilamón iba de un lado a otro, bufando y echando badajos a voz en cuello. Don Eulalio refunfuñaba. Zoilo Cabanillas aturdía queriendo convencer a la Regente, que se encogía de hombros, de la imposibilidad de cumplir semejante disposición.

—Es orden del señor Director— repetía con autoridad.

Migoya, alentado por su triunfo, pidió la palabra. Después de hacer callar a Cabanillas y a Nilamón, expuso sus objeciones.

—Lo que pretende el Director— comenzó Migoya— no podemos cumplirlo, señorita.

No se trataba de rebelarse contra la superioridad, pero ¿de qué manera y en qué tiempo los profesores iban a escribir en un solo libro tantas cosas? Por la mañana las clases terminaban a las once menos diez minutos. Suponiendo que en seguida los profesores se pusieran en la tarea y que cada uno empleara diez minutos, resultaba que, como las clases eran cinco, dos en primer año, y tres las horas de cada clase, los profesores tardarían ciento cincuenta minutos: dos horas y media. El último se retiraría a su casa a la una y cuarto de la tarde. Tendría que almorzar "a la disparada" para estar en la escuela a las dos. Y a la tarde sucedería otro tanto.

—Es orden del Director, orden terminante— contestó la Regente abandonando la escuela.

—Esto es una ignominia, ¡badajo!— gritaba don Nilamón. Los profesores quedaron alborotados. Zoilo Cabanillas proponía declarase en huelga o renunciar en masa. No había otra disyuntiva; pero ni uno pensaba así. La vice, más fea que nunca, estaba congestionada y con ganas de llorar. Urtubey trataba de calmar a todos.

—Ya *ze* arreglará, ya *ze* arreglará.

Para él, allí había un malentendido. El Director, un hombre tan sensato, no era capaz de perjudicar de ese modo a los profesores.

—¿Sensato? ¡No sea zonzo, hombre!— le soltó don Nilamón.

—*Azí zerá*— repuso humildemente Urtubey.

Los profesores salieron a la calle en corporación. Las mujeres parloteaban sin cesar y don Nilamón refunfuñaba. El día continuaba nublado. Nubes de un gris sucio, espesas, inmóviles, cubrían casi todo el cielo. Entre algunas moles nebulosas, hondos trozos de azul cobalte surgían.

En la esquina de la plaza, don Eulalio propuso ir a la confitería. Había que ponerse de acuerdo, calmar las penas con un trago. Todos aceptaron menos Urtubey, que estaba cabizbajo y los había acompañado hasta allí porque iban en la dirección de su casa. En el momento de tomar hacia la confitería y mientras las profesoras se separaban, Zoilo Cabanillas, ante sus colegas furibundos, bajo el cielo impasible, se plantó en medio de la calle, se sacó el sombrero y, levantándolo en alto, con ardor juvenil, gritó:

—¡Vivan los desaforados!— atronando terriblemente la paz y la soledad de la mañana.

VI

Pasaron varios días.

Una mañana, durante la segunda hora de clase, presentóse la Regente en el primer grado. Raselda, al verla entrar, quedó como aturdida. El corazón le empezó a palpitar con fuerza. No sabía qué hacer, qué decir y miraba con ojos asustados a la Regente.

¡También no era para menos! Desde el comienzo de los cursos su clase fue un fracaso. Estaba olvidadísima y se mostraba tan inhábil en "llevar la clase" que parecía una alumna de segundo año. Se confundía, se enredaba. A veces tenía distracciones inexplicables y decía cosas desatinadas. Esto la entristeció. Porque ¡quién sabe si no tendría que abandonar la escuela! Se apenaba pensando en la vergüenza que sería para ella, en el dolor que a su pobre abuela le causaría. Tendrían que volver a Nonogasta, a vivir de nuevo en la casa de su tío, a enterrar ella en aquel desierto su ilusionada juventud. Resolvió estudiar mucho todo el año, no salir de su casa sino para ir a la escuela. Se contemplaba inclinada sobre sus libros durante largas horas de la noche, junto a la lámpara, cerrándosele los ojos. Se levantaría con el alba; y solamente los domingos, para descansar un poco de tan tenaces estudios, iría un rato a la plaza. Empezó a estudiar con entusiasmo y escribió en una gran hoja de papel, con letras muy bonitas, el horario que cumpliría. Mientras tanto, en cada clase, diariamente, comprobaba que carecía de lo esencial: la práctica pedagógica. Esta convicción la volvió a entristecer, porque la práctica, a ella le constaba, no se aprendía en los libros. Su afán por el estudio disminuyó y fue en esos días de incertidumbre y desaliento cuando la Regente se presentó en su clase.

Al verla callada, en un azoramiento ingenuo, la Regente miraba a todos lados como quien no sale de su asombro.

—Continúe señorita— ordenó con fastidio.

Raselda enrojeció. Se mordía los labios, miraba a la Regente, bajaba los ojos. La Regente, irritada, golpeaba nerviosamente con el pie en el suelo.

—He venido a presenciar su clase, señorita— dijo la Regente, con sequedad autoritaria y cruzando los brazos como disponiéndose a esperar.

Raselda, colocada hasta las orejas, continuó. La clase versaba sobre elementos de Geografía. Normalmente las clases de Geografía eran las mejores. Ella tenía predilección por esta asignatura; en cambio detestaba la Aritmética. Pero esta vez se hallaba cortada. Sentía sobre ella los ojos de la Regente, y esto le hacía perder la cabeza. Preguntaba con voz tímida, poco entonada, falta de animación, y las discípulas le contestaban de modo análogo, sin interés y curiosidad. Ambiente de aburrimiento había en aquella clase. Las niñas estaban mal sentadas, en posturas familiares; algunas jugaban con las lapiceras; otras reían y casi todas se hallaban distraídas. Raselda empezó a olvidarse; sus palabras vacilaron y creyó que le iba a dar algo. Miró a la Regente con los ojos muy abiertos, con ganas de llorar. La Regente sonreía, mordiéndose los labios, y miraba con cruel fijeza a Raselda.

—Pero, señorita, no veo motivo para asustarse tanto; no soy el cuco, me parece— dijo por fin la Regente.

Y tomó la clase por su cuenta.

—¡Atención, niñitas!— comenzó, dando una enérgica palmada.

Las niñas se movieron. Todas levantaron la cabeza y miraron a la Regente. Algunas parecían esperar, muy interesadas. La Regente, con gran rapidez, corrigió las posturas de las niñas, ahora derechas y atentas. Una nueva palmada y empezó la lección. Se trataba de los ríos, los mares, las lagunas. La Regente explicaba con pocas palabras, pero muy claramente, y señalando con el puntero en un mapa. No pasaba de una noción a otra sin que toda la clase hubiese aprendido la anterior. Interrogaba a todas las niñas; y como para mantener la animación, daba palmadas de cuando en cuando. Indicaba a cada niña con el dedo, y parecía, por los ligeros movimientos de su mano, un director de coro que, en un *allegro* advierte a las distintas voces su entrada. Las preguntas saltaban de un banco a otro. De una niña del primero pasaba a una del último, de una sentada a la derecha a otra sentada a la izquierda. Las preguntas eran fáciles, claras, al alcance de las niñitas. Apenas señalaba a una, ésta se levantaba repentinamente como ciertos juguetes de resorte. "La de al lado —decía la Regente—, la otra, aquélla, usted, la última". Y todas se ponían en pie, contestaban rápidamente, con brío y se sentaban de golpe. Levantándose y sentándose una tras otra, a veces varias a un tiempo, parecíanlas burbujas del agua cuando hierve.

Raselda, junto a su mesa, miraba tristemente a su superiora. Ella no llegaría jamás a dar una clase así. Las niñas, que al tomar la clase la Regente estaban como adormecidas, ahora se habían entusiasmado. Tenían otra expresión en los ojos, una animación que nunca les notara Raselda. La Regente recorría toda el aula, dominaba la clase. No ocurría nada que no viera, no se movía una mano sin advertirlo. Toda la clase estaba sometida a su voluntad y vibraba con ella.

La Regente sí que era una maestra, pensaba Raselda. Ella, en cambio, no fue jamás una buena alumna, no ejerció nunca la profesión, y cuanto aprendió en la escuela lo había olvidado; ¿Qué le esperaba? La Regente le informaría al Director, tal vez. Se puso roja de vergüenza y bajó la cara, como si temiera que la Regente adivinase sus pensamientos.

—Es así, señorita, como debe llevar su grado— dijo la Regente con suficiencia—. Le he dado una clase modelo para estimularla solamente, pues no estoy obligada a enseñarle.

Raselda balbució un "muchas gracias", y vio con asombro que la Regente se retiraba sin enojo.

Las dos horas siguientes transcurrieron para Raselda como siglos. Deseaba irse a su casa, llorar. ¡Ah! Tenía razón la Regente. Su clase era lenta, sin interés. Pero ¿para qué humillarla? ¿Por qué no la llamó después de clase y le hizo indicaciones?

Mientras tanto las niñas retornaban a la habitual incorrección de las posturas. Cruzaban las piernas, apoyaban la cara en el brazo caído sobre la mesa, miraban al techo y al patio, jugaban con las lapiceras. Como eran tan pequeñas no advertían el cambio. Sus incorrecciones, inconscientes, eran como las de los perros amaestrados de los circos, que abandonan sus posturas hieráticas, tornándose familiares e informales, apenas se ausenta el "profesor".

Durante los días siguientes, Raselda progresó algo. La Regente se presentaba todos los días en su grado, pero se limitaba a escuchar y a mirar. Raselda ya no se turbaba tanto; se desenvolvía mejor y la clase habíase vuelto un poco más animada. La Regente entraba muy seria, ponía un leve gesto de desagrado, que Raselda no advertía casi nunca, y se marchaba sin decir una palabra. A veces tomaba notas, lo que inquietaba a la maestra.

Llegó la Semana Santa. Para Raselda fueron aquellos días una verdadera tregua. ¡No ver a la Regente, no sentir sus miradas fiscalizadoras! Aprovechó la semana para estudiar heroicamente. Pensaba salir poco; las fiestas religiosas no le interesaban. Sin llegar a la incredulidad, era, como casi todas las normalistas, un tanto liberal. Pero aparte de este motivo, las maestras no practicaban la religión porque creían que a ello les obligaba la laicidad de la escuela. El Director, naturalmente, pensaba lo mismo y hasta amenazaba con la destitución a las maestras devotas. Mientras él dirigió la escuela de La Rioja, los profesores y maestros creyentes tuvieron que reducir al mínimo el cumplimiento de sus prácticas religiosas. A Raselda, además, le aburrían las ceremonias de Semana Santa. Sólo le gustaba la bendición de las palmas, el domingo de Ramos.

Una mañana, a principios de abril, Raselda, cuya clase ocupaba un aula en un rincón del gran patio, al ver que venían derechamente a su clase la Regente y el Director, enrojeció.

La clase era de práctica pedagógica y a cargo de las alumnas maestras de cuarto año. Tocaba comenzar a Raselda una clase modelo. Fue un descalabro. El Director, violento, tenía los ojos bajos. La Regente, muy seria, no se animaba a sonreír en presencia del Director. Las alumnas maestras, diez o doce, compadecían a Raselda, pero algunas no podían dominar sus risitas. Raselda tartamudeaba, se equivocaba, se quedaba en silencio. Algunas alumnas maestras que la conocían, o que eran sensibles, sufrían. A una de ellas le asomó una lágrima. Luego la maestra quedó callada, con el rostro congestionado, a punto de llorar. Temblaban sus labios y su barbilla, y clavaba los ojos en un gran cartel de la pared, en el que leía y releía, mentalmente, sin comprender su sentido, las cuatro frases impresas en grandes letras:

> los ojos de la nena
> el pelo del nene
> la niña es buena
> el sapo se va al pozo

El Director se marchó disgustadísimo. Al salir Raselda de clase, anuncióle la celadora que él la esperaba en su oficina.

Fué una escena dolorosa para Raselda. El Director, minuciosamente, hacía constar la escasa preparación de la maestra, su carencia de condiciones para el puesto, su olvido absoluto de la práctica pedagógica. Puntualizaba los detalles con una fría crueldad. Hablaba lentamente. Formaba con el pulgar y el índice derechos un cero, y, dejando los otros dedos en abanico, bajaba y subía el brazo con la regularidad de un péndulo. Raselda, sentada en el extremo de la silla, colorada hasta los ojos, caída la cabeza sobre el pecho, miraba al suelo. Hubiera querido hundirse bajo la tierra, que le "diese algo" para que acabara aquello. Las lágrimas se le asomaban a los ojos. El Director aseguraba, como hablando consigo mismo, no comprender por qué con tan reducida preparación se aceptaban puestos de tanta responsabilidad. Pero la culpa no era en realidad de ella, sino de quienes la patrocinaron y la hicieron nombrar. ¿Por qué habían de mezclarse en los asuntos de la escuela personas que no tenían ningún derecho para ello? La maestra que aceptaba un grado sin la preparación suficiente, hacía un gran daño a la escuela, a sus alumnas, a ella misma. En fin, el mal estaba hecho. Para remediarlo debía estudiar con verdadero celo, con la conciencia de su deber. La señorita Regente iría diariamente a la clase de Raselda, la observaría, y, una vez por semana, le daría una clase modelo.

Raselda no había pronunciado una palabra. Escuchaba al Director con atención y pensaba que cuanto decía era cierto. Quedó más tranquila. Las frases últimas le habían dado confianza. Pensó que el Director era un señor muy bueno y que no deseaba sino hacerle bien. Era por la escuela, por ella misma, que le daba aquellos consejos y se tomaba tantos trabajos.

—Muchas gracias, señor— dijo en tono sumiso y levantando hacia él sus ojos humedecidos.

Las dificultades de Raselda en su clase, la escena con la Regente, su entrevista con el Director, fueron pronto conocidas de todo el pueblo. Pero había tantas versiones como individuos. Doña Críspula refería, a pesar del informe distinto de Raselda, que el Director había empleado palabras indignas de un caballero. En la confitería habían tomado a broma el asunto. En tono de chanza ponían al Director y a la Regente que no había por dónde agarrarlos. Las opiniones se inclinaban, como en todas partes, en favor de Raselda; pero no por ello la perdonaban. Los más lenguas largas llegaron a asegurar que todo era una estratagema del Director, quien, cansado de la Regente, pretendía reemplazarla con Raselda. Y hasta referían la conversación. El Director ofreció la paz a la infeliz maestra con la condición de cederle sus encantos. *El Constitucional* publicó sobre el asunto un suelto insidioso, según decía el Director. En este suelto, escrito sin duda por Palmarín y titulado "El *affaire* Escuela", se decía que el asunto comentado no era sino el prólogo de los inauditos escándalos que iban a acontecer muy pronto. Era preciso alejar la política de la escuela, impedir que el profesorado estuviese a merced "de las bajas y torpes combinaciones" con que satisfacía "su ansia de mando y de acaparamiento de los dineros públicos el nepotismo oligárquico" que gobernaba.

Algunos días después de estos sucesos, salía Raselda de la escuela, concluidas las clases de la tarde, cuando vio que en la secretaría conversaban Clemencia Gancedo y la Regente. Quedó asombrada. Las Gancedo eran las que peores cosas hablaban de las relaciones entre la Regente y el Director. ¿Cómo podían haberse hecho amigas? ¿Tal vez por asuntos de la escuela? Porque en la escuela, precisamente en su clase, estudiaba una sobrinita de las Gancedo, Gertrudis Frutos, una chicuela vivaracha y traviesa.

Raselda, antes de ir a su casa, fue a la de doña Críspula para contar la novedad.

—¡Qué porquería, pero qué porquería, Señor!— exclamaba doña Críspula, refiriéndose a aquella amistad que sería famosa.

¡Cuando ella decía que esas mujeres maquinaban algo contra Raselda! Las guanacas la detestaban porque la nombraron maestra de primer grado en lugar de nombrar a "esa indecente" de Benita.

—Te aborrecen, hijita, te aborrecen y harán lo imposible por hacerte echar.

Para doña Críspula las cosas se explicaban muy fácilmente. Las guanacas, después de declarar la guerra, se habían puesto en observación. Raselda, maestra nueva, egresada de la escuela hacía varios años, debía fracasar; y ellas entonces se aprovecharían de su fracaso para hundirla. Por lo pronto trataban de intimar con la Regente. Clemencia había ido a la Escuela con el pretexto de buscar a la chica para llevarla luego a cualquier parte, al infierno. Y había tenido el cuidado de ir antes de que se acabaran las clases, para encontrarse con la Regente. Era una vergüenza, un escándalo. En fin, la Regente, ¡qué más quería que hacerse amiga de las Gancedo! La infeliz mujer no había podido entrar en sociedad. Todo el mundo hablaba de sus amores, ciertos o no, con el Director. Y eso era demasiado; la sociedad riojana no toleraría "impunemente" tal desvergüenza. Pero ahora, por su amistad con las Gancedo, la Regente sería hasta bien recibida. A las Gancedo se las odiaba, pero, como eran de tan buena familia, tenían relación con toda la gente conocida. Además, "se les temblaba", y muchos, para no ser sus víctimas, buscaban su amistad.

Rosario acompañó a Raselda hasta su casa. En el camino se encontraron con Clemencia Gancedo y la sobrinita. La chicuela dijo adiós a su maestra. Clemencia saludó fríamente. Llevaba la guanaca una sonrisa de felicidad, esa felicidad suya que dependía de las desgracias de los demás. Raselda y Rosario volvieron sus rostros y se encontraron con la mirada sarcástica de Clemencia.

El treinta de abril, a la noche, se vió juntas en la plaza a la Regente y a las dos Gancedo. Por primera vez se hacía ostentación de la nueva amistad. La plaza estaba concurridísima; todos los bancos habían sido puestos a lo largo de la calle por donde paseaba la "gente decente", quitándoselos al pobrerío. Las señoras permanecían en sus asientos mientras las muchachas iban y venían del brazo. Era la última noche de retreta. Se acercaba el invierno, y en mayo la banda tocaba por la tarde. No era lo mismo. En invierno se salía muy poco. La concurrencia sólo llenaba la plaza en verano, los domingos por la noche.

Clemencia Gancedo estaba locuaz y risueña como nunca. Seca, flaca, fea, de nariz ganchuda, contrastaba con las opulencias carcanales de su hermana Benita, a quien en su casa llamaba Chiche. La otra Gancedo, Jerónima, la mayor de las tres, cincuentona, arrugada y con aire de pájaro, como no tenía edad de ir a la plaza se quedaba en su casa, o en alguna casa amiga, sacando el cuero a la gente. Se discutía cuál de las dos, si Jerónima o Clemencia, era más lengua larga. Clemencia, había que reconocerlo, se llevaba la mayoría de los votos, pero Jerónima contaba con opiniones muy sólidas en su favor. Lo que había, según los admiradores de Jerónima, era que la agresividad de Clemencia aumentaba su fama. Jerónima no era agresiva sino amable con las víctimas; pero detrás de ellas, la lengua se le soltaba como por encanto y había que oírla. Esa noche, Clemencia, muy risueña, sin dejar de seguir su camino del brazo de la Regente, dialogaba a trocitos con las amigas que ocupaban los bancos. Estos diálogos la obligaban en ocasiones a detenerse, lo que era su deseo.

—Tengo que contarte una cosa, ché— le decía alguna desde un banco, tironeándola del vestido.

Entonces las tres se detenían.

—¿Pero ustedes no se conocen?— preguntaba asombrada Clemencia, presentando a la Regente.

Las amigas, que era feliz. Pero en la plaza todo el mundo sospechaba el motivo de la nueva amistad. A veces, en los pequeños grupos que se formaban junto a los bancos, Clemencia traía la conversación al asunto de Raselda. No era difícil, pues no se hablaba de otra cosa en todo el pueblo, sin contar con que la presencia de Raselda en la plaza favorecía la iniciación del tema. Clemencia tenía el sistema de las insinuaciones, de fingir que defendía su víctima; jamás atacaba de firme y claramente como doña Críspula.

—¿Pero han visto el pasaje de esta pobre niña?

Porque era realmente un pasaje haber fracasado de ese modo. Ahora la gente, "porque la gente es tan mala", andaría diciendo que Raselda Gómez era una sinvergüenza y una ignorante. Ella no creía. La pobre niña tenía que sostener a su abuela y sostenerse ella misma; y no era posible estar viviendo a costa de la familia, incomodando a los parientes. Pero sí creía que no era inteligente. Benita había sido su condiscípula y decía que en la escuela fué toda la vida "una brutita". Benita ratificaba. Las que formaban el grupo no eran partidarias del director, ni de la Regente. Más bien simpatizaban con Raselda. Pero, ¿quién discutía con Clemencia? Era cosa muy seria echarse encima semejante enemigo. Y todas asentían. Además, muchas trataban de congraciarse con ella, siguiéndole la corriente. Era lo que más le agradaba. Así pues, todas, quien más, quien menos, concluían por decir algo contra la víctima.

—¡Qué más se puede esperar de la hija de un sacristán— clamó con gesto desabrido una señora, cuyas niñas cambiaban de novio cada mes y se dejaban toquetear y besuquear por todos ellos.

—Nada sería si fuese hija de un sacristán— contestaba otra—, porque se puede ser sacristán y honrado; lo peor es ser hija de una perdida, de una loca.

Clemencia gozaba. Una vez que veía bien encauzada la conversación ya no tenía que temer. A la Regente no le gustaban tales diálogos. Ella era una profesora consciente y seria y no quería que la considerasen como hostil a Raselda.

Raselda, mientras tanto, paseaba con Rosario. A veces se le reunían otras muchachas y formaban una larga fila. Paseaban con lentitud, displicentemente, con el ritmo suave de su andar provinciano. No solían hablar mucho. Rosario sólo se ocupaba en mirar al novio, sentado con un amigo junto a una de las mesitas que en el borde de la plaza colocaba el café de enfrente. Rosario se preparaba desde antes de llegar, y, en el preciso momento, le largaba los ojos como si fuesen pedradas. Después de pasar, volvía la cabeza sin ningún disimulo. A veces su novio se situaba detrás de ellas y las seguía.

Raselda sentía una dulce tristeza. Le disgustaba que la mirasen con curiosidad, que le preguntasen lo sucedido. Sólo a don Nilamón le había contado todo, sin pena, hasta casi con gusto. Don Nilamón, pariente lejano de la abuelita, era un gran amigo de la familia. A ella la quería mucho y la llamaba "mi sobrina". ¡Don Nilamón era tan bueno y tan cariñoso! Pero a los demás, ¡qué fastidio tener que referirles algo! Sin embargo, esa noche nadie la había molestado. La veían con otras muchachas, ir y volver sin cesar de una punta a la otra de la plaza. Sólo le preocupaba la amistad entre la Regente y las Gancedo. A veces, al pasar cerca de las guanacas, oía con desagrado la voz chirriante y gatuna de Clemencia.

Sentado en un banco, Solís conversaba con Pérez y Miguel Araujo. Cuando la música tocaba, Solís permanecía en silencio, reconcentrado. Sabía que aquella música era mala, cursi. Pérez la despreciaba. Pero él veía en todo aquello algo de poético, de romántico. Una dulce lasitud le penetraba en el alma; sentía un gran sosiego. Era para él una cosa nueva y deliciosa el espectáculo de aquella plaza, donde, en presencia de las montañas, bajo un cielo transparente, oyendo la música de viejas zarzuelas españolas —*El Anillo de Hierro* [126] o *La Tempestad* [127]— paseaban, con ritmo lento y cadencioso, muchachas en cabeza, de ojos profundos y tristes. Solís notaba en el ambiente efluvios de

---

126. *El anillo de hierro*: Obra (1878) en tres actos del zarzuelista español Miguel Marqués (1843-1918)
127. *La tempestad*: Una de las obras más populares (1882) del zarzuelista español Ruperto Chapí (1851-1909).

sensualidad. Las muchachas tenían miradas cálidas, donde temblaban inconscientes deseos. Al pasar Raselda, él solía mirarla. Poco a poco iba creciendo, sin que él mismo se percatase, la intensidad de sus miradas; y ya hacia el fin de la noche, cuando la banda se retiraba, sus ojos parecían acariciar el rostro, los ojos y aun el cuerpo de Raselda. Ella estaba encantada. Su tristeza iba desapareciendo.

—Fíjate cómo me mira— le decía a Rosario.

Pero Solís no se dejaba ver ni de sus amigos, que nada observaron en toda la noche. Ni de Rosario. Raselda hubiera sido feliz con que Rosario sorprendiera alguna de aquellas miradas. Rosario creía que eran ilusiones de Raselda. Sospechaba a su amiga enteramente enamorada de Solís y no se atrevía a contradecirla.

—No me fijé bien— le contestaba.

La música terminó. Los hombres se dirigieron a la confitería. Algunos se disponían a seguir a las muchachas hasta sus casas, pero desde lejos, pues jamás se les acercaban, aunque fuesen novios. Al desbandarse la concurrencia, todos se iban como con esfuerzo. Las despedidas entre las muchachas eran inacabables. Parecía que algo quería retenerlas en la plaza un rato más. Solís, al llegar a su casa, se encontró con Raselda, que, acompañada de Candelaria, se retiraba a la suya.

—¿Se ha divertido?— le preguntó.

Raselda levantó la cabeza y apretó los labios en un gesto de duda. Luego después de ponerse seria, preguntó con una leve sonrisa:

—¿Y usted?

Solís se había divertido inmensamente. Le encantaban las noches de plaza. El no se cansaba de ver pasar tantas muchachas interesantes, con aquellos ojos tristes y profundos. Raselda supuso que lo decía por ella y bajó la vista.

—¿Por qué tienen ustedes los ojos tan tristes?— preguntó Solís acercándose.

—¿Yo los tengo tristes?

—A ver, le voy a decir.

Raselda no quería mirarle. Solís la rogaba, y en la oscuridad de la calle, cerca de ella, sentía una voluptuosidad creciente. Su voz era indecisa. Pensó, con el pretexto de verle los ojos, en levantarle la cara; pero no se atrevía. Deseó violentamente darle un beso en la boca. Veía que Raselda empezaba a enamorarse de él; sentía que esa mujer no pondría obstáculos a ciertos pequeños atrevimientos suyos.

—Déjeme ver bien sus ojos, que son divinos— musitó con expresión romántica.

—¿Lo dice en serio?— preguntó Raselda, dando a su tonada suave cierto acento confiado y amoroso.

Y en seguida, poniéndose seria de repente, comprendiendo que esa conversación a tal hora, en la acera, era impropia, se despidió. Tendió a Solís la mano que él retuvo en la suya un instante, lo suficiente para que ella lo advirtiera.

En el camino a su casa, y luego en la cama, Raselda trató de analizar y comprender la actitud de Solís. Cada vez que se habían encontrado en la plaza o en casa de doña Críspula, él la había mirado largamente. Parecía querer comérsela con los ojos. Ella sentía sus miradas detenerse en sus ojos, en sus labios, en sus mejillas. Un día, conversando en el patio de la casa, los dos solos, le sorprendió absorto en su cuerpo. Ella había enrojecido. Sentía los ojos de aquel hombre como si la tocaran, la acariciaran, la besaran. En ocasiones, sus miradas la recorrían desde la cabeza hasta los pies. Ella, sin mirar, lo veía todo, lo adivinaba, mejor dicho; le daba una vergüenza tremenda que la mirasen así y se ponía colorada hasta las orejas. También había observado que, al hablarla Solís, la voz de él tembló más de una vez. Ello ocurriría cuando la miraba de ese modo. ¿Qué significaba todo esto? Si gustaba de ella, ¿por qué no la festejaba? Jamás había pasado por su casa para verla, como hacían allí todos los mozos; no había pedido a nadie que "le hiciera gancho"; nunca le dijo, seriamente, una palabra de amor. Y hacía un mes y medio que la situación no cambiaba. Sin embargo, ella pensaba que Solía la quería. Rosario había tratado de disuadirla. Había hablado con él, le había dado bromas; pero él negaba enérgicamente que la festejara.

—Sin embargo, yo he visto que usted la mira— había dicho Rosario.

—La miro porque es bonita, como se mira un cuadro, un paisaje.

Pero Raselda no se había convencido. Ella tenía sus razones que guardaba para sí misma. Solís no la festejaba por creerse enfermo y, también, porque sabía la historia de Zenaida Gómez. Era seguro que él, un alma noble y buena, "un alma tan linda", no quería casarse por el temor de llegar a ser para ella y su abuelita, a causa de su enfermedad, una carga. Así evitaba hacer desgraciados a otros seres. En cuanto a la historia de su madre, Zenaida Gómez, era imposible que ya Solís no la hubiera oído en alguna parte. ¡Ah, era su desdicha aquella historia! ¿Por qué fue tan débil su madre? ¡Tal vez eso le impediría casarse, era un obstáculo para su felicidad, la muerte de todas sus ilusiones! Y por primera vez, después de tantos años que pasaron, sintió un poco de rencor hacia su madre.

Esa noche se preguntaba si estaría enamorada de Solís. Muchas veces había oído criticar a las que se enamoraban de los hombres sin la iniciativa de ellos. Era un deshonor, una especie de traición al sexo. No, no estaba enamorada. Y trataba de convencerse así misma, analizaba sus sentimientos, recordaba las palabras que había dicho en sus conversaciones con Solís, el modo como le había mirado. Tenía la conciencia tranquila. Le gustaba el mozo, cierto; le parecía un buen candidato. Nada más; ni siquiera era su ideal. Ella jamás se enamoraría de un hombre que no la festejara seriamente. ¡Qué terrible desgracia sería eso!

Y se durmió tranquila.

Soñó que se casaba con Solís. Quedaba lindísima con su traje blanco, todas le envidiaban su novio, y el Director, ¡tan luego el Director, Dios santo! era el padrino.

Pocos días después adquirió la certidumbre de su desgracia, y tuvo el dolor —y un poco de placer— de pensar que su vida era ya la novela para la que fatalmente la destinara su nombre. ¡El mismo lo había dicho! Era, sí, una real desgracia lo que le sucedía. ¡Estaba apasionada de aquel hombre, de aquel hombre que no pensaba, seguramente, en casarse con ella!

VII

Fue en mayo, la víspera de la Ascensión.[128]

Raselda estaba contenta. La Regente ya no iba a su grado. Sus clases, en su propio concepto, habían mejorado notablemente. Por esto se asombró aquella mañana cuando, al salir de clase, la vicedirectora, llevándola a su casa, la previno contra la aparente tregua. Su infortunio le había atraído la amistad de la vicedirectora. La buena mujer le aconsejó defenderse. Era preciso que se buscara "alguna buena cuña", cualquiera de los diputados, por ejemplo.

Hablaron del malestar que se notaba en la Escuela.

—Va a suceder algo— dijo la vice afligidamente.

La Escuela se desacreditaba. Los profesores habían soportado demasiadas humillaciones. No se podía vivir de esa manera: entre conflictos desagradables, sometidos todos a un espionaje indigno, obligados a conspirar, a descuidar la enseñanza, a llenarse de odios. Ella sufría cuando pensaba en lo que había de venir. La situación no tenía salida, a menos que el Ministerio reconociera al Director como el solo culpable. Y esto no era fácil. Lo más seguro era que cualquier día los echasen a todos de la escuela o que los dispersaran trasladándolos.

—No se aflija, Matilde— interrumpió Raselda—. Todo se ha de arreglar.

—No Raselda, no; esto no tiene arreglo. Muchs veces no duermo pensando en lo que va a ser de nosotras…

Las dos quedaron pensativas. Matilde, con los ojos llenos de lágrimas y la cara congestionada, estaba horrorosa.

—En todas partes hay historias— continuó Matilde—. Y no se sabe por qué vienen.

Cambiando de tono, agregó:

—Yo he sido trasladada tres veces a causa de conflictos en los que, te juro, no tuve la más mínima culpa. Cada traslado ha sido un gran dolor para mí, pero éste será el peor de todos.

---

128. **Ascensión**: La Fiesta de la Ascensión, en que se celebra la elevación milagrosa de Jesucristo a los cielos, tiene lugar cuarenta días después de la Pascua de Resurrección.

Ella no tenía familia sino en Salta, donde vivían dos primos suyos. Todos sus afectos estaban en La Rioja. ¡Ocho años en este pueblo! Y pensar que tal vez tendría que irse a otra parte, a su edad, enferma y pobre. ¡Volver a relacionarse, a buscar amistades! Como para morirse de pena. No había vida más triste que la del maestro.

—Créame, Raselda. Para mí, salir de La Rioja es la muerte.

Lo dijo en tono solemne, casi funeral. Luego le tembló la barbilla, sus ojos se velaron, y, llevándose a la cara el pañuelo, ocultó un sollozo.

Raselda quedó preocupada. Tanto que cuando Mama Rosa le repitió el mensaje de Rosario, apenas puso atención. Rosario la invitaba a comer esa noche; iba su novio a la casa por primera vez. Más tarde, pasada un poco su preocupación, se alegró doblemente por la noticia. ¡Por fin se formalizaban las cosas de Rosario! En cuanto a ella, ¿por qué no pensar que esa noche fuera trascendental en su vida? Hablaría con Solís largamente, pues era seguro que le sentarían a su lado. Tal vez esa noche él se decidiera. Y, envuelta en las dulzuras que la esperanza le daba, quedó otra vez contenta.

No había visto a Solís desde hacía una semana.

Cuando esa víspera de la Ascensión, a la noche, llegó a la casa de doña Críspula, todavía no estaba ninguno de los invitados. El primero en presentarse fue el novio. Era un muchacho esquelético y movedizo. Su voz, en exceso fina y destemplada, recordaba a veces los chillidos de un ratón. Tenía la cara empedrada de granos y apestaba a agua florida. En seguida llegó una amiga de Rosario llamada Clorinda, una muchacha flaca, bastante fea, narigona y muy morenucha. Casi detrás de ella entró su festejante, a quien se denominaba "el langostero", por su empleo en la Defensa Agrícola. con los hombros caídos y el pescuezo interminable, parecía imposible que hubiese nada más desairado. Tenía chupado el rostro, llevaba anteojos y al hablar daba la impresión de que escupía las palabras. Todo el mundo le encontraba cierto aire de guanaco. Solís y Pérez vinieron juntos. Se habían retardado en la confitería oyendo un cuento de don Molina.

Pérez, al ver a doña Críspula empingorotada, con sus trapitos de cristianar, como ella decía, fingió desmayarse contra la pared. Todos rieron. Doña Críspula les pedía por favor que se callaran porque, si no, iba a reventar.

—¡Está radiante— gritaba Pérez—, está regia!

—Me encuentran bien, ¿verdad?— preguntó doña Críspula, cruzando el patio jacarandosamente.[129]

En el comedor, Solís quedó al lado de Raselda. Doña Críspula ocupó una cabecera y Galiani la otra. En el mismo lado que Solís sentáronse Clorinda y el langostero. En el opuesto, Rosario, su novio y Pérez.

Doña Críspula, mirando sonriente a Clorinda y al langostero, les dio bromas. La muchacha reía, pero el langostero se puso muy colorado. Rosario

---

129. **Jacaradosamente**: Con mucho donaire y alegría.

lo hizo notar, y él, cada vez más avergonzado, repetía: "Si me miran, es claro". Pérez felicitó al langostero, porque "si bien no mataba langostas en cambio envenenaba corazones". El langostero, sin reponerse del susto, saboreaba las bromas y sonreía placenteramente con su boca acartuchada. Al tragar saliva, su nuez, su enorme nuez, parecía querer salirse del pescuezo.

Hablaron de festejos. Cada uno citó y comentó varios de los más notorios. Se originaron discusiones sobre si tal festejo existía o no, sobre si la niña rechazaba o aceptaba al festejante, sobre si las relaciones eran serias o no pasaban de "simpatía".

—¿Saben quién tiene una simpatía— preguntó Clorinda.

Nadie sabía.

—¿A que no lo adivinan?

Todos se pusieron a pensar. Pérez dijo que Clemencia Gancedo. Más bien no la hubiera nombrado.

—Pérez, ¡para qué se acordó— decía Rosario.

Doña Críspula se desató contra las Gancedo. Habló de las intrigas que estaban empleando para hacer saltar a Raselda de la escuela. Los ojos de Raselda se entristecieron. Rosario, para desviar la conversación, tuvo que inventar varios noviazgos más. Doña Críspula, olvidando a las Gancedo, afirmó que La Rioja estaba espléndida con tantos noviazgos.

—¡Cómo están las muchachas!— exclamó—. ¡Qué cosa tan tremenda!

Las tres niñas presentes, ruborizadas, bajaron la cabeza.

—El que me parece tristón— dijo doña Críspula—, es el caballero Solís.

A ella "se le ponía" que don Julio pensaba en algo. No sabía ella si era que le gustaba alguna riojana o si había dejado en Buenos Aires algún recuerdo. Todos le miraron con curiosidad, sobre todo Rosario. Raselda trataba de ocultar su interés. A Solís le habían incomodado un tanto las palabras de doña Críspula y la curiosidad de todos. No sabía qué contestar.

—Yo nunca he tenido novia— dijo.

Y agregó, haciéndose el interesante:

—¡Quién me va a hacer caso?

—No hable así, don Julio— interrumpió doña Críspula—. ¡Un mozo como usted!

Y volvió a insistir en que lo creía "chiflado" por alguna riojanita. Y la miraba a Raselda. Solís se puso serio pero no se atrevió a negar. Raselda quedó bastante satisfecha con la actitud de Solís. Sin embargo, poco habló hasta ese momento con él. La conversación era demasiado general. Pero las atenciones de Solís para con ella le encantaban. Más de una vez, al ir ella a echarse agua en la copa y él al querer servírsela, sus dedos se habían encontrado. Como estaban cuatro personas de ese lado, y la mesa era corta, sus brazos a cada momento se tocaban.

El langostero declaró que él conocía un secreto del señor Solís. Solís, se inmutó. ¡Si se referirá a la flaca de Buenos Aires!, pensó. Raselda esperaba con ansiedad que hablase el langostero, quien refirió que, habiendo ido a

Chilecito, hacía tres días, un conocido le contó que Solís era poeta. Un murmullo de admiración siguió a estas palabras. Raselda miró a Solís con ternura y curiosidad. Sonreía feliz, su pecho se levantaba al respirar. ¡Poeta, lo que ella más había soñado! Rosario repetía: ¡qué lindo, qué lindo!" Galiani sonreía con sus ojillos, malintencionadamente.

—¡Es poeta!— exclamaba doña Críspula con la boca llena—. Entonces nos dirá algún verso.

Solís protestó. Le agradaba sobremanera la poesía, pero él no escribía versos desde hacía muchos años, cuando estudiaba en la escuela normal de Paraná. Publicó algunas composiciones, muy pocas, en diarios de allá.

—Cosas de muchacho— decía, bajando los ojos.

Lo que le intrigaba era quien podía haber dicho que él fuese poeta. El langostero le nobró al santiagueño Ayala, ex condiscípulo de Solís en Paraná. Solís recordó entonces que con Ayala, precisamente con Ayala, pasaron largas horas leyendo versos, sobre todo en las vacaciones. Tenían locura por la poesía.

—¡La poesía!— exclamó doña Críspula trinchando una gallina rellena. ¡Qué cosa tan grande es la poesía! Rosario sabe *Las golondrinas*.[130]

Todos querían comprometerla para que después de comer las recitara. Rosario se excusaba: no sabía recitar, nadie le había enseñado. Además, ahí estaba Clorinda, que era una monada como recitaba, una artista. Ella sabía algunos versos, aparte de los que enseñaba a las alumnas de la escuelita que dirigía; pero no se los decía sino a ella. El joven de los granos miró a Rosario con melosidad y le susurró al oído melifluamente:

— A mí también. Quiero que me digas:

Como yo te he querido, desengáñate,
así no te querrán[131]

—Lo diré para usted solo— contestó ella, sin atreverse a tutearle y poniéndole ojos enloquecedores.

Doña Críspula recordó que ella también, en su tiempo, le dedicaron versos. Ruperto, su finado esposo, le hizo versos muy bonitos cuando era su novio. Todavía se acordaba de uno precioso que le escribió en su abanico, así de pronto, pues tenía mucha facilidad. Era la noche inolvidable en que le declaró su amor, "un amor a la antigua, con frases arrebatadoras". ¡Qué verso tan espléndido! Empezaba de este modo.

Son tus labios dos claveles,
dos estrellas son tus ojos...

---

130. **"Las golondrinas"**: Una de las más célebres poesías de Gustavo Adolfo Bécquer.
131. **"Así no te querrán"**: Es el último verso de "Las golondrinas".

Hubo una risa general. Pérez gritaba que, efectivamente, doña Críspula tenía en la cara "cierto no sé qué" revelador de una belleza extraordinaria. Doña Críspula se atragantó de risa. Colorada, con los ojos inyectados, soplaba como un fuelle por narices y boca. Galiani la obligó a ingerir un buen vaso de vino. Rosario aseguraba que no era nada.

—Lo de siempre, alguna cascarita de pan.

Pérez, lleno de aspavientos, sacudía en la espalda a doña Críspula con las dos manos abiertas.

—¡Qué muchacho éste!— profirió doña Críspula dando un formidable resuello—. No fue nada. Siéntese.

En ese instante reventó un trueno.

—¡Jesús!— exclamó doña Críspula aterrorizada.

Las muchachas se santiguaron. Galiani declaró que en vez de asustarse debían alegrarse de que lloviera. La lluvia era indispensable para los campos. Desde que estaba en La Rioja sólo había llovido dos veces. Pero en esos pueblos tenían miedo al agua, ¡tan luego al agua, lo que más necesitaban! Se habló de la falta de agua en toda la provincia. Galiani dijo que él debió pagar veinte centavos por una copa en la estación Patquía. Pérez refirió que en la misma Patquía, las gentes aseadas esperaban la llegada del tren para lavarse la cara con el agua que goteaba de la máquina.

Los truenos habían continuado. Se tomaba olor a tierra mojada. Doña Críspula se levantó para poner una vela a Santa Rita. En seguida empezó a llover. Era una lluvia desenfrenada, violenta. Duró hasta el fin de la comida. Cuando iban a levantarse, la luz eléctrica se apagó. Las muchachas, pasado el susto, se reían nerviosas.

—¡Cuidado, los novios!— exclamaba Pérez, y se daba besos ruidosos en la mano.

—Que traigan velas— gritó Rosario.

Todos reían jovialmente. Solís, que tenía sus brazos sobre la mesa, sintió cerca de su mano la de Raselda. Aproximó la suya cautelosamente y tocó la de ella. Raselda la retiró. A causa de estar los fósforos húmedos, los jóvenes los prendían con mucha dificultad.

—Vayan a la sala— les dijo doña Críspula.

La lluvia había cesado sin que el calor disminuyera.

La sala era un cuarto pequeño y pobremente amueblado. Aparte de un piano de teclas amarillentas y rotas, no había sino una mesita en la que un album de retratos sustentaba un florerito, y sillas enfiladas a lo largo de las paredes. Por todo adorno colgaban de los muros, un tanto ennegrecidos y agrietados, tres litografías que representaban a Belgrano,[132] a Sarmiento[133] y una escena de

---

132. **Manuel Belgrano (1770-1820)**: Patriota y general de la independencia argentina. Participó en la lucha contra los ingleses en 1806. Llegó a ser comandante del ejército del norte en 1810. Derrotó a los españoles en Tucumán en 1812 y en Salta en 1813.

133. **Domingo Faustino Sarmiento (1811-1888)**: Insigne estadista, político, pedagogo,

Las alegres comadres de Windsor;[134] un daguerrotipo de doña Críspula en traje de bodas; un retrato a lápiz del finado; dos platos de azufre donde habían sido incrustados sendos cromos que representaban pájaros y flores; y dos paisajillos hechos con pelos renegridos.

Sentóse Pérez al piano y tocó un vals. Rosario, que se quedara un momento en el patio con su novio "para tomar el fresco, pues estaba sofocada", entró coloradísima y arreglándose el pelo con las dos manos.

Solís se sentó junto a Raselda, en un rincón del cuarto.

Hablaron de cosas indiferentes. Solís hacía preguntas y ella contestaba con monosílabos. Le intimidaba hablar con los hombres; a Solís, especialmente, apenas se animaba a contestarle. Se dijera que había en su mutua conversación cierto desgano; sin embargo, los dos advertían esa noche, como una presencia, la conversación sentimental que deseaban. Ella la deseaba, no sólo como un íntimo placer, sino también en la esperanza de que Solís aclarase su situación. Solís, como todo sentimental, gustaba de tales diálogos con las mujeres. En este caso sentía un doble placer, pues creía que Raselda estaba enamorada de él. Se hallaban los dos muy cerca uno del otro. La lámpara, en una mesa arrimada a la pared, en el centro del cuarto, apenas ponía sobre sus caras un débil reflejo amarillento. Sus cuerpos quedaban en la sombra. La conversación era siempre discontinua: unas frases y luego un silencio. Hablaron de Rosario. La pobre había tenido suerte, según Raselda. Era muy bueno el muchacho, "muy aspirante". ¡Suerte que se hubieran formalizado las cosas! Sólo faltaba saber cuándo se casarían.

—Lo que también falta— dijo Solís en tono insinuante—, es que usted la imite.

Raselda creyó que iba a declararse. Su cara se llenó de felicidad. Sonrió, y dijo con cierta coquetería:

—¿Yo?

Y luego, en tono compungido, haciéndose la interesante:

—Yo no me casaré probablemente.

Solís, aunque la sabía muy decidida por el matrimonio, trataba de convencerla. Hizo la apología del hogar y demostró que era para la mujer la única fuente de felicidad. Los hombres hallaban la felicidad, o mejor dicho, las felicidades, por innumerables caminos; pero la mujer no tenía otro sino el amor. Raselda había nacido para amar y ser amada. El lo veía claramente en sus ojos,

---

y escritor. Tuvo extraordinaria influencia en toda la vida política, cultural y literaria de su época. Como unitario, se opuso al dictador Rosas y fue desterrado a Chile. Su papel en la reorganización y la reforma de la enseñanza pública fue fundamental y duradero. Durante su presidencia (1868-1874) se terminó la Guerra del Paraguay, se establecieron escuelas y otras instituciones culturales, y se construyó una red de ferrocarriles por toda la república.

134. *Las alegres comadres de Windsor*: Famosa obra (1600) de Shakespeare (1564-1616) en que aparece Sir John Falstaff haciendo de cómico.

en su espíritu, en algo que él no sabía definir y que la rodeaba como el cuerpo astral de los espiritistas. Existían seres de los que podían afirmarse que jamás amarían ni serían amados. De otros, en cambio, se podía asegurar lo contrario. Sus ojos parecían hechos para mirar apasionadamente, sus labios para besar y ser besados. Había manos en cuyo gesto se adivinaba la aptitud innata de la caricia; había brazos que predecían, en sus actitudes, una infusa ciencia pasional.

Y al decir estas cosas la miraba.

Raselda había enrojecido y sus ojos vagaban por el suelo. Escuchaba con emoción y deleite. Ella no había oído jamás palabras semejantes. Sabía que sobre el amor podían decirse las más lindas cosas. ¡Ah, las que ella pensaba! Recordaba haber leído en las novelas, en *María*, frases divinas. Pero a los hombres nunca les oyó nada lindo. En Nonogasta conoció a algunos jóvenes de La Rioja, que iban con sus familias a veranear. Más de uno tuvo con ella conversaciones sentimentales, pero sus palabras eran vulgares, y prosaico y utilitario su concepto del amor. ¡Tal vez no sentían intensamente? ¿No sabían expresarse? Solís era otra cosa; bien aseguraron que era poeta. Pero todo aquella que él hablaba, ¿sería una declaración? A ella nunca se le habían declarado. Debía ser una declaración, porque todo cuanto dijo era por ella. A sus labios se refería, a sus manos y a sus ojos. Había sido un poco arriesgado lo que dijera. Pero ella no tenía derecho para reprochárselo. ¿No era una maestra, es decir, una mujer independiente que podía oírlo todo?

—Sí, Raselda —continuaba Solís—. Usted ha nacido para la felicidad. Yo, en cambio, he nacido para la desgracia...

Raselda lo miró asombrada. Solís estaba realmente triste.

—¡Pues yo lo creía tan feliz!

—No, Raselda, yo soy un desgraciado.

No tenía padre, ni madre, ni hermanos. Era solo, absolutamente solo en el mundo. Ignoraba eso que llaman cariño, amistades. Su existencia material era difícil, condenado a vivir de un sueldo miserable. Estaba enfermo, de una enfermedad terrible, que exigía cuidados, aires de montaña, quietud, enterrarse en vida. Había además los sufrimientos morales que pocos comprenden. El tenía un ideal de vida, un deseo de perfección. Y no podía alcanzarlo. Tenía que luchar consigo mismo, heroicamente. Le faltaba energía, disciplina. Había una contradicción entre sus ideas y su vida. ¡Ah, varias veces había sido vencido!

Había dicho estas cosas compungidamente. El mismo, que nunca pensó mucho en su desgracia, se asombraba de que todo eso fuese verdad. ¡Era más desgraciado, de lo que creyera! Había hablado con sinceridad, siendo la primera vez que hacía tales confidencias. Y las hacía a una mujer, precisamente a una mujer que pudiera conquistar sin gran esfuerzo. Era realmente un romántico incorregible. Siempre trataba de embellecer las cosas. Pensó entonces que Raselda podía ser una amiga, una confidente. La vio tristísima; parecía que iba a llorar. Quedaron ambos en silencio.

—Pero usted siquiera es libre— dijo Raselda—. Puede hacer en todo su voluntad.

—¡Libre! Pero si la libertad no sirve para ser feliz, ¿de qué vale ser libre, Raselda?

—¿Y por qué no se casa?

Raselda había olvidado su situación de presunta festejada de Solís. La conversación la había elevado a un mundo aparte. La visión del dolor interior que tenía ante sus ojos le hacía ver a Solís como un hermano, un amigo. Pero cuando pensó en sus propias palabras, enrojeció terriblemente. Imaginó que quizás él no se hallaba en el mismo estado de ánimo, que podía encontrar inconveniente la pregunta, creer que ella le buscaba.

—Yo no puedo casarme, Raselda.

El era un pobre maestro, por ahora al menos. Su porvenir estaba en Buenos Aires, y ¿cómo sostener allí una familia con el sueldo miserable que ganaba? Además, su enfermedad no le permitía hacer desgraciados a otros seres. Por ahora estaba casi curado. ¿Pero si la enfermedad volvía? ¿Y quién le iba a querer a él, un hombre raro, melancólico, enfermizo, sin familia conocida, sin un apellido, sin fortuna, sin nada? Sólo tenía vicios, defectos...

—No, usted no puede tener defectos— dijo ella—. ¡Su alma es demasiado linda!

Lo había dicho con absoluto candor, sencillamente. Solís sonrió para sí mismo. Creyó que esa frase revelaba el espíritu de Raselda y le tuvo lástima. Una realidad pobre y trivial rodeaba a aquella mujer soñadora, romántica, confiada. ¡Ella sí que era desgraciada!

Pero tuvieron que interrumpir la charla. Iba a declamar Clorinda.

La muchacha recitó, con acento vehemente y ademanes apasionadísimos, una poesía de amor de Manuel Flores. Los versos se alargaban arrastrándose. A Solís, que se distraía pensando en Raselda, le sobresaltaban los estremecimientos de aquella voz que temblaba como achuchada. Era el clásico modo de declamar en las escuelas. Doña Críspula secábase las lágrimas y ponía los ojos en blanco. Al final hubo aplausos y suspiros. Los concurrentes, uno después de otro, murmuraban felicitaciones.

En seguida, volviéronse todos hacia Raselda. Ella se excusaba. No se atrevía, no tenía la guitarra... Pero Pérez entraba con una guitarra en la mano. Solís la tomó y ofreciéndosela a Raselda:

—No se niegue— le dijo, en tono casi imperativo.

Y luego, dulcemente, y con acento entristecido, le susurró:

—No me niegue esta felicidad...

Raselda le miró apacible y piadosamente, con ojos soñadores y, tomando la guitarra, preguntó:

—¿Qué quieren que cante.

—¡*Los azahares, Los azahares!*— exclamaron a un tiempo varias voces.

Mientras Raselda templaba, Solís ya se arrepentía de haberla hecho cantar. Porque tal vez fuera una desilusión para él; temió que Raselda cantase de una manera tan cursi como declamaba Clorinda. Sería una lástima. Una muchacha tan interesante cantando así. ¿Para qué diablos se empeñó en oirla? ¿Para qué le pidió "de ese modo" que cantase?

Pero ya salían las primeras notas. Era una música lenta, sensual, de ritmo perezoso; una música penetrante de tristeza y de languidez. Después de los primeros compases, arrancó suavemente una voz llena y aterciopelada. Raselda cantaba. Su voz parecía apoyarse, abandonarse, sobre las notas de la guitarra. Los versos de Joaquín González comenzaban así:

> Yo soy el bardo de mis amores
> que, errante y solo, salgo a cantar
> de mis montañas y de mis flores
> y de mis huertos el blanco azahar.

Eran versos incorrectos, pero cargados de emoción, sobre aquellos azahares que en primavera llenaban las calles, las plazas, las huertas de la vieja ciudad de los naranjos. Los versos, tristísimos, parecían escritos con lágrimas. A Solís le evocaban el dolor y el misterio que se concentraban en la ciudad, todo aquel desencanto, aquella nostalgia desconocida que sintiera al llegar. La guitarra apenas se oía; pero cuando la voz callaba, ella lloraba a su vez. Los versos hablaron de la primavera y llamaron al azahar "joya nupcial de las ruinas". ¡Azahares, ruinas! Era la eterna unión del amor y de la muerte, las tristes nupcias que todas las primaveras se realizaban en la ciudad.

> Tú me adormeces la tierra mía
> con tus perfumes, divino azahar...

La guitarra sollozaba notas afligentes, de una dulzura infinita, de una languidez enervante. Era el mismo adormecimiento que cantaban los versos, la misma embriaguez de los sentidos, el mismo deseo de amar que tal vez derramaban los perfumes del azahar en el ambiente riojano. Eran exactas las palabras del poeta. La ciudad se diría adormecida, como la tierra, como las gentes que la habitaban. Solís, reconcentrado, sentía una invasora suavidad interior. Con la cabeza hundida en el pecho, con los ojos cerrados como si soñara, se absorbía en aquella música que penetraba todo su ser. Las notas repercutían en el fondo de su alma como un eco lejano, suavísimo. Del mismo modo llega hasta el agua dormida de la fuente el eco de la leve conmoción que produce, sobre la superficie plácida de la taza, la gota que cae del surtidor. Solís recordaba los tristes años de su infancia, sus ensueños de otro tiempo, su madre que tanto le quería y que murió. Miraba a Raselda, cuya voz temblaba de emoción. Volvía a cerrar los ojos y veía altísimas montañas de cumbres nevadas, al desierto áspero y trágico, las quebradas solitarias donde perduran cantos y leyendas.

La guitarra continuaba llorando. Solís se representaba la tristeza monótona de la vida provinciana, con su falta de alegrías, de ilusiones. Sentía compasión hacia Raselda, hacia sí mismo, hacia todo el mundo. Una inmensa ternura le invadía, y hubiera deseado llorar, llorar como una criatura, llorar como no lloraba desde hacía muchos años. Sus ojos se humedecieron.

Raselda cantaba:

> *Rioja querida, nativo suelo*
> *novia llorosa de ausente amor...*

Los versos sintetizaban el alma de la ciudad. Era ciertamente una novia triste y desolada que lloraba el abandono de su amor ausente. Tal vez son las ruinas que lloran, cuando no es primavera, la ausencia del azahar. Solís recordó el día de su llegada, como una cosa perdida en la lejanía. Pero luego sus recuerdos fueron aclarando: aquella siesta ardiente, cuando él dormitaba mientras Rosario tarareaba en el piano *Los azahares*, su paseo por la plaza, su tristeza invencible... Miró de nuevo a Raselda. Estaba espléndida. Sus ojos humedecidos habían adquirido una suavidad acariciante, sus labios y sus mejillas parecían llenos de una tibieza voluptuosa, y en toda su persona, en su pecho que palpitaba rítmicamente con la música de *Los azahares*, en su rostro, en sus ojos, temblaba una sensualidad inconsciente y romántica. Le hubiera en ese momento llenado la boca de besos apasionados.

> *Mientras tus muros ennegrecidos,*
> *cantan y lloran su soledad,*
> *puebla tus aires adormecidos*
> *la embriagadora flor del azahar.*

Estaba allí visible, evocada por cuatro versos, la ciudad llena de ruinas. Casas sin techo, a medio derrumbar, con sólo algunos paredones truncos en pie, ponían su nota de muerte y desolación en la ciudad solitaria. Los muros ennegrecidos, carcomidos, toscos, parecían llorar, en una música silenciosa, el misterio de la soledad implacable. ¡Ah, sería uno de los más bellos paisajes del país argentino el que aquella ciudad en primavera, cuando los azahares pueblan los aires adormecidos! Siempre, en todas partes, los azahares y las ruinas. A veces, detrás de los paredones derruidos, asomaban las copas de los naranjos. Las ruinas dijéranse también una invitación a los amores furtivos. Y parecía que de sus huecos misteriosos, en el silencio de la noche, saldrían las *viudas* y los duendes.

Raselda terminaba:

> *Hija del Andes y del desierto*
> *quiero en tus muros sepulcro hallar,*
> *que en primavera sea cubierto*
> *con suave alfombra de blanco azahar.*

Era otra vez la muerte y los azahares. Solís pensó que él podía morir allí. Sería dulce morir en primavera, cuando los naranjos estuvieran blancos, en una noche clara y perfumada, mientras a lo lejos en la calle, una voz cantase *Los Azahares*.[135] Después, su tumba se cubriría de aquellas flores y nadie más se acordaría de él, sino las flores al llegar la primavera, o tal vez Raselda en el silencio de su alma.

El fin del canto fue muy aplaudido. Pérez, entusiasmado, se paseaba por el cuarto. "¡Admirable, colosal!", decía. En esa música, en esos versos cantados por Raselda, había verdadero carácter, una poesía honda y territorial, un sentimiento penetrante.

—Le aseguro— decíale a Solís— que nunca ha cantado tan admirablemente.

—¡Quién sabe por qué será!— exclamaron varias voces a un tiempo.

Galiani miraba a Pérez, sonriendo burlonamente. Rosario salió al patio con su novio, el joven de los granos, "un momento no más, para desahogar la emoción".

—Me ha hecho usted poner muy triste— dijo Solís a Raselda, mirándola en los ojos.

—No sería yo; sería la música, los versos...

—Era usted, Raselda; y creo que hasta he llorado un poco, ¿sabe?

Quedaron silenciosos.

Tocaba el turno al músico. Pérez sentóse al piano y tocó un Nocturno de Chopin.[136]

—¡Qué lindo y qué triste!— bostezó doña Críspula—. ¿Es *Puritani*, verdad?

En ese momento entró en la sala un hermano de Clorinda, que venía a llevarla. Era un muchacho cariancho, feo y tenía una tonada pronunciadísima. Llevaba unos pantalones angostísimos y a cada rato se miraba los zapatos nuevos. Se llamaba Welindo. Pérez volvió a sentarse al piano y tocó, a pedido general, un vals, Doña Críspula se ausentó para volver en seguida con Candelaria, que traía una bandeja llena de copitas. La muchacha no se atrevía a caminar y las copitas temblaban con gran terror de doña Críspula. Las copitas contenían un licorcito de color indefinible. Pérez se empinó dos.

—Hay que juntar fuerzas— tartamudeaba.

Solís, todavía con el recuerdo de *Los Azahares*, aseguraba a Raselda que esa noche sería para él inolvidable. Era un mundo nuevo el que había sentido. Aquella música y ese canto le revelaban una poesía original y honda, una fuente de sentimiento que sólo había sospechado hasta entonces. ¡Ah, cómo comprendía ahora el alma de La Rioja! Eran admirables estos pueblos. El mundo exterior no ahogaba con su estrépito el cantar del ruiseñor que llevamos dentro. En estos pueblos había paz, reposo. La naturaleza misma parecía sumida en

---

135. **"Los azahares"**: Título de una poesía de Joaquín González.
136. **Frederic Chopin (1810-1849)**: Compositor y pianista polaco-francés. Sus nocturnos, compuestos principalmente para piano, se caracterizan por su melancolía y su dulzura.

una dulce beatitud. En estos pueblos era posible vivir tranquilamente, hallar la verdadera felicidad.

—¿Aquí?— preguntó Raselda asombrada—. No se burle de mí, Solís.

—Hablo en serio, con toda convicción.

—Pero...

Raselda no se atrevía a expresar lo que pensaba. Solís, espoleado por el pudor y la timidez de Raselda, comenzó a hacerle preguntas. Por fin, ella, no pudiendo resistir más, declaró que la felicidad no era posible allí para una niña, porque los hombres "no sabían querer". Se puso encarnada. Solís, silenciosamente, buscaba aquellos ojos que no dejaban de mirar el suelo. Cuando los levantó, Solís los notó humedecidos. Raselda, acosada por Solís, tuvo que explicarse. Y con dificultad, casi resistiéndose, repitió sus observaciones sobre el ambiente. Hacía poco tiempo que estaba en la ciudad, pero ya había visto cómo se hacían los noviazgos, los casamientos. ¡Ah, eso no era amor? Cada mozo había festejado a una docena de muchachas. ¿Era posible que se enamorara de todas? Ella creía que sólo se amaba una vez en la vida. Después, no veía entusiasmo en ellos, y apenas se casaban parecía que no tuviesen mujer. Sólo existía para ellos la política, la confitería.

—Sin embargo— le dijo Solís—, en estos pueblos hay más facilidad para querer hondamente.

Los hombres no tenían el mundo de preocupaciones que en Buenos Aires. Los espíritus, más en contacto con la naturaleza, eran profundos, soñadores, sensibles. El había comprobado esto, notando el sentimiento de la poesía en las gentes provincianas. En Buenos Aires, aun entre los literatos que él frecuentara, se encontraban poquísimos hombres que sintiesen la poesía. Si acaso leían versos los juzgaban de acuerdo con sus opiniones retóricas; jamás de acuerdo con las emociones de su corazón. Esto demostraba la superficialidad de aquellos espíritus. Y era indudable que los hombres superficiales, materialistas, que no piensan sino en negocios, son poco capaces de un amor idealista y profundo. En las provincias nacieron los mejores espíritus que había tenido el país.

—Créame, Raselda; aquí es más fácil querer como usted desea que la quieran. El ambiente, la tranquilidad, hasta estas músicas y estos cantos, todo ayuda.

Pero Raselda no se convencía. Solís la miró piadosamente, y con voz suave y lenta, con familiaridad, le dijo convencido:

—Y, sobre todo, usted encontrará un hombre que la quiera profundamente, porque lo merece. Usted tiene que ser feliz y lo será, Raselda.

—Usted me hace mal con sus palabras— dijo ella dominada por una gran emoción, pensando en que Solís no la amaba aún.

—¿Por qué, Raselda?

—¡Me ha hecho usted concebir un ideal superior!

Clorinda y su hermano quisieron despedirse. El langostero pidió que Raselda bailase la zampa. Había oído decir que bailaba admirablemente. Ella resistía, pero al fin accedió. Pérez sentóse al piano. Raselda y el hermano de Clorinda se colocaron frente a frente. Sacaron los pañuelos. La música era despaciosa, melancólica. Se detenía, continuaba, volvía a detenerse y a seguir. Los danzantes, con el hermano de Clorinda se colocaron frente a frente. Sacaron los pañuelos. La música era despaciosa, melancólica. Se detenía, continuaba, volvía a detenerse y a seguir. Los danzantes, con el brazo izquierdo en la cintura, trazaban con sus pañuelos, que levantaban en la mano derecha, círculos en el aire. Los movimientos eran sosegados, suaves, blandos y recordaban la danza árabe de las almas. Bailaban como adormecidos. El mozo seguía a la niña y ambos no cesaban de mover sus pañuelos en lo alto. A veces se diría que el mozo caminaba y nada más. Los danzantes bailaban en un pequeño espacio, como si sus pies trazaran una circunferencia en el suelo. La música se arrastrabam, evocadora, soñolienta. Para Solís era aquella una escena de belleza y de arte. Raselda bailaba como con desgano, de un modo muelle y perezoso. Temblaban bajo la bata blanca sus senos, que Solís los juzgaba incitantes para las caricias y los besos. El baile paró de pronto. El mozo había caído de rodillas junto a la niña, con el pañuelo levantado.

Las visitas se retiraron. Doña Críspula las acompañaba hasta la puerta. De sus labios, carnosos y velludos, salía un torrente de frases cariñosas.

Solís llevó a Raselda, conversando, hasta el fondo del patio, bajo el parral. La noche se había puesto deliciosa. La luna, en su cuarto creciente, levantándose detrás de los techos de tejas, parecía clavada sobre la punta de un campanario próximo. De la calle no venía ningún ruido. Había un silencio claro, se diría transparente. Los naranjos divulgaban un perfume agrio y voluptuoso, y en la lejanía, bajo el cielo estrellado, se perdía la línea intensamente azulada de los cerros más altos. Raselda y Solís respiraron profundamente, inflando las narices, como si quisieran aspirar el aroma de los naranjos y de la noche. Permanecieron un momento silenciosos. A Raselda, todavía fatigada del baile, palpitábale el pecho.

—¡Qué noche tan divina, Raselda— exclamó Solís mirando al cielo.

Y agregó, acercándosele, hablándole casi en secreto, tomándole una mano que ella abandonó:

—¿No le parece que está invitando al amor?

—Sí— dijo imperceptiblemente Raselda, sin mirarle y retirándole la mano.

Solís, lleno de deseos, soñaba darle besos locos en la boca, en los ojos. Las manos se le abalanzaban. Pensó que se enceguecía, y, con miedo de sí mismo, la atrajo hacia el corredor.

Pero en el mismo instante Pérez, en la sala, tocaba un tango. Solís tomó del talle a Raselda y la llevó bailando por el corredor. Era un aire lánguido e indolente, penetrado del sensualismo de la tierra. Se mecían los dos con dulzura en el encanto de aquel ritmo ensoñador y cálido. Sus rostros se acercaban. La mano derecha de Solís subía desde el talle cada vez más, Llegó a un punto de la espalda en que aquella mano, bajo la axila de Raselda, rozaba el comienzo de los senos. El pecho de Raselda palpitaba, sus ojos se adormecían con inconsciente voluptuosidad, sus labios se entreabrían como para un beso muy deseado. Solís la atraía junto a su cuerpo, y su mano apretaba blandamente la tibia mano femenina. De pronto Raselda, casi con brusquedad, se desasió, llevándose las manos al rostro.

—¿Qué le pasa, Raselda?

—Nada... un poco de mareo...

¡Era que sentía su amor por aquel hombre, revelándose en toda su plenitud! Hubiera deseado esconderse, gritar. Hubiera caído en sus brazos, palpitante. ¡Le amaba, le adoraba!

Doña Críspula y Rosario volvían de la puerta. Pérez había dejado el piano. Candelaria acompañó a Raselda hasta su casa, y todos se fueron a dormir. Solís abrió la ventana de su cuarto y se sentó en la silla de hamaca, mirando hacia la calle, silenciosa y dormida. No se oía sino el ruidito del agua de la montaña, que brincaba entre las piedras de las acequias. La luna parecía acariciar a la ciudad con sus besos de plata. Solís no podía olvidarse de Raselda. En su imaginación la llenaba de besos y caricias. Más tarde, ya en la cama, volvió a acordarse de *Los Azahares*. Su melodía, cálida y triste, no le dejó dormir. Toda la noche estuvo oyendo aquella música que sollozaba en sus oídos con tenacidades de obsesión. Veía a Raselda cantando, y esta visión de amor y de melancolía traíale el recuerdo, insistentemente, los versos de Joaquín González:

> *Mientras tus muros ennegrecidos*
> *cantan y lloran tu soledad,*
> *puebla tus aires adormecidos*
> *la embriagadora flor de azahar...*

SEGUNDA PARTE

I

Llegó la primavera.

A Solís, que en sus primeros meses de La Rioja vivió bajo el encanto sensual y melancólico de la ciudad, ahora, después de medio año, le descorazonaba cierto tedio incipiente. Culpaba de ello a su profesión. La vida monótona y neutra del maestro primario no se armonizaba con la inquietud de su temperamento. El no nació, pensaba, para pasarse las horas en el afán embrutecedor de enseñar a los niños que el Paraná desemboca en el Plata o que los ángulos de un triángulo equivalen a dos rectos. ¡Y siempre lo mismo! Pero nada le mortificaba tanto como corregir las composiciones. Tenía que destinar noches enteras, sus preciosas horas de estudio, a esta insípida labor. Y mientras tanto, sus libros estaban abandonados. Era un dolor no poder darse a la lectura, no poder escribir. ¡Ah, cada vez deseaba con más ahinco una cátedra! Así sería libre; su trabajo no excedería de seis horas semanales y el sueldo y la consideración serían mayores.

Pasaban los meses y nadie se acordaba de las cátedras prometidas. Había escrito a sus excompañeros de oficina y a algunos amigos que no carecían de influencia. No le contestaban. Una vez, sin embargo, recibió una carta de Alberto Reina, el prosista exquisito: un pliego de letra fina y nerviosa. El literato lo refería, en prosa atormentada, pegoteada de palabras francesas y de galicismos, sus proyectos literarios, el reciente triunfo de su libro *El Dolor Implacable*. Hablaba con desprecio de sus colegas, y parecía encantado de su persona y de sus obras "El año próximo, decía, me editan en París mi *Alfredo Cano*, libro doloroso y humano que será —*j'en suis sûr*— el éxito del año". Al final, en una fría postdata, le anunciaba, con motivo de la cátedra que Solís pedía, una inminente conferencia con el subsecretario. Solís estimaba a Reina y le admiraba literariamente. Por ello la carta sólo le hizo sonreír. En el fondo se sentía honrado de que Reina le hiciera confidencias de sus proyectos literarios y mostró la carta a Pérez y a Miguel Araujo, quienes conocían y apreciaban la obra del joven escritor. Y mientras tanto, Solís se asombraba de haber creído que pudiera interesarse por él un ser tan libresco y tan artificial como Alberto Reina.

Pero, a pesar del resultado nulo de sus trabajos, Solís no se desesperanzaba. Había conocido al doctor Apolinario Cabanillas, rector del Colegio Nacional. Araujo, íntimo de Cabanillas, le habló de Solís con mucho elogio, razón suficiente para que el rector, que conocía las dificultades de Araujo en conceder ilustración e inteligencia a quienquiera que fuese, quedara prevenido en favor del maestro. Y así, desde que se conocieron, hicieron buena amistad. Cabanillas era un hombre sencillo, casi campechano, con aquella sencillez natural que sólo se encuentra en las provincias. Poseía una seria cultura histórica, pero le faltaban ideas generales. Quería al colegio como cosa suya. Alejado de la política por razón de su cargo, y enemigo de la confitería y de dormir la siesta, le sobraba tiempo para estudiar. Pero era enfermo; padecía del hígado, por lo cual tenía color de aceituna y se hallaba muy flaco. Temperamento práctico y realista, apenas coincidía en nada con Solís, cuyo idealismo le inspiraba cierta lástima. "Es una linda cabeza, decía a menudo de Solís, pero no tiene brazos; no es luchador". Solís quería también al rector, sobre todo por su bondad. Cabanillas le prometió que se empeñaría en conseguirle una cátedra de Filosofía que iba a quedar vacante. El deseaba incorporar al colegio un tan buen elemento como Solís, cuyas esperanzas comenzaron a crecer cuando se produjo la vacante. Cabanillas le propuso al ministro, interesándose por el candidato.

Solís ya se veía en posesión de su cátedra, dictando un curso de Filosofía espiritualista, "algo muy novedoso, muy interesante". Concluía con el positivismo que dominaba en la enseñanza, mostraba otras corrientes del pensamiento moderno. Los alumnos le seguían con inusitado interés, se comentaba en todas partes la orientación que daba a la Filosofía, su nombre llegaba hasta Buenos Aires. Y un día el ministro, el propio ministro de Instrucción Pública, le llamaba a la Capital para darle varias cátedras.

Mientras tanto, su vida era insoportable. El no se aburría jamás, tenía su vida interior —pensaba, consolándose—, pero un poco de movimiento en la existencia, un poco de acción, alguna peripecia, le era indispensable. En los pueblos, la vida, lisa y chata, es como un lienzo enorme que no presenta la más mínima arrugita.

Una vez intentó dejarlo todo e irse a Buenos Aires. Estaba ya sano y su permanencia en La Rioja era innecesaria. Hasta había anunciado su viaje en la casa de doña Críspula. Pero luego, cuando llegó agosto, el mes indicado para partir, declaró que renunciaba al viaje.

—Hace bien en quedarse— le dijo doña Críspula— porque en ninguna parte, ni en Buenos Aires, se encontrará como en este pueblo.

Y agregó relamidamente:

—¡Cómo se va a alegrar cierta persona!

—Lo que me parece— dijo Galiani— es que usted está triste.

—¡Qué va a estar triste!— protestó doña Críspula—. Aquí no conocemos ese mal, Galiani.

Y sin embargo, estaba triste.

Muchas noches, dándose a ensoñar, restaba horas a su descanso. Incitado por deseos perennes, construía innúmeras felicidades; pero al evidenciar su inexistencia, se replegaba en honda melancolía. La realidad arrojaba de su alma todas las ilusiones. Y así, su ser tenía la tristeza de las casas deshabitadas.

Sus relaciones con Raselda permanecían en casi idéntico estado que hacía seis meses. Desde aquella noche de mayo, cuando la oyó cantar *Los azahares* y bailó con ella en el patio algunos compases de tango, pocas veces habían hablado. Como Mama Rosa pasó enferma casi todo el invierno, Raselda no pudo ir sino raramente a la casa de doña Críspula. Solís la vio alguna vez en la plaza y, sobre todo, en su balcón, frente al cual él pasaba de tiempo en tiempo, con hábil disimulo. Pero no obstante su deseo de verla, aquel amor físico que hacia ella sintió en sus primeras semanas de La Rioja se había amortiguado. A esto había contribuido, no sólo la escasez de las entrevistas y el consiguiente influjo apaciguador del tiempo, sino también su poca constancia en todo, su timidez y aquel decaimiento de ánimo que el hastío le traía. Poco, relativamente, había pensado en Raselda durante los meses transcurridos. Sin embargo, no dejaba jamás de mostrarse enamorado cuando la veía. La hablaba en tono emocionado, mirándola hasta el fondo del alma, y exagerando aquella tristeza que tanto gustaba a Raselda. Pero todo esto era sólo para ella; delante de otras personas parecía indiferente. Solís no estaba enamorado ni quería enamorarse, y, sin embargo, continuaba aquel juego. No procedía hipócrita ni calculadamente. No hacía casi nada por encontrarla. Pero cuando estaba a su lado, se dejaba llevar por la corriente de las palabras y las miradas. Raselda no lograba ocultar el interés que sentía por Solís, y él, sin comprometerse, enardecido por aquella muchacha que le amaba, despertados sus deseos, se manifestaba apasionado. Lo hacía, en ese momento, sinceramente, por exigencia sentimental.

Mientras tanto, el pueblo entero le sospechaba en amores con Raselda. En la confitería, en la Escuela, en toda la ciudad, le preguntaban por ella y aludían, con chistes vulgares y en ocasiones groseros, a sus ocultas relaciones. Solís se preguntaba que en dónde habrían nacido semejantes rumores. Pérez le firmaba que todo era obra de las Gancedo. Entre las guanacas y la familia de Mama Rosa existía una antipatía tradicional. En la escuela, Benita se burló siempre de Raselda y hasta la desairó en muchas ocasiones. Desde aquella vez cuando Benita, delante de otras "grandes", le preguntó maliciosamente quién era su padre, Raselda la detestaba. Años después, al encontrarse las dos disputándose el mismo puesto, el triunfo de Raselda, debido a las vinculaciones de su tío Antonio —el hermano de Mama Rosa, que vivía en Nonogasta— había exasperado a las Gancedo. El fracaso de Raselda como maestra las alegró en extremo. Pero esto no era suficiente. Ellas necesitaban algo más para conseguir la expulsión de Raselda; lo hallaron en las relaciones entre su enemiga y Solís. Comenzaron por decir que Solís festejaba a Raselda; luego se extrañaban de que el festejo siguiese un camino oculto; después afirmaron que "todo" había ocurrido; y terminaron por asegurar que doña Críspula protegía esos amores. Las Gancedo conocían al Director y sabían que a él le bastaban simples rumores de esa índole para adoptar procedimientos radicales. Pero lo que, según Pérez, demostraba principalmente la obra de las guanacas eran los anónimos que recibía Solís y que sólo ellas, en todo el pueblo, tenían alma para escribirlos.

Tales rumores molestaban a Solís. Al principio satisfacían su vanidad de ambicioso de mujeres y de tímido. El mismo, que jamás había conocido mujeres fuera de las que venden sus caricias, favoreció las suposiciones de aquella conquista que la atribuían, contradiciéndolas de modo vago y con sonrisa de satisfacción. Más tarde advirtió el mal que hacía y quiso enmendarlo. Ya no era tiempo.

Por otra parte, el enamoramiento de Raselda era visible. Las Gancedo acercaban todos los hechos: el amor de Raselda, la ocultación premeditada por parte de Solís, su interés evidente por la maestra; y deducían las conclusiones que deseaban. Si Solís perseguía a Raselda, como era indudable, y ella estaba perdidamente enamorada, ¿no resultaba natural que "todo" hubiera ya sucedido? ¿Quién era Solís? Un porteño, ¡tan luego!, es decir, un hombre que estaría habituado a seducir mujeres. ¿Dónde se veían? En la casa de doña Críspula, "una cualquiera".

Apaciguado su interés por Raselda, Solís no tenía en su vida nada que le defendiese contra el hastío.

El trabajo absorbente y monótono de la escuela no le dejaba tiempo para cultivar sus amistades. ¡Pero si tampoco tenía amigos! Un tanto huraño, no congeniaba así no más con todos. En Buenos Aires se había hecho demasiado intelectualista; nada le apasionaba fuera de la literatura. Y en La Rioja se leía excesivamente poco; no había librerías; los jóvenes escritores de Buenos Aires, los que a él más le interesaban, eran allí enteramente desconocidos. Por otra parte, sus pocos amigos empezaban a cansarle. Araujo, cuyo espíritu paradójico e irónico le agradó al principio, había concluido por incomodarle. Hablaba mal de todo el pueblo, y sus juicios sobre otras personas producían a Solís cierto malestar. Cabanillas le aburría. No hablaba sino de historia argentina; y él se veía obligado a escucharle, no solo por amistad sino por interés de la cátedra prometida. Quedaba Pérez, el más inteligente de sus amigos. Pero ahora estaba casi de novio. Visitaba muy seguido a "su simpatía" y a veces se ponía fastidioso, no hablando sino de ella.

Los demás hombres que conocía no le interesaban. Casi no había jóvenes. Todos se iban a Buenos Aires, a estudiar derecho o medicina, apenas salían del colegio. No quedaban sino los viejos, todos iguales. Hablaban del mismo modo, contaban los mismos cuentos y decían las mismas gracias, pues todos se afanaban en parecer graciosos. Durante cincuenta o sesenta años, habían llevado, día a día, idéntica vida. Habían visto repetirse los mismos acontecimientos triviales y no salían del pueblo sino para ir al campo en los veranos. La pobreza, la escasa ilustración, la desidia mental y física, habían contribuido, tanto como la mediocridad de la vida, a asemejarlos corporal y espiritualmente.

Las conversaciones, monótonas y vulgares, no cambiaban en todo el año. Durante el invierno, Solís fue varios sábados a la tertulia de don Nume. Allí se encontraba con el Director, con don Nilamón, con don Eulalio, con don Molina y otros viejos más o menos por el estilo de don Molina y de don Eulalio. Todo el interés de la conversación estaba en las bromas de don Nilamón a don Molina y a don Eulalio. Don Molina llevaba siempre noticias de trascendencia, las que según el médico eran patrañas y cuentos de viejas. Don Molina no intentaba defenderse. Sonreía y con su pachorra histórica exclamaba:

—Dejen no más; pero cuando quemen las papas[137] me he de reír de ustedes.

A don Eulalio, don Nilamón le embromaba por sus viajes. Don Eulalio se reía, pero alguna vez "pisaba el poncho"[138] y se ponía a contar como le robaron en la calle Florida. Si la versión no coincidía con otras anteriores, don Nilamón le volvía loco. Don Eulalio se enredaba, mentía, hasta que, no sabiendo cómo escapar, refunfuñaba:

—Bueno, hombre ¡qué tanto amolar! [139]

Las reuniones en la confitería no eran más amenas para Solís. Allí encontraba a Palmarín, a Miguel Araujo, a Pedro Molina, a Zoilo Cabanillas, a Montaña y a los demás profesores de la Escuela. Allí se reunían "los desaforados". Durante el invierno entero no se habló sino del conflicto con el Director. Una vez apareció Pedro Molina con unas medallitas doradas que llevaban escrito de un lado: "Los Desaforados, comité de salud pública", y al dorso la fecha de su constitución. Los profesores la colgaron de la cadena del reloj. Pedro Molina y Zoilo Cabanillas eran los directores de la conspiración. Cabanillas proponía soluciones radicales: Secuestrar al Director, incendiar la Escuela, renunciar colectivamente, proposición esta última que no tenía quien la apoyara. Solís, incluido en la sociedad, se aburría. No conocía bien los antecedentes del conflicto y no tenía graves motivos de resentimiento contra el Director. El departamento de aplicación de varones apenas dependía de Albarenque. La casa distaba cinco cuadras del edificio de la Escuela y el Director, a causa de "tan gran distancia", no se inmiscuía allí mucho. El regente era, pues, todopoderoso y Solís se hallaba con él en buenas relaciones. Los "desaforados" habían hecho varios telegramas al ministerio quejándose colectivamente y pidiendo la presencia de un inspector. Pero nadie les hacía caso.

Cuando se hablaban de los asuntos de la Escuela, se ocupaban de política o se daban bromitas "picarescas".

—Ya he sabido— le decían a alguno— que anduvo anoche rondando por el barrio del mercado.

O si no, al despedirse, a la noche:

—No lo dejen solo, no se vaya a perder.

---

137. **Cuando quemen las papas**: Se refiere a una situación que se ha vuelto muy seria o peligrosa.
138. **Pisaba el poncho**: Le superaba.
139. **Amolar**: Molestar.

El aludido sonreía, haciéndose el interesante.

Solís hubiera deseado frecuentar la sociedad, hacer amistad con algunas niñas. La larga enfermedad de doña Críspula, durante casi todo el invierno, había impedido las famosas loterías tan alabadas por Pérez. Además, él quería conocer otra sociedad más elevada que aquélla a que pertenecía doña Críspula. Pero en los pueblos la vida social casi no existe. No suele haber reuniones sino excepcionalmente. Las muchachas se resignan, pues conocen la forzosa modestia de los presupuestos familiares. Y así, cuando piden a sus padres, simples empleados o profesores generalmente, que den una fiesta, sus argumentos de inocente lógica se enredan en la tela de araña de la provinciana socarronería paternal. Las únicas reuniones son organizadas por los jóvenes, quienes se cotizan para pagar los gastos, los que, dada la habitual flacura de sus anémicos bolsillos, no suelen ser muy crecidos. Luego piden prestada la sala a cualquier familia, y ya está organizado el baile. Solís quedaba excluido, en parte voluntariamente, de estas reuniones. Su condición de maestro le imponía ciertas reservas, y, así, no hubiera asistido sino adonde le invitaran directamente. Hasta entonces había habido en todo el año, apenas cuatro o cinco tertulias de esta especie, y nadie se había acordado de él. Tal vez le tenían en menos por ser un simple maestro. ¡Otra cosa sería, pensaba, si fuese profesor!

Visitas, allí no se hacían; paseos y excursiones, tampoco. La plaza perdía en invierno todo interés, y aun en verano, pasada la novedad, sólo a los enamorados les interesaba.

Pasatiempos menos inocentes casi no existían. El gobierno municipal, terriblemente casto, no toleraba lo que en otras partes se tolera. En conquistas no podía pensar dada su situación de maestro, la facilidad con que todo se sabía y la imposibilidad de llevar a buen término la más vulgar aventurilla. Araujo le invitó más de una vez para ir a los ranchos. Ir a los ranchos era acudir, los sábados o domingos, a ciertas pocilgas del arrabal donde había baile. Allí se juntaban cuatro o cinco mujerzuelas de las inmediaciones, chinas sucias y desharrapadas. Solís no había aceptado las invitaciones de Araujo. Podía saberse, tal vez llegara a oídos del Director. Araujo, desacreditadísimo, carecía de toda suerte de temores. Los hombres graves y austeros decían de él que "no había donde agarrarlo". Más se interesaba Solís por los bailes que Araujo llamada "de medio pelo"; pero tampoco quiso ir nunca, a causa de que las niñas del baile solían ser alumnas de la Escuela.

En los primeros días de setiembre, Solís pasó una semana con el ánimo deprimido. Creyó que volvía a enfermarse y hasta consultó a don Nilamón. No era nada: nervios, fatiga mental. El médico le recetó un tónico. Solís mejoró muy poco. Se sentía invadido por una especie de modorra física y espiritual y necesitaba algo que le sacudiese. Pero ¿dónde hallarlo?

Una tarde, en la plaza, le dijo a Miguel Araujo:

—¿Y cuándo me lleva a un bailecito de ésos de medio pelo?

Araujo lo miró asombrado. Pero luego, riendo y mascando siempre pala-

Araujo lo miró asombrado. Pero luego, riendo y mascando siempre palabra por palabra, le contestó:

—Cuando quiera. El domingo, por ejemplo.

Quedaron convenidos.

Araujo insinuó, sonriendo:

—Parece que la primavera lo ha decidido...

—Algo de eso habrá.

Pero el caso era que se aburría. Le pidió a su amigo que no se ofendiera. Araujo había estado en Buenos Aires y ya se imaginaría lo que significaba dejar aquella gran ciudad por un pueblo de provincia.

—¡Qué quiere que me ofenda!— exclamó Araujo.

Allí todos se aburrían lo mismo. A él le tenían por sinvergüenza, por malo. Y no era nada de eso. Hablaba mal de la gente por no tener de qué ocuparse. Además el criticar era un aprendizaje práctico de moral. Comentándolo y juzgándolo todo, se aprendía a distinguir lo malo de lo bueno, lo lícito de lo ilícito.

—Y como nosotros hemos estudiado poca moral— decía—, tenemos que aprenderla de este modo.

—¿Entonces para usted— preguntaba Solís, sonriendo— sacar el cuero al prójimo es una manera de adquirir empíricamente reglas de conducta?

—Ni más ni menos.

Hablaron de la espantosa monotonía de la vida provinciana. No había ni de qué conversar. Araujo informó que todo ello influía hasta en la moral de las gentes, haciéndolas cobardes, envidiosas. ¿Había observado Solís la especie de bromitas que se daban en la confitería? Si uno fue la noche anterior por esta calle o la otra, si habló en la plaza con tal muchachita. Había hombres que, apenas sabían que uno "pastoriaba"[140] a una muchacha, empezaban a vigilarle. Lo hacían de curiosos, de desocupados, de envidiosos. Y lo original era que nadie se enojaba por tales espionajes. Cosas de pequeño pueblo.

El domingo, a las nueve de la noche, se encontraron en la confitería.

—Vamos hasta la otra plaza— dijo Araujo—. Allí nos espera el coche.

Era imposible a tales horas tomar un coche frente al hotel. Todos los verían y a la mañana siguiente se pondrían en campaña para saber adónde fueron. A Araujo no le importaba, pero tomaba precauciones por Solís.

El cochero era un tal Ambrosio. Araujo dijo que le había buscado por la tarde.

—Y, ¿por qué prefiere a éste?

—Es más reservado que los demás.

Los cocheros, que se estacionaban frente a la confitería, a veces poníanse a conversar con los parroquianos. Y algunos "lo soltaban todo". No era que diesen importancia a las salidas nocturnas de sus clientes. Por el contrario, las consideraban como lo más natural del mundo. Si contaban, era simplemente

---

140. **La pastoriaba**: La cortejaba.

por no saber de qué hablar, o por puro "chichoneo"[141], o por esa afición a la chismografía tan desarrollada en los pueblos.

Araujo indicó una casa al cochero.

El carruaje, una victoria inmensa y aventajada, echó a andar tranquilamente. Se deslizaba por las calles en silencio, casi con misterio, como para que no se sintiese su paso. La ciudad dormía. Las casas, todas cerradas; sólo en una que otra se veía luz. Por las calles, ni un alma. El cielo estaba clarísimo; la luna envolvía en una blancura como de extraña pesadilla a las casas y a las calles. La montaña, blanca también, semejaba un fantasma gigantesco. Las acequias, como detenidas por el misterio de la noche, callaban. El coche se internó por unos senderos angostos, orillados de sauces y algarrobos. Los senderos torcían a cada paso como si no supiesen adónde ir. Por fin, el coche se detuvo. Ambrosio bajó del pescante y volvió acompañado de dos hombres.

—¿Quiénes son?— preguntó Solís, que no los había observado.

—Los músicos.

Los individuos subieron y se sentaron frente a Solís y Araujo. Como la capota estaba levantada, debían ir agachados. El más viejo llevaba una guitarra. Tenía un tipo pintoresco: melena encanecida, nariz muy encorvada y barba blanca, de un blanco amarillento y sucio. Hubiera servido para modelo de pintor. El otro era aindiado y ciego. Tenía una cuenca vacía y en el otro ojo una catarata verdosa y repugnante. Tocaba el mandolín. Hablaba con voz pastosa y mucha tonada. Solís les hizo algunas preguntas.

—¿Hay muchas melodías por aquí?

—¿Mande?— dijo el ciego.

—El señor pregunta si conocen muchas tonadas distintas —observó Araujo.

—¡Ah, vaya a saber!— contestó el viejo.

Araujo creía que algunas eran de los Llanos, otras de Chilecito. ¿No era sí?

—¿Mande?

Araujo repitió su pregunta.

—¡Así ha'e ser!— contestó el ciego.

El coche entró de nuevo en la ciudad y pocos minutos después llegó a la casa donde se celebraba el baile. Era un rancho con techo de tejas, y de decente aspecto. Las paredes, de adobe, estaban pintadas de azul. En cuanto llamaron salió una muchacha a recibirlos. La puerta, de tosca madera, tenía en el centro, a la altura de los hombros de una persona una ventanita como la de los conventos. Apenas atravesaron el umbral, se hallaron en la sala: un largo cuarto de paredes enjabelgadas y casi desnudas. Grandes vigas de madera, entre las que hacían nido las arañas, sostenían el techo a dos aguas. El suelo era de balsosas y algunas se movían en su alvéolo. En la pared del fondo colgaba un

---

141. **Chichoneo**: Broma.

cromo representando a Santa Teresa, tarjetas postales con expresivas escenas de amor, fotografías, almanaques, todo a una altura inescarpable. En un rincón, sobre una mesita, una lámpara de kerosén iluminaba incompletamente el cuarto con su luz amarillenta y triste.

Los músicos se acomodaron en un extremo de la pieza.

Araujo y Solís iban saludando a las mujeres. Arrinconadas en la sombra, frente a los músicos, sentábanse dos viejas silenciosas e idénticas. Tenían la piel curtida y negruzca, vestían de negro, sólo hablaban con monosílabos. En toda la noche no se movieron de sus sitios. Las muchachas eran tres: Rosalía, Petrona y Concepción. Solís recordaba haber visto en la escuela a Petrona; Rosalía había sido alumna y se contaba de ella que tenía un hijo; Concepción cursaba el segundo año. Las tres se parecían entre ellas. Eran de la misma altura, regordetas, achinadas, de piel oscura, narices anchas y algo chatas, manos y pies grandes, y ojos separados y pequeños con cierto aire de japoneses. Vestían de percal con pollera lisa y bata. Concepción, "la más niña" de las tres, como dijo Araujo, llevaba al cuello un prendedor redondo, de mosaico, que representaba una escena pastoril y tenía piedras falsas en los bordes.

Solís se sentó junto a Concepción mientras los músicos tocaban una polca. Intentó conversar con ella y le hizo varias preguntas, pero Concepción sólo contestaba con una palabra. Pronto, Solís no tuvo de qué hablar. Quiso saber si iba a la Escuela. Sonrojóse la niña, y, bajando los ojos, sonrió casi imperceptiblemente. Solís le preguntó si tenía novio.

—¿Yo? ¡Quién se va a fijar en mí!
—¿Por qué? Una muchacha tan bonita, tan simpática...
— Es favor que usté me hace.

Mientras tanto, Araujo hablaba con Petrona. La "pastoreaba" desde hacía tres meses. Casi pegado a ella, para hablarla acercábale tanto su boca al rostro que parecía querer besarla. Ella, halagada, inmóvil, tiesa, bajaba los ojos y sonreía con cierta beatitud.

Solís y su compañera salieron a bailar. Los músicos tocaban una habanera[142]. Era un aire acriollado, sentimental, dulzón, soñador. Hacía pensar en las tierras calientes y en su romanticismo llorón y cursi. El mandolín chillaba y sus notas saltantes y metálicas contrastaban con el dulce contrapunto de la guitarra, de notas alargadas y suaves, de sones cálidos, producidos por la grave bordona. La muchacha bailaba en actitud hierática, absorbida en la importancia de su función. Solís no sabía bailar; tropezaba con las baldosas salidas y llegó a marearse. Araujo bailaba con Petrona, apretándola contra su cuerpo. Cuando chocaba con la otra pareja, lo que ocurría a cada instante por la inhabilidad de Solís y la pequeñez de la sala, Araujo aprovechaba para refregarse contra su compañera. Las viejas no veían nada.

---

142. **Habanera**: Baile de origen cubano que se popularizó en Argentina a fines del siglo pasado.

En cuanto acabó la habanera, entró un individuo a quien Araujo había hecho llamar con el cochero. Era un muchacho de familia humilde, de los que Araujo denominaba "de la clase media". Festejaba seriamente a Concepción y parecía enamorado. Solís se acercó a Rosalía, que era algo feúcha y tenía más aspecto de chinita. Bailaron polcas[143], habaneras, valses y *schottis*[144]. Cuando chocaban las parejas, las piernas se enredaban y las muchachas reían, al parecer sin ganas; durante un rato quedaban risueñas; luego se ponían serias y al cabo volvían a reírse forzadamente, como acordándose. Junto a la puerta interior algunas mujeres y muchachos miraban. En los intervalos, entraba en la sala una chinita descalza, o una vieja arrugada, con copas de cerveza. Solís tuvo que beberse unas cuantas copas, pues no era correcto rehusar.

—Había sido una gran bailarina— dijo Solís a Rosalía.

— Es favor que usté me hace— contestó la muchacha sonriendo y poniéndose luego seria repentinamente.

Los músicos cantaron a las muchachas. Su tonada gangosa tenía algo de lúgubre y desolado. Decían en honor de las niñas versos ditirámbicos. Las llamaban "rosa temprana", "suave diamela", "casta azucena"; alababan lo airoso de su talle, la negrura de sus ojos, y envidiaban al feliz que gozara de sus besos. Las muchachas escuchaban silensiosas, graves, palpitantes de emoción. Al concluir el canto, daban las gracias con su voz cadenciosa y apagada. Las viejas continuaban inmóviles, con las manos cruzadas sobre el vientre.

Se despidieron. Araujo tuvo una frase para cada una de las viejas y les encargó recuerdos para sus familias. A Petrona le dijo, al oído, algo que la hizo ruborizar.

—¿Y ahora, qué hacemos?— preguntó Solís en el carruaje.

—Ahora viene lo que más va a interesarle.

Irían a alguno de los bailes que se celebraban los domingos en los ranchos del arrabal. Dio una orden al cochero. La victoria partió a escape, saltando sobre la calle mal empedrada. Habían bajado la capota. Eran más de las doce y a esa hora nadie les vería. Las casas estaban cerradas y enteramente a oscuras.

—Pero, ¿qué clase de gente es ésta?— preguntó Solís refiriéndose a la casa de donde salían.

Estaba escandalizado. ¿cómo aquellas viejas, sombrías y silenciosas, aceptaban que Araujo, un hombre de situación social tan superior a la suya, demostrase a la hija de una de ellas, delante de todo el mundo, un amor tan expresivo? Araujo no había de casarse con la muchacha. Sin embargo, la vieja le veía, impávida, acercarse a su hija como besándola, decirle al oído palabras que la hacían ruborizar, apretarla contra su cuerpo mientras bailaban. ¿Vivían quizá de eso?

---

143. **Polca**: Esta danza originada en Bohemia fue muy popular en las provincias argentinas a principios de siglo.
144. **Schottis**: De origen escocés, es una danza semejante a la polca pero más lenta.

—Son familias decentes, más o menos— contestó Araujo.

Pero en moral eran gentes escépticas. No daban tanta importancia a cierta forma de moralidad. Una muchacha, en esos ambientes, no quedaba muy desconceptuada[145] por haber tenido un hijo.

—Están más allá del bien y del mal— concluyó Araujo, soltando una risotada.

El coche había salido a las afueras. Pasaron por callejuelas de arbustos. En los ranchos, las gentes dormían al aire de la noche. La luna se había entrado y, en los descampados sin árboles, las jarillas, negreando en el suelo, a lo largo de los senderos blanquecinos, parecían animales acostados. El terraplén del ferrocarril semejaba una muralla; y al campo, detrás, fingía un río inmenso. Las pencas, altísimas y extrañas, cobraban en la noche trágico aspecto.

Se detuvieron frente a un cerco de ramas.

—¡Pero aquí no veo ninguna casa!— exclamó Solís con desconfianza.

Araujo, sin contestarle, bajó del coche y habló con Ambrosio en voz baja, misteriosamente.

—Es allí— dijo el cochero, señalando en la oscuridad.

Solís y Araujo saltaron al cerco, y después de andar como veinte metros, vieron luz detrás de unos árboles. Al llegar, salió a recibirlos una china sucia, picada de viruelas, desgrañada, con pechos enormes y descalza. Apestaba a sudor y a mugre vieja. Era la dueña de casa.

—¿Al baile vienen?

—¿Y a qué más?— dijo Araujo.

—Es que se *ácabo* hace rato, *pó*...

Y agregió, rascándose la cabeza:

—Si quieren entrar, todavía hay dos muchachas, pero los músicos se *jueron, pó*...[146]

—Nosotros tenemos músicos —dijo Araujo.

Hizo una seña al cochero, que los seguía, y que volvió al rato con los dos hombres. Entraron en la casa. Era un solo cuarto construido con tablas y latas, y tan pequeño que apenas podía contener seis personas. En el techo, las tablas y las latas alternaban con cartones de cajas, con ramas de árboles, con paja. El piso, de tierra endurecida y lustrosa, estaba lleno de puchos y de escupidas. Había un catre deshecho y bajo, y sobre él, extendida, una manta roñosa y destrozada. Mugrientas lonas de bolsas cubrían las paredes. Una mesa, en la que temblequeaba una lámpara de kerosén, llenaba un ángulo del cuarto. Los músicos quedaron fuera del rancho, bajo la extensa parra, "en el patio", como decía la dueña de casa. Las mujeres saludaron a los visitantes, dándoles las buenas noches, con voz empañada por las recientes libaciones. Las dos apestaban. Una no era fea. Araujo la besó y bailó con ella. El cochero bailó

---

145. **Desconceptuada**: Desacreditada.
146. **Se jueron, pó**: Se fueron, pues. Es la transcripción del habla coloquial de la china.

con la otra. Solís se excusó. Estaba cansado, y no sabía bailar. La patrona les sirvió cerveza. Araujo, habituado a tales inconvenientes, tomó sin escrúpulo su copa. Solís, que sentía repugnancia, trató de negarse: no tenía ganas, había bebido mucho en el otro baile. Pero la patrona empezó a rezongar y Solís no tuvo más remedio que aceptar la copa. La bebió sin respirar. Los músicos seguían tocando. Los sones del mandolín y la guitarra cobraban, en el silencio del campo, bajo la noche estrellada, en el aire sutil de la hora, algo de transparente, de evocador, de misterioso, que compensaba al maestro de la miseria salvaje del lugar.

En el coche, Solís no cesó de hacer comentarios. ¡Ah, qué distinto era nuestro país visto desde Buenos Aires y desde las provincias! Los argentinos no nos cansábamos de alabar nuestro progreso y nuestra riqueza. Y sin embargo, había en el país muchos ejemplos de atraso lamentable, de pobreza, de miseria vil. La vida en las provincias cambiaba por entero el punto de vista, y tal vez daba la sensación de la verdadera realidad.

—¿Pero no le parece interesante?— preguntó Araujo.

—¡Sumamente interesante!— exclamó Solís.

Le había desagradado, era natural, aquella mugre, aquel mal olor. Y sobre todo, haber tenido que beber en semejante copa.

Le había dado ganas de vomitar.

—Para que se le pase el desagrado —le dijo Araujo—, iremos a dar serenatas.

El coche salió a la disparada. A medida que entraban en la ciudad, parecía que el perfume de los azahares se acentuase. Había un silencio que se diría sonoro. A veces veía algún bulto que se deslizaba pegado a los cercos. La ciudad parecía una creación del ensueño, con su soledad, su misterio y su melancolía que en la noche se tornaba más aguda. Solís iba contento. Con el sombrero en la mano, desmelenaba su cabeza en el leve aire nocturno. Se repantigaba en su asiento y tarareaba las tonadas tristes de la tierra, saboreando la inminencia de las serenatas. Hubiera deseado cantar a toda voz, llenar la noche con su alegría.

Dieron serenatas a las amigas de Araujo: a Tránsito, a Rosita, a Mercedes y a otras. Por pedido de Solís dieron serenata a Raselda. Cuando llegaban a alguna de las casas donde las niñas vivían, bajaban todos del coche. Araujo se acercaba a la puerta y golpeaba suavemente con su bastón. En seguida daba las buenas noches y casi al mismo tiempo los músicos comenzaban la serenata. Primero tocaban una pieza como para despertar la atención. Luego, el ciego tomaba la guitarra y con su voz pastosa, quejumbrosa, hecha un llanto, cantaba:

> *Niña preciosa,*
> *rosa temprana,*
> *yo a tu ventana*
> *canto mi amor...*

Eran canciones conocidas, algunas muy poco locales, pero todas adquirían, cantadas por aquel hombre y en aquel momento, un fuerte carácter. Al final, el ciego improvisaba alabanzas a Tránsito, a Rosita, a Mercedes, a Raselda. La guitarra lloraba en manos del ciego. Los versos hablaban de celos, de desdenes, de amores tristes, de muerte. Una vez más, en la ciudad de los naranjos, mientras los azahares blanqueaban en la noche, mientras el amor lo llenaba todo, la muerte aparecía.

Y cuando llegue mi triste muerte
me iré pensando cuánto te amé...

A veces, se entreabría apenas la hoja de una ventana y una voz suave daba las gracias. Y la ventana volvía a cerrarse.

Al fin de la serenata los músicos cantaban a dúo. El ciego llevaba la melodía, y el viejo, agazapado junto a la pared hacía con su canto un contrapunto extraño, tristísimo, evocador. ¡Ah, había una poesía infinita en las dolientes tonadas del interior! Solís no había oído música, ni versos, ni nada que evocara tan poderosamente la soledad, el dolor humano. Era la tristeza de las razas vencidas y desaparecidas; la tristeza de las punas, de los llanos solitarios y salvajes. El ciego se erguía al cantar y sus cuencas vacías se llenaban de luz. El viejo levantaba la cabeza, y su melena desgreñada y su gran chambergo en la nuca dábanle un aire noble y poético.

En la casa de Raselda la puerta tenía una ventanita. Era el cuarto donde dormía ella. Al terminar la serenata, preguntó Araujo:

—¿A qué no sabe quiénes somos?

—Araujo— respondió Raselda con voz apagada.

—¿Y el otro?

—El otro no sé...

—Mire quién es— dijo Araujo empujando la cabeza de Solís dentro de la ventanita.

Solís, asombrado cuando su amigo le agarró del pescuezo, había, luego, dejado hacer. Su cabeza había entrado en la ventanita. Adivinó a Raselda arrinconándose en la sombra oscura del cuarto. Sintió una tibieza femenina y un cálido olor a mujer. Araujo reía sonoramente.

—¡Váyanse!— exclamó Raselda con enojo.

Araujo y Solís se dirigieron al vehículo. El cochero, dentro, dormía pesadamente. Dos faroles lejanos parecían estrellas clavadas en la falda de la montaña. Se diría que el canto de los ciegos se había disuelto en la noche. Solís imaginaba que aquel canto, después de poblar la soledad, había vuelto a la montaña, conducido por sus nostalgias de cumbres.

Al día siguiente, al comenzar las clases de la tarde, el regente comunicó a Solís que el Director deseaba hablarle.

—¿No sabe para qué será?

—No me ha dicho— contestó el regente sin levantar los ojos de un cuaderno donde escribía.

Solís quedó pensativo, mirando escribir al regente. La campana, llamando a clase, le sacó de su ensimismamiento.

Terminada su labor se dirigió a la escuela.

En el zaguán encontró al Director que conversaba con la Regente, paseándose. Solís saludó con la cabeza. La Regente se retiró y el Director, seguido de Solís, se encaminó a su despacho. Cuando entraron en el cuarto, el Director cerró la puerta e indicó al maestro una silla.

Hubo un silencio modesto que rompió el Director. Habló con voz tomada y temblorosa.

—Quiero saber, claramente, minuciosamente, en qué ha empleado anoche su tiempo el señor maestro.

—¿Anoche?— preguntó Solís estupefacto.

—Sí, señor, anoche— recalcó el Director.

Solís sintió que la sangre se le agolpaba al rostro. Había sido, pues, vigilado, delatado. ¿Quiénes serían esos miserables? Miró al Director con odio, pero el Director le hizo bajar la vista. Tuvo ganas de insultarle, de pegarle. Mientras tanto, permanecía en silencio. Se había acodado sobre una pierna, golpeaba el suelo con el pie, nerviosamente.

—Bien, tendré que hablar yo— dijo el Director.

El maestro había asistido a ciertas "vitandas orgías"[147] que la decencia impedía nombrar; se había encontrado en bailuchos deshonestos con alumnas de la escuela; había dado serenatas escandalizado a la población con canciones obscenas, a media noche, en estado de ebriedad, y en compañía de "cierto individuo de malos antecedentes".

Y decía estas cosas con frialdad. A veces un feroz movimiento de labios, que no alcanzaba a ser sonrisa, se desvanecía entre sus palabras. Miraba a Solís de un modo oblicuo.

—¡Dar serenatas un maestro!— exclamó sardónicamente—. ¡Adoptar una costumbre ridícula, impropia de su cargo, digna de la gentuza!

E hizo el gesto como de quien arroja una moneda a un miserable en pago de una acción civil.

Solís, nervioso, mordíase las uñas. ¿Contestaría a aquel hombre? ¿Contestaría a aquel hombre? ¿cómo evitar ofenderlo? Era difícil dominarse; y sin embargo, debía hacerlo. De otro modo, su expulsión sería inevitable. Pensó en ella. Vio su existencia fracasada. ¡Ah, si tuviera medios de vida, cómo contestaría al Director! Pero ¿qué? ¡Si tampoco tenía carácter! Era un cobarde, un tímido. ¡Qué rabia ser así! Más de una vez había sido humillado; y si en alguna ocasión contestó, fué siempre por impulsos repentinos, violentamente.

El Director, ante el silencio de Solís, creyéndole arrepentido, quiso aconsejarle. El maestro era un sacerdote, un apóstol. Su misión consistía en formar el espíritu de los hombres o sea el espíritu mismo de la sociedad. Pero para cumplir esta misión, la más noble que hubiera, necesitaba enseñar con el ejemplo. Si quería crear una sociedad perfecta debía ser perfecto él mismo. Que

---

147. **Vitandas**: Abominables, odiosas.

escondiera sus vicios si no podía ser perfecto; pero que no los exhibiera, dando a la sociedad, a los niños, perniciosos ejemplos.

Entonces Solís, más sereno, se decidió a hablar.

—Sí, yo no debí hacer eso, puesto que aquí se mira mal...

Pero había que comprender el aburrimiento en que vivía. Además se trataba de entretenimientos casi inocentes. En el fondo ¿qué mal había en dar serenatas, en ir a un bailecito? ¿Acaso no era soltero?

Y empezó poco a poco a exaltarse, recordando las primeras palabras del Director. Era una calumnia lo de las orgías, una infamia. Hablaba atropelladamente, con voz temblorosa como si estuviese por llorar. Acusó a los calumniadores que le llevaban al Director semejantes cuentos. Miserias, cosas de pueblo chico. Y sin embargo, él no era de los que combatían a las autoridades de la escuela. ¿Por qué hacían eso con él? ¿Por qué le vigilaban?

Miró al Director, cuyo rostro estaba inconmovible. Hubo un breve silencio que el Director interrumpió.

—La dirección tiene contra usted una acusación aun más grave —dijo con teatral austeridad, mientras Solís lo miraba atónito.

Todo el pueblo afirmaba que Solís mantenía relaciones ilícitas con una maestra. El no sabía si se trataba de una seducción. La maestra no era una niña y sus antecedentes, tanto hereditarios como personales, no abonaban su honestidad. Pero, como quiera que fuese, Solís cometía una gravísima falta, materia de sumario y causa de destitución.

Solís se puso en pie repentinamente, y, con la palabra cortada por la indignación, increpó al Director:

—¿De quién habla? ¿De Raselda, acaso?

—¿No lo sabe?— sonrió el Director irónicamente.

Solís vio la obra de las Gancedo. Compadeció a Raselda con toda su alma; y su cariño hacia la maestra, dormido en el fondo de su ser, surgió de pronto. La vio abandonada de todos, víctima de pequeñas pasiones. Y rojo de la ira que se había ido acumulando en su alma, tartamudeando por la emoción que le apretaba la garganta, con ademanes descompuestos, con los ojos llameantes, gritó:

—¡Eso es una infamia! Yo sé de dónde ha partido la calumnia... yo sé... Sé cómo ha llegado hasta usted... Ya veo que es usted el instrumento de cuatro mujerzuelas miserables...

El Director se levantó indignado. Solís le había herido en lo más íntimo, en aquella dignidad profesional de que tanto alardeaba. Y, solemne, con acento vengativo, la voz empañada por el odio, y el gesto altivo y desdeñoso, profirió:

—Si usted tiene amores ilícitos con esa... mujer, con esa maestra indigna, debe retirarse de la escuela. No permitiré jamás, jamás, que en esta casa se expongan tales lacras.

—Cuatro mujerzuelas— continuó Solís que sentía la necesidad de ofender al Director—. Y en primer lugar la Regente. ¡La Regente, tan luego! ¿Quién es esa mujer para juzgar a Raselda? Todo el mundo sabe que es una...

Y casi largó la palabra. El Director se puso lívido, señaló a Solís la puerta y, despreciándole con su gesto, dijo olímpicamente:

—Hemos terminado, retírese.

—No hemos empezado— balbució Solís, con los ojos brillantes y accionando zurdamente.

—¡Fuera de aquí! O lo hago echar...

Solís sintió que toda su sangre se le agolpaba a la cabeza. Y súbitamente, con impulso violento, sin saber lo que hacía, se precipitó sobre el Director. Pero el Director había levantado una silla y la oponía a su atacante.

—¡Aquí, gente!— gritó el Director.

Solís masculló un "canalla" y sin mirarle se retiró. Las piernas le temblaban de tal modo que apenas podía andar. Al abrir la puerta, la sintió chocar contra un cuerpo blando. Arrodillada en el suelo, la Regente, con el rostro en congestión, recogía papeles desparramados.

II

En toda La Rioja, desde la honesta tertulia de don Nume hasta las menos honestas que frecuentaba Araujo, no se habló de otra cosa, durante una larga semana, que de la escena entre Solís y el Director. ¿Cómo fueron conocidos el asunto y el tono de la entrevista? La curiosidad y la perspicacia provincianas, en temible consorcio, lo averiguaron todo. Bastó saber que el Director llamara a Solís, para que se iniciasen las perquisiciones, las conjeturas, los inacabables comentarios.

Los desaforados andaban revueltos, y el comité central, que funcionaba en casa de Josefina Márquez, entró en sesión permanente. La noche del suceso, la reunión fue de una violencia inusitada. Se dijeron abundantes horrores del Director. Zoilo Cabanillas propuso, una vez más, que los profesores renunciaran en masa. Era, según él, la única solución decente.

—*Io* no *veio* que eso *seia* una solución[148]— canturreó Sabá Montaña, indignado.

Todos aprobaron las elocuentes palabras de Sabá, sobre todo la Vice, a quien la moción de Zoilo había sumergido en desconsuelo inagotable. Se discutió tempestuosamente, bajo la doble incitación de la dignidad profesional ofendida y de un licorcito con el que convidó la dueña de casa. Al fin se acordó invitar a Solís para la reunión nocturna del día siguiente. Algunos desaforados se alegraban del suceso porque les incorporaba a Solís, un elemento de primer orden, hasta entonces adherido de mala gana; sin que a estas sinceras alegrías fuese absolutamente ajeno el licorcito de Josefina.

Las Gancedo recibieron con·júbilo diabólico la noticia del suceso. La

---

148. **Io no veio que eso seia**: Yo no veo que eso sea.

Regente les había informado, pero cambiando las cosas a favor del Director. Las Gancedo, a su vez, repitieron la noticia a sus conocidos, aunque con ciertas variantes imprescindibles. A las Gancedo no les interesaba directamente lo que ellas llamaban "la caída" de Solís, a quien ni conocían. Pero pensaban que dicha caída quizás produjera la de Raselda, su enemiga. Además, que si Solís era destituído de su cargo, bien podía ser reemplazado por Benita. Todo esto sin contar el placer —insustituible, para aquella familia— de haber encontrado un tema propicio al feroz tijereteo que era la casi única razón de su existencia. La escena entre el Director y Solís proporcionaba deliciosa golosina a sus estómagos exigentes.

En la confitería se miraban las cosas desde un punto de vista escéptico. Los tertulianos nocturnos, especialmente, poseían tal dosis de indiferencia filosófica que nada les inquietaba. Sonreían a todo. Apenas si les apasionaba la política, única conversación considerada como seria. Hablaban, es claro, del incidente; pero le daban rumbos oblicuos. Allí destrozaban a medio mundo. La vida de cada actor en la comedia que empezaba —el Director, Solís, Raselda, la Regente— fué analizada a sangre fría. La Regente y Raselda resultaban un par de hetairas, como hubiera dicho el Director pudibundamente. El Director venía a ser el monstruo más espantoso que existía sobre la tierra. Y en cuanto a Solís, no salía mejor de aquellas bocas. Algunos afirmaban que era un tilingo. Otros, un aventurero sin escrúpulos.

La tarde que ocurrió el incidente, discutían junto a una mesita, llena de botellas y de vasos, Palmarín, don Nilamón, don Molina, Urtubey, Zoilo Cabanillas y Pedro Molina.

—Pero total, *zeñores*, no *zabemos* lo que ha *pazado*— decía Urtubey.

—No necesitamos saber, hijo de Dios; no somos sonsos— replicó Zoilo Cabanillas.

—Claro, el Director será siempre el Director— apoyó Palmarín.

Don Molina no creía en nada. Era de una incredulidad desesperante cuando no se trataba de política, único caso en que aceptaba todo. Para don Molina el incidente en cuestión era pura política. Rechazaba las conjeturas y comentarios de sus amigos y nadie le sacaba de que allí había *"gato encerrado"*.

—Usté ve visiones, don Molina— argüía Palmarín—. ¿Qué tiene que ver la política con esto?

—Ya saldrá, ya saldrá el gatito— contestaba don Molina con su fatalismo pachorriento.

Su sobrino Pedro Molina casi no hablaba. Frente a su plato lleno de manises, que le trajeron con el vermut —moda reciente en el pueblo y que significaba un considerable progreso en la historia del aperitivo local—, entreteníase en abrirlos y comerlos. Saltaba de risa, como si le hicieran cosquillas, cada vez que hablaban Zoilo o don Molina. A veces pinchaba con el dedo, muriéndose de risa, al que había dicho una gracia. Salvo Urtubey, todos eran enemigos del Director, pero, como cada uno tenía su criterio y todos querían hablar, llegó un momento en que, subiendo de tono la discusión, no se entendieron. Algunos transeúntes se habían acercado al grupo, mezclándose en la conversación. Se hablaba en ese momento de Raselda. Palmarín había dicho que era una tal por cual, lo que indignó a don Nilamón.

Zoilo apoyaba a Palmarín.

—Eso es una infamia, ¡badajo! —gritaba el médico—. ¿A que no me citan un hecho concreto?

—Yo sé por qué lo digo— contestó Palmarín—. He sido su novio y...

—¿Y qué?...

—Y... ya se imaginarán...

Se armó un alboroto descomunal. Don Nilamón insultaba a Palmarín, y Urtubey, eterno optimista, estaba con el médico. El patrón acudió a la gritería. No era posible entender nada.

—Pero vos ¿qué sabes[149], pedazo de...?

—Si yo no he dicho eso...

—Permítanme dos palabras, señores.

—No *ez ezato*, zeñor, no *ez ezato*.

—Váyanse a la misma...

Zoilo Cabanillas dio un puñetazo sobre la mesita y cayeron al suelo, destrozándose, varios vasos y platitos. Los manises de Pedro Molina saltaron en diversas direcciones; uno le pegó en un ojo a Palmarín, lo que hizo desternillar de risa a Pedro. Cuando los ánimos recobraron la calma, se decidió esperar a Solís para oír su relato. Pero Solís había querido escribir a Buenos Aires sin perder tiempo. Y se pasó en su cuarto la tarde entera.

Solís, a la mañana siguiente, conoció por doña Críspula y Pérez las versiones más difundidas. La opinión general era contraria al Director. Se afirmaba que trató a Solís como a un sirviente, pero que el maestro, respondiendo con altivez, le cantó las verdades. Le había "chantado"[150] todo, hasta lo de la Regente. En cuanto al origen de la escena, nadie lo sabía. Se creía todo menos la verdad. No aceptaba nadie que fuese por las serenatas o por la ida a los ranchos, cosas harto habituales.

—Me ha contado esta mañana una discípula de violín— dijo Pérez, durante el almuerzo—, la versión de las Gancedo.

—¡Cuando no, esas chanchas!— saltó doña Críspula.

Pérez, matizando el relato con toques de su creación, refirió pintorescamente lo que decían las Gancedo. Solís, la noche famosa, borracho, había escandalizado a todo el pueblo. Había cantado "versos muy feos" a varias muchachas y había estado golpeando, con un bastón, en la puerta del Director. Al otro día, el Director le había llamado para aconsejarle amistosamente,

---

149. **Vos, ¿qué sabés?**: "Vos" sustituye al "tú" en la Argentina, en todos los niveles sociales. La forma "vos sabés" proviene de "vosotros sabéis," es decir, segunda persona plural, pero la significación siempre es singular. Otras formas en tiempo presente, por ejemplo, serían "Vos hablás," "Vos pretendés," y "Vos debés."

150. **Chantado**: Se lo había dicho todo.

pero el hombre se le insolentó de tal modo que el Director tuvo que echarlo a patadas, "como a un perro".

Por la tarde, Solís, en cuanto dejó su grado, fue a la confitería. Todavía no habían empezado a llegar los profesores. No había nadie, ni el patrón. Sobre las mesitas, en los pequeños charcos dejados por el fondo de los vasos mojados, se aglomeraban las moscas. Solís salió al patio, donde vio al patrón. Mientras el muchacho del mostrador trataba de ahogar en un balde a una formidable rata, cazada en el cuarto de un viajante, un pasajero, en mangas de camisa, protestaba indignamente por la falta de baño.

—¡Quiere decir que aquí nadie se baña!— gritaba el hombre.

—Y...— decía sonriente el patrón, que era un francés amable—, como nadie pide baño, lo hemos ocupado con cajones de vino.

—¡Chanchos de m...! —gritó hecho una furia el pasajero, entrándose en su cuarto.

El patrón dijo a Solís que el pasajero era un comisionista de Buenos Aires, que venía a ver unos campos próximos a La Rioja. Era un hombre flaco, moreno, lleno de ademanes y al hablar gesticulaba con todo el rostro. Le compañaba un gordo con cara de vizcacha, que sudaba a mares y se reía de la indignación de su amiga.

Solís volvió a la confitería. Las puertas entornadas creaban una agradable penumbra. Pidió un refresco. Al rato entraron los dos pasajeros, y se sentaron en una mesa próxima. Hablaban pestes de las provincias y salpicaban la conversación con referencias a precios de campos, a valorizaciones de la propiedad, a remates y cosechas. El gordo se levantó. El otro se encaró con Solís.

—El señor no parece de aquí— le dijo.

—No; he venido no hace mucho de Buenos Aires.

—Lo felicito, señor.

—Y agregó, después de hacer con la boca y la nariz el gesto de quien toma algún mal olor:

—¡Qué pueblo este! Y dígame, ¿qué valdrá la hectárea por la estación?

Solís no entendía mucho en esta materia, pero, habituado a tales temas en Buenos Aires, le dio, tranquilamente, una cifra.

—Y la tierra, ¿Será buena?

—Muy buena; lo que falta es agua.

El pasajero se puso a hablar de pastos, tierras y de precios. Era preciso canalizar, construir diques, estanques. Solís contó algunas valorizaciones importantes. Entonces, casi bruscamente, el corredor le preguntó:

—¿Bajo qué firma gira usted?

Solís no entendió.

—Su gracia, señor.

—¡Ah!

En ese momento volvió el gordo. Iban a visitar al gobernador. El otro ya se levantaba, pero él se empeñó en tomar algún refresco. Pidieron granadina con hielo.

—Hielo no hay hasta el verano— repuso el patrón.

Los comisionistas quedaron mirándose uno a otro y sonriendo con profunda amargura.

—¡Qué país— exclamó el flaco—. Hasta toda ocasión, señor.

No pasó mucho tiempo sin que apareciera don Emerenciano. En cuanto vio a Solís, se le fue encima. Precisamente andaba buscando un buen amigo que le prestara diez pesos. Los devolvería la semana siguiente, tal vez antes. Solís no tenía diez pesos y don Emerenciano se conformó con ochenta centavos. Se sentó junto a Solís y pidió un cognac.

—Esta noche, si quiere, podemos ir a un bailecito muy bueno —dijo don Emerenciano.

—Muchas gracias— contestó Solís, secamente.

Se explicaba la actitud del Director. Don Emerenciano, un sinvergüenza, un borracho, no le hubiera hecho antes semejante propuesta. Era preciso que su nombre se hubiera ya desacreditado. Don Emerenciano pidió otro cognac. Solís pagó todo y se levantó.

Fue a la sala de juegos. Allí estaban ya prendidos a la malilla don Eulalio Sánchez Masculino, don Molina y dos jugadores más. Solís se les acercó.

—¿Qué dice el hombre del día?— le preguntó con su cantito indolente don Molina.

—¿Qué dicen ustedes?, pregunto yo.

—Nosotros decimos la mar— contestó don Eulalio.

—¡Paso!— exclamó con fastidio uno de los otros dos jugadores.

—Pasaremos todos para variar— dijo don Molina, dejando las cartas.

Y luego, mientras don Eulalio barajaba:

—¿Pero es verdad, che, lo que cuenta Palmarín?

Solís no sabía de qué se trataba. Don Molina explicó: Esa mañana, a la hora del "aperital", estaban en una rueda Palmarín y otros. Se habló del asunto. Palmarín decía "cherché la fan" —don Molina quería decir *cherchez la femme*, busquen la mujer—. Pero, ¡qué! nadie caía. Entonces Palmarín comenzó a contar una historia con más vueltas que las que "sabía" dar Emerenciano. La Regente resultaba enamorada de Solís, Solís de la mujer del Director, el Director de la Gomecita— don Molina se refería a Raselda Gómez— y la Gomecita de Solís. Total, un "mar en mano": maremágnum, quería decir.

Solís declaró que nada era cierto. Cosas de Palmarín.

—También he oído por ahí— agregó don Molina— que usté le alabó la mamá al Director.

—Nada de eso, señores: son fábulas— repetía Solís con una sonrisa que no afirmaba nada.

Lo que había ocurrido era sencillo. El Director lo llamó para apercibirle por las serenatas de la noche antes. El tuvo ganas de mandarlo al diablo, pero se contuvo. El Director le habló de los sagrados deberes del maestro, aconsejándole. El no le hacía caso. Pero después salió con una calumnia infame y él "le sacó" lo de la Regente. El Director, enfurecido, levantó la voz. El se le fue encima, dispuesto a romperle el alma, pero el muy cobarde pidió socorro a gritos. El le llamó canalla, tal por cual y se fue.

Don Molina había perdido y se lamentaba de su mala suerte.

—Como como paloma y hago como buey— decía filosóficamente, aludiendo a que ganaba poco y perdía mucho.

Solís dejó a los jugadores. Había visto a Miguel Araujo conversando con Migoya.

—Lea *El Constitucional* de mañana— le recomendó Araujo.

—¿Tremendo!— preguntó Solís.

—Como para avivar al propio Urtubey...

¡Cuéntenos lo que pasó— rogó Migoya.

Solís, entonces, ante una rueda de curiosos que aumentaba por momentos, volvió a contar lo ocurrido. Con el entusiasmo del relato, introdujo variantes que acentuaban "la cobardía" del Director y la energía con que él le tratara.

—¿Y no llegó a pegarle usted?— preguntó un curioso.

—No sé, puede ser que le tocara algún castañazo...

Migoya se despachó contra el Director. Era preciso que el gobernador lo reventara. Con su influencia en Buenos Aires bien podía conseguir que lo sumariasen.

—¿Pero vos crees que ese calzonudo es capaz de hacer algo? —preguntó Araujo riendo.

Migoya defendió al gobierno. La situación estaba fuerte y tenía simpatías. Dijeran lo que dijeran, este gobierno administraba bien, no robaba.

—Y los viajes a Buenos Aires, el Casino, las noches en lo de madame Germain, ¿quién los paga?

—Esas son calumnias, Miguel.

—¿Calumnias? ¡Pobre pueblo!— exclamó Araujo con amargura.

—Todos tenemos nuestras debilidades— dijo sentenciosamente uno que se había acercado al grupo y que no sacaba los ojos de las aceitunas.

—Todos las tenemos— agregó otro de los mirones, esperando que le invitasen a servirse de algo.

—Es lo que yo digo— repitió Migoya—. Todos tenemos nuestras debilidades, y éstos quieren que los hombres sean santos.

Solís pasó toda la tarde en la confitería. Los conocidos le acosaban a preguntas. El contaba a todo el mundo lo ocurrido, y, a veces, no bien entraba en lo mejor del relato, algún recién llegado le obligaba a recomenzar. No tenía el propósito de mentir, pero introducía variantes en su narración, sin fijarse en las sonrisas de los que ya le había oído. Se cuidaba bien de decir que poco le faltó para llorar; y que si mostró algún valor y alguna altivez, fue por un impulso casi inconsciente. Pero jamás olvidaba contar que llamó "gran canalla" al Director, que le "sacó" lo de la Regente y que se le fue encima, habiéndolo dejado porque pidiera auxilio y él no quería promover escándalos.

Sus oyentes se indignaban contra el Director.

—No lo imaginaba tan cobarde— decía uno.

—Es la última carta de la baraja— contestaba Solís, con desprecio.

Por fin se despidió para irse a su casa.

Era casi de noche. La plaza estaba deliciosa con su bosque de naranjos cubiertos de azahares. En todas las casas, tras las tapias de la calle, asomaban copas de naranjos, emblanquecidas. Los azahares, que engalanaban la ciudad, ponían también su nota de amor entre las ruinas. Y los naranjos de las aceras, vistos desde lejos, parecían, por sus azahares, cubiertos de papelitos. Solís acordábase de los versos de Joaquín González, y, olvidándose de sus preocupaciones, aspiraba el aire perfumado.

Al llegar encontró en la puerta a Raselda.

—¿Por qué se va?— le preguntó.

No había nadie en la casa, fuera de Candelaria. Doña Críspula y Rosario habían ido a confesarse. Con seguridad quedáronse conversando en alguna casa después de la confesión. Las había esperado un buen rato.

—No se vaya— le rogó Solís en tono insinuante.

—Es tarde— contestó ella vacilando.

—Yo quiero que se quede.

—¿Para qué?

Estaban en el hueco que formaba la pared del ancho zaguán y la hoja cerrada de la puerta. Solís sintió despertar sus deseos, y el corazón, de golpe, le palpitó con violencia.

—Tengo que hablar con usted.

Y agregó, en tono casi autoritario, llevándola de la mano:

—Venga acá.

La condujo al corredor, junto a una de las columnas que estaban frente a su cuarto. No sabía qué decirle. Las manos le temblaban. Por fin, se acordó de las reconvenciones del Director.

—¿Sabe lo que el Director me ha dicho?— le preguntó con la voz empañada, tratando de conducirla hacia el fondo del parral, bajo los árboles.

Ella se dejó llevar, como arrastrada por la sugestión masculina, por la fuerza inconsciente del deseo.

—Lo insultó, dicen.

—Me insultó, sí ¿Sabe por qué?

Ella permaneció silenciosa, como adivinando.

—¡Porque le dimos aquella serenata!

El recuerdo la hizo sonrojar. Pensó que Solís, al meter la cabeza por la ventana, pudo haberla visto. Solís observó el rubor de Raselda y, al mirarla palpitante y dócil, sintió que la deseaba con ímpetu.

—El Director— continuó el maestro— cree que...

No se atrevía. Raselda miraba al suelo. Solís, al verla tan tímida, cobró ánimo para todo.

—Cree que tenemos...amores...— balbuceó en tono misterioso, y dando a la palabra "amores" el acento con que nombraría una cosa prohibida y deliciosa.

Raselda se llevó las manos a la cara.

—Oiga— le dijo él, tomándola del antebrazo y tratando de descubrirle el rostro.

Y viéndola como por llorar de vergüenza, le dijo cariñosamente:

—No se aflija, Raselda; nadie cree esas cosas.

Raselda limpió sus lágrimas con el pañuelo.

—Aunque... ¿por qué no podríamos querernos?

Ella quiso alejarse.

—Oiga una palabra, Raselda, un momentito...

Raselda inclinó la cabeza. Y él, acercando sus labios al oído como para hablarle en secreto, le dio un beso apasionado. Ella entornó los ojos, vencida por la voluptuosidad. Creía que iba a desfallecer y su brazo buscó el árbol más cercano. Solís la besaba en los ojos, en el pelo, en las mejillas, en los labios, mientras la sostenía contra su cuerpo.

En este instante oyeron voces. Raselda se desasió rápidamente y en un segundo estuvieron los dos en el corredor.

Ni Doña Críspula ni Rosario, pusieron buena cara al verlos juntos. Ambas venían observando, con desagrado, que las relaciones de Solís con Raselda, lejos de formalizarse, tomaban un carácter disimulado. Raselda misma ya no preguntaba a Rosario si creía que Solís le festejase, ni le pedía como tantas veces, mitad en serio mitad en broma, "que le hiciera gancho"[151]. Rosario tenía la seguridad de que su amiga estaba enamorada, y de que Solís no pensaba casarse, si bien iba hacia Raselda en cuanto la veía y su actitud, conversando con ella, era casi la de un novio. Y así, cuando vio venir a su amiga, colorada, con ojos de haber llorado y el pelo un poco en desorden, sospechó la verdad. Enrojeció a su vez y volvió la cara para que no la observase doña Críspula.

Raselda, sintiendo el reproche tácito de sus amigas, explicó su presencia. Pero insistió tanto en justificarse que aumentó las suposiciones de Rosario.

Solís se despidió de Raselda casi sin mirarla y entró en su cuarto. Cuando le llamaron para comer, encontró a Rosario en el corredor.

—¿Tuvo que acusarse de muchos pecados?— le preguntó por decir algo.

—No tengo tantos como usted ni son tan graves.

—¿Cuáles son esos pecados tan graves, Rosario?

—Usted bien lo sabe— dijo ella secamente y se metió en el comedor.

En la mesa se habló muy poco; sólo Pérez mantuvo la conversación. Rosario no contestó sino con monosílabos, y doña Críspula, cosa inaudita, pasó en silencio largo rato.

—Pero, ¿qué les pasa?— preguntó el músico observándolos.

Solís dijo que le dolía la cabeza. No comía nada; y un tanto por encontrarse molesto, y otro por querer estar solo, se levantó de la mesa mucho antes de que los demás terminasen. Pidió disculpas. Necesitaba salir, tomar un poco de aire.

---

151. **Que le hiciera gancho**: Que le ayudara.

En la calle apresuró el paso temiendo que Pérez, como algunas noches, se hubiera propuesto acompañarle. Fue a la plaza Nueve de Julio, solitaria a esas horas, y se sentó en un banco. Un día había transcurrido desde su entrevista con el Director y aún no había pensado en su trascendencia. Las agitaciones de los primeros momentos, el rencor que sentía hacia aquel hombre, las interminables conversaciones y disputas, le habían llenado el alma por entero. Pero ahora, en la soledad de la plaza, solo consigo mismo, pudo pensar detenidamente. Estuvo allí una larga hora, vagabundeando por los senderos interiores, cambiando a veces de escaño como para renovar sus pensamientos, saboreando los besos de esa tarde y cuyo gusto, virginal y exquisito aun llevaba en los labios.

Su conflicto en la escuela y sus amores con Raselda se le revelaron entonces en la dolorosa fatalidad de sus consecuencias, penetrando en su ser, al mismo tiempo, como los dos filos de una espada. ¡Qué complicada era la vida! Había ido a La Rioja en busca de quietud moral y física; y he aquí que las inquietudes, como canales hambrientos, se apoderaban de su ser y amenazaban destrozarlo.

¿Cómo terminaría lo de la escuela? El Director fue tal vez injusto y ridículo, pero él se dejó llevar de sus impulsos, pronunció palabras irremediables. ¿Qué vendría luego? ¿La destitución quizás? Y al renovar la escena, la visión de su porvenir se enturbiaba. ¡Triste cosa para él, quedarse sin recursos! Sabía lo difícil que era conseguir un empleo, las recomendaciones que se necesitaban, el tiempo que se perdía. Y a él le faltaba carácter para eso. Tendría que padecer hambre, pedir dinero a los amigos. Y si volvía a enfermarse en semejante situación, ¿qué podría esperar sino la muerte?

Pero estos penosos pensamientos surgían mezclados con sabores de besos, con ilusiones de caricias. No podía, ni por un instante, olvidar a Raselda; y la escena de la tarde volvía sin cesar a su memoria. ¿Cómo llegó hasta atreverse a besarla, cómo lo hizo? Las palabras del Director le habían indignado sinceramente; sin embargo, bastaron sólo algunas horas para dar la razón a aquel hombre. ¡Pobre Raselda! Ahora sentía lástima de ella. Su naturaleza sentimental y confiada, su bondad, su poco de infelicidad, la condenaban a ser la víctima propiciatoria de la tragicomedia de la escuela. ¿Llegaría también a ser su víctima?

Y se quedaba perplejo. Sus deseos, sus pensamientos, se contradecían unos a otros y se desalojaban incesantemente. Cuando la compasión entraba en su alma desterrando los deseos de amor, consideraba que sería un miserable si la seducía, y se indignaba por haberla enamorado solapadamente. Pero luego se excusaba. El hizo lo posible por evitarla. Mas, ¿qué culpa tenía si la encontraba sola y la veía enamorada de él, dispuesta a entregársele? ¿Cómo resistir a la naturaleza si la deseaba, si sus instíntnos, que el ambiente no le permitía apaciguar, se exacerbaban junto a ella?

Y en seguida, el curso de esos pensamientos le llevaba al otro extremo. Entornando los ojos para ver mejor aquellas delicias que acariciaban sus sentidos, contemplaba a Raselda entre sus brazos, palpitante de amor. Inventaba citas en distintos lugares y distintas horas, algunas dramáticas y peligrosas. Detallaba cada entrevista con refinamiento y prolijidad, embriagado con aquel vino exquisito que acababa de pregustar.

Pero, después, la misma violencia del deseo le retornaba a la realidad. Entonces se le presentaban todas las dificultades de las entrevistas, las malas consecuencias de su acción, la vileza de seducir a aquella pobre Raselda, agregando a sus penas un dolor mucho mayor. Pero no; él jamás cometería ese crimen. Porque era, aunque los hombres pensaran de otro modo, un crimen, seducir a una muchacha de familia. ¡Ah!, los hombres no piensan en las horribles tragedias familiares que ellos crean. Satisfacen sus deseos, viven algunos meses de placer, agregan a sus vanaglorias triviales una nueva razón de vanidad. Ellas, mientras tanto, sobre todo si el amor ha tenido consecuencias, pasan por angustiosas situaciones. Son vidas truncadas para siempre. Son la desgracia y la vergüenza de los hogares, y en ellas y en sus padres se concreta una de las más terribles formas del dolor humano. El no sería de los seductores impasibles que cometían tal maldad. No había nunca engañado a una mujer. ¡Y qué comunes eran tales casos! El tenía amigos en el ministerio —buenos muchachos, según la opinión de sus conocidos— que habían seducido a varias muchachas de familia. Las enamoraban, entraban en la casa como novios. El amor crecía, comenzaban las caricias. Hábilmente, hipócritamente llegaban a todo, engañando a sus víctimas. Y cualquier día, en un cómplice cuarto de una "casa amueblada", el proceso de seducción terminaba. Luego venía el embarazo casi inevitable. El novio las abandonaba; algunas, de miedo a sus padres, huían y se hacían prostitutas. No; él no cometería el crimen de arruinar la vida de Raselda. Había caído en el vicio bajo, frecuentado los lupanares, se había dado a beber. Eran debilidades. Con ellas no hacía mal a nadie. Sin embargo, la sociedad, que reprochaba la conducta del caído y le llamaba calavera y vicioso, no tenía una palabra de reproche para el otro, y los hombres le envidiaban, celebraban su audacia y su suerte. En el caso de Raselda su delito sería mayor, pues, apenas se supiesen sus amores, la expulsarían de la Escuela. Sería enorme y eterna la ignominia, como la de la madre de Raselda, que se perpetuaba en la hija.

—Yo no cometeré jamás esa infamia— decía en voz alta, paseándose por un sendero de la plaza.

Era arrojar en la miseria a una pobre vieja y a una niña ingenua. Porque, después de un escándalo semejante, y dado el espíritu provinciano, ¿quién se atrevería a socorrerlas?

¡Ah, si las cosas pudieran ocultarse y evitar las consecuencias del amor! pensó nuevamente, hostigado por los deseos. Pero era imposible en un pueblo chico. Nada hubo entre ellos hasta ese día, y, sin embargo, se les creía en relaciones íntimas. No había más remedio que contenerse. Se trataba de su seguridad material, de su salud misma, de una pobre muchacha que le quería. Pero, ¿podría contener sus ímpetus, él, tan incapaz de dominarse? Pero, ¿por qué Raselda se enamoraba de él? ¿Por qué la vida era tan complicada?

Se levantó. Era hora de ir a la casa de Josefina Márquez. Y mientras se encaminaba hacia allá, resolvía vencerse con todas sus fuerzas para evitar el mundo de males que le sitiaban.

Al pasar por la casa de las Gancedo oyó voces en la sala. Clemencia hablaba con su voz chirriante y gatuna. Se acordó de los anónimos que había recibido. Los primeros, hacía tres meses, le advertían que Raselda, su simpatía, era hija de un sacristán. Los últimos le suponían en relaciones íntimas con la muchacha, o a punto de conseguirlas; le felicitaban por la conquista y le envidiaban los "tiernos ósculos" y los dulces abrazos a media noche.

Llegó a la casa de Josefina, cuya sala estaba llena de profesores. Fue felicitado por todos; algunos le abrazaron con entusiasmo. El los dejaba hacer, diciendo con modestia: "no es para tanto, no es para tanto".

—¡Se ha portado como un tigre!— exclamaba Zoilo Cabanillas, palmeándole como quien sacude una alfombra.

—¿Y es verdad que le pegó?— le preguntaba María Ramos.

—Ya lo creo, como que se llevó un buen castañazo en la jeta —contestó Palmarín.

Solís, sonreía, como ratificando.

—¡Ay! ¿Para qué hizo eso?— exclamó la Vice, afligida.

—Pero que cuente él, dejémosle que cuente— decía Josefina, tratando de que se sentaran.

Todos se acomodaron en las sillas y se dispusieron a oír. Solís empezó con timidez, pero pronto fue animándose, conforme los ánimos se exaltaban. Contó con gran abundancia de detalles, sin olvidar que había llenado de insultos al Director y hasta le había dado un moquete. Los desaforados comentaban cada frase con interjecciones de asombro e indignación. Zoilo Cabanillas le miraba con cierta envidia, pero en voz baja, hablando con sus vecinos, criticaba la actitud de Solís. Debió haberle roto la cabeza, o, por lo menos, haberle hinchado un ojo.

A las once todos se despidieron. Solís, antes de ir a acostarse, pasó por la confitería. No había casi nadie.

Junto a una mesita, cerca de los billares, conversaban animadamente Miguel Araujo y un forastero. Era éste un hombre como de treinta años, muy distinguido, de expresión inteligente, vestido con elegancia. Hablaba en voz alta y se acodaba sobre la mesa. En cuanto Araujo vio a Solís, le llamó para presentarle al desconocido. Era Gabriel Quiroga. Solís conocía aquel nombre. Quiroga, aunque no publicaba, estaba muy vinculado a los círculos literarios y era amigo de Alberto Reina.

Hablaron de Reina. Quiroga refirió a Solís cómo Reina le había encargado que no dejase de buscarle en La Rioja. Le había hablado muy bien de Solís y elogiándole sus escritos.

—¿Trabaja?— preguntó Quiroga.

—¡Tengo tan poco tiempo!

—Le absorben otros trabajos más interesantes: el amor y la guerra— dijo Araujo.

Hablaron de la Escuela. Araujo, con temible gracia, hizo la silueta del Director, lo cual divirtió extraordinariamente a Gabriel Quiroga.

Solís y Quiroga charlaron toda la noche. Al despedirse, el forastero invitó al maestro para almorzar al día siguiente con él.

Tres días después empezó a desparramarse por La Rioja un curioso rumor. Se decía que Gabriel Quiroga festejaba a Raselda. Quiroga era un enamorado de lo criollo. Le encantaba todo aquello donde perduraba la antigua alma nacional: las tradiciones, los cantos, las danzas nativas, las leyendas. Convertido recientemente al sentimiento nacionalista y al amor de la patria, viajaba por la república, después de algunos años de vida europea en los que maldijera de "este país inmundo", de "nuestra barbarie", de "nuestra ignorancia". Al llegar a La Rioja, le hablaron de una eximia cantora de vidalitas. Era Raselda. Se interesó vivamente por conocerla y don Nilamón le presentó en la casa. Quiroga no hacía sino alabalarla. Tanto entusiasmo por el canto de una muchacha "que ni siquiera era inteligente", como decían las Gancedo, no parecía natural. En La Rioja había infinidad de niñas mejores que ella.

Solís, al principio, no creyó en tales festejos. Era absurdo que un hombre como Gabriel Quiroga, rico, perteneciente a una gran familia, distinguido, conocedor de media Europa, lleno de saber y hombre de espíritu, se fuese a enamorar de una pobre muchacha de provincia sólo porque cantaba bien. Pero muy pronto comenzó la desconfianza a inquietarle. Exacerbado por los besos que le diera a Raselda, angustiado por sus preocupaciones múltiples, rabioso de no avanzar en sus amores, nervioso por tantos motivos, fue presa fácil de los celos. Empezó a mirar rencorosamente a Gabriel Quiroga, a evitar encontrarle. Llegó a espiarle y a exigir a los amigos comunes que le dijera cuanto Quiroga hablaba de Raselda. Comprendía que todo esto era disparatado, ridículo, hasta bajo, y trataba de dominarse.

Una tarde oyó decir a Quiroga que aquella noche visitaría a Raselda. Le siguió desde lejos, y, al verle entrar en la casa de ella, casi lloró de rabia y de impotencia. Quería entrar él también, pero no se atrevía. Luego, con decisión repentina, se precipitó en el cuarto de Urtubey que vivía enfrente. Tal vez desde allí oyera algo, tal vez se confirmara en sus sospechas. Urtubey, que había denunciado al Director la serenata de Solís a la maestra, no salía de su asombro al ver allí a su visitante. Solís inventó un pretexto trivial: quería consultarle sobre un punto de historia, asignatura que Urtubey "dominaba".

Urtubey le recibió en su escritorio, que daba a la calle.

—Hace calor— dijo Solís y se levantó para abrir la ventana.

Quería ver y oír lo que pasaba en casa de Raselda.

—¿*Zobre* qué *ez zu conzulta*?— preguntó Urtubey, con aire de hombre que lo sabe todo.

Pero como Solís, absorto en la casa de enfrente, no contestara, repitió su pregunta.

—¡Ah! era a propósito de... sobre aquella cuestión que...

En ese instante se oyó la guitarra, y en seguida la voz suave de Raselda que cantaba la vidalita[152] de Joaquín González.

—Oiga, cállese— dijo Solís, pegándose a las rejas de la ventana;

> *Como canta el ave, vidalita,*
> *donde está su nido,*
> *yo, canto tus penas, vidalita,*
> *¡oh, suelo querido!*

En la calle, frente a la ventana de Raselda, algunos transeúntes y vecinos oían el canto. La voz llegaba muy clara hasta Solís, pues, a causa del calor, Raselda había dejado abierta la ventana.

Urtubey insistía en conocer la duda histórica que atormentaba a su visitante. Temía que Solís no la revelara por timidez y le alentaba paternalmente. "Dígame, zin miedo" repetía. Solís, para verse libre, le habló de ciertos sucesos del año 20, no aclarados por los historiadores. Urtubey quedó perplejo, pero no tardó en ponerse a explicar.

—El año mil *ochozientos* diez y nueve— decía Urtubey— el general...

> *Como reina viuda, vidalita,*
> *lloras tu amor muerto.*
> *y a tu voz responde, vidalita,*
> *la voz del desierto.*

Solís estaba como en éxtasis, junto a las rejas de la ventana. No perdía una palabra ni una nota. Le parecía que aquella voz tenía matices para él desconocidos, suavidades insospechadas. ¡Ah, era evidentemente un acento de mujer enamorada! Y todo aquel canto, y todas aquellas dulzuras ¡eran para el otro, para el forastero! ¿Pero qué derecho tenía para quejarse? pensaba. ¿Cuáles eran sus prestigios? El otro la haría suya, quizás "¡Es más audaz, es más hombre!" dijo para sí, odiándose.

Y se sentó aturdido, mientras Urtubey revolvía libros y consultaba fechas. El canto continuaba. Urtubey, sin comprender, miró a Solís con el rostro entre las manos. Luego le vio levantarse, ponerse el sombrero y salir...

—*Ezpéreze*, hombre, falta lo mejor...

Pero Solís huyó, dejando a Urtubey asombrado, con la palabra en la boca.

> *Solitaria y pobre, vidalita,*
> *reina dolorida,*
> *¡oh Rioja del alma, vidalita,*
> *amor de mi vida!*

---

152. **Vidalita**: Canto tradicional argentino, de animado ritmo. En la región de La Rioja, se canta especialmente durante carnaval.

El canto había cesado. Solís se alejaba, pero deteniéndose a cada paso como si algo le llamase. Varias veces volvió bruscamente la cabeza, creyendo oír la guitarra. De pronto, al llegar a la esquina, vio a Urtubey que corría hacia él. Le había dado un dato erróneo y venía a advertírselo. No fue el general Alvear[153] sino el general Rondeau[154] quien en el año ocho mil ochocientos diez y nueve...

Solís se alejó, triste y preocupado, bajo la noche estrellada.

III

Una mañana, Raselda, al regresar de la Escuela, visitó a Rosario. No había vuelto a la casa de su amiga desde aquella tarde en que, no sabía si desgraciadamente, se encontró sola con Solís. Creía que Rosario lo habría adivinado todo, que habría visto en su cara las huellas de los besos. Se moría de vergüenza pensando que pudiera decirle algo, reprocharle su conducta.

Imaginó diversas excusas para justificar su turbación y sus ojos llorosos de aquel momento en que, después de la escena, llegaron Rosario y doña Críspula. Les diría que había hablado con Solís del incidente famoso y que, afligida porque el Director tenía ella un mal concepto, había llorado. Y, para que no dudasen de que era bien sincera, se indignaría contra el Director.

Pero luego, al colocarse en la realidad, se avergonzaba y le daban ganas de llorar, creyendo que no sabría excusarse, que sería peor pretender dar explicaciones. ¡Ah! era un martirio, pero tenía que hablar. Si no, ¡quién sabe lo que imaginarían sus amigas!

Cruzaba la calle pensando en el momento difícil que se le presentaba. Decía a media voz las frases explicativas, ensayaba las palabras más naturales, el tono más sencillo, cuando vio a Solís que doblaba la esquina. El la saludó sorprendido y ella inclinó apenas la cabeza, poniéndose colorada. Como iban en la misma dirección, pronto estuvieron a la par.

—No la veo desde hace días— comenzó él, por decir algo.

—Estuve muy ocupada.

A Raselda no le agradó que Solís la acompañara. La gente comenzaba a hablar de ella. Además, si en ese instante salían Rosario o doña Críspula, ¿qué pensarían? Y apresuró el paso.

---

153. **General Carlos María de Alvear** (1789-1853): Ilustre patriota y militar argentino. En 1815, ocupó el cargo de director supremo de las Provincias Unidas del Río de la Plata.

154. **General José Rondeau** (1774-1845): Patriota argentino. Dirigió el sitio de Montevideo en 1812. En 1830, desempeñó el cargo de capitán general de la República del Uruguay.

Solís la acompañaba a su pesar. No quería comprometerla ni comprometerse él mismo. Pero la había encontrado casualmente, seguían los dos el mismo camino, deseaba hablarla y no se atrevía a retirarse de su lado. Iban silenciosos. Más al llegar a la puerta, ya pasado un poco el temor de ser vistos, Solís, en tono de queja, le dijo:

—Ya sé que tuvo una visita...

—¿Yo? A casa van siempre visitas...

Solís le pidió que no negara. El la vio entrar, oyó su voz. Raselda declaró que no pensaba negar. ¿Se refería Solís a "ese mozo" Quiroga? Fue cuatro veces a su casa, era cierto. A él le gustaban las canciones criollas, las vidalitas que ella cantaba. No había nada de particular en todo eso.

—Pero usted le cantó de un modo especial, tenía un acento que nunca le oí... —dijo Solís en tono irritado.

Y siguió hablando. Sus palabras parecían sinceras y a Raselda la convencieron de que estaba enamorado. ¡Tenía celos de Quiroga, hasta hablaba mal del pobre mozo! Pero, ¿cómo sabía que ella había cantado?

—No sé por qué me hace esos reproches— agregó, fingiéndose ofendida— No tiene derecho para eso...

—Es verdad, no tengo derecho— contestó Solís, poniéndose a mirar al cielo.

—Cállese, que ahí vienen— advirtió Raselda a media voz.

Solís iba a cruzar la calle, pero ya Rosario le había visto.

Las dos amigas se besaron. Rosario miró a Raselda y a Solís, con curiosidad. Raselda dijo que se habían encontrado al entrar, en la misma puerta. Solís pretextó tener que escribir varias cartas y las dejó solas.

Las dos amigas conversaron algunos minutos en la sala. Rosario estuvo cariñosa y no habló de lo que Raselda temía. Pero ¿por qué no había ido en tanto tiempo? Raselda pretextó una pequeña enfermedad de la abuelita. Después, la escuela. Cuanto más adelantaba el año, más tenía que estudiar. Luego hablaron del novio de Rosario, que estaba contentísima. Parecía que iban a ascender al novio, empleado del correo, enviándole a Catamarca. Si así pasaba, se casarían en diciembre, dentro de tres meses. Raselda ya se consideraba salvada, cuando llegó doña Críspula. Venía de la calle, de hacer algunas compras. Estaba sofocada. Después de preguntarle por Mama Rosa, le dijo, mientras se sacaba el sombrero:

—Has venido a tiempo, hijita, porque tengo que hablarte.

La llevó a su dormitorio. Era inmenso, frío y de piso enladrillado. En el centro, contra la pared del fondo, una ancha y muy baja cama de jacarandá imponía su vejez augusta y melancólica. De las paredes colgaban santos y retratos. En un rincón, sobre una mesita, una campana de vidrio cubría un niño Jesús, rodeado de flores de papel. Venía hasta el dormitorio el perfume de los jazmines del cabo. En la pajarera del patio vecino, los canarios trinaban alegremente.

—Hijita, es por tu bien que quiero hablarte— comenzó doña Críspula, sentándose en un sofá.

Y allí le hizo oír una disertación interminable sobre "los deberes de las niñas". Era preciso ser discreta, desconfiada. El pueblo entero empezaba a murmurar de sus relaciones con Solís. No eran nada claras, por cierto. A ella le preguntaban si Solís y Raselda estaban de novios. Como se veían en su casa... Y francamente, no sabía que contestar. La gente aseguraba que Raselda estaba enamorada. Era indispensable, pues, aclarar la situación. No fuera después la gente a decir que en su casa...

No supo continuar. Raselda, avergonzada, bajaba la cabeza.

—En fin, ¿estás de novia?— preguntó doña Críspula, mirándola indagatoriamente.

—Yo no sé, señora, ¿Qué quiere que le diga...?

—¿Cómo no sé, Raselda? Te estás haciendo la sonsa...

Raselda levantó los hombros, y doña Críspula, creyendo que no quería contestarle, se irritó. Y empezó a amonestarla, como la cosa más natural del mundo. Raselda bajaba los ojos, a punto de llorar. La barbilla y las manos le temblaban. Doña Críspula siguió perorando y sólo después de un buen rato, al notarla tan emocionada, cambió de tono.

—Es preciso saber la verdad, hijita— le dijo entonces con acento insinuante y cariñoso.

Se acercó a la muchacha, y, tomándole una mano, le rogó que le contara todo. Ella era como su segunda madre; bien sabía cuánto la quería. Pero Raselda no despegaba los labios. En cierto momento estuvo a punto de revelarle su estado de ánimo, su inquietud, su recelo por la actitud de Solís. Pensó que tal vez doña Críspula pudiera salvarla, influir sobre Solís para que se decidiera. Pero imposible hablar. ¡Y ella tampoco sabía nada, en definitiva! ¡Cómo contarle cosas vagas, inciertas! Además, ¿la comprendería, doña Críspula? Un vago instinto, un inconsciente deseo de ocultar, la detuvieron.

Doña Críspula ardía de curiosidad. Desesperada porque Raselda le dijera todo, repetía hasta el cansancio que era para ella como una madre.

—¿Te hizo el amor, te ha dicho algo?— le preguntaba insistentemente.

—No— contestaba Raselda, resuelta ya a no franquearse.

Quedaron en silencio. Raselda aprovechó el momento para despedirse. Tenía que preparar la clase del siguiente día, la abuela le esperaba. Doña Críspula quedó disgustadísima. Para ella significaba una derrota no haber descubierto la verdad. Y en cuanto vio a Rosario, habióle de Raselda.

—Taimadita, tu amiga— le dijo con fastidio.

Antes no era sí. Al contrario, fue siempre franca, comunicativa. A ella no le gustaba el nuevo modo de Raselda. No era natural. Allí había algo. ¡Quién sabe qué secretos quería ocultar la niña!

—Yo le tengo lástima— agregó.

Al fin y al cabo la quería como a una hija. Y sería un dolor que se extraviase por no seguir sus consejos. ¡Quién mejor que ella, por Dios, para adoctrinarla!

Cuando Raselda llegó a su casa, la sirvienta la esperaba en la puerta.

—¡Cómo se ha demorado, niña! ¿No sabe lo que pasa?

Raselda se pudo pálida. Se le ocurrieron instantáneamente mil cosas. Quién sabe si Solís no le había escrito y la abuela abrió la carta. Tal vez le contaron a la viejita lo de aquella tarde: ¿no verían algo los vecinos de doña Críspula?

—La señora está muy enferma, muy enferma— repetía la sirvienta agarrándose la cabeza.

—¡Ah!— exclamó Raselda, como si hubiera desaparecido un peligro.

Corrió al cuarto de Mama Rosa. La anciana estaba acostada, con la ropa puesta. Raselda la besó muy afligida.

—Ya va pasando, no fue nada...— dijo la viejita.

Desde hacía una semana, más o menos, Mama Rosa se quejaba de sentir como pinchazos en una pantorrilla. A veces se le dormía una pierna. Esa mañana tuvo fuertes dolores en las nalgas. A eso de las once aumentaron tanto, que necesitó acostarse. Ahora estaba más tranquila, pero al moverse volvíanle los dolores.

—¿Sufrió mucho, Mama Rosa?— preguntó Raselda acercando una silla.

—Un poquito, naturalmente, pero ya pasó, a Dios gracias.

—Algún calambre ha sido— intervino la sirvienta.

—Sí, algún calambre. ¿Qué otra cosa?— contestó la enferma.

Hablaron de calambres. La sirvienta contó que a ella "le sabían" dar de cuando en cuando tremendas puntadas en el corazón. Y no eran más que calambres. Se curaban fácilmente. Con fomentos de agua caliente se había curado una hermana suya que padecía de dolores en las nalgas. Y decía esto, tanteándose el trasero.

Mama Rosa no quiso que llamaran al médico.

—¿Para qué? Es la vejez, no más.

A media noche los dolores volviéronle, tenaces, fuertísimos. Se paseaban por las piernas y no la dejaban moverse. Casi de madrugada sufrió una breve convulsión, temblando como achuchada. Raselda mandó llamar al médico. Una hora después, cuando aún no había amanecido, llegó don Nilamón.

—¡Pobre Nilamón, incomodarte por esta vieja chocha!— dijo Mama Rosa sonriendo.

—Déjese de amolar, tía, si está más joven que yo...— contestó el médico, poniéndose a examinarla.

Le hizo mil preguntas. La viejita sonreía y contestaba a todo con claridad. A Raselda los ojos se le cerraban de sueño. Se sentó en un rincón y empezó a cabecear. Para no dormirse pensó en Solís. ¿Qué haría a esas horas? Dormiría, naturalmente. Aunque pudiera ser que, despierto también, pensara en ella.

Don Nilamón rogó que no se afligieran. Recetó un purgante suave, unas ventosas, fomentos húmedos en los sitios doloridos. Después se quedó largo rato conversando con la enferma. Raselda había ido a su cuarto, muerta de sueño.

—Y esta muchacha— preguntó el médico—, ¿no tiene novio?

—¡Yo qué he de saber, Nilamón!— contestó la viejita tristemente.

Ahí donde la veía, "tan mosquita muerta", era lo más reservada con ella. Había oido hablar de un porteño, de un maestro nuevo; pero a ella nada le constaba. Raselda era con ella muy cariñosa, eso sí, pero le callaba sus sentimientos.

Y agregó la viejita:

—¿Y qué clase de mozo es ese que dicen?

—Psh, a mí no me entusiasma— contestó don Nilamón.

—¿Es feo?

—Eso qué tiene ver, tía...

No le gustaba por su vanidad. Como casi todos los jóvenes de ahora, era superficial, no tenía un concepto serio de la vida. Parecía medio espiritista. Una vez dijo, el insolente, que Jesucristo fue un iniciado.

—Válgame Dios— exclamó la viejita, imaginando que era eso la más espantosa de las blasfemias.

Después hablaron de la situación de Raselda en la Escuela. Eso sí lo sabía Mama Rosa. Viéndola a su nieta muy triste, le había hecho preguntas hasta lograr que le contara todo. Era una injusticia la que cometían con la pobre Raselda, que estudiaba muchísimo.

Don Nilamón, al salir, encontró a Raselda en el patio.

—Esto será largo, hijita— le dijo el médico.

Y agregó, notando la aflicción de la muchacha:

—No es cosa seria, pero convendría que viniera alguna mujer para cuidarla.

Había que preparar remedios, ponerle fomentos, y no era cosa que Raselda abandonara su clase.

Ella, entonces, al día siguiente, mandó llamar a Plácida. Pero Mama Rosa empeoró y la maestra tuvo que faltar a la escuela. Justificó su falta con un certificado de don Nilamón. Al otro día volvió a faltar, pero no presentó justificativo ninguno; creía que bastaba con el del día anterior. La dirección la apercibió. Fue a la Escuela.

Era una tarde nublada y triste. Las clases no habían terminado y Raselda tuvo que esperar en la sala de profesores al Director, quien dictaba en ese momento su cátedra de Pedagogía. Cuando Raselda entró, la Regente revisaba cuadernos. Raselda, tímidamente, casi sin hacer ruido, se sentó a esperar. La Regente continuaba trabajando como si no la hubiese visto ni sentido. Raselda aguardó así largo rato. Llegaban hasta allí murmullos de las clases, lejanas voces infantiles, gritos de un profesor que, gangosamente, y como si rematase, decía "no, señorita; a ver la otra, la otra".

Por fin, la Regente levantó los ojos. Al encontrarse con Raselda se manifestó asombrada de verla allí.

—¿Qué deseaba, señorita?— le preguntó con sequedad.

—Quería hablar con el señor Director.

Y ante el silencio y la mirada escrutadora de la otra, agregó poniéndose colorada:

—Un momento, señorita; dos palabras, no más...

—¿Puede decirme a mí lo que desea?— dijo la Regente, golpeando la mesa con el cabo de la lapicera.

Raselda alegó la enfermedad de su abuelita para justificar sus faltas. Ella tenía que hacerle remedios, cuidarla. Si faltó fue por necesidad. Además, creyó que bastaba con el certificado del primer día. Don Nilamón se lo dijo así.

La mirada de la Regente habíale intimidado. Apenas podía hablar, tartamudeaba. Y mientras decía su explicación, sus dedos jugaban, sobre el escritorio, con un lápiz azul de la Regente que la miraba con severidad.

—¿Cree usted que el certificado de un día vale todo el año?

—Es que mi abuelita estaba enferma, pregúnteselo a don Nilamón, todo el mundo lo sabe, estuvo enferma... —balbuceaba la maestra.

—Es un pretexto para justificar todas las inepcias— dijo la Regente, con pedantería.

Además, si el doctor Arroyo era tan complaciente, bien pudo darle otro certificado. El doctor Arroyo siempre se hallaba dispuesto para dar certificados a sus amigos.

—El doctor Arroyo!... —exclamó en tono irónico.

Quedaron en silencio...

—Y ahora, ¿viene a pedir permiso? Tendrá que acudir al ministerio.

—¿Al ministerio?— preguntó Raselda desolada.

—Al mi-nis-te-rio, sí, señorita. Y me parece que no se lo concederán. Sus antecedentes no le son favorables.

En este momento el Director pasó. Raselda quiso seguirle, pero la Regente se interpuso, ordenándole que se sentara. La maestra se quedó triste. ¿A qué antecedentes se refería la señorita Rodríguez? Se trataba de sus clases, con seguridad. Aunque... ¿No se referiría a sus relaciones con Solís? Se acordó de aquella tarde cuando la besó él, y su cara llenóse de rubor. ¿Habrían visto de la casa vecina? ¿Habrían adivinado lo que pasaba en su alma?

Algunos profesores llegaron. Urtubey, de chaqué, con infinidad de cuadernos bajo el brazo, la saludó amablemente.

—¿*Uzté* por acá?— le dijo con sonrisa babosa— ¿Y la *zeñora*? Ya *eztará* mejor. *Zeguramente*, no habrá *zido* nada; un *zuzto* no *máz*... ¡Qué bueno!

—Está lo mismo— contestó Raselda.

—Pero ¿qué *preziozo*?...

En esto se le cayeron los cuadernos. Y recogiéndolos, decía:

—Pero ¡qué *preziozo zu* canto!

Poniéndose serio, comenzó a relatar. Noches pasadas conversando con Solís, en su casa, de historia argentina, de unos datos que Solís necesitaba. Y en esto ¡zás¡ rompe a cantar ella. Ya no hubo datos ni nada. Era un deleite, un goce que llegaba al alma...

Y con los ojos en blanco, las manos sobre el corazón, repetía:

—Un goze para el alma, zi señor...

Raselda, asombrada al principio, ahora sonreía de contento.

¡Solís había ido a la casa de Urtubey! No podía ser sino para observar si la visitaba Gabriel Quiroga. Decididamente la quería, puesto que tenía celos y hacía semejantes cosas.

—Felicitaciones, muy bien por la declaración— gritó desde la puerta, sin entrar, María Ramos.

—No *ez ezato*, mire, María, *ezcuche*, oiga...

Pero María ya se había escapado.

—¡Qué muchacha *ezta* María! —exclamó Urtubey al volver.

Se abrió la puerta y el Director salió con solemnidad. Raselda se puso en pie; y ya iba a hablarle, cuando la Regente la llamó al despacho del Director.

—El Director no tiene inconveniente en que pida permiso —dijo muy amable, hasta cariñosa.

Y sentándose, se puso ella misma a redactar la solicitud. Raselda quiso oponerse.

—Pero si no cuesta nada.

Además, ella conocía mejor que Raselda, por razones de su cargo, la literatura administrativa.

En el silencio del cuarto sólo se oía el rasguear de la pluma. Raselda miraba a la Regente y la encontrba simpática y agradable. ¿Cómo decían que era tan mala?

—¿No ve? Ya está —dijo la Regente poniendo el papel para abajo, sobre el secante, y golpeando con el puño cerrado.

Raselda leía para sí. La Regente espiaba en los ojos de Raselda la impresión que le hacía la solicitud.

"... y por estas razones —leyó Raselda-, me permito solicitar licencia, con goce de sueldo, por el término de un mes".

—¡Un mes!— exclamó Raselda llena de placer—. ¿Casi por todo octubre?

—Un mes, señorita, ¿no está contenta?

Raselda estaba asombrada. La Regente, la propia Regente, le hacía pedir un mes de licencia, con goce de sueldo. Y ella, tan sonsa, que pensaba contentarse con diez días. ¿Por qué todo el mundo hablaría improperios contra el Director y la Regente?

—Digan lo que digan, no son malos— pensaba al despedirse.

Cruzaba la plaza cuando oyó que la llamaban. Era Matilde Arana, la vicedirectora.

—¡Raselda, lo que me pasa! —decía la Vice congestionada, llevándose las manos al corazón.

Venía descompuesta por el disgusto. Era una iniquidad. Y contó a Raselda su desgracia. Hacía días había muerto casi repentinamente el pobre Solano

Ferreyra, profesor de aritmética y geometría, con una sola cátedra y ocho horas semanales. Hasta ahora nadie lo había reemplazado. Pero esa mañana recibió ella una nota del Director donde le comunicaba que, a partir del primero de octubre— ¡faltaban cinco días!—, debía dictar la cátedra del finado. En cuanto a su cátedra de Pedagogía, el Director determinaba que, a fin de no recargarla de trabajo, fuese sustituída por la Regente.

—Esto yo no lo aguanto, Raselda— gangoseaba la Vice, haciendo pucheros.

Y marchaba muy agitada, mascullando quejas contra el Director.

De pronto se detuvo. No podía más. Necesitaba tomar un poco de agua. Estaba frente a la casa de Josefina y decidió entrar.

Durante los días siguientes, Raselda, ahora que iba a la escuela, vivió dedicada a sus ensueños. Pero ya no pensaba exclusivamente en Solís. Las visitas de Gabriel Quiroga habían renovado su amor a lo desconocido, a los países lejanos, a los placeres, al lujo. Ella veía alrededor de Gabriel Quiroga algo extraño y suntuoso que, como un perfume enervante, se desprendía de su ser. Al principio se arrepintió de haber querido a Solís, y hasta llegó a convencerse, una noche, de que jamás le quiso muy de veras. Pensó que todo había concluído, lo cual "era una tranquilidad". Ya no tendría cavilaciones y podría contestar a las preguntas indiscretas. Ahora se volvería seria, desconfiaría de todos.

Aquellas largas visitas de Gabriel Quiroga continuaban intrigándola. No se convencía de que sólo por oírle cantar vidalitas... ¿Acaso en Buenos Aires no se cantaban también? El, que viajaba tanto, ¿no las oyó en Córdoba, en Catamarca? Fue cuatro noches de visita. ¡Y qué elogios, qué entusiasmo! Ella no los merecía. Eran elogios que sólo se explicaban por otro interés. ¿Y qué interés podía tener, si no...?

Y sonrió al recordar que, después de la primera visita de Quiroga, pasó ella interminables horas con la guitarra en la mano, ensayando el acento más profundo y más triste. Y sin embargo, le había ocurrido una cosa singular: siempre cantó pensando en Solís. Se acordaba de aquella noche de mayo y suponía que él la estaba oyendo.

Mientras tanto, no dejaba de pensar en Quiroga. Se había ido a Catamarca, pero volvería "sólo para oírla". ¿Qué haría allí? Imaginábale junto a alguna catamarqueña, oyéndola cantar. Y se ponía triste... ¡Ah, si aquel hombre la quisiera! Decían que era tan inteligente, tan rico, lleno de amistades, que pertenecía a una familia aristocrática de Buenos Aires. Pero... ¡qué se iba a fijar en ella, un pobre maestrita! Razón tuvo Rosario en preguntarle, cuando le habló de eso, si se había vuelto loca. Sin embargo... Y de nuevo la imaginación se desataba. La había mirado de un modo, de un modo... Además. no era tan absurdo que se enamorara de ella. En las novelas de Carlota Braemé[155] figuraban

---

155. **Charlotte Braemé (Pseud. Bertha Clay, 1836-1884)**: Novelista inglesa. Entre sus más de doscientas novelas de costumbres están *Dora Thorne*, *A Golden Heart*, y *The Mystery of Colde Fell*.

grandes nobles que se casaban con muchachas modestas, mucho más modestas que ella. Y ya se veía casada con Quiroga, mirándose en los ojos de él, recostada en un largo sofá, en un cuarto lleno de lujos y elegancias, mientras su marido, sentado junto a ella, le explicaba su amor. O si no, viajaban hacia Europa, en un inmenso vapor como los que veía pintados en los libros de lectura; y a la noche, bajo un poético cielo de luna, entre el ruido de las olas, se decían, inclinados sobre el mar, unidos de las manos, cosas divinas y enloquecedoras.

Pero luego tornaba a la realidad. Sus ensueños se desvanecían como una bella música que acaba, y la triste verdad de su pobreza, de su insignificancia, se presentaba a sus ojos. Y entonces volvía a Solís, a quien miraba como un ideal accesible para ella. Se acordaba de aquella escena bajo el parral, cuando Solís la besó con ansias; y pensó que debía quererla mucho. Si no, ¿por qué hizo eso? No podía suponer que Solís tuviese malas intenciones; ella no era una cualquiera. Además, creía a Solís un hombre bueno. Pero, si la amaba, ¿por qué no se decidía? Era el terrible problema que la atormentaba. A veces se convencía de que Solís no la festejaba por dificultades económicas. El tenía su porvenir en Buenos Aires y allá la vida era tan cara, tan difícil, decían. Y le excusaba, encontrándole sobrada razón en no querer casarse por ahora. Pero ella confiaba en que apenas le nombraran profesor se decidiría. No había por qué apresurarse, pues. Ella era una atolondrada, que no pensaba en el porvenir, ¡una cosa tan seria!

Y mientras tanto, aquellos besos, como pajaritos que retornan al nido a cada instante, se posaban en su rostro sin cesar. A veces luchaba por rechazar la obsesión. Pero a menudo se sorprendía gustando el placer de aquellos besos frenéticos. ¿Cómo podía un beso causar tanto deleite? Era raro, a la verdad. ¿Sería que él y ella se adoraban?

Estas imaginaciones eran su única ocupación. Desde aquella tarde en que encontró a Solís y visitó a Rosario, no salía. A la casa de doña Críspula, no iba de vergüenza. Y deseaba ver a su amiga, pues era probable que ella hubiera hablado con Solís. A veces acompañaba a su abuela, leyéndole. Al principio, leíale vidas de santos, pero a Raselda le aburrían. No creía en los milagros y pensaba que todo era cuentos. Una tarde empezó a leerle una novela de Carlota Braemé. La viejita lagrimeaba a su gusto. Cuando no leían, se pasaban las dos largo rato comentando los hechos y los dichos de los personajes.

Al atardecer, y a veces también a la noche, iban visitas. Desde que Mama Rosa se enfermó, todas sus antiguas relaciones y sus parientas fueron a la casa. Algunas, que la visitaban por primera vez desde su llegada a La Rioja, daban las excusas habituales; estuvieron enfermas, tenían un servicio inaguantable. ¡El servicio, señor! Las viejas cruzaban las manos sobre la falda y alzaban los ojos al cielo.

Una tarde estuvo una visita que impresionó a Raselda. Era una señora muy alta, de aire aristocrático. Pasaba, tal vez, de los cincuenta y cinco años y debió haber sido muy bella en su juventud. Sus ojos, azules, tenían expresión de desaliento; su cabeza blanqueaba. Al entrar abrazó a Mama Rosa. Los ojos de las dos mujeres se llenaron de lágrimas. Raselda, aunque habituada a tales escenas, se emocionó. No conocía a la visitante, o no se acordaba de ella.

—¡Cómo está de grande y de linda tu nieta!

Raselda interrogaba con los ojos a Mama Rosa.

—Es doña María de Cálcena.

La señora bajó la cabeza, tristemente, pensando sin duda que Raselda se acordaría de Amelia. Raselda no dejaba de mirar a la madre de su amiga. Pero no se atrevía a preguntarle por ella. Las dos señoras hablaron de personas que murieron, o que se fueron a Buenos Aires para no volver.

—Pero La Rioja está lindo— exclamó Mama Rosa.

—Sí, está lindo— ratificó doña María, sin convicción.

Después que la visitante se despidió, Raselda la acompañó hasta la puerta.

—¿Y Amelia?— le preguntó entonces, tímidamente.

El rostro de doña María se cubrió de dolor.

—Amelia— dijo después de un silencio, y secándose una lágrima— viene pronto.

Y agregó, dándole un beso:

—Alguna vez la verás, ¿no es cierto?

Una noche se encontraron doña Críspula, que iba por primera vez desde la enfermedad de Mama Rosa, y don Nilamón. El médico divertíase a costa de doña Críspula. Era preciso que se casara, se veía que necesitaba un hombre. Doña Críspula, riendo torrencialmente, declaraba, a gritos, que ya se le había pasado la época de esas necesidades.

En seguida llegaron una hermana de Josefina Márquez, Dorotea y su marido. Dorotea era gangosa, gorda, y se vestía con un mal gusto enternecedor. Tenía las carnes fláccidas, la cintura ancha y los pechos colgando como de mujer que no usa corsé. No hizo otra cosa, durante su visita, que "dar bromas" a Raselda con Solís. Raselda negaba.

—No, yo sé, a mí me han dicho— gangoseaba Dorotea, con mucha tonada.

El marido, un hombre bajito, enclenque y boquiabierto, apoyaba. Dorotea, pegajosa como una mosca asonsada, volvía y volvía al mismo tema.

—¡Todo se sabe!— exclamaba con sonrisa estúpida.

—¡Todo se sabe!— repetía el marido mirando uno por uno a los presentes, como pidiendo asentimiento.

—¡Todo se sabe!— volvía a repetir Dorotea.

Don Nilamón miraba a Raselda y le cerraba un ojo. Raselda sonreía, y, a pesar de la estupidez de Dorotea y su marido, aquella broma la complacía. Doña Críspula estaba casi muda. El tema le desagradaba y tenía miedo de hablar. Bajaba la vista y después miraba el techo, sin disimular su descontento. Trató varias veces de desviar la conversación. Pero no bien se abría una brecha, se colocaban por ella "las bromas" de Dorotea.

—¿Han visto el noviazgo de Candelaria Vargas?— preguntó doña Críspula.

—Dicen que don Nume le hace oposición— contestó Raselda.

—No haría mal, porque el novio es un renacuajo— terció don Nilamón-. Pero se casan pronto, parece.

—A ver vos, Raselda— dijo Dorotea.

—¿Qué?

—Cuándo te toca...

—Es cierto— habló el marido—. Cuándo le toca...

Doña Críspula no pudo más y se despidió. En el patio habló un rato con Raselda. ¿No sabía una cosa? Que el joven se había ido de la casa.

—¿Solís? ¿Y por qué?

—Yo le hablé, quise aconsejarle. Pues, hija, se puso furioso, diciéndome que estaba harto de nosotras y que nada tenía que ver con vos.

Lo había dicho mil veces y estaba cansado de que se metieran en sus cosas. No quería consejos de nadie. Al día siguiente fue a avisarle que se trasladaba al hotel. Y se mudó, no más.

—Me aseguró— continuó doña Críspula— que no era por enojo, sino para no tener ocasión de verte. Así se evitaba que las malas lenguas te siguieran despellejando.

Raselda quedó pensativa.

—He sabido hoy, por Pérez— siguió doña Críspula— que en el ministerio está a la firma su nombramiento de profesor.

—¿De veras?— preguntó Raselda como iluminada.

Toda su esperanza estaba en ese nombramiento. Pero, ¿por qué Solís dijo que nada tenía que ver con ella? pensó. Tal vez sería para despistar a doña Críspula, tan fastidiosa, capaz de hacer perder la paciencia a un santo.

—A mí me parece que es por su próximo nombramiento que se ha ido. Como va a ser profesor, ya no puede vivir en mi casa...

Porque ella nada le dijo que pudiera chocarle. Al contrario, le habló como una amiga, como una madre, con toda su experiencia del mundo. Bien se veía que era un orgullo, "como todos los porteños". Ella siempre lo dijo: era un pretensioso y un necio.

Se había alejado algunos pasos cuando de pronto se volvió.

—No te he dicho lo principal: Benita te reemplaza desde hoy.

Raselda quedó asombrada. ¡Ahora se explicaba porqué le hicieron pedir licencia por un mes! Era para que el ministerio confirmase a Benita Gancedo, que así tendría un poderoso antecedente a su favor. Si su licencia fuera de quince días no se necesitaba que el ministerio aprobase la designación de la reemplazante.

—¡Qué gente tan perversa— exclamó doña Críspula besando a Raselda.

Se fue. Raselda la acompañó unos metros por la acera. Cuando entró en la casa, don Nilamón salía.

—Son insoportables— rugía el médico, calándose el sombrero hasta las orejas.

Y ya en la puerta, después de haberse despedido, se volvió.

—¡Ah!... ¿Qué hay en eso de Solís?

—Nada, tío— contestó Raselda sencillamente.

Don Nilamón la miró. Ella bajó la vista.

—No me gusta, mi hija, no me gusta— repetía golpeando el suelo con su bastón.

Quedaron silenciosos. Luego, don Nilamón dejó caer lentamente estas palabras:

—Yo me entrometo porque debo hacerlo.

Y explicó, en tono natural. Ella no tenía padres, la abuela estaba enferma. El oyó en la confitería rumores que le obligaban a intervenir. Solís... tal vez fuera una persona decente. No podía afirmar lo contrario. Pero en estas materias había que desconfiar hasta de los más decentes. Era cuestión de su porvenir, de la felicidad para toda su vida.

La palmeó cariñosamente, casi conmovido, y le dijo que otra vez conversaría con más calma.

Raselda, apesadumbrada y nerviosa, retornó al cuarto de la enferma. Todavía estaban allí Dorotea y su marido.

—¿Pero quien diría, Raselda— gangoseó Dorotea al verla— que vos también?...

Y la miraba, sonriendo babosamente.

—Le aseguro que no hay nada, Dorotea— contestó Raselda, casi con mal modo.

Y todavía, al despedirse, alargando la mano con su desabrimiento acostumbrado, exclamó la visita:

—Es la época más dichosa, cuanto más tarde mejor...

—La época más dichosa— concluyó el marido, mirando alternativamente a las tres mujeres, como pidiéndoles su conformidad.

IV

Solís no cesaba de recriminarse la insensatez de sus celos. Muchas noches se dormía y todos sus pensamientos se concretaban en Raselda. ¿Estaría enamorado de veras? Comenzó a sentir hacia Quiroga una antipatía que le avergonzaba. Creyó que le había suplantado en el amor de Raselda y que la habría hecho suya. Las palabras de Raselda, desconociéndole a él todo título para hacerle reproches, confirmábanle en sus sospechas. Además, ya la gente murmuraba. ¿No hablaba el propio Quiroga de conseguir una beca a la maestra para que estudiase el canto en Buenos Aires? Solís reconocía la parte que en su excitación nerviosa tenía su entrevista con el Director. No obstante, arrojaba sobre sí todas las culpas. ¡Ah eso le pasaba por se un pobre maestro! Le faltaba carácter, audacia. El había iniciado a Raselda en la dulzura de amar, le había hecho entrever admirables horizontes de ternura y de ensueño. Y he aquí que, de pronto, como el viento cuando al abrirse la ventana de un cuarto lo llena todo y desaloja el pobre aire interior, otro hombre con más audacia le desalojaba del corazón de Raselda. Y repetía en voz alta, lleno de indignación contra sí mismo y contra ella, la conocida frase brutal: "¡He calentado la pava para que el otro se tome el mate!".

Fue un semejante estado de ánimo cuando doña Críspula pretendió aconsejarle. En el hotel, adonde se trasladara, sus celos se acrecentaron. La primera noche la pasó en vela. Sospechaba que Quiroga iría a casa de Raselda, pero no pudo averiguarlo porque el porteño no comió en el hotel. Y se acostó temprano, fastidiado de las gentes de las confiterías, deseando estar solo. Pero no podía dormir; y durante una larga hora, medio desvelado, esperó a que Quiroga entrase en el cuarto de enfrente, donde dormía. Sabía Solís la enfermedad de Mama Rosa, pero pensaba que por eso mismo iría el otro, pretextando informarse de la enferma. Cuando, al día siguiente, supo que Quiroga se iba a Catamarca, tuvo una gran alegría. Sólo lamentaba que hubiera prometido volver.

¡Cómo deseaba ver a Raselda! Era un deseo agudo, anormal. Más de una vez, dispuesto a hacerse el encontradizo, recorrió las calles por donde ella debía pasar para ir a la escuela. No la vio. El saber que tenía licencia, aumentó su irritación contra sí mismo. ¿Cómo podría verla? Se pasaba las horas buscando solución a este problema. Porque ni siquiera tenía noticia de ella. Quisiera saber qué hacía, qué hablaba de él. La única persona que pudiera informarle, Pérez, se había marchado a Buenos Aires, repentinamente, sin saberse cuándo volvería. Mientras tanto, los celos le enfermaban. Imaginaba que la gente se reía de él; y en la calle cambiaba de recorrido, cuando veía desde lejos a alguno que pudiera burlarse. Ya ni se acordaba de su incidente con el Director. Supo que había solicitado su destitución, y, sin embargo, no se afligió. Toda su vida parecía concentrada en un punto y hubiera tal vez seguido de ese modo, a no producirse un acontecimiento que, si bien extraño a él, debía tener en su vida una trascendental influencia.

El primero de octubre, durante la última hora de la mañana, el Director, en el curso de segundo año, dictaba su clase de Pedagogía.

Era el segundo año, el curso explicablemente más inquieto de la Escuela. Las alumnas de primer año, todavía muy niñas, resultaban fáciles de manejar; lo mismo las de tercero y cuarto, que, sintiendo la proximidad del título, cuando no una vocación decidida, eran serias y estudiosas. El segundo año, tan numeroso como el primero, pues las que no pretendían ser maestras cursaban por lo menos dos años, se componía de chicuelas en las que ya se anunciaba la mujer. Poco mayores que las de primero, carecían de la seriedad y el amor al estudio de las de tercero y cuarto. Al Director le era antipático ese curso temible, y todos sus métodos y consejos fueron inútiles para conseguir que aquellas niñas no se soplaran las lecciones y no se rieran ni pellizcaran en clase unas a otras. Todas tenían novios, y, en su mayoría, carecían en absoluto de espíritu profesional, lo que desalentaba al Director.

Estaban de repaso. El Director, que entrara preocupado, se sentó en su cátedra sin la prolijidad de costumbre, y, mientras preguntaba a las niñas, miraba sin cesar al patio y tamborileaba con los dedos, nerviosamente, sobre la mesa. La clase versaba sobre "preparación de las lecciones".

—Señorita Núñez; ¿en qué consiste la introducción recapitulativa?

La aludida se puso en pie. Era una negrita pizpireta, gorducha, de ojos graciosos.

—Conteste, señorita.

La chica levantó los hombros. Luego hizo una mueca con la boca y, picarescamente, gruñó un ojo a su vecina.

Un ruido de voces que venía del patio cortó la palabra al Director. Las niñas se movieron, inquietas. Una, junto a la ventana, asomó la cabeza al patio. El Director, al oír las voces, quedó perplejo. Luego se dispuso a escuchar, pero, como las voces habían cesado, continuó.

—Es una irrisión— profirió despectivamente— que a esta altura del año ignore una futura maestra lo que es la introducción recapitulativa.

—Será la que *recapitulea*— contestó la negrita con desenfado y riéndose.

Fue una chacota. Todas reían, hablaban, hacían bulla; las más curiosas aprovechaban para asomarse al patio. El Director, furioso, echó de la clase a la negrita y amenazó con suspender a todas por quince días. Había bajado de la cátedra y se paseaba con gesto duro.

De pronto se oyó una algarada descomunal. Primero fueron dos voces que discutían, después ruido de bancos removidos, de voces diversas, y, al fin, un gran silencio.

—Nadie se mueva— ordenó el Director.

Y con aire augusto y justiciero se dirigió acompasadamente al tercer año, donde se había producido el escándalo. Sus discípulas, alborotadas, le siguieron, aunque a cierta distancia. Alumnas de tercer año pasaban corriendo. A las puertas y ventanas de las aulas asomábanse profesores y alumnas.

Cuando el Director llegó al tercer año, la Regente, que le esperaba en la puerta, se adelantó a hablarle. Díjole algo en voz baja, disponiéndose a seguir; pero el Director hizo el gesto de contenerla, y, como indicando que quería verlo todo con sus propios ojos, entró en el aula. El espectáculo que allí presenció era inaudito. La Vice aparecía desmayada, rodeada por las alumnas, que la habían sentado en una silla y le daban aire abanicándola con libros y cuadernos. Todas estaban consternadas. Al entrar la Regente, la miraron con hostilidad.

—Desmayada, señor— decían en voz baja, como si a la Vice, en el estado en que se hallaba, le incomodaran los ruidos.

—Culpa de la Regente— exclamó una, con fastidio.

El Director la fulminó con la mirada, y ya iba a amonestarla cuando entró don Nilamón como un balazo. Venía en cabeza, del aula del cuarto año, donde dictaba una clase en ese momento, y a la que, por quedar en el otro patio, no llegaron los ruidos del escándalo.

—¿Qué demontres pasa aquí?

—Nada, nada de importancia— contestó el Director.

—¿Le parece poco esta pobre mujer desmayada? ¿Qué le han hecho?

Y sin hacer caso del Director, que le miraba iracundo, se dispuso a desabrocharle la bata. En ese momento entró don Nume, a quien Josefina Márquez mandara buscar en coche. Traía un frasquito en la mano. Don Nilamón le arrancó el frasco y lo acomodó a las narices de la desmayada.

Las niñas no cesaban de compadecerla. Le tomaban el pulso, le tocaban la frente, le ponían en las sienes Agua de Colonia. Algunas declaraban su indignación con firmeza. La Regente, sin acercarse, dijo, dirigiéndose al Director:

—Es un desmayo histérico...

Las niñas la miraron con antipatía. Una hizo una mueca desdeñosa; y cierta gordita que se sofocaba abanicando a la Vice, le sacó la lengua. Don Nilamón, ayudado por Josefina Márquez, había desprendido la bata a la desmayada. Se veían, casi hasta la mitad, dos pechos blancos, sin sangre, flácidos, abundantes. El Director volvió la cara con pudibundez, y salió al patio con la Regente.

La desmayada recobraba el sentido. Le dieron agua, que bebió como dormida.

—Es un desmayo histérico, señor— repetía la Regente en el patio y en voz bastante alta como para que todos se enterasen.

Y explicó. Al entrar ella en el tercer año, cuyo curso de Pedagogía, hasta entonces perteneciente a la Vice, debía dictar por resolución superior, quedó asombrada al ver en la cátedra a la Vice, a quien, según disposición reciente, correspondían las matemáticas de primer año. La aludida, después de negarse a cumplir las órdenes directoriales, había bajado enfurecida, descompuesta, de la cátedra, y se había desmayado. Eran nervios, ridiculeces...

La Vice, que oyó estas últimas palabras, volvió a desmayarse con gran alboroto de don Nilamón, que salió al patio y echó de allí a la Regente.

—Aquí soy el médico y mando yo— dijo a la Regente, que parecía esperar órdenes del Director.

Y agregó, guiñando un ojo a los demás profesores, que, agrupados en la puerta del aula, sonreían:

—¡Alguna vez había de ser!

La desmayada volvió otra vez a abrir los ojos. Miraba como asombrada de verse allí, entre tanta gente.

—¿Cómo se halla?— le preguntaron varias niñas.

La vice miró a las que le rodeaban, a don Nilamón, a don Nume, y con voz desfallecida interrogó:

—¿Se ha ido?

Ante la contestación afirmativa dio un gran suspiro, hizo un puchero y se largó a llorar enternecida. Estaba tan espantosa, que don Nilamón no pudo menos que exclamar:

—¡Pucha que queda linda![156]

Cuando la Vice se tranquilizó, el médico quiso saber lo ocurrido. Pero ninguna contestaba, sin duda porque el Director, que se acercaba al grupo, había tocado en el brazo a don Nilamón.

—Déjese de fruncir la jeta, mujer, y cuente lo que pasó — dijo el médico a la Vice, que hacía sus últimas muecas, palmeándole cariñosamente.

—No sé cómo empezar...

Una niña iba a ayudarla en el relato, pero el Director, tocando de nuevo en el brazo a don Nilamón, le dijo muy severo, con autoridad:

—No es éste el lugar para tomar declaraciones ni corresponde al médico esta función...

Y ordenó a la niña que callara.

—¡Sí, usted quiere que todos se callen, que no se sepa nada —exclamó la vice, a punto de llorar— después que esa mujer me ha llamado vieja!

—¿La llamó vieja, nada más?— preguntó el médico.

—¡Vieja de porquería!— masculló la Vice, desatándose en un llanto diluviano.

—No *ez* para tanto, Matilde— decía Urtubey, creyendo consolarla.

El aula estaba llena de profesores. Desde el patio, media Escuela contemplaba la escena. El Director ordenó que todos los cursos ocupasen sus sitios respectivos. Pero debía ser inmediatamente. La alumna que no obedeciese sería expulsada sin más trámite. Las niñas, cabizbajas, se dirigieron a sus aulas.

El Director se encaró luego con los profesores.

—¿Por qué ha abandonado su clase la señora profesora?— preguntó a Josefina Márquez, que era la persona más próxima.

—Adiviné que se trataba de alguna desgracia, y como mis servicios podían ser útiles...

Urtubey, en cuanto vio que el Director interrogaba a los profesores, se escabulló sin ser sentido. María Ramos le soltó una de sus frescas al Director, y don Nilamón, diciendo que las clases habían concluido, se llevó tras sí a todos los profesores. La Vice quedó rezagada, y el Director pretendió interrogarla inmediatamente, dejando constancia escrita de sus palabras. Pero Josefina contestó que era una crueldad, pues la pobre mujer no se hallaba en estado de responder. Necesitaba recostarse, tomar algún calmante. Y sin hacer caso del Director, abandonaron la escuela.

En la calle el sol abrasaba. Casi todas las profesoras acompañaban a la Vice,

---

156. **¡Pucha que queda linda!**: "Pucha" es una interjección para expresar una emoción intensa, como de sorpresa. Es una forma eufemística de "puta".

y en el camino detenían a los conocidos para referirles el escándalo. Llenaban de improperios a la Regente, cuya actitud agravábase a medida que las profesoras avanzaban en su camino. A don Sofanor le dijeron que la Regente amenazó a la Vice con una regla, y al Rector del Colegio, a quien vieron casi en el término de su camino, que la había herido en la cabeza. Frente a la casa de la Vice encontraron a Palmarín. Venía de dar su clase de francés, con la gramática bajo el brazo, caminando con sus cachaza habitual. Lo llamaron, y él, sonriendo de oreja a oreja, cruzó la calle con toda calma. Las mujeres se desesperaban.

—Apúrese, Palmarín; hay novedades —gritó Josefina.

—¿Qué pasa?

—¡Una infamia, una canallada!— rugió la Vice con pasión. Josefina y la Vice lo contaron todo tumultuosamente, hablando las dos a un tiempo. Palmarín, sin poder contenerse en sus ganas de reír, exclamaba frases de indignación.

—¿De modo que ha sido una canallada?

—¡Una chanchada!— precisó la Vice, que empezó a mover la cabeza de arriba abajo y suspirar, mientras los ojos se le llenaban de lágrimas.

—Pero, total: ¿qué le dijo?

—La maltrató, Palmarín, la llenó de insultos— contestó Josefina.

—¡Vieja, Palmarón, vieja de porquería!— exclamó la Vice a punto de soltar el llanto.

Palmarín volvió la cara, con el pretexto de escupir, para reír disimuladamente.

—Hay que hacer algo, Palmarín. A ver usted, que es hombre. Palmarín, ante esta invocación a su hombría, se puso gravemente pensativo, como si sobre él recayera la responsabilidad de la solución. Las mujeres le miraban impacientes.

—Piense, Palmarín, rogaba la Vice.

—¡Una idea!— exclamó por fin el hombre, golpeándose la frente.

Era una idea genial. Su rostro, iluminado de satisfacción, sonreía, como ante la perspectiva de un placer delicioso. Las mujeres esperaban con ansiedad.

—Haremos un mitin!

—¿Qué es eso?— preguntó la Vice.

—Una manifestación pública, en desagravio a la sociedad ofendida, en protesta ante los desmanes del Torquemada pedagógico.[157]

Ya tenía su plan. Se convocaría al pueblo, se rogaría su asistencia a los padres de familia. Habría bombas, discursos. El se encargaría de todo. Y si después de tanto estruendo no mandaban un inspector y el inspector no salía convencido, era cosa de no creer en Dios.

—Eso no, Palmarín, no diga eso, que Dios lo puede castigar.

---

157. **Torquemada pedagógico**: Referencia a Tomás de Torquemada (1420-1498), Inquisidor General de España, notorio por la magnitud de su represión y crueldad.

—Claro, ¡Dios qué tiene que ver!— exclamó Josefina.

—Bueno, si ustedes quieren, dejemos a Dios tranquilo.

Palmarín se despidió y, rumiando su gigantesco plan, se alejó pomposamente.

Cuando la Vice llegó con Josefina a su casa, se arrojó en un sofá.

—¡Josefina!

—¿Qué te pasa?

—¡Vieja, vieja de porquería!

Y soltó el llanto otra vez.

Esa misma tarde, antes de ir a la escuela, Josefina y María Ramos vieron a todos los profesores y maestros, uno por uno, salvo a Urtubey y a la Regente, para que firmaran un largo telegrama dirigido al ministro de Instrucción Pública. Nadie se negó a dar su nombre, pero más de uno se negó a dar el dinero. El telegrama era largo, pues se relataba el suceso minuciosamente, y correspondía a cada profesor una cuota de dos pesos. Encabezaba las firmas don Nilamón.

Don Eulalio no estaba en su casa. Su señora fue quien recibió a las comisionadas. La señora de don Eulalio era flaca, de rostro avinagrado, y tenía esa expresión de desconsuelo tan común en los enfermos del estómago. Era devota y tacaña. En su casa apenas se comía. Había que ahorrar, la plata no era para gastarla. A don Eulalio no le daba sino lo necesario para fumar y tomar alguna copita de cuando en cuando; su largueza para con él no pasaba de cinco pesos cada domingo. Pero don Eulalio se desquitaba en sus famosos viajes a Buenos Aires.

—No tengo inconveniente en que Eulalio firme.

Josefina incluyó su nombre en la lista.

Hablaron dos o tres palabras. María Ramos aseguró que tenían mucha prisa y se levantaron para despedirse.

—La contribución es de dos pesos— dijo Josefina, viendo que no se lo preguntaban.

—¿Qué contribución?

—Por el telegrama, señora...

—¡Ah!

La mujer de don Eulalio suspiró. Se sentó, se arregló la falda, miró al suelo con rostro afligido y volvió a suspirar.

—Nosotros no podemos— dijo resignadamente.

—Pero, señora, dos pesos nada más...

—Y se trata del interés de todos— agregó María Ramos.

—Ya sé, pero no podemos. ¡Tenemos tantos gastos!

No se acababa de gastar plata. Ayer fue una misa a San Francisco Solano por una gracia que le hiciera; la semana anterior pagó dos meses de la cofradía de las Animas; ese día era el aniversario de la muerte de su único hijo y mandó velas a la Matriz. En fin, que las dos cátedras de don Eulalio no daban abasto.

—Lo que les digo; no se acaba de gastar plata— resumió, como suponiendo que alguna vez se acabaría de gastar plata y entonces vivirían de balde.

Josefina, fastidiada, se levantó. María estaba tentada de reírse.

Sentimos mucho que tenga tantos gastos, señora— dijo María—. Si no, ya sabemos que su proverbial generosidad nos hubiera ayudado.

Josefina le tendió la mano secamente. Las dos salieron rabiando.

Raselda recibió al atardecer la visita de las recolectantes.

Cuando Plácida, que para cuidar mejor a Mama Rosa había reemplazado a la única sirvienta de la casa, vino a anunciarle que estaban María y Josefina, no supo qué pensar: Temió que fuese alguna noticia desagradable y entró inquieta en la sala, interrogándolas con los ojos. Cuando le contaron lo ocurrido, sintió cierto alivio y hasta se alegró de ese escándalo, pensando en que la gente no se ocuparía ya de ella.

—Yo no sé si me convendrá firmar...

—¡Pero no te ha de convenir, por Dios— exclamó María—, si has sido la primera víctima!

Y agregó, mirando cómo Raselda se ponía colorada:

—Y te han calumniado, además...

Salieron. La ventana de Urtubey estaba abierta y el profesor, hojeando un libro, miraba hacia la calle.

—¿No quiere firmar usted también?— le gritó María.

Josefina le dio un codazo. Pero María cruzó la acera y le explicó. Urtubey dijo que esas cosas eran muy graves, que había que meditarlas. El no era partidario de las soluciones violentas.

—Lo mejor— dijo María con sorna— será que resuelva el Director.

—*Ez* claro— contestó Urtubey, con su buena fe habitual.

Raselda quedó triste. Las palabras de María Ramos renovaron sus penas. ¡La habían calumniado! Era cierto. El Director la suponía en relaciones inconfesables con Solís. Ella lo había olvidado demasiado pronto, y hasta pensó una vez que el Director era un hombre bueno. ¿Y por qué la calumniaban? ¿Qué mal hacía ella a nadie? ¿Acaso Solís— estaba segura— no se iba a casar con ella en cuanto lo nombraran profesor? ¿Qué mal había en besarse? ¿No se querían acaso? ¿No era ella libre?

El telegrama se había llenado de firmas. Ocupaba tres páginas y estaba redactado en forma viril y concisa. Era obra de don Nilamón. La Vice, por su parte, aconsejada por Josefina y María Ramos, había hecho un telegrama al ministro pidiendo "garantías como profesora".

El desmayo de la Vice fue el tema de las conversaciones durante varios días. Todo el mundo culpaba a Albarenque y clamaba por la venida de un inspector serio e imparcial, que librase a la ciudad del hombre calamitoso. Los desaforados reuníanse en la confitería y se pasaban el día y la noche comentando los sucesos y tratando de adivinar la impresión que en el Ministerio iban a causar. Las clases quedaron suspendidas. La mayor parte de los profesores llegaban retrasados y se retiraban antes de hora. Ni ellos ni las alumnas abrían los libros.

Solís firmó también el telegrama, y por su cuenta hizo uno a Reina y otro a un alto empleado del Ministerio denunciando el escándalo y rogándoles que preparasen el ambiente en contra del Director. A Solís le apasionaban ahora los asuntos de la Escuela. No sólo había acabado por odiar al Director, sino que, al preocuparse de aquellos enredos, sentía como si algo se aclarase en su inteligencia. Estaba obsesionado por Raselda y le molestaba aquel pensar continuo que no le conducía a ningún fin. ¡Ah, si pudiera dar por terminada su aventura!

Al día siguiente del suceso, a las cinco de la tarde, Solís bajaba de su cuarto cuando encontró a Gabriel Quiroga.

—¿Usted por acá?

—He llegado ahora de Catamarca.

Ocuparon una mesa en la acera de la confitería.

La esquina de la plaza, frente a la confitería, presentaba un aspecto inusitado. Grupos de gentes se reunían: muchachos del pueblo; algunos pobres diablos que permanecían clavados como postes, mirando embobados a la gente de la confitería; alumnos del Colegio Nacional; una que otra persona adulta y bien vestida. Reventaban bombas y su estrépito formidable estremecía la provinciana quietud. Un muchacho vendía *El Constitucional*. Palmarín iba de un lado a otro, animando a la gente, ordenando cada disparo de bomba, rogando a los de la confitería para que se incorporasen.

Araujo sentóse junto a Quiroga y Solís. Como Quiroga ignoraba el escándalo de la Escuela, Araujo le enteró. La reunión que presenciaban era el mitin organizado por los padres de familia para pedir la destitución de las autoridades de la Escuela y la venida de un inspector.

—Pero, ¿y dónde están los padres de familia?— indagó el forastero.

—Son éstos— contestó Araujo muy serio, señalando a los muchachos que llenaban la acera de la confitería y el correspondiente trozo de calle.

Quiroga sonrió, pero, deseando informarse, quiso saber si los padres de familia apoyaban el mitin.

—Lo aprueban con entusiasmo— exclamó Palmarín acercándose.

—Es decir, con el entusiasmo relativo de que somos capaces— comentó Araujo.

Y agregó:

—A nosotros sólo el alcohol es capaz de animarnos, de conducirnos de algo grande, en bien o en mal, se entiende.

—¿De modo que, según usted, la salvación de estos pueblos está en el alcohol?— preguntó Quiroga.

—Sí, señor. Estos pueblos de fondo quichua son incapaces de todo cuando no están borrachos.

—Y los padres de familia, ¿por qué no vienen al mitin?

—No vienen, dirán ellos, porque no vienen, no más. Por desidia.

La manifestación comenzó a formarse. Palmarín hizo colocar en filas a los muchachos y, con el sombrero en la nuca y el bastón en el aire, abría la boca descomunalmente y lanzaba diversos gritos:

—¡Orden, señores!

—En filas de a cinco.

—¡Mueran los malos pastores!

—¡Abajo el gobierno!

Una murga desafinó infamemente un paso doble. Algunas personas que se hallaban en la plaza y en la confitería formaron la cabeza de la columna. Entre ellos estaban don Eulalio, don Emerenciano, Zoilo Cabanillas y Pedro Molina.

—¡Abajo el Director del "colegio" normal!— vociferaban los muchachos— . ¡Que renuncie! ¡Muera el Director!

—¡Vengan, hombre! —Gritaba Zoilo a Solís, Araujo y Quiroga.

Se levantaron y siguieron la manifestación, que ya se movía. Eran más de cien personas, la mitad descalzas. Arrastraban los pies y marchaban sin saber adónde iban. Las bombas atronaban el aire, sobresaltando a los manifestantes. Algunos, despertados por las bombas, se ponían a dar vivas y mueras. En la esquina de la plaza, un maestro de escuela provincial, con el sombrero al aire, exclamó: "¡Viva la escuela libre!" Y junto a un espeso naranjo una voz rugió coléricamente: "¡Abajo el clero!" La murga[158] tocaba la marcha de San Lorenzo. El cornetín enmohecido, el pistón, el bombo y los platillos formaban una música desconcertante. Salían sonidos chillones e inarmónicos. Palmarín, cada tres pasos, se erguía y, con el sombrero en la mano, lanzaba estrepitosos mueras al Director, y al gobierno. A las dos cuadras, los manifestantes, cansados de gritas, enmudecieron.

Llegaron por fin a la plaza Nueve de Julio. Hubo dos o tres mueras y nada más. Palmarín gritaba como un loco y recorría los grupos para incitarlos al entusiasmo. Los muchachos del colegio se reían y los hombres del pueblo, mandados por Araujo, que era medio caudillo, miraban con sonrisa estúpida, sin comprender.

—¡Pero no sean opilingos!— vociferaba Palmarín.

—Necesitan alcohol— exclamó Araujo.

En este momento llegaron al centro de la plaza. Palmarín subió a un kiosco donde tocaba la banda de música, y pronunció un discurso que hizo

---

158. **Murga**: Banda de músicos callejeros.

desternillar de risa a la concurrencia. Los gritos y los aplausos fueron ahogados por un valsecito de la murga. Luego subió el maestro de escuela provincial. Para él todo era cuestión de clericalismo. Ese era el mal de la sociedad presente. Había que arriar con[159] "esos parásitos" que eran los curas. La sociedad no progresaría mientras no abatiese "la inmunda sotana del orgullo fraile". Algunos manifestantes, que conocían el liberalismo pedagógico del Director, miraban absortos al maestro primario. Hubo dos o tres aplausos aislados. La gente empezaba a aburrirse. Entonces subió al kiosco don Emerenciano. Condenó los conflictos en la Escuela con frase sobria y enérgica. No carecía de ideas, y se expresaba con rara facilidad de palabra.

—Este hombre demuestra talento— dijo Quiroga.

—No, señor— interrumpió Araujo—. Es que está borracho como de costumbre. Ahí tiene un ejemplo de lo que puede el alcohol en estos pueblos.

La manifestación se dispersó. Algunos llevaban en el sombrero las bandas de papel arrojadas por Palmarín y en las que se pedía la renuncia del Director.

—¿Qué les ha parecido?— preguntó Palmarín, acercándose a sus amigos.

Quiroga y Solís lo felicitaron por el discurso. El dijo que se dejaran de "macanear".[160] Todo no era sino por matar el tiempo.

—Ahí tiene usted— exclamó Araujo— el supremo ideal de estos pueblos: matar el tiempo. Aquí se hace todo, hasta los hijos, por matar el tiempo.

—Puede ser un gran impulsor de energías ese ideal— dijo Quiroga.

—No, porque todos eligen el modo más fácil de matarlo, que es jugar a la baraja o hablar de política.

En la confitería se comentó inagotablemente la manifestación. Los juicios eran más bien optimistas, y *El Constitucional* del día siguiente afirmó que pocas veces había contemplado la ciudad de La Rioja "tan valioso concurso de opinión".

Cuatro días más tarde, el seis de octubre, apareció un inspector.

Nadie lo esperaba y su llegada cayó como una bomba. Era un hombre como de cuarenta años, muy alto, simpático. Se llamaba Olazcoaga. Llevaba largos bigotes y tenía expresión suave. El Director, al saber su llegada, tuvo un disgusto. Pero mostróse con él amabilísimo.

—Me alegro verdaderamente que haya venido el señor inspector— dijo Albarenque mientras recorrían las aulas.

En la Escuela había dos o tres personas intrigantes que pretendían imponérsele. La culpa de todo estaba en el Ministerio, en ministerios anteriores, que anularon su autoridad muchas veces. En cierta ocasión suspende él a una profesora, la señora de Márquez. Ella se dirige al Ministerio y el Ministerio levanta la suspensión. Cosas análogas sucedían continuamente. Por todo ello, la autoridad directorial estaba muy debilitada. Era preciso robustecerla, pues de otro modo la escuela llegaría a ser un desquicio.

---

159. **Arriar con**: Librarse de, acabar con.
160. **Macanear**: Bromear.

Olazcoaga, sonriente, le atendía como quien oye llover. Pero después de visitar las aulas, al entrar en la dirección, quiso saber lo ocurrido con la Vicedirectora. Albarenque se manifestó asombrado. Era un incidente nimio, vulgar. Pero como Olazcoaga insistiera, el Director repitió sus quejas contra "la camarilla"[161]. Eran unos intrigantes y rebeldes. Bastaría para dominarlos con que el Ministerio le concediese a él ciertas facultades.

—Pero en definitiva, señor, ¿qué ha sucedido?

El Director empezó a explicar con desesperante minuciosidad el fracaso de Raselda, una niña sin preparación, ni temperamento de maestra. La señorita Regente, eximia profesora, había tenido demasiada paciencia con esa maestra. Además, se hablaba de ella; estaba en relaciones con un maestro de la escuela de varones. Solían verse en cierta casa donde él vivía. Una noche...

—Permítame— exclamó el inspector impaciente.— Pero no es éste el asunto que me ha traído. Yo quiero saber lo que ha ocurrido hace pocos días. Ha habido una escena entre profesores, una manifestación, ¡qué sé yo!

—Lo que ha habido no es más que esto. Como le decía, la señorita Raselda Gómez está en relaciones con el señor Solís. Este, una noche, después de ciertas orgías vergonzosas, salió a dar serenatas.

El inspector golpeaba el suelo con el bastón.

—Llamé a dicho señor Solís y lo apercibí. A consecuencia de esto, el tal Solís empezó contra mí una campaña de difamación.

—Le ruego, señor que deje a un lado estos detalles.

—Es que necesito, señor inspector, ponerlo en antecedentes. Aquí hay una camarilla indisciplinada que pretende...

—¿Por qué se desmayó la Vicedirectora?— interrumpió amoscado el inspector.

—Le explicaré. Hace como dos años...

—No me importa saber lo que pasó hace dos años. Cuénteme usted lo del primero de octubre.

El Director no tuvo más remedio que contar. Refirió con mil detalles la situación de la Vice en la escuela; su determinación de que ella dictase tal cátedra; la actitud "rebelde" de la mujer. Y al llegar a la escena con la Regente, declaraba no conocer bien lo sucedido. La señorita Vicedirectora era una mujer nerviosa, muy excitable.

—¿Y la manifestación?

—La camarilla de la escuela me combate en todas formas, ayudada por los muchachos del Colegio Nacional. Hay por ahí un mozalbete, una persona soez e inculta, que, con motivo del llamado incidente, organizó una manifestación de protesta.

Pero había sido una vergüenza. Invitaron a los padres de familia, pegaron papeluchos en las esquinas. Y no acudieron sino algunos borrachos, gentes de los más bajos fondos sociales y algunos alumnos del colegio.

---

161. Camarilla: El grupo rebelde.

—Un ebrio consuetidinario, señor inspector, se permitió insultar a la Escuela.

—Está bien— dijo el inspector.

Y continuó mirando el reloj:

—Esta tarde comenzaremos el sumario.

—¿El sumario?— preguntó sorprendido el Director.

—Sí, señor, no he venido a otra cosa.

—Pero me parece que después de mis declaraciones...

—Sus declaraciones no pueden bastarme— dijo Olazcoaga, sonriendo—. Yo necesito conocer la opinión de los maestros y profesores, averiguar los hechos en toda su exactitud.

El Director se puso serio. Pensó que las declaraciones del personal le serían enteramente desfavorables.

—Pero el señor inspector no puede, no debe, dar crédito a las calumnias de mis enemigos.

El inspector le expresó que él sería la justicia misma y no admitiría calumnias de ninguna especie. Pero el sumario era indispensable, no sólo para aclarar el incidente último, sino también para averiguar lo que había de cierto en el malestar de la escuela.

—¿Malestar, señor?

—Lo dijo usted mismo. ¿No me aseguró que aquí se conspiraba?

El Director hizo un gesto de desagrado.

Luego hablaron de temas indiferentes. Olazcoaga se mostró muy afable para borrar la impresión de dureza que podía haber causado al Director.

A la una en punto el inspector estaba otra vez en la Escuela. Escribió él mismo las preguntas del interrogatorio, instalado en el despacho del Director, a quien llamó primero. Después tocó el turno a la Vice, que lloriqueó; lo que ella pedía era que no la trasladaran.

—¿Dice usted que la Regente la insultó?— preguntó el inspector, mojando la lapicera.

—Me insultó, sí señor.

—¿Y puedo saber qué insultos eran éstos?

El inspector escribió, sonriendo. La había llamado "vieja de porquería".

La declaración de la Regente era llena de reticencias. Ella casi nada sabía y decía todo a medias. Luego vinieron varias maestras y algunas de las alumnas que presenciaron la escena. Las chicas, al verse solas con el inspector, se ruborizaban. Olazcoaga era amable con ellas y, atusándose sus largos bigotes descoloridos, les decía cosas galantes.

Eran las seis de la tarde cuando acabaron los interrogatorios. Quedaban aún varios para el día siguiente. El Director invitó para pasear en carruaje a Olazcoaga, que rehusó. Tenía que hacer algunas visitas, solicitar ciertos informes. En la confitería, Olazcoaga se encontró con Solís, a quien había conocido en el ministerio. Solís le presentó a Miguel Araujo.

—El amigo Solís— expresó el inspector— parece que se ha dedicado a la mala vida.

—El señor— dijo Solís, señalando a Araujo— es mi compañero de infames orgías.

Todos se rieron. Solís y Araujo enteraron del asunto a Olazcoaga.

Olazcoaga no estaba mal impresionado de la Escuela y del Director. Consideraba a Albarenque como persona seria y bien intencionada, y pensaba que si los profesores le combatían era sin duda a causa de sus minuciosas exigencias; en cuanto al incidente, parecía una simple pelea de mujeres. Pero Araujo y Solís le dijeron tales cosas del Director que Olazcoaga empezó a convencerse de que estaba equivocado. Esa misma tarde conoció a la mayoría de los profesores. Todos hablaban pestes de Albarenque.

—Pero, ¿Por qué no han dicho todo eso las maestras que he interrogado hoy?

—Temen comprometerse, perder el puesto— contestó Solís.

A la noche, Olazcoaga hizo dos visitas. Primeramente fue a la casa de las Gancedo. Clemencia no defendió al Director, sospechando que el hombre se hallase en mal terreno. Atacó a Raselda, sin nombrar a Solís, y pidió el grado para su hermana Benita, que reemplazaba a Raselda en su licencia de un mes.

Más tarde visitó a Josefina Márquez. En su casa estaban María Ramos, Cabanillas, y los desaforados y desaforadas más eminentes.

—¡Usted es el salvador de La Rioja!— decían las mujeres al inspector, que sonreía satisfecho de verse convertido en personaje.

El sumario duró seis días. Olazcoaga recibió innumerables denuncias. Desde el vicegobernador, que la mandó llamar a su casa para quejarse de la Regente, hasta el portero de la Escuela, que refirió infinitas arbitrariedades cometidas contra él por el Director, toda la población —era el efecto que le hacía a Olazcoaga— le llevó sus acusaciones. Una maestrita del jardín de infantes, que se había pintado un lunar en la mejilla, creyó necesario acompañar sus quejas con miraditas y sonrisas. Un comisario de policía, hombre lúgubre, cuya hija había sido expulsada por faltas "contra la moral", anunció que él haría justicia si el Ministerio no destituía al Director. La falta de su hija consistía, según el Director, en hablar con su novio, a la noche, por las rejas de la ventana. Pero era una vil calumnia. Y en una esquina, frente a Olazcoaga que le escuchaba sonriente, con el bastón en lo alto, la voz lacrimosa, el hombre invocó a sus antepasados, rugió contra la maldad humana y llamó a la confitería "antro de calumniadores" donde se reunía "la podre de la sociedad".

V

El domingo, después de almorzar, Solís, fatigado, se preparaba para dormir la siesta. Medio desnudo se arrojó sobre la cama, pero el calor le impedía cerrar los ojos. Era un calor seco, aplastante. A veces, casi ahogado por la falta de aire, salía al balcón que daba sobre el patio. Desde allí veía los tejados de las casas vecinas. Sentíase una calma espesa, presagio de tormenta. Venían ráfagas de viento norte, lentas y ardientes. Las paredes, las tejas, los árboles, despedían chispas de luz. Los cerros habían cobrado un color ocre intenso, y una bruma terrosa, apenas azulada, se anteponía a las montañas como un telón de gasas viejas. Las nubes formaban inmensos bloques grises.

Solís comenzaba a dormirse cuando, hacia las cinco, la despertaron voces en el cuarto.

—¿Qué dice, amigo? Levántese, hombre...

Y con un dedo le pinchaban el cuerpo. Solís, malhumorado, se refregaba los ojos.

—¿Ah, es usté? Pero hombre, qué modo de despertar. ¿Y cuándo llegó?

Pérez había llegado esa mañana. Vestía de luto riguroso, en traje de invierno.

—¿Y eso qué significa?

—Mi... mi her... mano...

—No sabía, hombre, lo siento mucho— interrumpió Solís.

Y agregó, examinando el traje de Pérez, con ojos espantados.

—¿Y va a andar con ese traje, Pérez? ¡Se va a cocinar, hombre! Si da miedo mirarlo.

—Y... en Buenos Aires hacía frío.

—¡Qué delicia! —exclamó Solís levantando al techo los ojos.

Hablaron de Buenos Aires, del calor, de los asuntos de la Escuela, que Pérez ya conocía por doña Críspula.

—Vístase, hombre, y vamos a pasear en coche.

Solís comenzó a lavarse y a vestirse. Pérez se quitó el saco y el cuello, declarando que no podía más. Era aquella una temperatura horrenda, un calor patriótico y nacionalista capaz de repeler los más formidables contingentes de inmigración.

—Con este calor, La Rioja estará siempre libre de los avances del exotismo. ¡Admirable país!

Se paseaba por el cuarto, abanicándose con un cuaderno de Solís. De pronto agarró de un brazo a un amigo, que con la cara entre las manos, se lavaba encorvado sobre la palangana.

—¡Pero, hombre!— exclamó Solís dando media vuelta indignado, con las manos y la cara chorreando agua.

—Mi...re eso...

Pérez señalaba el candelero. La vela de estearina se doblaba por el calor hasta tocar con la punta el mármol de la mesa de noche. Los dos se quedaron contemplándola. Pérez la enderezó y se sentó enfrente para mirar cómo se doblaba de nuevo.

Cuando Solís estuvo arreglado bajaron a la confitería. Llamaron un coche. Varios individuos, que estaban en la puerta, acercáronse a Pérez y le saludaron con abrazos y palmoteos. Pérez se trepó a la victoria sin invitarlos, y ellos quedaron melancólicos.

El coche se dirigió a las afueras. La temperatura era allí más soportable y en los senderos de arbustos corrían ráfagas casi frescas. La naturaleza parecía hallarse en un instante de transición, en espera de algún acontecimiento.

—¿Y por qué dejó la casa, che, Solís? Sea franco.

—Estaba harto de tanta curiosidad.

Aquella gente le fastidiaba ya. ¿La quería a Raselda. ¿No la quería? ¿Por qué no se decidía? ¡Al demonio con las mujeres ésas! Lo tuvieron loco. Al principio, con buen fin, claro está, le metían la muchacha por los ojos, "le hacían la cama". Pero después les entró por sospechar no sabía qué y todo se volvió averiguaciones.

—Usté sabe, Pérez; a usté mismo lo han enloquecido a preguntas.

—¡Son colosales!— profirió Pérez, hundiéndose en el asiento y colocando los pies a la altura del pescante.

Luego sacó dos enormes cigarros habanos y ofreció uno a Solís.

—¡Ah! — exclamó el músico chupando el cigarro para encenderlo.

—¿No sabe una cosa?

—No.

—Fue antes de irme, hombre, hace como veinte días.

Explicó. Doña Críspula, una mañana, entró en su cuarto con mucho misterio. El leía, todavía en la cama. La señora dijo que ella no podía consentir las cosas que pasaban; era preciso tomar alguna resolución, evitar el escándalo que "se venía encima". El la miró asombrado. ¿De qué diablos hablaba doña Críspula? ¿Habría descubierto sus intermitentes relaciones con Candelaria? Y como doña Críspula parecía reconvenirle, aceptó la hipótesis. El le pidió disculpas, asegurándole que nadie sabía nada, que no tenía el menor interés en Candelaria. Doña Críspula se rió con ganas. ¿Pero entonces? le preguntó él. ¿De qué se trataba?

—¡Se trataba de usté, mi amigo! Doña Críspula quería casarlo y me daba consejos a mí.

—¿Y qué le habló de mí doña Críspula?

—Me rogó que lo aconsejara.

Según ella, Solís gustaba de Raselda pero sin buenas intenciones. Lo que la intranquilizaba era que la muchacha estuviese tan enamorada y que la gente hablara ya de deslices y de citas nocturnas. Ella no creía, pero temblaba de pensar que las cosas siguiesen tal dirección. ¿Por qué él, Pérez, no aconsejaba a su amigo? Podía decirle que Raselda era una excelente niña, que haría un buen casamiento. Si no se casaban ¡como quedaba ella, doña Críspula, ante la gente! ¿Y si hubiera un escándalo? Lo menos que dirían las Gancedo— ¡esas lenguas largas!— sería que ella era una celestina. Y doña Críspula se sofocaba pensando en que pudieran atribuirle tan clásicas inclinaciones.

—Y usté, ¿qué le dijo, Pérez?

—Yo le contesté que no me metía en ese berenjenal y que además era partidario del amor libre.

El coche dobló un recodo del camino y apareció un cerro tempestuoso y trágico. Semejaba una joroba de camello; a ambos lados, una luz blanquísima y brillante recordaba la plata líquida. Sobre el cerro, la luz adquiría colores extraños y violentos hasta desaparecer bajo la mole pesada de las nubes intensamente grises. Era un cuadro de inquietud, en el que la naturaleza parecía atormentada por milenarias angustias.

Bajaron del coche para mirar el paisaje. Las nubes se iban poniendo color tinta. Hacia otra parte del cielo, relampagueaba y tronaba. La tierra quemaba los pies. Cayeron con pesadez algunas gotas de agua,. Solís manifestó su satisfacción.

—No se alegre mucho— dijo Pérez—. Aquí truena todo un día y no caen sino gotitas.

Y agregó, subiendo al coche:

—El cielo sabe lo que hace, ¡qué diablos! No manda agua porque no se precisa. ¡Nadie se baña!

Dieron algunas vueltas por las calles. El cochero les llevaba por donde quería. De pronto pasaron frente a Raselda, que, pensativamente, acodábase en el balcón. Solís, distraído con la charla, no la había visto. Pérez se la advirtió con un codazo, pero en el instante mismo de enfrentarla. Solís tuvo que volverse para contestar a su saludo.

—¿Sabe que está linda?— dijo Solís.

—¡Número uno!— exclamó Pérez—. Y lo sigue mirando, fíjese— agregó, después de haberse vuelto.

Solís miró de nuevo hacia atrás y vio a Raselda que lo seguía con los ojos. Hablaron de ella. Había adelgazado y tenía un aire melancólico que la aristocratizaba. Pérez lamentó que Solís no continuara esa aventura. Raselda era una de las muchachas más bonitas de La Rioja y, como nadie lo ignoraba, "se deshacía" por él. Pero Solís declaró que no era capaz de aprovecharse.

—¡Pero, qué aprovecharse amigo! Y ella ¿no aprovecharía también?.

Había que dejarse de prejuicios. El amor no era un mal para nadie, ni un pecado. Había que imponer al mundo el derecho a amarse libremente. El no comprendía cómo Solís, un verdadero liberal, pudiese tener esos prejuicios de sacristía.

—No son prejuicios; más bien diga usted que es miedo.

—¿Miedo a qué, a quién?— exclamó Pérez, olvidándose de aquella vez que le amenazaron con un revolver si no se casaba.

—Miedo a la sociedad, a la gente ¿Le parece poco?

No había tiranía peor. La gente nos obligaba a vivir según sus deseos. ¿La libertad? No existía. En el hecho éramos esclavos del que dirán, de conceptos morales que tal vez la misma sociedad consideraba malos o ridículos. Además, el Estado también tenía su moral. ¿Había algo más estúpido? Se consideraba absurdo que el Estado tuviese religión y se admitía que tuviese moral.

—Lo que no veo claro es en qué forma ejercita el Estado su moral.
—¿En qué forma? Tenga usté amores con una maestra y lo dejan sin su puesto junto con la maestra. Vaya usté con sus amores a otra parte. El Estado es un puritano insoportable.

Solís siguió maltratando al Estado, y el coche, mientras tanto, pasaba y repasaba frente a la casa de Raselda. La maestra le miraba profunda, largamente, poniendo toda el alma en sus ojos. Solís se volvía a cada instante, mientras el coche se alejaba.

Los ojos de Raselda, la conversación con Pérez, habían exaltado a Solís. En este momento, se consideraba enamorado y sentía deseos de desafiar a la sociedad, realizando su libre amor.

Cambiaron de conversación varias veces, pero Solís no abandonaba sus preocupaciones. Pérez habló del mitin. Sentía no haber estado; fue algo magnífico, según lo dijeron.

—Cuatro gatos— contestó Solís.

Pérez supo los pormenores por los telegramas de los diarios. Y él hizo publicar un artículo en El Conservador de Buenos Aires. Había sido soberbio: más de mil manifestantes. Un entusiasmo loco. Se cantó la Marsellesa[162], hubo discursos candentes. Jamás se vio en La Rioja un entusiasmo igual.

—¿Más de mil? ¡Qué bárbaro! Ni a cien alcanzaban.
—Es lo mismo— decía Pérez.
—Por lo visto, a usté no le inquieta un cero más o menos.
—Psh, claro que no. Además, la mentira en este caso tiene un valor ético superior a la verdad —dijo el músico, tartajeando.
—¡Está filósofo el maestro Pérez!— profirió Solís.
—Usté me ha contagiado. Además el calor facilita la secreción de las ideas.

Iba oscureciendo. El calor era cada vez más pesado. En el preciso momento en que bajaban frente a la confitería, sopló un viento huracanado. La gente corría y se entraba en las puertas de las casas. Las mesitas de la acera quedaron solas; todo el mundo se guareció en el zaguán. "Mal viento, es el zonda"[163], decían algunos.

Solís y Pérez se metieron en la confitería. En seguida se les acercó un individuo que Solís conocía apenas: alto, desairado, calmoso, de bigotes cortos y finos. Tenía siempre inclinada la cabeza, con aire tierno.

El individuo los saludó como si los conociera desde toda la vida.

—¿No quiere sentarse, señor?
—¿Eh?... No... Este... io venía... éste... para nada... éste... no vale la pena...

Venía con el fin de invitar al inspector, a Solís y a Quiroga, para una tertulia

---

162. **La Marsellesa**: El himno nacional de Francia.
163. **Zonda**: Un viento muy caliente procedente del norte.

que el martes 12 de octubre daba en su casa en honor de Olazcoaga. Como Quiroga y el inspector no estaban, les pedía que se lo dijesen.

Todo esto lo habló apoyando una mano sobre el hombro de Solís, con quien cambiaba por primera vez algunas palabras. Solís aceptó la invitación y se encargó de hablar con Quiroga y con Olazcoaga.

El individuo, sin sentarse, pinchó una aceituna de las que, para Solís y Pérez, que tomaban vermut, había puesto el mozo sobre la mesita, y se la echó en la boca.

—Bueno… dijo, mascando la aceituna— Este… me voy entonces… Hasta más ver, señores…

Cuando el individuo se fue, Solís preguntó a Pérez:

—¿Quién es este bicho?

—Es Gamaliel Frutos, hombre: cuñado de las Gancedo.

Solís se extrañó de que las Gancedo le invitasen. Porque tal invitación no podía ser sino obra de ellas. Gamaliel era apenas un sirviente de sus cuñadas. Pérez certificó que, en efecto, era raro. Algún fin se proponían.

—Pero irá, ¿no?— agregó.

—Claro, ¡no faltaba más!

Esa noche Pérez se quedó a comer con solís. Se les reunieron Olascoaga y Quiroga; los cuatro ocuparon una mesa, en el fondo del patio. La temperatura había mejorado y allí, bajo el parral, casi no se sentía el calor.

Apenas comenzaron a comer se oyó una música de arpa. En seguida arrancó una voz, pastosa y doliente, que cantaba un "triste". Era un ciego que solía animar las comidas del hotel con su vieja y arruinada arpa criolla. La voz del ciego, cantando aquellas tonadas que evocaban el desierto, la soledad, la tristeza gaucha, se difundía bajo el cielo como en su propio ambiente. Sus músicas cobraban en aquel sitio un gran encanto poético. No eran para ser cantadas en una sala, en las ciudades populosas y fabriles, sino al aire libre, aromado, voluptuoso, de las cálidas noches de provincia.

Gabriel Quiroga, que se extasiara, declaró, al callar el ciego, que sólo por oír tales cosas viviría en La Rioja. Había viajado mucho; había recorrido Europa, conocía algunas regiones de Africa, de Asia. En todas partes le interesaron las músicas populares. Había oído a los nómadas poetas cabilas, a los cantores moriscos, a los versolaris vascongados. Conocía los aires populares noruegos que inspiraron a Grieg, las canciones alemanas, las escocesas. Y bien, nada había tan bello como la música argentina.

—¿Y la española?— preguntó Solís.

—La música española es alegre— dijo el inspector muy sonriente, como sintiendo el efecto de aquella música.

—Ese es un error muy común— objetó Quiroga.

La música española tenía color, no alegría. Era áspera, un poco salvaje. No podía ser comparada con la música argentina, profunda y doliente. Algunos "tristes", "huanitos"[164] y "yaravíes"[165] del norte eran de un dolor tan angustioso, tan atormentado, tan religioso como el de ciertas páginas de Bach.[166]

Pérez opinaba lo mismo. Y Gabriel Quiroga, sentenciosamente, concluyó:

—Sólo la música argentina, quizá también la rusa, nos da la sensación del infinito, de la soledad, del misterio.

Quedaron silenciosos. El mozo había traído un nuevo plato y todos arremetieron con gran ímpetu.

—En estos pueblos hay mucho elemento para hacer arte y literatura— dijo Quiroga.

—Eso no lo creo— repuso Pérez— Esta es una vida chata, estúpida...

—Pero tiene carácter— arguyó Quiroga.

El carácter era lo esencial en la obra de arte. El carácter, noción concreta, había reemplazado a la belleza, noción abstracta e indefinible, cuando no convencional.

—Es una nueva forma de belleza— dijo Solís.

—No, porque casi siempre el carácter acompaña a la fealdad.

De ahí que lo feo tuviera un valor estético tan enorme en la literatura moderna.

—Si es por fealdad— tartamudeó Pérez— aquí no nos podemos quejar.

—Aquí hay carácter— repitió Quiroga—, lo que no es fácil encontrar en el litoral. Este es un ambiente ideal para una novela.

Solís no estaba de acuerdo. En La Rioja no había movimiento, dramaticidad. Y la novela debía ser toda dinamismo. Quiroga contestó que ésa era la novela folletinesca, la que presentaba a los hombres en la acción. Pero había algo más importante que la acción: el ensueño. La novela que sólo presentaba a los hombres en el ensueño era la novela psicológica. Pero él prefería la que presentaba a los hombres en su vida total: en la acción y en el ensueño. Esta era la novela realista, que reflejaba la realidad exterior y la interior.

—Por lo demás— agregó Quiroga—, aquí, como en todas partes, desde el punto de vista literario, existe dramaticidad suficiente.

En la historia trivial de una pobre muchacha abandonada por su novio, en la historia dolorosa de una mujer que cae, había siempre una novela. En los pueblos chicos se veía más exactamente al hombre que en las grandes ciudades. Era imposible en un pueblo ocultar sus pasiones, no mostrar el alma en toda su desnudez. En las grandes ciudades, las almas se disfrazan; los hombres se adocenan en su personalidad, y al dejar de ser originales adquieren la psicología del rebaño. Por esto la verdadera novela de las ciudades es la de la multitud.

---

164. **Huanitos**: La forma más común es "Huainitos," música melancólica del altiplano.
165. **Yaravíes**: Canciones melancólicas. De origen peruano, llegaron a ser muy populares en el noroeste de la Argentina.
166. **Johann Sebastian Bach (1685-1750)**: El célebre compositor alemán cuyas "Pasiones," "Cantatas" y "Misas" son universalmente conocidas.

—Si yo fuera literato— continuó Quiroga—, escribiría una novela riojana. Pero el verdadero asunto de mi novela sería traducir el alma de este pueblo, evocar su soledad y su melancolía, las montañas que lo envuelven, sus músicas dolorosas...

Y hablaba de su novela, con aire de inspirado, como si ya existiese. Sería la única novela argentina, pues los tristes ensayos realizados hasta entonces apenas merecían tal nombre. Eran poemas novelescos, o formas secundarias de novelas o libros mediocres. No se escribió todavía una novela de belleza y verdad, una novela que, reflejando la vida argentina de este tiempo, fuese un libro humano, realista, profundo, un libro donde hubiese almas y no literatura.

—Es que los escritores— interrumpió Solís— están enfermos de literatura.

—Algunos, porque en su mayoría son vulgares analfabetos.

Pero eran todos muy literatos por cuanto no escribían en prosa viviente. Eran sensualistas del estilo. Palabras bonitas y nada más., Períodos rotundos con el inevitable golpe al fin de párrafo. Repugnaba esa literatura tan poco sincera. Era preciso volver al ascetismo literario.

Y afirmó dogmáticamente:

—Es preciso escribir como se habla.

El ciego volvió a tocar el arpa, y mientras duró su música los cuatro comensales juzgaron a los escritores argentinos. Para Gabriel Quiroga todos eran abominables. Carecían de rumbo, no tenían ideas sobre ninguna materia. Eran superficiales. El buen gusto no existía. Literatura de mulatos, de inmigrantes.

—Sin embargo... —decía Solís tímidamente.

—Nada, no hay nada que valga fuera de algunos jóvenes.

—Almafuerte, ¿no le gusta Almafuerte?— preguntó Solís exaltado.

Para Quiroga, Almafuerte era un compadrito de la literatura. Solís se indignó y defendió al poeta nerviosamente, tomando vino y agua sin cesar. Olazcoaga, para cambiar de tema, dijo que el gran poeta argentino era Guido y Spano. Solís protestó y Quiroga sentenció que Guido era un poeta para alumnas del *Sacre Coeur*.

Luego hablaron de novelistas y autores de teatro. Quiroga no tuvo una palabra de benevolencia para nadie. Pérez quiso conocer su opinión sobre Alberto Reina, tan amigo de Solís. Quiroga tuvo frases terribles sobre Reina. Solís no pudo más y dijo cosas chocantes a Quiroga.

—¿Se van a pelear?— tartamudeó Pérez—. Sería la primera vez que eso pasa en La Rioja por cuestiones literarias.

—Desde que son rivales... insinuó Olazcoaga.

Quiroga no oyó, y Solís sintió renacer su antipatía hacia él. Olazcoaga, creyendo desviar la conversación hacia un tema menos peligroso, preguntó a Quiroga si no había visto a Raselda. Quiroga lamentó que la viejita estuviese enferma. Linda muchacha, Raselda, flor de tierra caliente. Le parecía apetitosa y estaba seguro de hacerla suya si se quedara un mes. ¡Pero esa maldita vieja! ¡Ocurrírsele enfermarse ahora!

Hacía rato que había concluido de comer. Pérez, notando a Solís excitado, propuso que se levantaran de la mesa. Solís no podía más de indignación. Sus manos temblaban y sus ojos había cobrado un brillo extraordinario. Las palabras de Quiroga fueron la gota que hizo rebasar el agua de la fuente de sus deseos. La conversación con Pérez esa tarde, al ver a Raselda tan linda en su balcón, hasta la certeza de su insignificancia frente a Quiroga que, con sus paradojas y sus juicios brillantes, le obligaba a callar, todo inclinábale hacia la maestra. Los hombres débiles buscan en la mujer el consuelo de sus derrotas. Aquella seguridad expresada por Quiroga de que podría hacerla suya, le hizo desearla con una intensidad tan obsesionante como nunca había conocido.

Y ya no pensó sino en Raselda.

Se levantaron de la mesa. Eran las diez pasadas.

¡Caramba!— exclamó Quiroga—. ¡Yo debía hacer una visita!

Solís pensó si se trataría de Raselda, de alguna cita con ella.

—Hemos perdido la noche— bromeó Olazcoaga.

—No— contestó sonriendo Quiroga—, porque hemos establecido las bases de nuestra literatura y concretado algunos juicios definitivos...

Al día siguiente por la mañana se efectuó el careo entre Solís y el Director. Ninguno de los dos comprendía la necesidad de tal careo, pero Olazcoaga creíalo indispensable.

Se realizó en el despacho del Director. Albarenque, con aspecto fatigado o desilusionado, contestaba fríamente a las preguntas del funcionario. Cuando Olazcoaga le inquirió si tenía algo que agregar, su rostro cobró animación.

—Sí, señor inspector— dijo con mirada terrible— Tengo demasiado que agregar.

Y empezó su acusación contra Solís. Toda la cuestión venía de una maestrita ignorante e inmoral a la que protegía el señor Solís, que tenía amores con ella, según era público en La Rioja.

Solís estaba lastimosamente nervioso. La noche anterior no durmió pensando en Raselda, en las palabras de Quiroga. Sentía odio, no sabía contra quién, y sufría un deseo agudo de ver a Raselda. Mientras el Director habló, estuvo pálido, transpirando.

—¿Qué contesta usted?— le dijo Olazcoaga.

Entonces él se desató. La escuela padecía como un flagelo la autoridad de Albarenque. No había disciplina ni moralidad. Los profesores le aborrecían. En el fondo se trataba de una vulgar pasión carnal. El Director pretendía poner toda la autoridad en manos de la señorita Regente. Los maestros del departamento de varones nada tenían que ver con la Regente; sin embargo, debían soportar su autoridad, su carácter mandón. El incidente que motivara la venida del inspector lo causó ella.

—Pero, ¿quién es esta señorita Regente que se ha impuesto de tal modo?— preguntó Olazcoaga al Director.

—El señor puede decirlo— contestó el interpelado señalando a Solís.

—¿Yo? Dígalo usté, que desde hace diez años se acuesta con ella.

El Director quedó anonadado. Iba a contestar, pero vio a Olazcoaga que hacía esfuerzos por no reír y se contuvo. ¿Se burlaban de él? Bien; ya lo pagarían. Se reconcentró y no contestó a una sola palabra del interrogatorio. El inspector terminó el careo.

Solís quedó agitadísimo. La presencia y las palabras del Director le exacerbaron. Salió de la escuela con la vista turbada, caminando con vacilación. Las manos le temblaban y sentía un sudor en las espaldas. Apresuró el paso, imaginando que le daba un ataque de nervios. Al llegar a la confitería se encontró con Araujo y Palmarín. La conversación le tranquilizó un poco. Luego subió a su cuarto y allí le entregaron un telegrama. Era de Alberto Reina. El literato le anunciaba el nombramiento y dejaba entrever que ello debíase a su influencia. Nombraban a Solís profesor de Matemáticas, la cátedra por la cual se produjo el incidente.

Solís se arrojó sobre su lecho para calmar su excitación y contemplar a gusto el telegrama. ¡Profesor! Todo lo que deseaba por ahora. Se acordó de Raselda. ¡Cómo ansiaba verla! Necesitaba contar a alguien sus inquietudes, su felicidad. Sus amigos, el mismo Pérez, no le comprenderían. Raselda era la única persona capaz de alegrarse de veras. ¿Por qué no iba a verla?

Almorzó con el inspector.

—El Director conocía su nombramiento— dijo Olazcoaga.

—¿Desde cuándo?

—Desde el sábado por la mañana; hoy me lo dijo.

—¿Y por qué lo habrá ocultado? Alguna pillería...

El inspector levantó los hombros. No sabía, pero se imaginaba que el Director preparaba algún golpe. El hombre pensaba ir pronto a Buenos Aires; quería, sin duda, llegar a tiempo para acusarle a él de parcialidad y destruir el efecto del sumario.

—En cuanto a usted— agregó sonriendo—, tratará de que su nombramiento quede en nada.

El hombre era hábil y tenía vinculaciones. Contaba con el gobernador de la provincia, que se hallaba en Buenos Aires. Solís escribió alguna vez en *El Constitucional*, ¿no? Pues el Director aprovecharía la circunstancia para presentarle como jefe de la conspiración.

—Y el gobernador, amigo Solís, no lo protegerá a usted jamás.

Y agregó, mirando a Solís, que había quedado pensativo:

—Además, hay aquella acusación de licencioso que le hace el Director; yo he tenido que recibirla.

—Pero el gobernador, que cuando va a Buenos Aires se lo pasa en el Casino, se reirá de eso.

—Por lo mismo, aprovechará la oportunidad para hacerse el honesto y declamar contra la inmoralidad.

Solís supo también por el inspector que, en sustitución de Raselda, cuya licencia duraba un mes, nombraron a una sobrina del gobernador. Solís se imaginó la felicidad de doña Críspula con la noticia. Era una formidable derrota para las Gancedo.

—Eso derrota les conviene a ustedes —dijo Olazcoaga— Las Gancedo, que esta vez se descuidaron, pondrán todo su empeño para hundir al Director. Ya lo verá.

Solís no cesaba de pensar en Raselda. Y en cuanto acabó de almorzar, se fue a su cuarto para estar solo. Durante más de una hora se paseó de un lado a otro, nervioso. Se sentaba, se recostaba, tornaba a levantarse. Sentía deseos de verla, de ir a su casa. Pero, ¿no sería un compromiso para él esa visita? ¿No sería en todo caso una imprudencia? Pasaría siquiera por la casa. ¡Quizás la viese desde la calle!

Y se lanzó a la calle.

Hacía mucho calor. Un sol violento llenaba la ciudad. Las aceras quemaban y la resolana obligaba a entornar los ojos. Solís casi corría. Por la calle no andaba un alma. De cuando en cuando se oía un piano. En la casa de Raselda, la puerta que daba al patio estaba abierta. Solís pasó de largo, mirando de reojo. No vió a nadie. En la esquina, como la calle seguía solitaria, se resolvió a pasar de nuevo. Lo hizo con andar lento, mirando hasta el fondo del patio. Absolutamente nadie sin duda dormían la siesta. ¿Qué haría? En este momento vio a Plácida que se asomaba a la acera. El la conocía, porque ella le había prestado, más de una vez celestinescos servicios. No le agradó verla en casa de Raselda.

—¿Qué milagro por acá, niño?

—¿Y Raselda, Plácida?

Plácida, sin contestar, entró en la casa, indicando a Solís con un gesto que esperase. Solís se arrinconó en el hueco de la puerta, temiendo que pasara algún conocido. Plácida le hizo entrar en la sala, que quedaba sobre la calle, frente a los dormitorios. La abuela no podía oír nada. Solís esperó un rato. Pensaba las frases que diría. Había oído que la señora se agravó, y, como nunca preguntó por ella, ahora venía a cumplir. Después entraría en el tema sentimental, Imaginó que Raselda le facilitaba todo, arrojándole los brazos al cuello, besándole, pidiéndole perdón por su audacia. Imaginó que él la tomaba de la mano y que le daba besos locos en la boca. También pensó que Raselda podría enojarse y echarle de su casa. ¿Qué sucedería?

Raselda se presentó de batón blanco. Estaba un poco más delgada, pero también más bonita. Venía contenta; sus ojos llenos de confianza, había adquirido mayor encanto. Solís se sintió cohibido. Balbuceó algunas frases sobre la enfermedad de la señora y quedó callado. Luego se acordó de su nombramiento.

—Soy profesor, ¿sabe?

—¿Ah, sí?— exclamó Raselda, radiante de felicidad—. ¿Desde cuándo?

Y hablaron del nombramiento, de la reemplazante de Raselda, de las cosas de la Escuela.

Solís no pensaba sino en tomarle una mano. Pero él ocupaba un sillón, y Raselda el centro del sofá. No hallaba pretexto para sentarse a su lado. Por fin se levantó con objeto de mirar de cerca un retrato de Raselda a los catorce años.

—Preciosa, una monada— decía, sentándose en el sofá, junto a Raselda, que se retiró al otro extremo.

Solís observó la actitud de su amiga y perdió el ánimo. Pensó que hacía un papel ridículo y se levantó para despedirse. Raselda le miraba como rogándole que se quedase; él no estaba para comprender nada y le tendió la mano. Pero al sentir la piel de Raselda, tibia y deliciosa, tomó con toda su mano la de ella y tartamudeó palabras incoherentes. En la oscura penumbra de la sala, con los postizos entornados, sus ojos, llameantes de deseos, relucían. La llevó de la mano unos pasos hacia el interior de la sala.

—Pueden ver, no —decía Raselda, encarnada, con la cabeza baja, dejándose llevar.

Solís la tomó de la cintura y le llenó la boca de besos.

—Divina Raselda, te adoro— le decía.

—¡Déjeme!— exclamó ella de pronto.

Solís la soltó. Quedaron los dos frente a frente, sin saber qué decirse. Pasó un largo rato. Raselda, enrojecida de vergüenza, no sabía adónde mirar.

—Me voy— dijo al fin Solís, tendiéndole la mano— ¿No está enojada?

—No— contestó ella, más enrojecida que nunca, dejándose dar otro beso "de despedida".

—Volveré el martes, a la noche, después del baile...

—¡Y va al baile!— exclamó ella tristemente.

—Es un compromiso, un clavo. Pero, ¿qué voy a hacer? Es en honor de Olazcoaga.

—Bueno, pero...

Raselda quería decir algo y no se atrevía. Sus ojos se habían entristecido. Por fin, al despedirse, balbuceó tímidamente:

—¿Por qué no viene de día? Así lo conoce Mama Rosa...

—¿De día? ¡Ah, sí, de día, es cierto...! —contestó Solís perplejo.

Y agregó luego, con resolución:

—Más adelante vendré de día.

Ahora era mejor que nadie supiese. Su situación en la Escuela podría complicarse, sería dar la razón al Director. Cuando el Director fuese destituído— lo que sucedería pronto, según Olazcoaga se lo prometiera— podrían levantar la cabeza. Y entonces vendría de día, todos los días. ¡Se lo juraba por su amor, por la memoria de su madre!

VI

Cuando el doce de octubre por la noche, Solís, Quiroga y Olazcoaga llegaron a la casa de Gamaliel Frutos, ya el baile había empezado.

En la puerta de calle se amontonaba el "chinerío"[167] del barrio. Eran gentes pesadas; se movían con lentitud y recostaban unos contra otros, a modo de fardos, sus cuerpos perezosos. Esparcían un fuerte olor a mugre vieja y costrosa. Al ver llegar a los invitados, se apartaban humildemente.

Clemencia y Gamaliel salieron a recibir a los tres porteños. Clemencia, atenciosa y ladina, lo hablaba todo. Gamaliel, en actitud pasiva, limitábase a sonreír con la mayor finura que sabía.

Gamaliel era "hombre de alguna fortunita"— tenía "¡más de cincuenta mil pesos!", —y había llegado a ser, años atrás, diputado nacional. Ahora, era Director General de Rentas de la Provincia. Estaba casado con Almentaria Ochoa, hermana de las Gancedo, por parte de madre, y tenía tres hijos: dos varones que estudiaban en Buenos Aires y una mujercita, Gertrudis, alumna de la escuela. Vivían con ellos las tres Gancedo: Jerónima, Clemencia y Benita. La fiesta, según voz pública, era obra de Clemencia y tenía por solo objeto el congraciarse al inspector.

Los recién llegados, mientras recibían los saludos y dejábanse quitar de la mano el sombrero, miraban la casa. El ancho zaguán atestado de concurrentes masculinos, donde les detuvieron los primeros saludos, tenía a cada lado dos piezas: a la derecha la sala, donde se bailaba; a la izquierda un escritorio, donde se dejaban los sombreros y conversaban algunos graves señores. Clemencia condujo a sus invitados a la sala.

Era un largo cuarto con dos ventanas a la calle. Estaba alfombrado y adornaban las paredes dos retratos al óleo, cuatro cuadritos abominables, tarjetas postales, dibujos escueleros y fotografías. Sobre una consola dorada y de patas torcidas, un ancho espejo. En un rincón, un piano, sonando sin cesar, desafinaba de un modo horrible. Las mujeres, sentadas unas junta a otras, formaban, en los cuatro lados de la sala, un zócalo viviente. Clemencia, llamando a los recién llegados, acercóse con ellos a un extremo del zócalo y los presentó. Luego repitió esta formalidad frente a cada una de las mujeres. Los tres amigos, precedidos por Clemencia, debían recorrer la línea, doblar, recorrer la de enfrente hasta terminar en la otra punta del zócalo; y siempre saludando a las mujeres y dándoles la mano a una por una. Olazcoaga, a causa de su estatura, debía doblarse completamente para dar la mano a las señoras; parecía habituado a tales trances y sonreía con benevolencia. Quiroga había adoptado una actitud de resignación filosófica y realizaba su función casi maquinalmente. Pero Solís, que asistía por primera vez a una reunión social, se hallaba cortado y no veía el momento en que aquella exhibición concluyese. Las señoras les tendían la mano con displicencia, abandonándola como muerta. Las niñas saludaban muy serias, pero algunas les sonreían dulcemente.

Cuando terminaron los saludos, los tres se ubicaron en la puerta. Allí se aglomeraba casi toda la concurrencia masculina. Saludaron a sus conocidos y se pusieron a observar la sala.

---

167. **Chinerío**: Gente común del pueblo.

Dos parejas paseaban del brazo despaciosamente y en silencio. Mientras tanto, una de las invitadas tocaba el piano: lo hacía de un modo neutro y descolorido, como con desgano, como si la debilidad le impidiese apretar las teclas. En el zócalo nadie hablaba. Las señoras, en su mayoría ancianas, se parecían todas: tenían la tez morena y apergaminada, la cabellera partida en bandos[168] y vestían modestamente, con sencillez arcaica y patriarcal, insensible al pasar del tiempo. Algunas permanecían rígidas, en actitudes hieráticas; otras se abanicaban sin cesar. Las hijas vestían más presuntuosamente, y de trecho en trecho alguna vestimenta modernista matizaba la monotonía del zócalo. Casi todas las muchachas eran trigueñas, más bien gruesas, y parecían indiferentes o aburridas. Se peinaban del mismo modo. Sus ojos eran oscuros y en general tristes y profundos. Ni un escote, ni un traje lujoso, ni una alhaja valiosa.

Hacía calor. Por las ventanas abiertas se veían, arracimadas y extáticas, las cabezas de los muchachos del barrio, trepados a las rejas para curiosear.

—¿Qué le parece la sala?— preguntó Palmarín a Gabriel Quiroga.

—¡Muy interesante!— fingió el porteño.

—Ahí tiene usted toda La Rioja, toda la alta sociedad— dijo Palmarín, enfáticamente.

—La mejor crema— agregó con orgullo Gamaliel, que estaba detrás.

Quiroga observó la concurrencia masculina. Era reducida y la componían algunos muchachos del Colegio Nacional; tres o cuatro jóvenes casaderos, de veinticinco a treinta años; algunos solterones, gente huraña e insociable que no se acercaba a las niñas por temor de largar palabrotas; y media docena de viejos, algunos de buen humor que bromeaban, otros graves que permanecían en el escritorio hablando de política. Casi todos estos hombres vestían de saco; por excepción se veía algún chaqué. Los trajes eran casi todos viejos y gastados. Algunos sacos brillaban en la espalda, y las rodilleras de algunos pantalones eran tan pronunciadas que las piernas parecían avanzar para hincarse. No faltaba algún traje con pretensiones; su corte seguía una moda, pero atrasada en varios años. Casi ninguno de los hombres "sacaba" a las niñas, ni conversaba con las señoras, y los únicos que bailaban eran los alumnos del Colegio. Algunos concurrentes rondaban el patio, con los ojos puestos en las botellas baratas que se alineaban allí sobre una mesa.

Empezóse a oír la Polca Militar, y Palmarín, el Brummel riojano, según Gabriel Quiroga, dejó a los amigos para atender a una niña. Don Molina se acercó al grupo de los forasteros y, con mucho misterio, les invitó a "echar un traguito". Aunque todavía no pensaban servir, él podía llevarlos. Quiroga le agradeció.

—Es acá al *lao*, no más, pues. ¡Si soy muy de la casa!

—Más tarde, don Molina; estamos mirando bailar a Palmarín— le dijo Solís.

Palmarín bailaba la Polca Militar. De la mano de su compañera, daba

---

168. **Bando**: Peinado en que el pelo está dividido en medio de la frente.

algunos pasos graciosamente. Se detenía, adelantaba la pierna vecina a su pareja, y tocaba el suelo como si señalara alguna cosa, con la punta de sus largos zapatos de charol; al mismo tiempo su brazo y el de su compañera, unidos de la mano, trazaban un sector y se detenían en lo alto, de golpe, como si hubieran hallado algún obstáculo. Después, dando media vuelta, se tomaban los dos de la mano y repetían la figura con idéntica gracia. Palmarín, con su chaqué coludo atrasado en varias modas, el enorme cuello cerrado y bien planchado que le acentuaba el pescuezo, los pantalones abombillados, el pelo partido por el medio, el chaleco de colores que parecía un retazo de alfombra, y las polainas, resultaba de una elegancia deslumbrante. La concurrencia miraba a los "bailarines" con arrobo. Al final hubo aplausos.

Después de una pausa, varios compases de una música alegre anunciaron Lanceros.[169] La concurrencia se animó. Runruneaban los abanicos, se conversaba en alta voz y las niñas, esperando que las sacaran, movíanse inquietas en las sillas. El baile de Los Lanceros era el único al que se atrevían los mozos. No sabían otro. Olazcoaga invitó a Benita Gancedo y Gabriel Quiroga a la mujer de Ugarteche, el gerente del Banco de la Nación, una rubia carnosa, bonita y pinturreada que le había mirado pródigamente.

Se formaban tres cuadros. Clemencia recorría las filas animando a la concurrencia y buscando nuevas parejas. Los solterones, temiendo ser arrastrados al baile, se refugiaban en el patio.

Solís no sabía bailar. Solo, en el umbral de la sala, miraba con tristeza a sus amigos. Además, su temor al ridículo le detenía. "¿Qué hago acá?", pensó. ¿No sería mejor salir del baile y esperar a que llegase la hora de la cita?. Concentrado su pensamiento en Raselda, miraba sin ver la formación de los cuadros, cuando de pronto una voz lo sacó de su ensimismamiento.

—¿Pero usted no baila?— le preguntó Clemencia.

—Es que no sé...

—No se haga el interesante; venga, que le voy a presentar una niña muy mona.

Solís la siguió y Clemencia le presentó una chica como de diecisiete años, bonita, coqueta, pimpante. Era una hermana de Gamaliel Frutos, una de las bellezas de la ciudad. Había estado en Buenos Aires, cuatro años, pupila en el Sagrado Corazón, cuando la famosa diputación de Gamaliel. Era la niña más moderna de la reunión, la que, como dijo Gabriel Quiroga, tenía "menos color local". Solís, declarando que no sabía bailar, pidióle que le enseñara.

Y se dirigieron a formar un cuadro. Las otras parejas eran Palmarín con María Ramos y Gabriel Quiroga con Lucía, la mujer de Ugarteche. Faltaba una pareja en el cuadro y no conseguían ninguna. Entonces, Clemencia, que no había logrado convencer a los irreductibles solterones, agarró de un brazo a

---

169. **El baile de los Lanceros**: Baile campestre de movimiento muy vivo, parecido al rigodón. Es danza de figuras en que intervienen muchas parejas.

don Molina y se incorporó con él al cuadro. La concurrencia festejó la entrada de don Molina.

La música ya empezaba. Eran los célebres Lanceros del Club del Progreso. Clemencia y don Molina comenzaron la primera figura. Don Molina seguía el compás de la danza meneando el cuerpo y la cabeza. Las demás parejas repitieron la figura.

Solís, mientras conversaba de cosas triviales con su compañera, le retenía su pequeña mano, como era permitido en los Lanceros. Encontraba encantadora a Lolita. Era vivaz, audaz, graciosa. Su agilidad física y mental contrastaba con aquella languidez, aquel aire ocioso de Raselda. Carecía en absoluto de timidez y le desconcertaba con sus coqueterías. A veces, clavándole los ojos, más bien pequeños, pero que tenían un movimiento de párpados de una eficacia demoledora, le hacía preguntas terribles. Lolita se burlaba de él, hablándole de Raselda. En sus palabras, Raselda aparecía como de inferior condición social.

—¡Ah! ya me parece que lo veo casado con esa...

Y reía cristalinamente, sin disimulo ninguno, mientras imaginaba el futuro matrimonio. Raselda, en cuanto se casara, llegaría a pesar ochenta kilos; andaría entre casa como una "atorranta",[170] en alpargatas, despeinada, sucia; tendría un hijo cada año, porque "ésas" eran tremendas; se pasaría las horas sentada en una silla de hamaca, haraganeando. Un horror. Mucha poesía, mucho idealismo, mucha guitarra cuando solteras, todo para pescarse algún pobre diablo; pero después... En fin, ella conocía el género. Por desgracia abundaban en La Rioja. ¿No había Solís oído hablar de Dorotea, la hermana de Josefina Márquez? Pues antes de casarse era pura poesía. Tenía un modo tan suave, una voz tan dulce, unos ojos tan profundos, una languidez tan romántica que enloquecía a todos los forasteros. Era el mismo tipo de "su Raselda adorada".

—Por Dios, Solís, desconfíe de las lánguidas y las poéticas; son una calamidad.

Solís no acababa de excusarse. El jamás pensó en Raselda. Era una calumnia que ignoraba dedonde provenía. A él le molestaban tales suposiciones; podía jurar que le molestaban. Total, él sólo habló con Raselda una docena de veces. La vió siempre en la casa en que él viviera, no podía dejar de saludarla. Además cantaba bien y a él le entusiasmaban las canciones criollas.

—Sin contar que le parecía muy bonita... ¡Ja, ja, ja!...

—Bonita, propiamente, nunca me pareció. Es pesada, demasiado gruesa, quizá...

Y decía estas cosas ruborizado y como un delincuente que se defiende. Lolita gozaba y se le reía en la cara.

---

170. **Atorranta**: Desordenada y descuidada en sus hábitos personales y en su apariencia. También es una holgazana..

—Pero mire, Lolita, lo que hay es que...

Y se perdía en un mar de palabras.

—No dé tantas explicaciones, Solís, que es peor. ¡Ja, ja, ja!...

La única explicación ella la sabía "de memoria". Solía había hecho el amor a Raselda, no podía negarlo. Pero como se hace el amor a una sirvienta, a una cualquiera.

—¿No digo la verdad? Confiese, hijo de Dios.

Solís sonrió, como asintiendo. Pero en seguida se puso serio, al sentir la vergüenza de lo que acababa de aceptar.

Lolita rió sonoramente.

—Vamos a hacer un molinete— le dijo, refiriéndose a una de las figuras de la danza.

Terminaba la figura, don Molina felicitó a Solís y a Lolita y les dio bromas. Solís no sabía qué cara poner, y cuando oyó que Palmarín hablaba de los celos que tendría "otra persona", refiriéndose a Raselda, se desconcertó.

—¡Esas son cosas pasadas, Palmarín!— exclamó Clemencia, frunciendo su nariz ganchuda.

Gabriel Quiroga y su compañera no se interesaban en la danza. Aprovechaban los intervalos para conversar animadamente, en voz baja, recostados en la consola. A veces se miraban por el espejo y sonreían. Lucía era portera, hija de franceses. Tenía cierta cultura literaria y había seguido a su marido a La Rioja con el mismo placer con que iría a la isla de los Estados. Era llena de carnes. Se pintaba ligeramente los ojos y los labios, y vestía con cierta elegancia. Tenía la nariz un tanto respingada, los labios finos, los ojos celestes, el pelo rubio. Cantaba con gusto y hablaba bien en francés.

Había encontrado en Quiroga un confidente y se quejaba de aquel amargo destierro.

—¡Ah, usted no se imagina lo que es esto!

—A mí me encanta.

—No sea tan cruel, no se burle de mi desgracia...

Según ella, La Rioja era desesperante. Ni sociedad, ni fiestas. Cada dos años llegaba alguna compañía de teatro: comicastros que representaban zarzuelas cursis. Ella no tenía con quién hablar. Había oído decir de tres o cuatro señores que eran inteligentes y preparados. Ella no lo notó. Tal vez guardarían su ciencia para la confitería. ¡En cuanto a las mujeres!!

—Aquí ninguna lee— dijo la rubia con desprecio—. El francés no hay quien lo entienda.

Eran sedentarias, haraganas. Se pasaban las horas sin hacer nada, hundidas en sus sillas de hamacas. Sus ocupaciones consistían en cuidar a los hijos y lidiar con las sirvientas. Eran como las turcas, como las árabes. Ella no; le gustaba salir, caminar por las calles, ir al teatro, a reuniones. Pero en La Rioja, ¿cómo hacer todo eso? Las calles eran un horror: sin aceras, llenas de polvo, solitarias, tristes. Como para morirse.

—Y las reuniones— susurró—, ya las ve...

Quiroga afirmó que lo propio ocurría en todos los pueblos chicos del mundo, los que, a falta de aquellas cosas —innecesarias, según él—, poseían otras más valiosas: poesía, paz, sencillez. En cuanto a la reunión, a él le parecía tan interesante que pocas veces había pasado un momento más agradable. Y la miraba como subrayando sus palabras.

—Acepto esta vida como un destierro; debo seguir a mi marido, la ley me obliga... —dijo la rubia melancólicamente, volviendo a una conversación que la exhibía, creía ella, en la irrefragable superioridad de su espíritu y de su cultura.

Y bajaba los ojos, comenzando a emocionarse.

—Pero no creo que las mujeres sean aquí ignorantes —dijo Quiroga, que había visto a dos pasos el rostro antipático de Ugarteche.

Las niñas, las señoras, las jóvenes, tenían todas su título de maestra o de profesora normal. Poseían conocimientos de historia, geografía. Era poco probable que sobre tales materias dijeran los disparates que él oía constantemente a porteñas muy distinguidas, muy inteligentes y hasta muy lectoras.

—Sí, historia, geografía... El textito que aprendieron en la escuela.

Pero no leían otras cosas. El arte no les interesaba. Con seguridad no había una que hubiera leído a Flaubert,[171] a Anatole France.[172] Los únicos libros que ella había visto en manos de mujeres eran las vulgaridades de Selgas[173] y de Pérez Escrich.[174]

—A ver ustedes, pues! —les gritó Palmarín.

Había llegado a "la cadena" y tocaba a Quiroga y a la rubia iniciar las evoluciones preliminares. Después de varias marchas y reverencias, amenizadas por los movimientos jacarandosos de don Molina, quedaron las cuatro parejas en situación de comenzar la cadena.

—Cadena general, cadena general— se oía por todos lados.

Los tres cuadros se rehicieron en uno solo. Y empezó la música. En cada pareja la dama tomaba una dirección y el caballero la contraria. Todos marchaban airosamente. Palmarín se contorneaba y don Molina acompañaba la música silbando y con oscilaciones de cabeza. La música, saltona y alegre, contagiaba buen humor.

La cadena se realizó dos veces con resultado brillantísimo, pero a la tercera

---

171. **Gustave Flaubert (1821-1880)**: El novelista francés, el más grande de los realistas. Obras: *Tentation de Saint- Antoine* (1849), *Madame Bovary* (1857), *Salammbó* (1862), y *L'Education sentimentale* (1869).
172. **Anatole France (1844-1924)**: Célebre novelista francés, autor de obras como *Le crime de Sylvestre Bonnard* (1881), *L'Ile des Pingouins* (1908), y *Le petit Pierre* (1918).
173. **José Selgas y Carrasco (1822-1882)**: Poeta y novelista español, autor de *La Primavera* (1850), *Deuda del corazón* (1872), y *La manzana de oro* (1874).
174. **Enrique Pérez Escrich (1829-1897)**: Uno de los más leídos autores españoles de novelas folletinescas.

se produjo una gran confusión. Nadie sabía para dónde ir. Don Molina, haciéndose el que se equivocaba, agarró del brazo a Palmarín, quien, satisfecho, dejábase llevar. "¡Qué bochinche!,[175] ¡qué desorden!", se oía en todos los labios. Las viejas, con el mismo tono en que lamentarían una gran catástrofe, se preguntaban unas a otras desoladas: "¿Quién habrá sido?", reprochando tácitamente al culpable de tan gran delito.

—¿Quién va a ser? Palmarín— contestaron varias voces a un tiempo.

—¡Este Palmarín siempre el mismo!— exclamó Gamaliel, atornillándose la frente con un dedo.

Solís, en la confusión, buscaba a su compañera mirando a todos lados. Ella se acercó muerta de risa, y tomándole de un brazo, le llevó a conversar. Hallaron dos sillas y se sentaron.

El piano calló por fin. Clemencia, Benita y una amiga entraron guiando a tres sirvientas que traían cerveza y licor. Las mujeres ocupaban sus sillas y los hombres habían salido al patio para beber a sus anchas. Don Molina saboreaba la copita de licor con pensativa parsimonia.

—Aquí hay un oporto macanudo[176]— le dijo Zoilo Cabanillas.

—Yo voto por el licorcito— contestó don Molina.

Y después de un buen trago, mientras miraba al trasluz la copa vacía, agregó, entre chasquidos de lengua:

—Hay que paladearlo nasalmente.

Zoilo Cabanillas, que no había entrado en la sala, había sido el primero en arrimarse a la mesa del patio. Bebía copa tras copa, lo que hacía morir de risa a Pedro Molina.

Se habían formado varios grupitos que hablaban del sumario. Olazcoaga haciase el reservado y el justiciero y, para tirarles la lengua a los desaforados, se complacía en atenuar los defectos del Director.

Gabriel Quiroga continuaba su conversación con Lucía. El licor había precipitado el tema sentimental, y se hallaban en plena poesía cuando se acercó Ugarteche. Era poco simpático. Tenía unos bigotes chocantes y un modo de hablar gangoso, muy desagradable. La rubia presentó al marido y rogó a Quiroga que los visitase. Ugarteche se retorcía los bigotes incesantemente y miraba a Quiroga con ojos escrutadores.

En este momento se acercó Clemencia, seguida de una mujer fea, y seca, de rostro duro, pecosa y que usaba lentes. Era la profesora de literatura, que deseaba conocer a Gabriel Quiroga. Había sabido que era un intelectual, un literato. Quiroga se excusó. El no era intelectual ni literato. Un amigo le había publicado, un poco de su voluntad, ciertas páginas suyas; pero difícilmente reincidiría. Ugarteche dijo en secreto algo a su mujer y ambos salieron. La profesora ocupó la silla de Lucía.

---

175. **Bochinche**: Tumulto.
176. **Macanudo**: Muy bueno, magnífico. Como interjección, " ¡Macanudo!" significa ¡Qué bien, estupendo!

Hablaron de literatura. Gabriel Quiroga se interesaba por la enseñanza de dicha materia. Sobre todo daba importancia excepcional al estudio de la literatura argentina y establecía el deber de los maestros de conseguir que los alumnos la conociesen bien y la amasen. Se hacía indispensable inculcarles que la literatura era un valor tan real como el trigo y el ganado. De este modo se combatía el materialismo que estaba adueñado del país. Además, convenía enseñar a los niños cómo en nuestros paisajes, en nuestra historia, en nuestra vida, había magníficos elementos literarios, una materia prima tan rica y virginal como no la poseía tal vez ningún país del mundo. Y al estudiar la literatura preceptiva, los maestros debían citar ejemplos de escritores argentinos.

—¡Ah, pero los argentinos no pueden compararse con Espronceda,[177] con Bécquer, con Flores! —dijo con expresión romántica la profesora.

—Pues yo creo— contestó Quiroga— que toda la literatura española no ha producido un poeta como Hernández.[178]

—¿Quién es Hernández?

—Pero, señorita, el autor del *Martín Fierro*.

—¡Ah, un poeta gauchesco! — exclamó con gesto desdeñoso.

Quiroga habló largamente del *Martín fierro*, el poema genial que sintetizaba el alma de la raza gaucha. Además había excelentes poetas y prosistas contemporáneos. Era obra de justicia y de patriotismo tratar de que las generaciones escolares —los hombres de mañana—, conociesen a los escritores de su país y aprendiesen a admirarlos. Y citó a Leopoldo Lugones, nombre que hizo sonreír a la profesora.

—¿Por qué sonríe, señorita?

—¡Un decadente!

Quiroga se esforzó en vano, durante un cuarto de hora, por hacer comprender a la profesora de literatura la significación del simbolismo— lo que ella llamaba escuela decadente— y su enorme importancia en la evolución de la literatura americana. Habló de Lugones como de uno de los mayores talentos del país, de sus bellos libros llenos de saber, de poesía. Pero la profesora no se convencía, y no se resignaba a aceptar que un decadente sirviera para otra cosa que para hacer reír. Y con aire pedagógico, respondió a la disertación de Quiroga:

—De todos modos, no creo que ese caballero pueda ser considerado como un intelectual.

---

177. **José de Espronceda (1808-1842)**: Destacado poeta español romántico. Autor de "El diablo mundo," "El estudiante de Salamanca," "La canción del Pirata," y "A Jarifa en una orgía."
178. **José Hernández (1834-1886)**: Autor del célebre poema épico argentino *Martín Fierro* (1872,1879). Es una de las obras más leídas y comentadas de la literatura argentina e hispanoamericana. Como hombre marginado y perseguido, Martín Fierro es símbolo del gaucho, de su lucha y sufrimiento.

Quiroga, mudo de asombro, contempló a su interlocutora. Se quejó del calor, y pretextando la necesidad de tomar un poco de aire, abandonó a la literata.

En el zaguán encontró al inspector que conversaba con un desconocido. Se le acercó y le contó lo que acababa de oír. Estaba furioso. Decía que jamás había oído estupideces semejantes, y echaba la culpa a las escuelas normales, de las que profería abominaciones.

Olazcoaga sonreía con beatitud, mirando alternativamente a la persona que se hallaba con él y a Quiroga.

—No se enoje tanto— dijo Olazcoaga.

—Es que me exaspera esta pedantería normalista.

—La señorita Lima— dijo el desconocido al inspector, sin mirar a Quiroga— es una intelectual de fibra,.

Tenía una preparación nada común y escribía en estilo galano. Las alumnas solían representar, en las fiestas de la escuela, comedias y diálogos de la señorita Lima, quien, además, había demostrado un talento especial para organizar cuadros vivos.

Quiroga oía estupefacto, sin quitar los ojos al desconocido. Miraba, como interrogando, a Olazcoaga, que le sacó de dudas presentándoselo. Era el Director. El pedagogo no dio la mano a Quiroga. Le saludó con frialdad y en seguida, mientras se despedía, pronunció, en actitud de hierofante y con acento casi épico esta frase trascendental:

—Y en cuanto a las escuelas normales, sepa el señor que son los únicos lugares de enseñanza, en todo el país, que merecen respeto, pues sólo en ellas se trasmiten los conocimientos según métodos rigurosamente científicos.

Y se fue. Quiroga le vio entrar en la sala ceremoniosamente, saludar a todo el mundo con la cabeza, y salir acompañado de una señora gruesa y no mal parecida, vestida de negro. La Regente les seguía.

Gabriel Quiroga se quedó sonriendo amargamente. Luego estalló contra el Director y la literata. ¡Asombrosas mentalidades! Los dos, en su decorativa estupidez, en su excelsa pedantería, concretaban la idiosincrasia de toda una casta. ¡Eran paralelamente grotescos!

Volvieron a la sala. El inspector se apartó con Clemencia y Benita que le habían llamado. Quiroga se acercó a Lucía.

Clemencia habló al inspector de la injusticia que en el ministerio acababan de cometer con Benita. Designada por el Director para reemplazar a Raselda Gómez, se había hecho cargo del grado. Y después de diez días, el ministerio, en lugar de confirmarla, nombraba a una sobrina del gobernador. ¿Cómo se explicaba eso? El Director, evidentemente, no se había interesado,.

—Pero lo pagará, ya lo creo que lo pagará— decía Clemencia, con los dientes apretados.

—¡Ay señor!— suspiró Benita, poniendo en blanco los ojos.

De nuevo el piano comenzó a sonar. pero ahora con menos insistencia. Estaban ya rendidas las dos o tres invitadas que se habían prestado a tocar.

Después de varias piezas más, algunos concurrentes chistaron para imponer silencio. Alguien iba a cantar. Algunas señoras, inclinándose, pedían a una señorita que las complaciese. Una amiga le tiraba de la mano. Pero la interesada hacíase de rogar. Tuvo que intervenir casi toda la concurrencia.

—Si usted no canta, canto yo— dijo Palmarín.

—Ante esa amenaza, ¡qué voy a hacer!

Y se levantó, mientras los demás comentaban su "espiritualidad". Se acercó al piano con el aire de persona habituada a recibir homenajes de admiración y comenzó a cantar algo de *El anillo de hierro*. Tenía una voz teatral y robusta. Como si estuviese en la *Opera* de Buenos Aires, cantaba a grito pelado, llena de ademanes, llevándose la mano al corazón, poniendo en blanco los ojos, levantando la cabeza hacia el techo. Al concluir hubo una tempestad de aplausos.

—¿Qué me dice de esto?— preguntó Lucía a su confidente, sonriendo de conmiseración.

Solís se paseaba inquieto por el patio y el zaguán. Se retorcía los bigotes sin cesar y fumaba un cigarrillo tras otro. Eran más de las once y media y Raselda le esperaría a las doce. Quiso imaginar a Raselda en sus brazos, dejándose besar; pero la nerviosidad le impedía concentrar su pensamiento. Se acercaba a la puerta de la sala para escuchar el canto, y se retiraba en seguida. En el patio tomó varias copas, por ver si olvidaba sus preocupaciones. Deseaba salir del baile y no se atrevía. Porque, para justificar su salida, ¿qué pretexto dar? Pero sobre todo le atormentaba el pensar que debía despedirse de Lolita. Para ella no habría razón ninguna. "No me dejará salir", pensó con satisfacción vanidosa. Además, ella le conocería su intención en la cara. Pero también, ¿por qué le dijo a Raselda que iría, esa noche, después del baile? Fue para tranquilizarla, para que tuviera celos, para demostrarle que las demás mujeres le eran indiferentes. Y ahora, por no atreverse a salir, ¿cómo quedaba con Raselda? Sería asunto concluido.

Fue al escritorio y se hundió en el sofá. Se hallaba solo, pues los viejos se habían retirado a sus casas o estaban en la sala. Allí podía pensar tranquilamente. ¿Le esperaría Raselda? Porque ella no se lo prometió, y había un abismo entre dejarse besar por un hombre a quien se cree novio y recibirle a media noche. Además, ¿no le convendría a él un rompimiento? Lolita era más simpática, más "mona" que Raselda. Estaba mejor emparentada y no debía ser tan pobre como la maestra. Por otra parte, él no tenía probabilidades de abandonar La Rioja. Y era indudable que su aventura con Raselda, sobre todo ahora que era profesor, le perjudicaría enormemente.

—¡Caramba, se ha pasado la hora!— exclamó mirando su reloj.

Había hecho un gesto de desagrado viendo que eran más de las doce. Pero en el fondo de su alma se alegraba de esta circunstancia, que le libraba de un compromiso. Los seres cobardes hacen cómplices de sus debilidades al tiempo y hasta llegan a convencerse de que tuvo en ellas alguna culpa la hora que transcurre.

Y exclamaba en voz baja, hablando solo y paseándose por el escritorio:

—¿Cómo me he descuidado? ¿En qué estaba pensando?

Se detuvo, cesando en sus lamentos un tanto hipócritas. El corazón le empezó a latir con fuerza. Y de pronto, le vino un extraño impulso de lanzarse a la calle. Todos sus deseos despertaron repentinamente. Pensó que tal vez esa noche Raselda podría ser suya, que era absurdo perderla, que era cobarde abandonar, por timidez, la única aventura de su vida.

Y salió al zaguán, en cabeza, con los ojos relucientes, sin saber adónde iba. En la puerta de calle se acordó que su sombrero debía estar en el escritorio; y volvía, cuando encontró a Lolita y a Palmarín que se dirigían al patio.

—¡Pero qué cara tiene usted! ¿Le pasa algo?— preguntó Lolita.

—Seguro que extraña a cierta persona— dijo Palmarín.

Solís estaba turbado como si le hubiera sorprendido cometiendo una mala acción. Lolita contestó a Palmarín que con tales bromas hacía poco favor a su amigo. Y soltándose del brazo de su acompañante, se prendió del de Solís.

—Voy a entretenerlo un poco— le dijo—. No es cosa que se aburra en mi casa.

Y le llevó al patio. Lolita hizo traer dos sillas y colocarlas en un lugar propicio del largo corredor que cuadraba el patio.

Solís permanecía desconcertado. Su boca mostraba un pliegue doloroso. Lolita, al verle decaído, intentó animarle. Poco a poco Solís se fue olvidando y llegó de nuevo a complacerse con ella. Pero de tiempo en tiempo sacaba el reloj. Las primeras veces señalábase en su rostro el desconsuelo de quien ha perdido una gran ilusión. Pero después de la una, resignado a la fatalidad, se conformó con su destino. Ya que había perdido a Raselda, debía concretarse a Lolita. Su nueva amiga le mareaba, le divertía con su charla graciosa y vivaz. Le aseguró que no pensaba casarse, que sería monja. Le dijo en actitud melancólica y luego se puso a reír. Y agregó, mirando al techo:

—Sólo me casaría con un hombre.

—¿Con quién?— preguntó Solís, alarmado.

—Con usted.

Y soltó la risa, mientras Solís cambiaba de colores.

Fueron a la sala, donde algunas familias se despedían. Cuando cesaron los inacabables adioses, el piano rompió en un "gato"[179] brioso y saltarín. "¡Don Molina, don Molina!", dijeron muchas voces. Hubo que buscara don Sofanor Molina. Palmarín salió, y al rato lo trajo como a la fuerza. Lo había encontrado "prendido a una botella de cerveza". Don Molina eligió como compañera a María Ramos. Una gran rueda los cercó. Los pocos señores que quedaban en el escritorio arrimáronse a la sala.

Los bailarines arrancaron. Danzaban al compás alegre y rítmico de la

---

179. **Gato**: Baile tradicional argentino de gran popularidad, sobre todo en el noroeste del país. Es de ritmo muy alegre.

música. El viejo, maestro en la clásica danza de la tierra, seguía a su compañera contoneándose y haciendo castañetas con los dedos. La compañera bailaba alrededor de su puesto y alzaba la punta de la falda, descubriendo apenas sus pies. El viejo, lleno de quebradas y de aparato, acentuaba el carácter de la escena. Los pies trazaban infinitas figuras, los cuerpos cobraban actitudes graciosas, las castañetas resonaban. "¡Bravo, lindo no más!", exclamaban los hombres. La concurrencia, rodeando siempre a los bailarines, entusiasmada, tarareaba la música y castañeteaba, decía versos del gato, ardía por soltarse a bailar. "!Bravo, lindo no más!", repetían algunas voces. El entusiasmo fue creciendo, la rueda se estrechó, y los danzantes, frente a frente, pusiéronse a zapatear. Fue un delirio. Las tres notas del zapateo, repetidas sin cesar, brincaban en pimpante[180] *stacatto*. El hombre tenía las manos a la espalda, la niña se alzaba siempre el vestido. Los pies saltaban uno detrás de otro, parecían jugar a alcanzarse, no se rozaban siquiera. Todo el pie golpeaba el suelo de plano, o lo tocaba alternativamente con la punta y el talón. "¡Tigre! ¡Dele no más", jadeaban los hombres, y toda la concurrencia, enpie, estrechaba cada vez más la rueda y reía y aplaudía. La música se fué avivando más, cada vez más. Se acercaba el final. Las notas saltaban como locas, el zapateo se hizo frenético, el baile se precipitó como en un espasmo, la música cesó de golpe. El viejo había caído a los pies de su compañera. ¡"Bravo, ah tigre, así me gusta!".

La poca concurrencia que quedaba se despidió. En la puerta Clemencia comprometía a Solís para que las visitara pronto. Lolita, por primera vez en toda la noche, se puso seria. Parecía que el baile era para ella una especie de carnaval, unas horas en las que la vida normal se interrumpía. Al despedirse de Solís, le envió una larga mirada.

Al llegar a su cuarto, Solís se arrojó vestido sobre la cama. Su imaginación estaba poblada de los recuerdos de esa noche. Se veía ligado a Lolita, sin saber cómo ni por qué. Sentía nostalgia de Raselda. ¿Qué haría a esas horas? Seguramente le esperó con ansiedad y ahora estaría llorando su abandono, sin poder dormir, ¡la pobre! ¿Quién sabe si ella también no había soñado hallarse en sus brazos esa noche? ¡Ah, si hubiera acudido a la cita! Ya se veía unido a ella en un abrazo interminable y dulce, los labios en los labios, mientras llegaban tenues rumores de la calle: el volar de una hoja, los pasos de un transeúnte. Y ellos, sobresaltándose, se apartaban. Los cariños cobraban mayor dulzura, los besos se hacían aun más exquisitos con aquel saber que les daba el temor delicioso de una sorpresa. ¡Pero todo había pasado para siempre!

Ya Raselda no sería suya. La había perdido y no podía recuperarla jamás...

Al día siguiente por la tarde, fue la partida del inspector. Los desaforados acudieron en masa a la estación y muchos curiosos, aprovecharon el suceso para matar el tiempo. Era una diversión. Las Gancedo también estaban y Solís pudo conversar con Lolita. Partía en el mismo tren Gabriel Quiroga.

---

180. **Pimpante**: Donairoso, garboso.

Grupos de muchachas en cabeza paseaban por la estación. Los profesores formaban un gran núcleo alrededor de Olazcoaga. Cada uno le hacía una recomendación, sobre todo las mujeres. Los profesores confiaban en que el informe de Olazcoaga produciría la destitución del Director, y considerábanse triunfantes.

—¡Ya era tiempo!— decían.

La campaña anunciando la partida sonó. Faltaban cinco minutos. Hubo un movimiento de alegría, pero en ese instante ocurrió algo inesperado. El contento se aguó repentinamente y una vasta sombra de mal humor, como gruesa nube que cubriera de pronto el cielo, nubló los rostros de los desaforados. ¡Se había aparecido el Director!

—¡No hay que dejarlo subir! exclamó Zoilo enérgicamente, con su terrible vozarrón.

Pero no se movía de su sitio.

El Director atravesó el grupo de enemigos, hierático y augusto. Se encerró en su camarote y no se le vio más. Los viajeros subieron al tren. Todas las manos tendíanse hacia Olazcoaga. La Vice lagrimeaba. Algunas de las muchachas que paseaban por el andén, enviaron a Gabriel Quiroga profundas, dulces miradas.

El tren arrancó entre el aplauso de los profesores. Todos quedaron cabizbajos y emprendieron el regreso a sus casas. Las muchachas, con los ojos llenos de ensueño, miraban alejarse el tren. Iba aquel tren a Buenos Aires, a la ciudad soñada y lejana, donde todo debía ser poético y grandioso y la vida una cosa encantadora.

La estación quedó solitaria. Y se dijera que aquel tren había dejado, entre los rieles de la estación, una vaga estela de melancolía...

VII

Raselda había esperado a Solís durante aquella noche del baile.

Mama Rosa, mejorada ya entonces considerablemente, se levantaba desde hacía días. Esa noche, como de costumbre se acostó muy temprano, pero, no teniendo sueño, se hizo acompañar por Raselda y por Plácida. Luego pasó rezando una larga hora antes de despedir a Plácida y disponer a dormir. Raselda fingió acostarse a las once. Luego abrió, con cuidado, la puerta de su cuarto que daba al patio. La luz de la luna inundó la alcoba violentamente.

—Raselda, ¿quién anda ahí? —preguntó la vieja al sentir el ruido de la puerta.

—Soy yo, Mama Rosa; tenía mucho calor.

Raselda volvió a la cama, se quitó los zapatos y salió en puntas de pie. Ya en el patio, se situó bajo un naranjo cuya copa asomaba a la calle. Era en el rincón que formaban la pared de su cuarto y la tapia del frente. Algunos pasos más allá, junto al portón entreabierto, Plácida, para que Solís no llamase, esperaba alertamente.

Era una noche esplendorosa. La luna llena dejaba caer sobre el patio solitario una blancura fantástica. El silencio era casi absoluto.

Raselda, a medida que avanzaba el tiempo, se ponía más nerviosa. Las piernas le temblaban, sentía vagos mareos, creía que iba a desmayarse. Cualquier ruido lejano la alarmaba, haciéndole palpitar con violencia el corazón. "Ojalá no viniera" balbuceaba en tono de plegaria. Pero al mismo tiempo quería verle, sentirse junto a él, oírle decir aquellas cosas bellas que él sabía. Deseaba que la hora llegase de una vez, y, para que el tiempo pasara más rápidamente, pensó en trivialidades: en un vestido que se había mandado hacer, en un frasquito de remedio que se rompió esa mañana, en que faltaban cuerdas a la guitarra. Pero nada le distraía, y pronto retornó a sus preocupaciones. Pensaba que podía Solís no venir, y decía con refunfuño fingido, creyendo alegrarse: "Ya no viene, ¡así son los hombres!". Luego se entristecía de veras y sus pensamientos cambiaban. Le veía entrar, darle la mano, decirle frases apasionadas y quererla besar, aunque ella, claro está, no se dejaría. Después él sentábase en el suelo junto a ella, y, conversando de mil cosas, le tomaba la mano y ella "no tenía fuerzas" para retirarla. ¡Ah, si viniera! Ella también le diría las cosas "lindas" que pensaba. Pero eso sí, nada de caricias. Y se pondría muy seria en cuanto él entrase, como reconviniéndole por visitarla a tales horas.

Un lento taconeo la sobresaltó. El corazón le empezó a latir desordenadamente, las piernas no podían sostenerla, y, creyendo que le daba algo, se recostó en el naranjo. "¡Que no sea, Dios mío!" exclamó casi sin aliento. Pero al sentir que los pasos se alejaban, tuvo una desilusión.

Plácida fue hacia Raselda. Entonces creyó que tal vez había oído mal, que probablemente Solís estaba allí, en la puerta, esperando.

—Niña, vaya a acostarse que es casi la una.

Raselda imaginó que todo su ser se derrumbaba. Y silenciosamente fue a su cuarto. Cuando estuvo en la cama quiso pensar. Pero su cabezaera un caos y no podía permanecer cinco minutos en el mismo tema. Vería el patio blanqueando bajo la noche de plata; los naranjos, que parecían fantasmas; los objetos de su cuarto, negreando en la sombra. Sintió un miedo terrible, no sabía de qué. De cuando en cuando, cada media hora, cada hora quizá, se oían pasos en la calle. Más de una vez se acercó a la puerta, abrió el ventanillo y miró. La calle dormía en soledad misteriosa y sólo oíase el run-run de la agüita corriendo por la acequia. En seguida, se acostaba precipitadamente, muerta de terror. Escuchaba, se incorporaba en su lecho y volvía a taparse. A veces se le cerraban los ojos y veía cosas extrañas. Desvariaba, soñaba despierta y pensó que se enloquecía. Quiso despertar a la viejita, levantarse para hablar con Plácida. Oyó cantar a los gallos, vio entrar a su cuarto las luces del amanecer.

Dos días más tarde recibió una carta. ¿De quién sería? Miró la letra, intentó leer al trasluz. No sabía por qué, tenía miedo. Por fin rompió el sobre y halló dentro un recorte de diario y unas líneas escritas con letra deformada. Era un anónimo y decía: "Te mando ese recorte para que te convenzas de que no debes acordarte de Solís. Sé que está enamorada y me compadezco de tu situación.

Olvida lo que hayas hablado y hecho con él— ignoro hasta dónde habrás llegado—, pues ese hombre se casará con Lolita Frutos, a quien adora". Y firmaba una amiga de la Escuela.

Raselda quedó anonadada. Sentada en su lecho, leyó muchas veces el papel. Pero cuanto más leía, más oscuras se le tornaban las palabras. Lo dejó, y se disponía a leer el recorte cuando Mama Rosa, arrastrando los pies, entró en su cuarto. Raselda ocultó los papeles pero el sobre quedó en el suelo.

—¿Quién te ha escrito hija?

Raselda, inmutada, no supo qué contestar. Mama Rosa la miró con tristeza y suspiró profundamente. Parecía que quisiese decirle algo. Su barbilla comenzó a temblarle, sus ojos se humedecieron y la abrazó. Conteniendo el llanto se fue en seguida, sin decir una palabra. Raselda no comprendía. Después le contó Plácida que también la viejita había recibido un anónimo.

—Son las guanacas, niña— exclamó Plácida.

Eran unas tales y cuales. Ahora "le hacían la cama" a su sobrina con "el niño" Solís. Pero eso no podía permitirse: era una "sinvergüenzada". Raselda declaró que si a Solís le gustaba Lolita, hacía bien en casarse con ella.

Plácida no pensaba de igual modo. Ella evitaría esa iniquidad. Solís pertenecía a su niña Raselda y ella sabía lo que era preciso hacer para arreglar las cosas.

—Yo sé lo que he de hacer— repetía tercamente.

Raselda la miró alarmada, pero no quiso preguntarle.

Cuando quedó sola se encerró en su cuarto, sacó el recorte que había ocultado dentro de la manga y lo leyó. Decía así, en su clásica literatura de periodismo provinciano.

"El dios Himeneo.[181] Se susurra que próximamente caerá bajo las garras suaves, acariciadas y apetecidas de la amable deidad, una pareja muy prestigiosa de nuestra haute. Ella: ha recibido de las hadas el don de la hermosura. Es jovencita, graciosa, muy inteligente. Su nombre empieza con la décimatercia letra del alfabeto y su apellido es símbolo de la fecundidad de la naturaleza. El: es un reputado intelectual que se halla desde hace un año entre nosotros. Es profesor y su nombre empieza con la undécima letra del alfabeto. Su apellido recuerda el del célebre navegante[182] que descubrió el Río de la Plata. Ambos llevan clavada en el corazón la certera flecha de Cupido y es probable que el año venidero entren en el glorioso templo de Himeneo".

Los ojos de Raselda se llenaron de lágrimas. Sentóse al borde de su lecho y se estretuvo en romper el recorte lentamente, en pedazos pequeños, y en mirarlos caer al suelo. No intentó guardarlo porque juzgaba que era algo venenoso, cuya conservación le traería desgracia.

---

181. **Himeneo**: El dios del casamiento.
182. **Célebre navegante**: Referencia al explorador español Juan Díaz de Solís, quien descubrió el Río de la Plata en 1516 y fue asesinado por los indios el mismo año.

Pocos días después, el primero de noviembre, comenzaba el mes de María. Raselda debía cantar en la iglesia.

El día anterior Plácida le dijo que había encontrado en la calle al "niño" Solís. Raselda levantó los hombros fingiendo indiferencia. Plácida le aseguró que Solís "no tenía nada" con Lolita. Como escribía en *El Constitucional*, el periódico del gobierno, *La Ley*, para incomodarlo, había publicado la silueta, enviada seguramente por las guanacas.

—El niño Solís la quiere siempre, niña, y usté lo quiere también.

Y agregó al oído de Raselda, viéndola pensativa:

—Yo me encargo de arreglarlo todo.

Quedaron silenciosas.

—¡Mire si viniera mañana, niña!— exclamó la sirvienta, sonriendo.

—¿Le has dicho que venga?— preguntó Raselda asustada.

—No, pero a ella "se le ponía" que iba a venir. Solís le dijo que estaba loco por ver a Raselda, que necesitaba explicarse.

—Has hecho mal, Plácida.

—¿Yo? Si fue cosa de él, niña...

Además, era mejor que viniera. Tal vez el asunto se decidiese hablando los dos mano a mano, un ratito.

Raselda comprendió que Plácida había buscado a Solís. Pero, ¿qué le habría dicho? ¡Esta Plácida! Se puso colorada pensando en que Solís pudiera creer que ella se moría por él. ¡Y no era así! Si venía no pensaba recibirle.

El primero de noviembre vencía la licencia y tuvo que ir a la Escuela. Estaba nerviosa. Las palabras de Plácida y el miedo de fracasar en clase la preocupaban. El mes transcurrido representaba en su trabajo un hueco que era incapaz de llenar. La Regente fue a su clase muy temprano. Raselda perdió la cabeza en cuanto la vio entrar. No veía ni oía. En sus oídos zumbaban las frases del cartel: "El niño es bueno", "El sapo se va al pozo". Al salir de clase, la Regente le comunicó que estaba suspendida por una semana. Se echó a llorar.

—Nada remedian las lagrimitas— dijo la Regente.

Y agregó, sonriendo con desdén:

—No le faltará cómo consolarse...

Raselda levantó la cabeza bruscamente y salió de la Escuela como huyendo.

A las ocho de la noche empezaba el mes de María. Raselda hubiera preferido no tomar parte. Pero como eran tan pocas las que "tenían voz", no pudo negarse. Además, Mama Rosa se lo había rogado y doña Críspula le dijo que cantar en el mes de María era un modo de hacer rabiar al Director.

Tardó mucho en vestirse. Lo ocurrido en la escuela aquella mañana, la seguridad de ver a Solís en la iglesia, la sospecha de que iría a su casa aquella noche, habían agravado su inquietud. No podía contener sus nervios y a veces le daban ganas de llorar. Plácida la encontró muy linda. Mama Rosa la contemplaba silenciosamente, disimulando alguna lágrima que asomaba en sus ojos arrugados y tristes.

Cuando Raselda y la sirvienta llegaron a la iglesia, ya había allí mucha gente. Las cantoras estaban a la entrada, alrededor de un armonio. La iglesia, fea y pobre, constaba de una sola nave y estaba a medio concluir. Las flores la embellecían un poco, pero escaseaban las luces. El mes de María empezó. Una voz limpia y rutilante inició el canto:

> *Venid y vamos todos*
> *con flores a María...*

Luego el coro repitió las mismas palabras. Raselda cantó con entusiasmo, olvidándose de sus penas por un instante. Cuando callaron, un sacerdote gordo leyó desde el púlpito en un librito. Su voz gangosa y monótona contrastaba con las dulces voces femeninas. Luego toda la concurrencia rezó el rosario, interrumpido, al terminar cada decena, por un trozo de canto.

Desde su lugar, Raselda divisaba a algunos hombres arrimados a la puerta de entrada. Era seguro que había otros afuera. Concurrían sólo por ver a las muchachas. Raselda miró de nuevo; Solís estaba allí. El quiso fingir no haberla visto, pero sus miradas se encontraron y tuvo que saludarla.

A la salida, Raselda pasó junto a Lolita, que también formaba parte del coro. No se conocían. Lolita miró a Raselda con curiosidad impertinente, haciéndola enrojecer. Luego levantó los hombros y sonrió con desprecio.

Cuando llegaron a la casa, ya estaba acostada Mama Rosa. Raselda fue al cuarto de la viejita, la besó y dijo que iba a estudiar. Eran apenas las nueve. Cruzó el patio y se encerró en el cuarto que le servía de escritorio, junto a la sala. Al rato, apareció Plácida.

—Una visita, niña.

Raselda se sobresaltó.

—No se asuste, es una amiga suya.

No acabó de decir esto cuando vio en el cuarto a Amelia Cálcena. Se abrazaron con efusión. Plácida las dejó solas. Amelia dijo que la visitaba a esa hora porque ella no salía sino de noche. Su madre así lo había ordenado. Estaba en La Rioja desde hacía dos días. No pensó visitarla, pues ignoraba si a Raselda le gustaría su visita. Pero como su mamá le dijo que, Raselda había preguntado por ella con mucho cariño, se decidió a venir.

Raselda la miraba como queriendo adivinar las historias que se contaban de ella. La encontraba espléndida, con su cuerpo suelto y audaz, sus ojos provocativos, y aquella cara bonita y armoniosa que recordaba las efigies de la Libertad. Y por decir algo, preguntó:

—¿Qué ha sido de tu vida?

—Mi vida— contestó Amelia— ha sido una novela.

Raselda se sonrojó, y Amelia contó su historia sin suprimir detalles. Hablaba desigualmente, a veces con lentitud, a veces precipitándose. Después de "su desgracia" la mandaron a Buenos Aires, a casa de unas parientas de su padre, unas viejas solteronas, muy antipáticas. Las viejas la obligaban a oír misa todos los días, pero ella "no podía tragar las cosas de la iglesia". Poco a poco fue independizándose hasta que llegó a tener libertad. Entonces pudo verse con su antiguo novio de La Rioja, que estudiaba Derecho.

—¿Y tenían valor?
—¿Por qué?
—Con un hombre tan...
—¿Tan qué? El me quería, los dos nos deseabamos, no podíamos casarnos porque él no tenía una posición y yo me le entregué. ¿Qué hay en eso de malo? Hemos vivido, nos hemos querido sin miedo, sin escrúpulos, sin las fórmulas vulgares del matrimonio.

Raselda la miraba asombrada. Jamás había oído semejantes cosas. No quiso preguntarle más y siguió escuchándola. Amelia refirió su rompimiento con el estudiante y sus amores con un teniente. El estudiante se iba a casar. Ella quiso impedirlo. Mandó un anónimo a la novia, pero a la muy sinvergüenza, loca por casarse, no se le importó nada. El teniente era un hombre espléndido y quería casarse con ella. Pero ella le refirió su pasado y él, entonces, "se contentó" con hacerla su querida. Después el batallón fue enviado al Chaco[183] y no vio más al teniente.

—¡Pero Amelia— exclamaba Raselda.
—No seas zonza, te voy a contar.

Faltaba lo mejor: un anarquista. Era un tipo notable. Tenía una melena "bárbara" y usaba corbata colorada. Escribía en *La Protesta*[184] y echaba discursos en las plazas. ¡Las cosas que decía aquel muchacho! Era un talento y convencía a los que le escuchaban. Hacían paseos encantadores. Iban juntos al Tigre,[185] a la isla de Maciel,[186] a otros puntos cercanos. Escribía versos preciosos, pero muy pocos para ella. ¡Cantaba a la sociedad futura con un entusiasmo!

—¡Yo tenía unos celos de la sociedad futura!— exclamó riendo coquetamente.

El anarquista quería que dejara la casa, que colgara a las viejas comesantos y se fuera con él. Se casarían por la ley del amor, fundarían un hogar establecido sobre la verdad. Pero, ¿qué resultó? Ella, entusiasmada con el amor libre, la sociedad futura, la repartición de los bienes y otras cosas, había dejado entrever algo de sus ideas, y las momias, hartas de la sobrina, encontraron pretexto para mandarla a La Rioja.

—¿Y qué es el amor libre?— preguntó Raselda tímidamente.

---

183. **El Chaco**: Provincia en el norte de la Argentina. 692.410 habitantes. A principios del siglo pasado, fue reducto de varias tribus indias. Hoy su importancia económica e industrial proviene del algodón, del quebracho, de la caña de azúcar, del arroz y del tabaco.
184. **La Protesta**: Periódico anarquista de Buenos Aires, publicado entre 1904 y 1933 como portavoz del movimiento obrero.
185. **El Tigre**: Localidad pintoresca a 25 kilómetros de Buenos Aires.
186. **Isla Maciel**: Barrio obrero en la provincia de Buenos Aires.

—¡Ah, el amor libre— exclamó Amelia como saboreándose.

Era el amor verdadero, natural; el amor que no dependía de vínculo alguno, el amor en la libertad. No podía haber nada más hermoso. ¿Porqué se habían de meter los frailes y el gobierno en cosas tan íntimas como el amor?

—¡Yo creo en el amor libre, ché!— y alzaba los ojos entusiasmada.

—No hay que decir esas cosas, Amelia.

—¿Por qué no? Yo he querido a un hombre...

—A varios— interrumpió Raselda, sonriendo.

—Es lo mismo. He querido a un hombre y me entregué a él. ¿A quién he perjudicado?

Pues así como lo hizo una vez lo haría cien veces más. La vida era muy corta y muy triste y había que vivir la vida. No valía la pena sacrificarse por el qué dirán.

—¡Hay que vivir la vida!— exclamaba con lirismo.

Raselda había quedado pensativa.

—Estas ideas te parecerán inmorales. Sin embargo, yo estoy convencida de que todas las muchachas, en el fondo, piensan lo mismo que yo.

Raselda protestó. Ella jamás había pensado tales cosas.

—¡Porque nunca has estado enamorada!

¿Acaso todas se enamoraban? Si Raselda quisiera de veras a un hombre, si lo quisiera con todo el ser, con pasión, ¿No se le entregaría si él la solicitaba?

—En un momento de debilidad, puede ser— contestó Raselda encar nada—. Pero no; yo no haría eso jamás...

—¿Y si te equivocaras?

Amelia la miró como interrogándola. Y viendo que Raselda enrojecía y bajaba los ojos, le rogó que le contara todo. Raselda, que no tenía una persona a quien hacer confidente de sus amores y sus preocupaciones, fue de una franqueza absoluta. Amelia le escuchaba en la actitud de un juez que ha de sentenciar. A veces, le hacía repetir ciertos detalles.

—¡Pero hija, vos estás enamorada— exclamó Amelia.

—Dame un consejo...

—Yo en tu caso me entregaría, ché. Te aseguro que vas a saber lo que es la felicidad, vas a vivir la vida...

Raselda, colorada hasta las orejas, objetó que alguna vez se casarían.

—¿Y vas a esperar, hasta entonces, desgraciada?— preguntó Amelia riendo.

Cuando Amelia se fue, Raselda sintió una especie de alivio. Las ideas de su amiga la habían torturado, le habían dejado la cabeza hecha un caos. Era una loca, Amelia, ¡y qué cosas hablaba! Había caído, y sin embargo no se arrepentía. Recordaba con placer sus amores y sólo sentía no volver a vivirlos. Raselda creyó siempre que una mujer que caía debía ser una desdichada, que pasaría la vida entre miserias y llantos, lamentando su falta eternamente. Y Amelia trastornaba sus ideas.

Las palabras de Amelia le preocupaban. "Hay que vivir la vida", dijo su amiga. Y ella aplicaba esta frase a su momento espiritual. La voz oculta del instinto se la repetía incesantemente. "¡Hay que vivir la vida, hay que vivir la vida!".

Pensó en Solís. No comprendía su actitud. La fue a visitar, le anunció que iría cierta noche, la habló con emoción, la besó con ansias. Pero, ¿por qué se quedó en el baile, con la otra? Ella no suponía en Solís malas intenciones. Sin embargo... Se acordó de las palabras de doña Críspula, de los consejos de don Nilamón. La sangre le llenó el rostro. Si Solís intentaba hacerla suya, ¿tendría ella fuerzas para resistir?

Su amiga le había hecho daño con sus palabras: "¿Vas a esperar hasta entonces?" ¿Por qué preguntaría eso? ¡Ah! tal vez el amor se atenúa con el tiempo, tal vez el ardor disminuye cuando la pasión no se satisface oportunamente. "Vas a saber lo que es felicidad, vas a vivir la vida", había dicho Amelia. ¿Estaría la felicidad en la satisfacción del amor? Amelia hablaba por experiencia, no tenía por qué engañarla.

Cerca de las once llegó Solís. Plácida, que le esperaba junto a la puerta, le abrió y se retiró al fondo del patio. En pie, pues Raselda no había tenido el cuidado de traer sillas, y apoyados en la tapia, bajo los naranjos y en la oscuridad del sitio, comenzaron a hablar.

Solís se excusó por haber faltado aquella noche del baile. Pero le había sido imposible despedirse. Hubieran maliciado al verle retirarse antes de tiempo.

—¿Y Lolita?

—Es un cuento, Raselda.

¡Qué gusto de intrigar tenía la gente! Esa chica era una loquita, una atolondrada. ¿Cómo pensaba Raselda que él se fijara en Lolita? Era ofenderlo. Le habían sacado una silueta en un diario, por política; cosas de pueblo chico.

Raselda, satisfecha con las explicaciones, cambió de tema. Pidióle que la protegiera del Director y le dio a entender que sólo por pedirle ese favor le recibía. El era amigo del inspector, tenía relaciones en Buenos Aires. Le refirió las palabras de la Regente. Estaba suspendida.

Y de pronto, pensando en que pudieran expulsarla, en el dolor de su abuela, en su propia vergüenza, se llevó las manos a la cara.

—No llore, Raselda— le dijo Solís compungidamente, descubriéndole el rostro.

Ella le cedió una mano, que él acarició y besó con suavidad. Luego atrajo la cabeza de Raselda y la apoyó contra su pecho. Así estuvieron largo rato. Solís la sentía como a una hermana menor y prometía escribir a Olazcoaga y a sus amigos del ministerio y hacer levantar la suspensión. Le parecía que con esos cariños fraternales su amor se purificaba, se hacía espiritual.

—¡Qué feliz me siento!— exclamó ingenuamente Raselda, disfrutando el placer desconocido de sentirse protegida en su existencia, de sentirse pequeña junto al hombre que amaba.

Solís la acariciaba en el rostro, le daba besos sencillos y afectuosos. Pero poco a poco, pasada la emoción, lejos ya de la memoria la visión de las aflicciones, cobraron las caricias un sentido nuevo. Solís la besó entonces de otra manera. Ya no la acariciaba como un hermano; unía su boca a la de ella y sus manos avanzaban disimuladamente. Raselda tuvo miedo y pretendió desasirse. Pero él la abrazó violentamente, llenándola de besos, diciéndole, con voz ahogada y torpe, cosas confusas.

—No, déjeme— balbuceaba Raselda casi llorando.

Pero al mismo tiempo se acordaba de las palabras de Amelia. Sentía una curiosidad imperativa, algo desconocido en su ser que la vencían, la voz de aquella felicidad que le auguraba su amiga. Con los ojos entornados, palpitante, llorosa, abandonó su resistencia. Y en el patio solitario, bajo el cielo magnífico, en el silencio claro de la noche de plata, fue toda entera de Solís.

Poco después, al despedirse su amante, Raselda sollozaba cubriéndose el rostro con las manos. El la miró sin comprender. ¿Por qué lloraba? ¿Estaría arrepentida? ¿La habían ofendido sus torpezas? Y sin saber qué hacer, le dijo algunas triviales frases de consuelo.

—Váyase, déjeme sola— rogó ella.

Solís partió, y Raselda cerró la puerta. Luego, sentada en el patio, lloró con ansias. Pensó que Amelia la había engañado. ¿Cómo podía llamar a eso la felicidad? Para ella había sido una tortura moral y física. El pudor, la emoción, el terror de lo desconocido, el sentir la intimidad de su ser desaparecida, la habían hecho sufrir. Le parecía que algo muy de ella, algo fundamentalísimo de su persona moral, acababa de desvanecerse.

Mientras tanto, Solís iba por la calle borracho de placer. Ahora comprendía el amor, sus dulzuras infinitas. Se reprochaba ciertas torpezas, pero otra vez no sería así. Pensaba en los encantos de las próximas entrevistas y se detenía, imaginándolas, en medio de su camino, a pesar de que deseaba llegar cuanto antes al hotel pare rememorar voluptuosamente, en la soledad de su cuarto, los goces de aquella noche.

En la confitería encontró a Palmarín.

—*Bon soir*— exclamó el profesor de francés, que conversaba con el patrón.

Se acercó a Solís. Hablaron de cosas indiferentes. Palmarín pidió un cigarrillo; había dejado los suyos en el otro traje. Solís vio varias caras desconocidas en la sala de juego. Eran hombres afeitados, con caras de cocheros y lacayos, gentes de aspecto burdo.

—Son los artistas que han llegado esta tarde— explicó Palmarín.

—¡Ah! ¿Y dónde van a trabajar?

—Probablemente en la casa de Ibáñez.

Era una casa desocupada, en cuyo espacioso patio trabajaron ya otras compañías.

—Serán una calamidad estos cómicos, algunos pobres diablos— dijo Solís, sonriendo benévolamente.

—No crea; es una compañía bastante buena, una compañía que ha trabajado en Tucumán...

—¡Ah!

Luego Palmarín empezó a hablar mal del Director. Solís le decía que **no** exagerase tanto y hasta defendió a su enemigo.

—Pero, ¿qué le pasa a usted?

Le notaba aire de alegría, desusado en él, habitualmente melancólico. Estaba optimista y hasta habló bien del Director.

—Nada, amigo Palmarín no estoy descontento de la vida.

Palmarín lo miró asombrado. Pero pensó que tal vez Solís estaba contento porque no era ya un pobre maestro de grado. Sin duda la cobranza de su primer sueldo de profesor, ese día, le había evidenciado su buena suerte. Iba Solís a despedirse, cuando vio venir a Pérez. Le dio un gran abrazo, que dejó admirado al músico.

—¿Y el viaje? ¿Para mañana, no más?

—Pa...pa... para mañana.

—¡Pero hay que despedirlo dignamente, hombre!

Y pidió champaña.

Pérez abandonaba La Rioja para siempre. El hermano recién fallecido, su único hermano, como no tenía mujer ni hijos, le había dejado algunos bienes. Correspondían al músico dos casitas en las afueras de Buenos Aires. Era poca cosa; pero ya tenía con qué vivir. Pensaba irse a París, para terminar allí sus estudios.

El patrón sirvió el champaña.

—Tengo una sed espantosa— decía Solís, bebiendo con avidez.

—¿Y su simpatía riojana?— preguntó Palmarín, que se había agregado, dirigiéndose a Pérez.

—Le he dicho que me aguarde— tartamudeó el músico.

—Hace bien, Pérez; el amor es cosa divina.

El músico miró a Solís y luego a Palmarín, que había "parado la oreja".

Solís se soltó a hablar. Divagó sobre el amor. El amor modificaba a los hombres, los hacía mejores, les ampliaba el horizonte sentimental, les infundía un nuevo concepto de la vida. Hablaba con exaltación, con lirismo. Sus ojos brillaban; parecía transformado por una gran felicidad. Pidió más champaña. Pérez se opuso, pero Solís insistió. Había que festejar, como lo merecía, el amigo que se marchaba.

Palmarín le preguntó si esas opiniones sobre el amor se las había inspirado Lolita.

—No, hombre, jamás— contestó Solís, algo mareado por el vino.

Y agregó, casi en secreto, después de empinarse otra copa:

—¡Si ustedes supieran! Soy un hombre feliz, digno de envidia...

—¡Ah— exclamó Palmarín adivinando—. ¿Se realizó por fin aquello?

—Completamente, divinamente— exclamó Solís, besándose la punta de los dedos en ramillete.

Pérez se levantó y lo agarró de un brazo.

—No crea lo que está hablando— tartamudeó, dirigiéndose a Palmarín.

Como a causa de su enfermedad nunca prueba el vino ¿sabe?, no es extraño que se haya mareado un poco.

Y llevó afuera a su amigo.

—Ha hecho mal en hablar delante de ese mamarracho— estalló Pérez, cuando estuvieron en el patio.

Era un lengua larga. Al día siguiente sabría todo el mundo lo que Solís acababa de insinuar. Había sido una grave imprudencia. Era perder a Raselda, perderse él mismo.

Solís le miraba aterrado.

—En fin, el mal está he...he...hecho...

Pero era preciso remediarlo. ¿Cómo? Contando a todo el mundo que el champaña le había emborrachado completamente y le había hecho disparatar.

Después de un silencio, Pérez preguntó:

—De modo que cayó por fin...

—Ha sido divino, che Pérez. Estoy loco. Le voy a contar.

Y como la cosa más natural del mundo, le detalló la escena. El músico lo abrazó recomendándole prudencia, mucha prudencia.

Solís se fue a su cuarto. Y Pérez, al pasar por el zaguán, vio a Palmarín sentado junto a la mesita y saboreando, con largos chasquidos de lengua, el resto del champaña.

VII

Aquella noche fue tristísima para Raselda. No durmió. Se pasó las horas en una suerte de embotamiento de su inteligencia. No podía concretar sus recuerdos ni sus imaginaciones y sentía como si tuviese telarañas en el cerebro. Quería llorar, pero las lágrimas no brotaban de sus ojos. Sólo al amanecer, su inteligencia se aclaró, entonces tuvo la sensación de su desgracia y lloró amargamente. ¡Estaba perdida! ¿Qué sería de ella? Una idea siniestra pasó ante sus ojos; pensó que tal vez su falta pudiera tener consecuencias, y aterrorizada, escondió la cabeza entre las sábanas. Pero en seguida rechazó aquella idea que no la hubiera dejado vivir y dióse a recordar de nuevo las palabras de Amelia. ¿Eso era el amor? ¿A esos sufrimientos llamaban la felicidad? ¡Ah, temía no poder vivir tranquila! Sufría no sólo por ella sino también por el Amor mismo. Una inmensa desilusión había penetrado en todo su ser. Sentía su alma entristecida y un caimiento físico y moral como en vísperas de una grave enfermedad. Ella, tan soñadora, tan romántica, ella, que amaba tanto el Amor, había sido castigada.

Al día siguiente sus pensamientos cambiaron. Analizó la historia de su vida y no se juzgó tan culpable. Era un destino triste el suyo. Pensaba que sería inútil pretender combatir contra la desgracia. Sin duda "estaba de dios" que ella caería. Con esto excusaba su falta y hasta justificaba su inevitable reincidencia. Porque ya había comenzado a deleitarse con su amor. Primero deseó hablar con Solís; para que le explicara su pena, para que no la creyese una atolondrada, para! ¡no sabía bien para qué! Luego recordó los besos, las caricias y se olvidó de sus sufrimientos. Un deseo mucho mayor ardió en todo su ser, y su curiosidad, aun no saciada, fue como alcohol en el fuego. Y entonces sólo pensó en Solís. ¿Vendría aquella noche? Si no viniese le mandaría llamar. Se alarmó de la audacia de sus pensamientos y le pareció que algo nuevo había surgido en su ser. Además, ¿no la había incitado Amelia, la misma Plácida, Solís y tantas circunstancias extrañas? Pero su suprema justificación era que ella llevaba en sí misma la razón de su falta: la había heredado de su madre. ¡Ah, ahora comprendía esas leyes de la herencia de que tanto hablaban en clase algunos profesores! Ella no era sino una víctima de la herencia, y, entregándose al hombre que adoraba, no hacía sino cumplir su destino, realizar aquella invencible fatalidad de su ser.

Solís volvió aquella noche. Quiso borrar en Raselda el recuerdo de sus torpezas mostrándose extremadamente fino. Las caricias fueron más suaves. Solís hacíase de rogar para otorgarlas, y sólo se decidía a darle un beso cuando veía a ella deseándolo. Le parecía, sin duda, que de ese modo dejaba a Raselda toda la responsabilidad. Hablaron mucho. Ella quiso referirle sus desilusiones, sus sufrimientos. Pero Solís, interrumpiéndola, afirmó con tal seguridad la desaparición muy próxima de aquellos inconvenientes, que ella, sugestionada, no pudo hablar más. Se encontró vencida. Y de nuevo se entregó, llena de curiosidad, palpitante de deseo. Pero no pudo alejar del todo sus temores; y así, llorosa y sensible, enamoraba más a Solís, sin saberlo. Al marcharse él, quedó contenta. No sufriría nada, absolutamente nada y había entrevisto algo de aquellas paradisíacas felicidades de que hablara Amelia. Sus ilusiones volvieron fácilmente porque ella las llevaba en su alma. Poseía en su ser una fuente de ensueños y de deseos que no se agotarían jamás. Los seres sensibles son como jardines: las desgracias, las desilusiones, a modo de tormentas pasajeras, los perturban y los afligen, pero dejan la lluvia de nuevas ilusiones en las fuentes del alma y del corazón.

Dos noches después, fue el estreno de la compañía. Habían arreglado para las representaciones el vasto patio del caserón de Ibáñez. En uno de los lados habían construido el escenario; en el opuesto imperaba un magnífico ombú. Los únicos palcos quedaban bajo el ombú. En la platea habían sido colocadas algunas sillas de la confitería, otras alquiladas a diversas familias y varios bancos de la plaza, cedidos por el intendente. Los que tomaban palcos debían llevar las sillas de su casa.

El teatro rebosaba de gente cuando Solís entró. Detrás de él ocupaban plateas doña Críspula, Rosario y su novio. En un palco próximo, separado de su platea por dos asientos estaban Gamaliel Frutos, su mujer, las Gancedo y Lolita, lo que bastó a doña Críspula para echarle a perder la fiesta. En el palco vecino se hallaban Miguel Araujo, don Eulalio, Zoilo Cabanillas, Pedro Molina y Palmarín, que se había hecho el invitado. Junto a Solís sentábase Urtubey.

—¡Pero qué *prezioso eztá* el teatro— repetía Urtubey.

La compañía debutaba con *El loco dios* [187]. Se levantó el telón entre el murmullo satisfecho de los espectadores. Urtubey alargaba el pescuezo y se sentaba en la punta de la silla para ver mejor. La escena debía representar una sala elegante y lujosa, pero una vil decoración de casa pobre la substituía. En medio de vergonzantes muebles, vociferaban manoteaban los cómicos.

—¿*Eze* quién *ez*?— preguntaba Urtubey, que no entendía una palabra.

Y Solís tenía que explicarle.

Era una historia de parientes codiciosos que asedian a una mujer de gran fortuna: Fuensanta. La creen enferma de cuidado y, esperando heredarla, husmean su muerte como buitres.

Apareció, por fin, el loco Dios. El cómico, enlutado hasta las orejas, de levita y sombrero de felpa, con la barba negra, hablando misteriosamente, impresionó al auditorio. Representaba a Gabriel Medina, hombre de raro talento, prometido de Fuensanta, y cuya locura constituye el asunto del drama.

—¡Jesús!— exclamó al verle doña Críspula.

Urtubey pedía explicaciones a cada rato y doña Críspula protestaba sin cesar por el nombre del drama.

—¿No le parece que es una irreverencia, señor don Julio?

Solís poco atendía a la escena. Conocía el drama, y la interpretación de aquellos infelices le interesaba escasamente. Sus ojos tropezaron más de una vez con los de Lolita. Cuando ella miraba al escenario, él la contemplaba. En una ocasión, Lolita le sorprendió. Estaba encantadora y miraba a Solís con desenfado y llena de risitas.

Al acabar el acto hubo atronadores aplausos. Los cómicos tuvieron que salir a escena varias veces para agradecer. Solís se levantó y, de espaldas a la escena, se puso a mirar a la concurrencia. Urtubey acosábale a preguntas. Doña Críspula le dijo que Rosario se casaba en enero. Solís lamentó la mala época elegida y Rosario, secamente, declaró que para casarse todas las épocas eran buenas.

—¡Para el amor no hay calor que valga! ¡Ja, ja, ja, ja...!— exclamó doña Críspula.

En el acto segundo, Gabriel ha regresado de América. Ha ganado dinero y resuelve casarse con Fuensanta. Los parientes, que, con refinada perversidad, han hecho sufrir a Fuensanta, se desesperan. Gabriel los expulsa. Y el cómico, con ademanes descompuestos, y como un energúmeno, rugía:

—¡Mira cómo les echo, Fuensanta, a los que tanto te atormentaron! La manada de seres ruines; yo, pastor del negro rebaño, me la llevo... ¡No te asustes, es que les voy azotando las espaldas!... ¡Las espaldas, no... los lomos a las bestias!

El teatro "se vino abajo".

---

187. **El loco Dios**: Obra simbólica (1900) del dramatlrgo español José de Echegaray (1832-1916). Ganó el Premio Nobel en 1904.

—¡Macanudo! ¡Bien hecho!— berreaba Zoilo Cabanillas, aplaudiendo formidablemente.

Solís salió a fumar un cigarrillo. Afuera se encontró con Gamaliel Frutos, que le invitó a pasar al palco. Y él, complacido en pensar que hablaría otra vez con Lolita, aceptó. Clemencia lo recibió con grandes muestras de simpatía y le dejó un lugar junto a su sobrina.

—¿Y qué se sabe de la Escuela?— le preguntó Gamaliel.

—Nada importante— contestó Solís, que se hallaba satisfecho y no quería "hacerse mala sangre".

—¿Y qué le parece la comedia? —dijo Gamaliel—. Buenos artistas, ¿eh? Benita creía que era un drama inverosímil. No había gente tan mala.

—Sí, ¡cómo no!— objetó Solís, sonriendo y acordándose de las persecuciones que había sufrido Raselda, y aun él mismo, por parte de sus nuevas amigas.

Luego hablaron del público. Clemencia criticó a medio mundo. De doña Críspula dijo que no comprendía cómo la dejaron entrar. Era una celestina.

Solís intentó defenderla.

—Usted lo sabe mejor que nadie— exclamó Clemencia, subrayando su intención con una risita sarcástica.

Sonó una campana anunciando el comienzo del último acto.

Solís se despidió.

—Esperamos su visita, si es que no lo entretienen otras ocupaciones más agradables— insinuó Clemencia, descubriendo, al sonreír, sus dientes de loba.

Solís prometió ir pronto. Y al dar la mano a Lolita, notó, con espanto, que doña Críspula le miraba indignadamente.

—Hablaremos del Director cuando vaya usted a casa— dijo Clemencia.

Solís no supo qué decir y salió como huyendo. Pero una vez afuera, no se atrevió a entrar durante el entreacto: se avergonzaba de que doña Críspula le hablase de su visita a las guanacas. Esperó a que el acto hubiese comenzado. Doña Críspula no le dirigió la palabra.

En los dos últimos actos la locura se precipita. Los novios se casan y Gabriel, al quedar solo con Fuensanta, le declara su secreto: es Dios. Luego los parientes pretenden encerrarle en un manicomio, pero el hombre incendia la casa.

El cómico se había enronquecido de gritar y nadie oyó sus últimas palabras.

—¡Qué hombre tan desgraciado!— exclamó doña Críspula secándose las lágrimas.

El público quedó consternado. La emoción disminuía los aplausos y muchas mujeres lloraban. De todos lados surgían exclamaciones de admiración hacia los artistas.

—¡Mejor que en el Odeón de Buenos Aires! —afirmó don Eulalio, con autoridad.

Luego que la función acabó, los concurrentes masculinos se apiñaron a la puerta para ver a las familias. Doña Críspula y Rosario fingieron no ver a Solís, quien, por visitar a la guanacas, había caído, en el concepto de ellas, demasiado abajo.

En la confitería todos felicitaban a Solís. Palmarín ya había hablado, evidentemente. Solís negaba sus amores con Raselda. Era una infame calumnia.

—¿Pero no se lo dijo usted mismo a Palmarín?— preguntó Araujo.

—No, hombre.

—A ver, ché Palmarín.

Y Palmarín, que evitaba encontrarse con Solís, disparó a la calle.

—Pues él anda desparramando por todas partes que usted le contó que...

—Lo que hay— interrumpió Solís—, es que Palmarín tomó algunos tragos de más.

Pérez le había visto mano a mano con la segunda botella de champaña, que quedó casi entera. El patrón podía atestiguar.

—Es cierto— declaró el patrón, que había oído—. Al señor Palmarín Puente tuvimos que llevarlo a su casa.

Los concurrentes estallaron en risotadas groseras.

Cuando, dos noches después, Solís volvió a la casa de Raselda, ya su amiga conocía la visita en el palco a las Gancedo. Raselda estaba profundamente triste. Pensaba que Solís pudiera abandonarla para casarse con Lolita. Era sólo una idea vaga, una sombra apenas perceptible, que ella rechazó repetidas veces con el temor de que arraigara. Solís estuvo esa noche elocuente. Le dijo las bellas palabras a las que Raselda era tan sensible. Y ella, que no deseaba sino ser convencida, le creyó con fe ciega y fue otra vez suya. Aquellos celos fugaces les unieron aún más.

Durante todo noviembre, Solís la visitó noche a noche. Se veían en la sala y allí, en plena oscuridad, pasaban una larga hora de ternura.

Aquel amor abrió en la vida de Solís un horizonte ilimitado. ¡Ya tenía por fin una querida! Había tardado en llegar la aventura que tanto deseaba, pero había llegado y el encanto superaba a todas sus imaginaciones. El temperamento sensual de Raselda, los peligros, el misterio de que rodeaba a su aventura, las citas a la noche, todo hacía de su amor el episodio más interesante de su vida. Y el comprobar diariamente, por las conversaciones, que sus conocidos no tenían un amor como aquél, sentía gran orgullo de sí mismo. ¡Ah, si supieran! Gustó las delicias de su pasión como el hambriento a quien le dieran el manjar que ha soñado. ¡Amor encantador, sin vulgaridad, y en el que tantos peligros y aflicciones eran como el poco de sal que se agrega a ciertas golosinas exquisitas.

¡Y qué a tiempo venían estas ternuras! Porque ellas mitigaban la angustiosa expectativa en que vivía él, como los demás profesores, desde la partida del Director, y le consolaban de la derrota que había empezado a vislumbrar. Las noticias de Buenos Aires eran contradictorias, y tan pronto aseguraban la caída del Director como su triunfo. Con esto, habíase animado la confitería. Los profesores, sus amigos y buen número de curiosos iban en busca de informaciones. El mejor enterado era Solís. Constantemente recibía cartas de sus amigos del ministerio, y hasta Reina se había dignado escribirle una vez. Pero los mejores datos los enviaba Pérez. Olazcoaga, según la primera carta del músico, no se había limitado a informar sobre el altercado entre la vice y la Regente. Había ido al fondo del asunto, exponiendo el malestar que advertíase en la escuela, la oposición formidable de los profesores, las arbitrariedades del Director, cuya destitución aconsejaba. Era, en concepto de Pérez, un soberbio informe, una obra maestra de psicología. El Director aparecía analizando átomo por átomo, ridiculizando en su espíritu pedagógico. ¡Cómo se había reído una tarde, a costa del Director y la Regente, leyendo el informe de Olazcoaga! En el ministerio la acusación había producido un "higienizante" efecto.

Hacia fines de noviembre llegó la segunda carta de Pérez. Era menos optimista que la primera. Albarenque, sostenido por el gobernador, se defendía prodigiosamente. Se instalaba todas ls tardes en el ministerio, donde pasaba las horas muertas esperando a que el subsecretario, el inspector general y aun el mismo ministro lo recibiesen. Según el Director; todo no era sino un "plan cobarde" de sus enemigos, quienes habían complicado a Olozcoaga; y había tenido la habilidad de convencer al gobernador, que estaba aún en Buenos Aires, de que en el fondo se trataba de una cuestión política. Y lo probaba, afirmando que Olazcoaga, quien, como sus hermanos, pertenecía al partido constitucional, "sólo frecuentó en La Rioja a los constitucionales". Olazcoaga pretendía, según Albarenque informó al gobernador, eliminarle a él, "que pasaba por afecto al gobierno", para hacer colocar en su puesto a cualquier correligionario. Y a fin de obligar más al gobernador, el pedagogo, contando con la expulsión de Raselda, inevitable después de las revelaciones de Palmarín, le había prometido solicitar el nombramiento de otra sobrina del mandatario.

—Hay que matarlo a ese hombre— bramó Zoilo Cabanillas, cuando Solís leyó la carta en la confitería.

—Convendría delegar una persona para contrarrestar su influencia— dijo don Eulalio.

Y agregó tímidamente:

—Yo podría encargarme de eso...

Las carcajadas de los tertulianos le hicieron desistir de su ofrecimiento. Se había olvidado que no podía ir. Los exámenes, que comenzaban el primero de diciembre... las ocupaciones...

—Lo que debemos hacer— dijo Migoya— es un telegrama.

El encabezaría las firmas para que no se creyese que se trataba de política. Además escribiría una larga carta al gobernador. Todos aceptaron, pero, no obstante reconocer la urgencia nadie se movía.

Llegaron los exámenes.

Los profesores, en la secretaría, conversaban formando grupos, hablando mal del Director y de la Regente. En cuanto al conflicto, las opiniones optimistas predominaban. Todos creían que el informe de Olazcoaga sería decisivo.

De pronto se produjo un acontecimiento inesperado que consternó a todos. En la puerta, con aire altivo, había aparecido el Director. Se quitó el sombrero y avanzó por entre los profesores, con una sombra de sonrisa irónica en los labios.

—*Zeñor director*, tanto bueno por acá— exclamó Urtubey, babosamente, saliendo a recibirle.

El Director cruzaba la sala saludando a los profesores con una insignificante inclinación de cabeza.

—Su estada en Buenos Aires habrá sido útil para la Escuela... —dijo la Regente que caminaba a su lado.

—Así es, señorita— contestó el Director, mirando a los profesores oblicuamente.

Y se encerró con ella en la dirección. A Urtubey, que pretendió entrar, la Regente dióle con la puerta en las narices.

—Señores: estamos perdidos— dijo Migoya, en su habitual tono oratorio.

—¿Por qué?— preguntó Zoilo Cabanillas.

—¿Pero no ven la cara de triunfo que tiene ese hombre?

El Director, en efecto, se creía triunfante, y, en tal seguridad, había abandonado su campaña para venir a La Rioja. Su acusación contra Olazcoaga, apoyada por el gobernador, había causado efecto en el Ministerio.

Los exámenes comenzaron aquella mañana. Generalmente duraban diez días, pero esta vez iban con tal lentitud que no terminarían en todo diciembre. Los profesores habían convenido proceder así, para que el Director no volviese pronto a Buenos Aires. El Director estaba furioso, pero no sospechó la confabulación.

También le molestaban los profesores mostrándose en exceso benignos con las examinadas, no reprobando a ninguna.

Cierta mañana, a mediados de diciembre, el Director recibió un largo telegrama de Buenos Aires. Hallábase examinando a las alumnas de pedagogía, haciéndoles preguntas sutiles y hasta capciosas. Al leer el telegrama palideció. Quedó pensativo y luego empezó a preguntar en forma agresiva, no ocultando sus intenciones hostiles. Al clasificar, reprobó, de acuerdo con la Regente, que también tomaba exámenes, y contra el voto de la vice, a casi todas las alumnas.

Aquella misma tarde se marchó a Buenos Aires.

Desde ese día, las noticias que llegaron a los profesores fueron cada vez más pesimistas. Un amigo del ministro escribió a Solís pormenores alarmantes. Decíale que todos los profesores serían destituidos y que sólo quedaría el Director y la Regente. Entre los desaforados se produjo un verdadero pánico y cada cual no pensó sino en salvar su puesto. Solís creyó necesario entrevistarse con las Gancedo. Eran las únicas personas que, desde allí, podían ejercer influencia en favor de ellos. Tenían estrecho parentesco con uno de los senadores nacionales, persona de real prestigio político.

Pero Solís no se animaba a visitarlas. Temía disgustar a Raselda. Su querida, tal vez sin pretenderlo, dominábale completamente, con ese poder que tienen las mujeres suaves y tristes y que es más profundo y persistente que el poder de los espíritus enérgicos. Raselda le obligaba a visitarla todas las noches. Le rogaba de tal modo que le era imposible no complacerla. Sin embargo, a veces pretendía resistir a aquella voluntad. Notaba en él cómo iba disminuyendo el encanto. Y no la deseaba como en los primeros días, y más de una vez quiso faltar a la cita. Sentía cierto agotamiento físico y una nerviosidad que lo alarmaba. Pero no reveló a Raselda nada de esto, y continuó sometiéndose, en ocasiones de mala gana, a sus tenaces exigencias.

Una noche decidió por fin visitar a las Gancedo, acompañado de Migoya.

Los recibieron en el patio, en reunión de familia. Solís se sentó junto a Lolita. Migoya se pudo a hablar con Clemencia.

—Usted sabe— dijo Migoya— que el Director se propuso a Benita para reemplazar a Solís en el grado.

—Demasiado lo sé...

—Bueno, y sabe también que para sustituir a Raselda, que seguramente será expulsada, ha propuesto a otra sobrina del gobernador...

—¡Qué dice?— interrumpió Clemencia, colérica.

Ella no sabía nada de eso. En seguida telegrafiaría al senador. Le diría qué clase de hombre era Albarenque. Después, por carta, le contaría al gobernador que Albarenque le despreciaba y le estaba engañando.

—¡Ay, señor!— exclamó Benita, tiernamente.

Solís, mientras tanto, hablaba con Lolita. Había llegado, impulsado, sin duda, por el coraje que le daba su conquista de Raselda, hasta hacer a la chica un principio de declaración. Se había olvidado de la maestra, y nuevamente, como en aquella noche del baile, la comparación favoreció a Lolita.

Esa noche no fue a casa de Raselda.

Los últimos días de diciembre pasaron sin novedades para Solís. pero en enero se produjo cierto incidente que, aunque en apariencia trivial, decidiría de su destino.

Fue en la noche del primero, el día más solemne de aquella semana, consagrada a las fiestas del Niño Alcalde[188].

Solís, desde por la mañana, había estado nervioso y preocupado. Apenas durmió la noche antes. Las inquietudes que sus visitas a Raselda le ocasionaban, los peligros de ser descubierto, la alteración que sufría su salud con el exceso amoroso, y el pensar en Lolita, le impidieron pegar los ojos. Pasó las horas apenas adormecido, sobresaltándose a cada momento. Una angustia inexplicable le atormentaba a ratos. Pensaba estar enfermo, tenía miedo de amanecer muerto. Sudaba a mares, con un sudor frío, como antes de venir a La rioja. Se levantó varias veces: a cerrar la puerta porque entraba luz, a respirar un poco de aire porque se ahogaba en el cuarto. Encendió la vela innumerables veces. ¿Qué tenía? ¿Estaba enfermo otra vez? Y a sus pensamientos angustiosos, a

---

188. **Niño Alcalde**: Gran festividad religiosa de La Rioja. Según una leyenda, San Nicolás se encontró una vez ante una rebelión de indígenas. Apareció el Niño Jesús como un niño de doce años con las insignias de alcalde, y por su intercesión se puso fin a la sublevación.

sus pesadillas, se mezclaban los recuerdos de Raselda. Para alejar las inquietudes, se ponía en ocasiones a pensar en ella. Pero el recuerdo de los besos apasionados, de la miel de aquel amor, ya no le abstraía un solo instante.

Las dos últimas noches no había visitado a Raselda. Ella no quiso que fuera porque la ciudad estaba llena de forasteros. Habían venido del campo, se decía, cuatro mil personas a presenciar las seculares fiestas del Niño Alcalde. La ciudad estaba revuelta. La gente se acostaba tarde, había infinitos bailes por las noches; cualquier conocido podría verle entrar.

Aquella mañana del primero de enero, Solís se quedó en la cama hasta cerca de las diez. Cuando estuvo vestido fue a la plaza. El sol abrazaba ferozmente. Pero él quería ver las fiestas, aunque las suponía idénticas a las del día anterior, en que se realizó el famoso encuentro de San Nicolás[189] y el Niño Alcalde. Esa mañana hervía de gente el ángulo de la plaza que enfrentaba a la Matriz. Era una multitud sucia, repugnante, cuyos hedores a mugre arcaica y tradicional llenaban la plaza. Movíase como alelada, esperando que "la misa del santo" concluyese. No había cabido en la iglesia. Eran gentes del pueblo, paisanos venidos de las sierras y las llanuras riojanas. Tenían la mayor parte rasgos indígenas: el color cobrizo, la barba rala, el pelo cerdoso, los ojos mongólicos. Las mujeres vestían de colores chillones. Una llevaba falda amarilla con un triángulo azul a un costado, bata verde y velo rojo; otra, vestido y mante violeta, con gruesa guarda amarilla en el ruedo de la saya, y, a la cintura, un colgante cordón blanco. Varias iban con hábitos de beatas, de color granate o de un morado episcopal. Una lucía un inmenso rosario de cuentas. Los hombres vestían traje de ciudad, pero muchos calzaban ojotas. Se reunían alrededor de los árboles. Algunos comían sucias pastas compradas a vendedores ambulantes y que era preciso disputar a las moscas. Una mujer vendía sandías y melones, y un sirio, bajo un gran parasol, ofrecía "todo a veinte". Una pobre insana, que vestía un rotoso peinador —donación, sin duda, de alguna señora acomodada— con un blanco chambergo de hombre, la cara chupada, los ojos trágicos, la mano paralítica entre el gentío su horror humano. Un gramófono sonaba en la esquina bullangueramente.

Como en el día anterior, abundaban los *allis* y los *alféreces*. Solís se complacía en observar los extraños adornos que usaban los allis o "pajes del niño Dios". Se les acercaba, los miraba con curiosidad. Porque era realmente pintoresca aquella vincha que rodeaba la cabeza. Algunas parecían quepis

---

189. **San Nicolás de Bari**: Vicepatrón de algunas localidades de La Rioja. Su fiesta se conmemora el primero de enero. El encuentro de San Nicolás con el Niño es la culminación de esta fiesta. San Nicolás y el Niño presiden sendas procesiones que parten de sitios opuestos y por fin se encuentran. En la corte que circunda al Niño están El Inca como jefe supremo, los vasallos, los cofrades y alféreces. La corte de San Nicolás tiene un alférez mayor, otros alféreces subordinados y algunos esclavos.

militares, a los que faltara el fondo. Eran de papel esmaltado: rojo, azul, oro o plata. Sobre el papel se extendía una guarda de puntillas ordinarias; y en el centro lucían florecillas secas o artificiales, prendidas con alfileres. Ciertas vinchas ostentaban por delante un espejito. Además de la vincha, los allis llevaban en el pecho, como los mendigos la autorización para pordiosear, un peto o escapulario, también "de esmalte", con iguales florecillas, con idénticos espejitos. Y otro escapulario a la espalda, sobre la que caían, como una coleta, varias cintas de papeles de colores, las que colgaban de la parte trasera de la vincha.

Solís no encontraba quien le explicase la razón de semejantes vestimentas. Y así se alegró al ver a Cabanillas, el rector del Colegio. Cabanillas tenía una gran preparación histórica y nadie mejor que él conocía las tradiciones locales.

—Pero todo esto, ¿qué significa?— preguntó Solís.

Se trata de conmemorar la conversión al cristianismo de los indios que poblaban estas comarcas— contestó Cabanillas.

San Nicolás había convertido a los caciques mediante un milagro, pero los indios resistían la sumisión de sus jefes. Iban a sublevarse, cuando el niño Dios, vestido de Alcalde, fulgurante de luz y de belleza, se les apareció saliendo de entre las nubes. Los indios comprendieron la voluntad divina, y la tribu, instantáneamente, quedó convertida.

—Acabo de saber— le dijo en seguida Cabanillas— que su nombramiento como profesor del Colegio está a la firma, o mejor dicho: que ha estado a la firma.

¿Desde cuándo?

—Desde hace dos meses.

Había sido en los días en que el Director se fue, cuando se extendió el decreto. Allí había evidentemente un obstáculo serio; este obstáculo no podía proceder sino del Director.

—Yo le aconsejo— dijo Cabanillas—, que se vaya a Buenos Aires.

Solís quedó pensativo. Iba a hacer algunas preguntas a Cabanillas, cuando estallaron bombas, anunciando el fin de la misa. Los alféreces y los allis salían de la función y trataban de colocarse en filas.

—Si quiere verlos bien, esperémoslos en la Casa de Gobierno— dijo el rector.

—Bueno; pero yo no entro— contestó Solís—. Ya sabe que en esa santa casa me quieren como a un dolor de muelas.

—Así es— repuso Cabanillas—. Creo que lo harían añapa, si pudieran.

Y agregó:

—Nos quedaremos en la calle, junto a las ventanas.

Allá fueron. Desde su sitio vieron entrar al gobernador. Era el hombre fornido de siempre, alto, con su espesa barba negra y su aire pachorriento. Le acompañaban el ministro general y algunos altos empleados. Desde la calle,

Solís veía el salón de recepciones: un cuarto grande con sillones panzudos y dorados.

Al cabo de un rato empezóse a oír un tamborcito distante. Luego el son del tamborcito se fue acercando y una extraña procesión se presentó a los ojos de Solís. En dos filas paralelas, a ambos costados de la calle, venían como doscientos hombres a pie. Llevaban en la mano una lanza, forrada de género rojo o azul, con una crucecita en la punta y a lo largo globos de trapo envueltos en tules azules. En el centro de la procesión venían, en montón informe, los allis. A la cabeza, como los que en las procesiones católicas llevan el palio, iban los allis tradicionales, aquellos que ejercían el cargo hereditariamente. El primero de ellos era el Inca, un pobre viejo, arrugado y andrajoso. Marchaba debajo de un arquito forrado de género y con globos de trapo a lo largo, y cuyas puntas dos allis sostenían gravemente. El Inca tocaba un tambor muy pequeño, casi como de juguete. Parecía un sacerdote de algún culto extinguido.

En medio del día esplendoroso, bajo el sol opulento, aquella procesión resultaba triste. Las tonalidades rosadas de las banderas, los colores vistosos de las vinchas y los escapularios de los allis, los trajes de las mujeres que seguían la procesión, aumentaban lo pintoresco de la escena sin suprimir su melancolía. Los pobres hombres disfrazados que formaban en la procesión parecían embrutecidos y abatidos. Sus rostros indígenas revelaban la miseria de su raza, las devastaciones del alcohol, la tristeza de la vida rural.

Pero ya los principales de la procesión, que habían entrado en la Casa de Gobierno, se disponían a cantar, frente al gobernador y a los altos dignatarios. Cabanillas y Solís se aproximaron a las rejas. En la sala de recepciones el gobernador y todos los presentes escuchaban en pie. Los indios cantaban al son monótono del tamborcito:

> *Año nuevo pacarí*
> *Niño Jesús Cancharí,*
> *Tintillalli llallincho,*
> *Corollalli llallincho...*

Era un canto doloroso, evocador, bárbaro, pleno de carácter. El tamborcito marcaba el ritmo y las voces entonaban la melodía. El Inca empezaba el canto con su voz gangosa y rota, y los demás coreaban.

Solís se había reconcentrado. Aquella música doliente, toda quejumbre y resignación, estaba impregnada de un hondo fatalismo. La amarga tristeza de las razas vencidas penetraba en su alma. La música ridícula de aquellas pobres gentes que le evocaba las montañas solitarias, las cumbres de seis mil metros, las nieves perpetuas del Famatina[190] y le cantaba, en su torpe lenguaje, la canción de la Muerte y del Heroísmo.

---

190. **Famatina**: La Sierra de Famatina es un área montañosa en la provincia de La Rioja. La cima se llama el Nevado de Famatina, con una elevación de 6025 metros.

—¡Qué extraño, qué doloroso!— exclamaba Solís.

Los indios continuaban cantando. Sus voces eran destempladas y roncas. El Inca permanecía casi inmóvil bajo el arco, poseído de la importancia de su papel. Cuando golpeaba el tamborcito, el arco se inclinaba a modo de reverencia y los allis doblaban la rodilla. Los versos decían:

> Mama y virgen copacá,
> Mama y virgen copacá...

Solís, impresionado, sentía que todos los argentinos formaban una sola estirpe. De otro modo ¿cómo pudiera emocionarle a él aquella pobre musiquita? Había algo en la tonada de los indios que venía desde el fondo de los siglos pretéritos, desde lo más profundo de la raza. Sí; eran todos los argentinos hermanos de estos hombres, hijos como ellos, de estas mismas tierras indianas.

Cuando terminaron se les dio cerveza y vino. La concurrencia se dispersó, y los hombres se dirigieron a una calle próxima donde se efectuarían las carreras. Solís y Cabanillas fueron allá.

A lo largo de las aceras se había colocado la concurrencia. En un extremo de la calle sin empedrar amontonábanse los alfereces. De pronto arrancaron dos hombres a caballo. Corrían a la par, sin preocuparse ninguno de llegar antes que el otro. Daban alaridos salvajes y se atropellaban con los caballos. La gente reía y aplaudía. Detrás salieron otros, y otros después. Nubes de polvo se levantaban y el calor sofocaba intolerablemente. Solís y Cabanillas decidieron irse.

—¿Qué le ha parecido la fiesta?

—Muy interesante, llena de carácter, de tradición.

—Es un carnaval anticipado— arguyó Cabanillas, quien, en calidad de hombre culto, se creía obligado a despreciar la fiesta.

—No, no es un carnaval— insistió Solís.

Era un espectáculo emocionante. Le había hablado con la voz de la raza. No había visto nunca nada tan típico.

—Es una muestra de atraso— dijo Cabanillas.

—No, doctor.

En Europa se conversaban todas estas cosas. En Inglaterra, sobre todo.

—¡Ah, en Inglaterra!— exclamó Cabanillas.

Los ingleses eran muy rutinarios. Guardaban todas sus vejeces. ¿Qué era la fiesta de la coronación de los reyes?

—Esto, lo que usted ha visto.

—Me parece que habrá alguna diferencia— objetó Solís, sonriendo.

—Más o menos — contestó Cabanillas como si tal cosa.

Llegaron a la plaza. Un muchachón vestido de allí, que iba cerca de ellos saludó a Cabanillas.

—¿Quién es ese individuo?— preguntó Solís.

Lo encontraba a cada momento, en la calle, al salir del hotel. Y esto desde hacía un mes. Cualquiera pensaría que espiaba.

—Es un muchacho... el hijo de la celadora de la Escuela.

Se despidieron frente a la botica de don Nume.

—¿Sabe que empecé el segundo tomo?— dijo Cabanillas tendiendo la mano a Solís.

Era una inconmesurable historia de La Rioja que el rector escribía. Constaría de seis gruesos volúmenes. El primero, listo para la imprenta, trataba del descubrimiento de América y de la situación de España en aquellos tiempos. El segundo se concretaba a la conquista y colonización de América. La historia de La Rioja no empezaba, en realidad sino en el cuarto volumen. La obra tenía en todos los tomos este epígrafe: "La historia argentina no ha sido escrita". A Solís le había leído casi todo el primer tomo; y por esto, cada vez que Cabanillas anunciaba los progresos de su obra, Solís se inquietaba.

—Le he de leer las páginas nuevas, le van a interesar— dijo el rector despidiéndose.

Solís iba a alejarse, cuando oyó que don Nume lo llamaba.

—¿Y eso, amigo?

Se refería al conflicto de la Escuela. Desde que comenzó, don Nume vivía desolado. Mil veces aconsejó al Director, a Solís, a don Eulalio, a todos los desaforados, para que abandonasen la contienda. Era inútil. Su prudencia y su seso venerables habían perdido todo prestigio.

—Ustedes están locos— gruñó— Ya no escuchan la voz de la razón.

—¿Y qué quiere que hagamos, don Nume? ¿Qué solución propone usted?

—¿Qué solución? Quedarse tranquilos, ser prudentes... No tendrán así no más un Director como Albarenque, todo un pedagogo de campanillas, un maestro... este... un maestro, pues.

Solís se despidió y se fue al hotel.

Las palabras de Cabanillas le preocupaban. Aquel nombramiento suyo de profesor del Colegio realizaba sus momentáneas ambiciones. Con dos cátedras viviría holgadamente. Pero el Director se cruzaba en su camino e impedía la salida del nombramiento. Era preciso, pues, luchar contra el hombre funesto y aniquilarle para siempre. Pero, ¿cómo? El otro combatía desde Buenos Aires, apoyado por políticos influyentes. ¿Qué podía hacer él? Irse a Buenos Aires, ¿no sería inútil? Era mejor esperar algunos días. Escribió a Pérez pidiéndole que averiguase lo afirmado por Cabanillas y preguntándole si creía que su presencia en Buenos Aires conviniera a sus intereses.

A la tarde se realizó la procesión. Desde la plaza, bajo un sol formidable, vio desfilar a los alféreces o abanderados del Niño Dios. Cruzábales el pecho una gruesa banda con espejos y flores. Las "banderas", aquellos palos forrados de género que Solís viera por la mañana, parecían lanzas extrañas.

Era un fantástico espectáculo de color el que ofrecían aquellos hombres broncíneos, desfilando lentamente, silenciosamente, como un escuadrón de caballería, con sus banderas miserables y chillonas, por las pobres calles de la ciudad, en presencia de las montañas grises, bajo el sol calcinante.

Más tarde, una multitud de cinco mil seres humanos formó la procesión del Niño Alcalce. Solís, desde el balcón del hotel, miraba el espectáculo y lo encontraba penetrante de poesía y sencillez. Recordaba sus años infantiles, sus antiguas creencias, el encanto de las fiestas cristianas. Y de pronto se sintió enternecido. ¡Ah, cómo los años cambiaban al hombre! Un deseo de ser sincero, de ser sencillo de corazón le invadió. La procesión daba la vuelta a la plaza. En las esquinas se detenía frente a los altares improvisados, cubiertos de flores. Los acólitos esparcían incienso y una banda tocaba marchas fúnebres. Cuando la procesión pasó bajo su balcón, Solís sintió una fuerza desconocida que le hacía doblar las rodillas. Miró hacia todos lados, se vio solo y se inclinó respetuosamente.

Allá iba la imagen del Niño Alcalde, venerada por un pueblo entero. Hombres ínfimos venían de todos los rincones de la provincia, desde los confines de los Andes, a honrar al Niño celestial. Una larga tradición de poesía y de milagros rodeaba a las imágenes de San Nicolás y del Niño. Eran los patronos del pueblo, los protectores de la raza vencida, los amigos de aquellos pobrecitos indios que conservaban, en sus humildes corazones, la fe que les inculcara a sus abuelos el suave San Francisco Solano. Y allá iba toda aquella grey sumisa y creyente. Caía la tarde. El sol doraba las cumbres, y, entre el repicar de las campanas y el aroma de los naranjos, un perfume de fe sencilla se derramaba en el ámbito. Solís pensaba en Raselda. Su actitud con ella había sido desleal, ambigua. Sentía un peso en la conciencia y deseaba quitárselo de encima. Deseaba que pasaran las horas rápidamente, llegar a ella, decirle la palabra amiga y buena que había tardado en pronunciar. ¡Pobre Raselda! ¡Sí, la haría su esposa, le daría su nombre!

A la noche, y mientras el tiempo pasaba, fue con Araujo y don Molina a los bailes tradicionales de aquella noche. Visitaron cierta casa donde se celebraba "una aloja"[191] Era una reunión clásica, con baile y borrachera, para saborear las primeras copas del castizo brebaje. Solís nunca lo había probado, y le desagradó. Luego fueron a varios ranchos. Bajo las enramadas, a la sola luz de un candil, hombres y mujeres, sentados en bancos y troncos de árboles, formaban rueda. En uno de aquellos bailes un muchacho tocaba un tango en la guitarra y cantaba:

> *Yo me llamo Fortunato,*
> *de apellido Peñaflor...*

Solís, distraído, sólo pensaba en Raselda. A las doce se dirigió con sus

---

[191]. **Aloja**: Reunión o fiesta alegre con baile y canto, con ocasión de probar la aloja, una bebida hecha de agua, miel, y varias especies.

compañeros al centro de la ciudad. Era un curioso espectáculo el que ofrecían los arrabales. Hacia los cuatro lados del horizonte se divisaban luces lejanas y se oían vagas guitarras. En todos los ranchos se bailaba. Era una noche de embriaguez que terminaba en orgías. Hora de ardores sensuales, las libaciones y las danzas excitaban a los hombres. Las gentes de aquellos ranchos dormían al aire libre, bajo las enramadas de las parras. Y a media noche, la sombra y la inconsciencia de las borracheras favorecían las promiscuidades. Los instintos bestiales salían a flor de piel, mientras las guitarras lloraban zambas[192] melancólicas y se extendía en los aires el dolor de las vidalitas.

La puerta de Raselda estaba cerrada. Solís golpeó suavemente pero nadie abrió. Entonces, desesperado, con la angustia de que pasara su buena resolución, enardecido por aquella noche dionisíaca,[193] trepó a la tapia. Iba a descolgarse sobre el patio de la casa cuando vio pasar, por la acera de enfrente, al individuo que le seguía. Quedó frío, mirándolo. ¡Estaba descubierto! Luego, tambaleándose, pasó un borracho con un acordeón. Se detenía, y en la noche callada, silenciosa, sin otra luz que la de las estrellas, junto a las paredes blancas, hacía sonar el acordeón y decía fragmentos incoherentes de una tonada de la tierra.

---

192. **Zamba**: Danza criolla de parejas. En La Rioja, la forma tradicional de este baile es el zapateo.
193. **Noche dionisíaca**: Noche en que se bebe mucho. Es una referencia a Dionisos, el dios griego del Vino.

TERCERA PARTE

I

El verano transcurría monótono para Solís.

Todo el mundo había salido a veranear, y apenas quedaban en la ciudad los empleados inferiores y las familias pobres. Los amigos y conocidos de Solís se habían dispersado por los pueblitos de las montañas. Los Cabanillas estaban en Nonogasta; Miguel Araujo, en Chilecito; don Nilamón había partido a Santiago, donde su único hermano, enfermo del corazón, se hallaba grave; don Nume y varios profesores de la Escuela veraneaban en Sanagasta: una poética aldea de la quebrada, a pocas horas de La Rioja. El único amigo de Solís que aun quedaba en la ciudad era Palmarín. Frecuentaba más que nunca la confitería y, como de costumbre, se olvidaba siempre de los cigarrillos en el otro saco. Los que podían, aprovechaban las vacaciones para tomarse unos días de Buenos Aires. Eran días de franchachela y libertad, no amenguados en lo más mínimo por los calores de la metrópoli. Pérez, instalado ya en Buenos Aires definitivamente, escribía a Solís largas cartas. Era feliz, y, salvo los recuerdos amistosos, no sentía nostalgia ninguna de sus horas riojanas. Vivía dedicado al arte y al amor. Había encontrado a Araujo, consagrado por entero a las *pensions d'artistes*. Pero lo más interesante fue la escena que presenció una noche en el Casino. Había oído, en una mesita próxima a la suya, mientras tomaba su whisky durante un entreacto, una voz conocida. La voz hablaba un francés estupendo, "muy superior" al de Palmarín, con una asidua concurrente. Miró bien, y "por poco más se desmaya" al ver ¡a don Eulalio en dulce coloquio con una voluminosa hija de Germania!

En el hotel no había más pasajeros, fuera de Solís, que un viajante de comercio. Era un muchacho español, solista y botarate. Se ponía el sombrero a un lado y usaba, como en las playas, cinturón y zapatos blancos. Solís, acometido todas las noches por el españolete, no tuvo otro remedio que someterse a sus empujes verbales y aceptarle como compañero de mesa. El individuo era aficionado al teatro y casi no hablaba de otra cosa. Sentía sincera y profunda lástima por Solís, que vivía en un pueblo adonde no iban buenas compañías; y despreciaba a La Rioja, una ciudad —¡dónde se había visto, hombre!— que no tenía teatro. Los malos cómicos eran su preocupación dominante. Les odiaba por su audacia, por el poco respeto que demostraban hacia ciertas obras.

—Mire usté— le dijo una noche a Solís—. En Santo Tomé, una compañía de cómicos de la legua, ¿sabe usté?, de cómicos de tres al cuarto, ¿comprende usté?, tuvo la audacia de representar, ¿a que no sabe usté qué?

Solís pensó en *Hamlet*,[194] en *Edipo*[195], en *La vida es sueño*.[196]

—¡*La alegría de la huerta*![197]

—¿*La alegría de la huerta*?— preguntó asombrado Solís, que recordaba haber oído una zarzuelita de ese nombre.

Y cambiando de tono, conteniendo las ganas de reír, exclamó:

—¡Verdad que se necesita audacia!

Las visitas a Raselda estaban interrumpidas. Desde aquella noche, durante las fiestas del Niño Alcalde, en que el hijo de la celadora le viera entrar en casa de la maestra, Solís comenzó a espaciar las entrevistas. Todo el pueblo conocía el suceso, lo que le molestaba indeciblemente. Desde entonces notábase observado. Las gentes le miraban con maliciosa curiosidad; algunos sonreían al verle, y no faltaron quienes le felicitaran y le pidieran detalles sobre su conquista. Era preciso, pues, no dar tema a las murmuraciones. No visitaría a Raselda muy seguido hasta que las lenguas callaran y la curiosidad disminuyese. Y se lo dijo así a su amiga.

Además, cada día se atenuaba la intensidad de su amor. Dos meses llevaba gozando, casi a diario, de la aventura y esos dos meses por poco habían agotado la fuente, antes colmada, de sus deseos. Su castidad forzosa, y su temperamento nervioso y sensual, le habían impulsado a la satisfacción violenta de sus apetitos. Le incitaba sobremanera la pasión insaciable de Raselda; pero nada le empujaba tanto al goce del bien que poseía, como aquella tendencia suya, manifestada muchas veces en su vida, de darle por entero, sin reservas, a su pasión del momento. Y así, pronto empezó a cansarse. Con el agotamiento físico vinieron las decepciones, ocultas y subterráneas al principio. Comprendió que su pasión no sería eterna, e insinuó a Raselda, invocando sus temores de ser visto, la necesidad de enrarecer las visitas. De otro modo— esto, naturalmente, no se lo dijo— pronto se hartaría de ella.

---

194. **Hamlet:** La tragedia shakespeariana (1603) en que Hamlet se esfuerza por vengarse de la muerte de su padre.
195. **Edipo:** La tragedia *Edipo rey*, escrita por Sófocles (495-406 A. de J.C.).
196. **La vida es sueño:** La célebre obra filosófica (1635) del dramaturgo español Pedro Calderón de la Barca (1600-1681).
197. **La alegría de la huerta:** Zarzuelita (1898) del compositor español Federico Chueca (1846-1908), que gozó de enorme popularidad en su época. No hubo quien le superara en el cultivo de la zarzuela en un acto, comúnmente llamado el género chico.

Como era lógico, ya no pensaba en Raselda. No deseándola, raras veces la imaginaba. No tenía, pues, en qué entretener sus horas de vacaciones. De día, el calor y las moscas no le dejaban leer. A la noche tampoco leía, pues encender luz era atraer a los mosquitos. ¿Cómo llenar las tediosas, las mortales horas de aquellos días?

La tertulia de don Nume había sido suspendida por el veraneo del farmacéutico. Las de la confitería llevaban una existencia lánguida. Por distraerse, acudió varias veces a la imprenta de *El Constitucional*. Allí encontraba a Regúnaga, que le informaba sobre chismes políticos. Regúnaga era el único empleado a sueldo en el periódico y llevaba el título de redactor en jefe. Era chiquito, esmirriado, feo y se decía nieto de Facundo Quiroga. A Solís le hablaba de literatura, haciéndole preguntas pueriles. ¿Qué era mejor, la octava real[198] o la octava italiana? ¿Quién valía más como escritor: Joaquín González o Almafuerte? En la imprenta, varias veces, vio Solís individuos de mal aspecto que escondíanse cuando él entraba. Cierto día, al atardecer, bajaron al sótano grandes bultos. Regúnaga le confesó cautelosamente que se tramaba una revolucioncita.

Un lunes por la mañana, hacia fines de enero, Solís recibió noticias de Buenos Aires. Como siempre que los calores le arrojaban de la cama, se paseaba en camisón y zapatillas por el balcón de su cuarto. El día nublado y el calor sofocante daban a Solís la sensación de que todo estuviese inmóvil. En una casa vecina tocaban en el piano *El carnaval de Venecia*[199]. Las montañas aparecían intensamente violáceas.

—Hola, amigo; refrescando ¿eh?

Era el viajante, que subía hacia el cuarto de Solís, con el sombrero en la nuca y zapatos blancos. Tenía muchísimo que hacer y sólo había subido para saludarle. Pero se quedó media hora dando a Solís una feroz acometida.

En esto entregaron al profesor una carta y un telegrama.

El telegrama era de Araujo, quien decíale que el asunto de la Escuela tomaba mal aspecto y que su presencia en Buenos Aires era urgente. La carta, de Pérez, confirmaba con detalles el telegrama. El pedagogo, fuertemente apoyado por el gobernador atacaba a Solís con terco empuje. El descubrimiento de aquella noche perjudicaba a Solís, y ya nadie dudaba de sus amores con Raselda. Solís debía ir a Buenos Aires para defenderse.

—¡Canalla!— exclamó Solís al concluir la carta.

—¿Qué pasa, qué pasa?— preguntaba el viajante, azorado.

Solís entró en el cuarto y empezó a vestirse, maldiciendo al Director y echando interjecciones. No hacía caso del viajante, que, a propósito de enojos,

---

198. **Octava real**: Forma métrica de ocho versos de once sílabas cada uno. Riman los versos uno, tres, cinco; los versos dos, cuatro, seis; y siete y ocho.
199. **El Carnaval de Venecia**: Canción popular italiana del siglo XIX usada como tema para variaciones por muchos compositores, entre ellos Paganini, Herz, y Benedict.

recordaba uno que él tuviera en Trenque Lauquén[200] viendo destrozar *El rey que rabió*. Solís, mientras se vestía, preparaba la maleta.

—Pues mire usté que *El rey que rabió*[201] es una pieza, vamos, que debe verse.

Si Solís hubiera oído a aquellos cómicos habría tenido un disgusto.

—Me parece que no, y creo que *El rey que rabió* es una estupidez— contestó Solís con fastidio.

Y agregó, ante el asombro de su interlocutor:

—A mí nada me disgusta, ni el oír hablar a usted.

—Pero diga, vamos, eso será broma— exclamó amoscado el viajante— porque si no...

Solís, que acomodaba su ropa en la valija, levantó la cabeza— Si no, ¿qué?
—Porque si no, me marcho...

—Váyase; no quiero otra cosa.

Y el viajante se alejó con aire digno, haciendo sonar los ladrillos del piso.

Solís empezaba a alegrarse de "tener que hacer" ese viaje. ¡Volver a Buenos Aires! Aunque por pocos días, era una felicidad. Tenía que agradecer al Director la campaña en su contra, porque de otro modo, sin pretexto ninguno, jamás hubiera atrevido a realizar un viaje tan costoso. No tenía dinero, y nadie se lo prestaría para un simple paseo. Pero para atacar al Director cualquiera se lo facilitaría de buena gana. Además, que su triunfo era seguro. El sabría luchar contra el Director. En cuanto a la acusación de sus amores con Raselda, se reirían en Buenos Aires. ¡Ir a Buenos Aires con esas mojigaterías! ¡Sólo lamentaba el separarse de ella. Pero ¿la extrañaría de veras?

Fue a la confitería, para pedirle dinero al propietario.

—¿Deseaba hablarme, dice? Cuando guste, señor Solís.

Era generoso y buen camarada el patrón. Cuando bebía con sus clientes, nunca les permitía que pagaran. Solís le pidió dinero prestado, explicándole la urgencia del viaje. El ahora era profesor; el próximo mes ya podría devolverle algo.

—Oh, señor Solís, no necesita darme tantas explicaciones. Todo lo que precise voy a prestarle.

Solís almorzó tarde, contra su costumbre. No quería encontrarse con el viajante. Pero el viajante comió en otra mesa y ni siquiera le saludó al pasar.

¿Echaría de menos a Raselda? Se lo preguntaba sin cesar. Una preocupación zumbábale a cada instante: que pudiera aprovecharse de la ausencia para abandonar a su querida. No, no haría jamás esa infamia. Su deseo, ¿no era casarse con ella en cuanto pudiese? Pero al pensar esto, sintió cierto desagrado inexplicable. Algo runruneaba en su alma aconsejándosele desistir de casarse. Era estúpido, después de haber satisfecho sus deseos tan ampliamente. Su

---

200. **Trenque Lauquén**: Ciudad de la provincia de Buenos Aires, con 22.504 habitantes.
201. **El rey que rabió**: Zarzuela cómica (1891) del español Ruperto Chapí (1851-1909).

relación con Raselda no parecía que iba a tener consecuencias; no había, pues, mal ninguno que remediar. Además, ¿no era peligroso casarse con mujer de tanto temperamento? El bien sabía que ella le adoraba, que se había entregado por amor, ¡qué él la había conquistado! Pero la voz delmal consejo, como un ruidito persistente y molesto, le mostraba la facilidad de aquella entrega y la posibilidad de convertirse en mala esposa quien fué tan frágil de soltera.

—¿Por qué pienso ests cosas? —se preguntaba, disgustado de sí mismo.

Trataba, aunque sin gran esfuerzo, de rechazar sus pensamientos. Pero ellos, a veces, le vencían. Y él entonces, con delectación morosa, poníase a detallar imaginativamente la ruptura lenta e insensible.

Era en Buenos Aires. El, al llegar, le escribía una carta apasionada. No pensaba sino en ella. Pero luego salía a la calle, visitaba a sus amigos, iba al teatro. Empezaba a olvidarla. Veía mujeres admirables, verdaderas bellezas. Raselda ¡la pobre! no valía nada junto a ellas. Algunas le miraban, y él, ahora que se sentía audaz, las conquistaba. Una señora que vivía en el hotel se enamoraba de él perdidamente. Mientras, él conseguía quedarse en Buenos Aires, cambiando las cátedras por su antiguo empleo. Estaba sano; podía hacerlo. ¡Pobre Raselda! Ya nunca la vería más! Ella se desesperaba de amor. Pero al fin se resignaba a su destino, aunque sin cesar nunca de adorarle.

Se sorprendió de estas imaginaciones. Pensó que si no fuesen puerilidades, exceso de fantasía —lo que revelaba, según él, su espíritu literario— sería un miserable. Y se pasaba la mano por la frente, como para borrar los malos pensamientos.

El mozo del comedor le preguntó si quería café.

—Sí, café fuerte, bien cargado.

Y se puso a fumar un cigarrillo, mirando el techo.

Después de almorzar escribió a Raselda. La carta empezaba fríamente, con la explicación de su viaje. Pero luego quiso poner alguna frase cariñosa. No le salía. Culpó al calor y a las moscas. Dejó la carta para más tarde. Se recostó y se puso a pensar en su querida, a fin de que, sugestionándose, pudiese "salirle algo". Reconcentró en ella su ternura, la recordó con lástima. La vio sola, sin madre, sin vinculaciones de ninguna clase, desacreditada, sufriendo por culpa de él. ¡Pobre Raselda! ¡Qué vida tan triste y miserable la suya! La compadeció profundamente y se enterneció. Saltó entonces de la cama y, como inspirado, tomó la pluma. De un tirón escribió toda la carta. Las frases amorosas le brotaban. Le pedía perdón por tener que irse a Buenos Aires; pero, sin decirlo, tales palabras nacían de pensar en el mal que le había hecho y en los días desolados que pudieran venir. Con absoluta convicción, con lágrimas en los ojos, le escribió que la adoraba. Al concluir dibujó con la pluma un redondel en el que puso un beso. Raselda debía colocar sus labios allí mismo. ¡Era el beso de despedida!

Cerró la carta, pero no quiso mandarla hasta momentos antes de salir el tren. No fuera que se le ocurriese a Raselda ir a la estación. Aunque ella no se atreviera, su carta era tan linda que ¡quién sabía!

Después de haber escrito, experimentó un gran alivio, como quien ha cumplido un deber penoso y se encuentra libre de toda obligación.

En la estación vio a Migoya y a otros conocidos.

—¿De viaje, Migoya?

—Por unos días, no más.

—¡Qué suerte, hombre!

Y bajando la voz:

—¿Sabe lo que pasa? ¿No? Pues Albarenque, hombre, está triunfando, y la culpa la tiene el gobernador, su amigo ilustre, que lo sigue protegiendo, ¿Usted no le escribió?

—Si, pero es que por carta no se hace nada. Yo no convenceré.

Solís dudaba. El gobernador era de los que "se perdían de puro finos". No había hombre con más vueltas, sutilezas y enredos de toda clase. Jamás se sabía lo que pensaba sobre ninguna cuestión. Era un provinciano típico.

—Bueno, bueno— interrumpió Migoya, mirando a todos lados rápidamente, de miedo a que alguien le sorprendiese oyendo criticar al gobernador.

Y agregó, despidiéndose:

—Luego hablaremos más despacio, en el tren.

—Pero es preciso que usted, amigo íntimo de Su Excelencia —dijo Solís sonriendo— desenmascarar al Director.

—Lo haré— contestó Migoya, halagado y dándose aires de persona influyente.

Raselda recibió la carta de Solís mientras dormía la siesta, a eso de las cuatro y media, después que el tren había partido.

—Buena noticia, niña— dijo Plácida entrando en el cuarto y mostrándole la carta desde lejos.

Abrió la persiana y, riendo de oreja a oreja, exclamó:

—¿Qué me da por la albricia, niña?

—Dámela, Chacha, dámela ligero...

Plácida le entregó la carta.

Raselda al borde de la cama, agachada sobre el papel, se puso a leer. Sus pies estaban descalzos y la camisa, muy abierta, dejaba ver el comienzo de sus pechos morenos. Sobre la espalda caían los cabellos en desorden.

Plácida apoyó sus brazos esqueléticos sobre el espaldar de la cama y dijo maliciosamente, con su tonada perezosa:

—¡A ver qué es lo que dice!

Se disponía a contemplar la felicidad en el rostro de Raselda. Pero Raselda parecía impresionada. Leía con ansia y su pecho palpitaba. Los ojos se le llenaron de lágrimas.

—¿Qué pasa, niña? Dígame la verdad.

—Se va, Chacha, ¡Se ha ido ya a Buenos Aires!

—¡Hijuna...!

—No, Chacha; se ha ido a defenderse, a defenderme a mí contra el director. Plácida no se convencía.

—Sí, Chacha, te aseguro que es así.

Y agregó casi llorando:

—Si vieras como me quiere el pobre, me adora, ¡cómo me quiere!

—Así ha'e ser— contestó Plácida con fastidio y salió golpeando la puerta.

Raselda, cuando quedó sola, besó la carta infinitas veces. Buscó el retrato de Solís que guardaba en su cómoda, y lo besó hasta el cansancio, con los ojos desbordantes de lágrimas. ¡Si no volviera, ella se enloquecería! Pero no. Allí estaba su carta llena de ternura, revelando en cada frase, en cada palabra, su profunda pasión. El también sufriría de ausencia. Y ya le veía en Buenos Aires —¡el pobre!— escribiéndole cartas tiernísimas; recordándola noche y día; pensando, al ver a otras mujeres, que su Raselda era mejor que todas. Y ella no tenía celos. Sabía, con certeza absoluta, que él ni miraría a las demás mujeres.

Empezó a vestirse lentamente. Mientras tanto, múltiples recuerdos le asaltaban. Se interrumpía a cada instante para absorberse en la contemplación de alguna escena, de algún beso inolvidable, del rostro de su amante. El día estaba muy nublado y en el cuarto, casi a oscuras, apenas se veía. A ella le agradaba aquella penumbra tan propicia al divagar amoroso. A veces, para gozar mejor sus imaginaciones, se tendía en su cama. Allí, con los ojos cerrados voluptuosamente y los brazos cruzados sobre el rostro, se daba a la delicia de sus sueños de amor.

Salió al balcón. El cielo estaba gris, cargado de agua. De cuando en cuando pasaban cortas ráfagas de viento que hacían temblar los árboles de las aceras. El agua corría como inquieta por la acequia. Una campana de iglesia tocaba tristemente la oración.

Se retiró en seguida de allí. Estaba demasiado anegada en su pensamiento y sentía el pudor de su felicidad. Temía que alguien, al pasar, leyera sus imaginaciones en su frente, que viese sus ojos, con las huellas del llanto. Se sentó en un sofá, dentro de la sala, junto al balcón.

¡Era divino el amor! Ella recordaba todo, detalle por detalle. A veces, en su entusiasmo, abría los brazos, y los estrechaba en el aire, entregando su busto, pudorosamente, como para un abrazo del amado. Otras veces, después de largos pensamientos, quedaba como dormida, con los ojos entornados y con el cuerpo laxo. Y cuando preveía alguno de estos instantes, empujaba la hoja de la ventana y se entregaba a su recuerdo.

—Está pensativa la niña— habló Plácida desde la puerta.

Raselda se sobresaltó como si hubiera sido sorprendida en una escena íntima.

—La señora Críspula la mandá llamar; quiero hablar con la niña por cosas muy urgentes.

Cuando Raselda, después de comer, fue a ver a doña Críspula, experimentó, al entrar en el zaguán, notando el silencio de la casa, una impresión de tristeza.

—Estoy enteramente sola, hijita— le dijo doña Críspula.

Galiani había ido a Chilecito y los cuartos de Solís y de Pérez no habían sido ocupados por nuevos pensionistas. Después, el casamiento de Rosario había sido una catástrofe para ella. Se aburría horriblemente, se sentía triste. ¿Que cómo la dejó ir a Rosario a Catamarca? Pero ¿qué iba hacer? Cierto que con el empleo del muchacho y el de Rosario hubieran podido vivir como magnates, pero él no quería que Rosario trabajara. Su sueldo en Catamarca era muy bueno. Había sido ascendido; y merecidamente, porque el muchacho era hacendoso, seriecito, "muy aspirante".

Se sentaron en el cuarto que había sido de Solís y que a esa hora estaba fresco.

Raselda miraba la cama donde había dormido Solís, la mesa donde había estudiado, la silla de hamaca donde tantas veces habría pensado en ella. Todas aquellas cosas estaban penetradas de melancolía. Raselda se puso triste y recordó al pobre Solís que estaba en viaje. ¿Por dónde iría a tales horas?

—Estás preocupada, hijita.

—¿Yo?

¿Para qué negar? doña Críspula sabía todo lo ocurrido. Ella se lo anunció. Jamás le gustaron sus relaciones con Solís. Pero ahora ¿qué se iba a hacer? Sólo quedaba remediar el mal, ocultarlo, suprimir por completo los amores con ese hombre. Pero no era para hablar de eso que la había llamado.

Y explicó. La sobrinita de las Gancedo, Gertrudis, discípula de Raselda, no había sido promovida al primer grado superior. Las guanacas acusaban a Raselda de haber vengado en la chica un antiguo desaire de Benita.

—Pero si la chica no sabe ni leer— interrumpió Raselda.

—Me imagino, pero ellas han encargado a Gamaliel, que se fue a Buenos Aires, que pida el envío de un inspector.

—¿Para levantarme un sumario?

—Sobre este asunto y el de tus amores.

Ya veía si era grave. Y el inspector, un tal Martínez Cáceres, llegaba pronto, según Frutos telegrafió a las Gancedo. Era preciso ser muy circunspecta, tener cuidado con las contestaciones a las preguntas que el inspector le haría.

—Aunque —agregó suspirando doña Críspula— creo que todo será inútil.

Los amores los sabía el pueblo entero. La Regente, las Gancedo, el Director, habían hecho espiar a Solís. Y era una cosa muy grave. Los padres de familia no podían ver con gusto que fuese maestra de sus hijos una mujer que mantenía relaciones prohibidas con un hombre.

—Entonces, señora, ¿me echarán de la escuela? —preguntó Raselda con la voz estrangulada de angustia y mirando a doña Críspula con ojos que rogaban compasión.

Doña Críspula se conmovió y, tomándole una mano, le dijo: —No sé si llegarán a tanto, hijita pero...

Convenía estar prevenida. Lo peor era engañarse, hacerse ilusiones. Por eso le había hablado con franqueza. Por lo demás, ella la miraba como a una hija. Y si al comienzo de sus relaciones con Solís le había puesto "cara de palo", era explicable: Rosario estaba en su casa, y de novia.

Raselda, ante este acuerdo, soltó el llanto.

—Hijita, —le dijo, lagrimeando, la señora—, no he querido afligirte. No te echarán de la escuela, no lo harán, no.

Y si así sucedía, ¡qué se iba hacer! De todos modos nunca le faltaría el pan.

—¡Cómo no acordarme que has sido tan amiga de Rosario —exclamaba besándola y babeándole la cara.

Raselda, desde esa tarde pasó varios días como sonámbula. Creía que se idiotizaba. No podía concretar su pensamiento y las ideas se le iban. Dormía muy mal; pasaba las noches semidespierta. Y apenas probaba la comida.

Una semana después de la pártida de Solís, el lunes antes de carnaval, fue a la casa de Raselda el portero de la escuela. Mandábala llamar la Regente. El señor inspector deseaba hablar con ella.

El inspector la esperaba en la secretaría, conversando con la Regente. Al ver a Reselda, la Regente salió en puntas de pié. Martínez Cáceres recibío a la maestra sin levantarse, con aire de impórtancia. Era amulatado, bigotudo y de rostro antipático aunque de líneas correctas. Vestía de chaqué y hablaba con acento declamatorio. Raselda se sentó en la punta de una silla, con la vista baja y el rostro arrebolado. El inspector le hizo varias preguntas indiferentes. Ahora había abandonado su actitud administrativa y trataba de hacerse simpático. Parecía decir que él no tomaba muy en serio su misión. Ella le contestaba con monosílabos, sin mirarle.

—Bueno— dijo el sujeto después de un silencio—. Ya sabrá a qué vengo, señorita.

Y tomó una postura familiar, sonriendo, como si indicase que aquello era una farsa, pero que convenía disimularla. Luego dijo que había diversas acusaciones contra Reselda: de venganza contra una alumna, de falta de preparación, y de algo más.

Y al decir esto la miraba sin dejar de sonreír. Raselda acabó de ponerse colorada.

El inspector declaró que las dos primeras acusaciones no le interesaban. ¿Quién podía comprobar que en el aplazo de una niña hubo venganza? ¿Comó era posible, en una simple indagación saber si una maestra estaba mal preparada para el puesto? En cuanto a la última acusación.

Se interrumpió sonriendo, acercó su silla a la Raselda y le dijo melosamente:

—Le prevengo que no doy importancia a estas cosas. Si los hombres podemos gozar de la vida, ¿Por qué las mujeres no han de hacer lo mismo?

Y la devora con los ojos.

—¿No le parece?

Raselda no osaba mirarle, muerta de venganza.

—Yo soy tolerante en estas cosas, muy tolerante.—decía, como hombre que conoce todas las miserias humanas y no tiene ya nada nuevo que ver.

Era humano que una mujer se entregara a un hombre... de cuando en cuando. Era humano, demasiado humano.

Y sonrió a su frase nietzscheana, espiando el efecto que produciría en Raselda. Pero Raselda parecía no haber comprendido la gracia. Después acercó más su silla y en tono cálido, con voz velada, entrecortada, le dijo:

—Lo que no perdono es que... esos ojos tan... bellos, y esos labios, sean solamente para el señor Solís.

Y tomó a Raselda una mano, pero ella se la retiró bruscamente, con gesto de repugnancia, como si un reptil la hubiera tocado.

El nombre de Solís, oído en ese instante, puso una gota de dulzura en el amargo cáliz que Raselda estaba bebiendo. Se olvidó por un momento del sitio en el que se hallaba y se imaginó en los brazos del amante, gozando de sus besos, oyendo la música de sus palabras. Sonrió de satisfacción; sus ojos se animaron. Levantó la vista y se encontró con la mirada obscena del inspector. Hizo un leve gesto de disgusto y volvió a su actitud dolorida. El inspector comprendió su inhabilidad al nombrar a Solís; e intentando otro rumbo, le dijo en tono amistoso:

—Todo se puede arreglar, señorita. Y yo le doy mi palabra de funcionario y caballero que su asunto quedará en nada.

Raselda creyó que el inspector se arrepentía de su actitud, y se atrevió a mirarle con cierto agradecimiento en sus ojos. Pero el inspector, al sentirse mirado, imaginó que sus palabras habían producido efecto. ¡El conocía a las mujeres! Y creyendo haberla conquistado, le habló con voz susurrante, sin excesivo calor en la frase para no intimidarla.

—Todo quedará en nada —repitió—. Pero es preciso que yo obtenga algún beneficio.

Raselda lo miró como interrogándole. No había comprendido. —Sí, que hagamos mutuas concesiones. Yo sacrifico mi deber profesional y usted...

Y con los ojos relucientes, queriendo tomarle una mano, le musitó al oído:

—Y usted. concédame una entrevista para esta noche. Raselda separó su mano violentamente y se levantó indignada.

—No sea mala. Me contento con un beso —decía siguiéndola. —Déjeme, señor — contestaba Raselda con los ojos llenos de lágrimas.

Un beso, no más. ¡Qué le cuesta! Ya le habrá dado bastantes al otro.

Raselda sintió de pronto que le entraba un coraje desconocido. Tal vez sería porque el recuerdo de Solís le daba fuerzas para defenderse. Y se dirigió hacia la puerta. Pero el individuo se interpuso.

—Mire que todo puede perderlo –amenazó el funcionario teatralmente–. Me basta cumplir con mi deber para que usted y su querido vayan a la calle.

Raselda quedó anodada, paralizada en medio del cuarto. Las piernas le temblaban y le parecía serle imposible dar un paso. Al verla así, el mulato, con los dientes apretados, se fue hacia ella como para abrazarla.

—Tan rica, y tan mala conmigo.!

—Salga de aquí —rugió Raselda, sintiendo que renacía su valor. El mulato la iba a abrazar cuando vio que la maestra, para defenderse, agarraba una regla sobre la mesa. El hombre se achicó al verla enfurecida y la dejó escapar. Raselda huyó desesperada.

La Regente entró. Parecía que nada hubiera visto ni oído. El funcionario estaba en pie, junto a la mesa, como si arreglara papeles. Le temblaban las manos. La Regente le interrogaba con los ojos sobre el resultado de la entrevista. Pero, como no le contestaba, se iba a retirar.

—Señorita Regente —dijo llamandola—, este asunto está ya terminado.

—¿Declaró la verdad, señor inspector? —preguntó la Regente con adulonería.

—Sí, mas o menos —dijo Martínez Cáceres retorciéndole los bigotes—. He visto en su fisonomía cuanto necesitaba ver.

Y agregó con importancia:

—Yo tengo mucha experiencia en estas cosas. Diez años de inspector, imagínese. Me ha bastado verla para comprender que es una mala maestra, una mujer sin pudor.

Y haciendo un gesto complicado con las manos, los ojos y la cabeza, con el que indicaba que todas las simulaciones eran inútiles contra su penetración psicológica, declaró, sonriendole a la Regente:

—Me ha bastado verla, señorita, me ha bastado verla.

II

Raselda quedó enferma de aflicción. ¡Estaba perdida irremisiblemente! Después de aquella entrevista, ¿qué podía esperar sino la expulsión? Pero la más triste era no tener a quien pedir ayuda. Solamente Solís podía salvarla, él que tenía amigos en el ministerio y era íntimo de Olazcoaga, ¡él, que la quería tanto! Momentáneamente esta idea la consoló y hasta llegó a alegrarse de su desgracia, pensando que así le daba a su amante ocasión propicia para librarla del peligro. Pero luego se ahondó más su congoja recordando que él también —¡ah, ya no había esperanza para ellos! —estaba comprometido.

Ese mismo lunes antes de carnaval, seis días después de que partiera Solís. llegó su primera carta. Era extensa y abundante en frases de cariño. Le contaba que los asuntos iban mal, le hablaba de Martínez Cáceres. El ignoró el viaje del inspector hasta última hora. Por si habiá tiempo, le recomendaba mucho cuidado. Era un canalla el tal Martínez Cáceres. La carta concluía con una infinidad de abrazos y besos y se despedía llamándose "tu maridito querido".

¡Qué oportunamente le llegaba esta carta! Porque ya llevaba tres días sin vivir. Una preocupación horrible, angustiosa, la atormentaba incesablemente. La indignación que le produjera la actitud del inspector, su humillación de saber que la creían una perdida, la sospecha de su inminente expulsión no eran nada, no eran absolutamente nada, al lado de la espantosa idea que devastaba su vida. ¡Creía estar embarazada! Se pasaba las horas en penosa cavilación. Cada día en su lento transcurrir, le confirmaba sus temores. Y lo peor, lo más triste, era no poder consultar a nadie, no tener una amiga íntima a quien narrarle sus angustias. Porque ¿estaba segura de no equivocarse? Ella había oído decir que el síntoma considerado como infalible, ocurría también por alguna enfermedad: la tuberculosis, por ejemplo. Y pensaba, casi con alegría, que estaba tuberculosa. ¡Todo era preferible a la catástrofe de su vida que tan sigilosamente se anunciaba! Consolada un tanto con la idea de la enfermedad, pasó algunas horas menos terribles. Durante un día entero se observó, creyendo encontrar a cada rato síntomas de tuberculosis, "de su felicidad". Hasta llegó a no probar la comida. Pensaba que así los síntomas se aclararían y podría ella tranquilizarse, vivir ¡aunque fuese enferma y muriéndose!.

Ese mismo día contestó la carta de Solís. ¡Ah, si pudiera contarle sus desesperaciones! El sabría consolarla seguramente, él que era tan bueno y la quería tanto. Pero, ¿cómo escribir semejantes cosas? Más de una vez tuvo la palabra en la punta de la pluma, pero un pudor invencible la detuvo. Pensó que la carta pudiera perderse, que personas extrañas la leyeran. Se resignó a no decirle nada y le escribió dos largos pliegos llenos de amor y de tristeza. Era su segunda carta. Las frases, en la incoherencia de la pasión y de la angustia, salían tímidamente y se cortaban sin cesar, en lamentable balbuceo. Lloró sobre su carta con infinita desolación.

—Raselda, ¿Qué te pasa?— preguntó afligida la viejita.

—No sé, Mama Rosa; debo estar débil seguramente.

Tuvo que sentarse. Veía que todo daba vueltas, y, temiendo decir disparates, permaneció silenciosa.

Mama Rosa la miraba con profunda melancolía.

—Hace días que no estás bien, Raselda. Te veo apenada, pensativa... Hoy tenías los ojos llorosos...

—Sería irritación, Mama Rosa; leí mucho esta mañana.

No era más que debilidad. Ella lo sabía. Ahora pensaba alimentarse mejor, tratar de dormir bien.

—Que te examine Nilamón, pues...

—No, Mama Rosa, él no... —exclamó de súbito, con acento de alarma.

No había pensado en que el médico podría verla, y le llenó de terror la sola idea de hallarse en su presencia. Pensó que él lo adivinaría todo en una mirada, que se lo conocería en la cara, en el cuerpo, no sabía en qué...

Notó que la abuela había quedado pensativa como ante un enigma indescifrable. Largo rato permanecieron calladas. Luego la viejita levantó los ojos y miró a su nieta lentamente. Raselda se estremeció.

—Esta mañana— dijo la viejita con tristeza— oí que llorabas...

Raselda no pudo más. Y ocultando la cara entre los brazos, se soltó a sollozar.

—Pero, ¿qué hay, hijita?— preguntó Mama Rosa en un comienzo de lloriqueo.

La maestra contestó con palabra entrecortada a las preguntas de la abuela:

—Es que usté... me dice... no sé... unas cosas...

—¿Pero qué te he dicho, hija de mi alma? ¿Te has ofendido?

Y agregó llorosa, ella también:

—Venga acá, mi hija querida, venga conmigo.

Raselda se sentó en la cama y recostó su cabeza en el pecho de la abuela. Mama Rosa, con los ojos llenos de lágrimas, suspirando sin descanso, la besaba y acariciaba dulcemente.

Tres días después, el jueves, llegó la segunda carta de Solís. Diez líneas, escritas al correr. Le preguntaba qué había hecho el inspector, si habló con ella. En el ministerio asegurábase que la resolución estaba a la firma; pero nadie conocía su texto. No le escribía más largamente por falta de tiempo. Entre los teatros, los paseos por Palermo, las visitas a sus amigos, no le quedaba ni media hora libre. Al final había un "te abraza" frío y como de obligación, que entristeció a Raselda. ¿Se acordaría de ella Solís, entre tantas diversiones? ¡Ah, ahora temía que no volviera a la Rioja! Había oído hablar tanto de los encantos de Buenos Aires, de la ciudad prodigiosa que atraía a los hombres con su cantar de sirena, que todo lo juzgaba posible. Y al pensar esto se replegaba de tal modo en su pacedimiento, que se volvía insensible a la presencia de la vida exterior.

Contestó a Solís su carta y la mandó al correo con Plácida. Cuando la sirvienta regresó, Raselda acababa de recostarse. Estaba mareada, casi no distinguía las cosas de su cuarto.

—Infinidad de noticias, niña— exclamó la mujer.

El inspector se había ido a Buenos Aires esa tarde. Había vuelto el gobernador por la mañana, se esperaba revolución y decían que Solís estaba comprometido. El Director, todavía en Buenos Aires, quedaba sin ayuda con la venida "del gobierno". Las niñas Gancedo escribieron a su pariente del Senado y a don Gamaliel para que influyesen contra el Director.

—¿Y quién te ha contado tantas cosas?— preguntó Raselda para cortar el monólogo.

—La encontré a Rita, pues.

—¿Pero no sabía la niña a qué Rita se refería? A la cocinera de las Gancedo. ¿Qué otra podía ser?

Plácida no acababa de referir los chismes que había oído en la calle. Raselda, con el pensamiento en su desdicha, no la escuchaba. La interrumpió más de una vez con la esperanza de poder confiarse a la sirvienta, Pero Plácida volvía a sus historias callejeras, empeñándose en comentarlas.

Raselda sentía imperativamente la necesidad de hacer a alguien sus confidencias. Aquel secreto, atormentándola, agrandaba su dolor. Toda la tarde, buscando una ocasión, anduvo detrás de Plácida, y más de una vez insinuó algo que la denunciaba. Pero Plácida no era capaz de adivinar. Raselda desesperábase. Había resuelto no pasar ese día sin consultar a la sirvienta, y al atardecer, en la cocina, mientras Plácida preparaba la comida de la noche, se atrevió a decirle que quería contarle algo grave. Y salió huyendo de la cocina, en el temor de agregar una palabra.

A la noche, después que la viejita se acostó, salieron ambas a la acera. Hacía calor. En algunas puertas, grupos de personas platicaban reposadamente bajo el aire nocturno.

—¿Qué me quería decir, niña?

—¿Yo?— preguntó Raselda asustada.

Y agregó, viendo el asombro de Plácida:

—Es cierto, quería hablarte; pero aquí no.

—Vamos adentro, entonces.

—No, Chacha, adentro tampoco; otro día, mañana... —rogó con voz emocionada y precipitadamente.

Plácida la miró. Raselda ocultando el rostro, se volvía para entrar en la casa. La sirvienta, siguiéndola, y agarrándola de un brazo, le dijo:

—Niña, dígame lo que le pasa.

Pero Raselda huía hacia el fondo del patio. Plácida la hizo sentar a su lado, en un banquito de la cocina, junto a la tapia del fondo.

Raselda, sollozando entrecortadamente, se apoyó en Plácida. La mujer la acariciaba, pasándole las manos por los cabellos, besándola. Se acordaba de cuando Raselda era chiquita. La había alzado desde que la trajeron de Córdoba, la había cuidado con cariño, la había querido como si fuese una hija. Y empezó a hacerle preguntas. Raselda le confesó que se había entregado a Solís. Pero Plácida no encontraba en ello razón para afligirse. Al contrario, ahora el niño Solís se casaría. Era un caballero y no la dejaría deshonrada.

—No es eso, Chacha, no es por eso que lloro. —balbuceó Raselda, aniquilada de sufrimiento.

Plácida vislumbró la verdad. Se llevó una mano a la cabeza, aterrorizada, y en un instante comprendió que era culpable de todo. Había favorecido los amores, y fue por ella, únicamente por ella, que Solís se atrevió a continuar su aventura. Pero temiendo afligir demasiado a Raselda no reveló sus sospechas. Y le dijo, más cariñosa que nunca:

—Dígame todo niña; yo lo he de remediar, cualquier cosa que sea...

Raselda no contestó. Esperaba que Plácida, para evitarle la vergüenza de hablar, le preguntase. Plácida, comprendiendo, la interrogó. ¿Tenía miedo la niña que su relación con Solís pasara a ser cosa seria? ¿Creía que su amor había dado fruto? ¿Temía estar...? Raselda contestaba con la cabeza afirmativamente llorando de vergüenza. ¡Santo Dios! ¿Y por qué creía eso la niña? ¿En qué se fundaba? Raselda expuso la razón de sus inquietudes y Plácida, sin vacilaciones, la cercioró. ¡Para qué engañarla!

Se hizo entre las dos mujeres un silencio angustioso. La noche estaba oscura, y, por encima de la tapia, las montañas se divisaban vagamente. Había una quietud plena; sólo destruía el grave silencio nocturno los sollozos de Raselda. Plácida, abrumada de preocupaciones, no sabía qué decir. Por fin, como continuando su pensamiento, musitó al oído de Raselda:

—¿Y el niño Solís, ¿sabe?

Raselda se estremeció. Luego, profundamente abatida, hundió la cabeza en el pecho. Plácida repitió la pregunta y ella contestó negativamente, quedándose con los ojos vagos, con la mirada lejana.

—Niña, no vaya a escribirle— rogó Plácida.

Raselda, desde esa noche, cayó en un anonadamiento afligente. Andaba de un cuarto a otro como asustada, como alelada, con los ojos desmesuradamente abiertos. A cada instante veníanle cortos sollozos que no podía reprimir. Otras veces sentía tan intensos deseos de llorar con ansia, que se refugiaba en algún rincón o corría a su cuarto, como loca. Una especie de inconsciencia la penetraba y hubiera querido no existir. Pensó en el suicidio. Alguna vez se sorprendió rezando con los ojos hacia el cielo. Hizo promesas y volvió a creer en todo, como cuando era chica. La abuela no comprendía por qué su nieta estaba así. pero no se animaba a interrogarla, temerosa de saber la verdad.

Al atardecer del día siguiente en que habló con Plácida, Raselda fue a la iglesia. Rezó con devoción y se confesó. La angustia le brotó de todo su ser y la envolvió como una llama. Ofreció a Dios su dolor y sintió un gran consuelo. Una sensación extraña la invadió, como si una dulzura desconocida hubiese penetrado en su alma. ¡La Virgen le devolvía, transfiguradas en consolaciones, las pobres florecillas de su cuarto durante el Mes de María! Después de haberse confesado sufrió infinitamente menos. Ahora aceptaba su desgracia, como un castigo.

Amelia la visitó esa misma noche de su confesión. Raselda, resignada en algo a la tragedia de su vida, hubiera preferido ocultársela a Amelia. Pero el problema espantoso de su estado exigía una solución ¿y a quien consultar sino a su amiga? Humillada, avergonzada, hizo a Amelia su confidencia. Pero Amelia no parecía afligirse mucho. Sonreía y, con cierto acento de satisfacción que Raselda en su angustia no podía notar, exclamó!

—¡Con que vos también…!

Raselda le pidió un consejo. Era preciso que la salvara. Había que ocultar que la gente se enterase. Pero, ¿cómo? si Amelia le escribiera a Solís, tal vez él viniese para casarse en seguida.

—¿Te has vuelto loca?— preguntó Amelia—. Solís no debe saber una palabra de esto.

Si a alguien había que ocultarlo era precisamente a él.

—Pero es su hijo, Amelia. ¿Cómo nos va a abandonar?

Amelia la convenció. Los hombres no se casaban sino con mujeres honestas. Tenían en eso una especie de vanidad.

—Entonces, ¿Qué puedo hacer?— clamó Raselda acongojadamente.

Y Amelia, con cinismo, le dijo al oído la solución.

Raselda, aterrorizada, dio un grito. No, ella jamás mataría al hijo de sus entrañas. Eso era un crimen espantoso.

—Pues yo lo hice una vez… Ahí tienes…

Para Amelia no había tal crimen. ¿Qué tiempo tenía? ¿Dos meses? Pero eso no era un ser humano. Si tuviera siete u ocho sería muy distinto. Además "todas" lo hacían. Hasta había mujeres dedicadas puramente a tales operaciones.

—Pero yo no sé... Además, aquí nadie sabría...
—Por eso no te aflijas; yo hablaré con Plácida.
—No, con Plácida no.
—¿Y con quién, entonces?

Amelia habló con Plácida esa misma noche y convenció a la sirvienta de que debía encargarse de la operación. La mujer había actuado en casos análogos y prometió el más absoluto misterio. Todo saldría bien. Era cuestión de unas horas.

Pero pasaron varios días y Raselda no acababa de resolverse. El temor de sufrir, de padecer remordimientos más tarde, y de que todo se descubriera, la hacían vacilar. Pero cuando pensaba en el desarrollo natural de su estado, se desesperaba y quería inmediatamente verse libre de semejante vergüenza. Veíase con su cuerpo deformado, teniendo que abandonar la escuela, víctima de las murmuraciones. Veíase con aquel pequeño ser que constituiría para toda su existencia el documento de su deshonra. Veíase expulsada de la escuela, rechazada por la sociedad como un leprosa, teniendo que mendigar para vivir. ¡Ah, era horrible! ¿Por qué había caído?

Y entonces sintió odio contra Amelia, contra Plácida, contra su madre, contra Solís. Todos estos seres eran los culpables de su perdición. Y recordando algunas frases que oyera a don Nilamón, imaginó aún otro culpable; la clase de enseñanza que había recibido en la escuela. Aquella tarde que se confesara había comprendido que la religión era la única defensa contra el pecado. Ahora pensaba que si ella hubiera sido verdadera creyente se habría salvado. Pero en la escuela nunca le hablaron de Dios, y algunos profesores hasta le enseñaron a despreciar la religión. Ahora creía que esa enseñanza de la Escuela, en vez de darle fuerzas para vencer los instintos, la había predispuesto para el mal, al quitarle el apoyo de las eficaces defensas que tiene la religión contra el pecado. Y en cuanto a su fe de ahora, renacida a causa de su sufrimiento, comprendía que estaba muy lejos de lo que hubiera sido su fe de la infancia, fortalecida por largos años de disciplina religiosa y moral.

Y se prometía, para después que saliese de su aflicción, tratar de acrecentar su fe. Mientras tanto, se juzgada indigna hasta de pensar en Dios. ¿No tramaba en la sombra un verdadero crimen?

Los días pasaban. El carnaval transcurrió triste y silencioso.

Las familias veraneaban aún, y las que se hallaban en la ciudad no salían a la calle. Se hablaba de revolución. El gobierno redobló la vigilancia, hizo seguir por las calles a sus enemigos, prohibió los disfraces. Se decía que Miguel Araujo había contratado en Buenos Aires algunos hombres decididos, y que muchas personas hasta ayer amigas del gobierno prestarían su apoyo al movimiento.

El miércoles de ceniza llegó una carta de Solís. Eran cuatro líneas. Anunciaba su propio viaje y le decía que estuviese preparada para recibir cualquier golpe. Raselda comprendió que sería expulsada, pero, en la preocupación atroz que la oprimía bajo sus garras, no dio valor a la advertencia. Esa noche mostró la carta a Amelia. La amiga afirmó que no se podía esperar un día más. Plácida fue de su opinión.

Llegó la víspera de la octava. A la noche, cuando la viejita durmiera, realizarían la operación. Desde por la mañana, en que Plácida le hiciera tomar un baño de pies— agua caliente con mostaza—, Raselda vivió todo el día en una continua ausencia de su alma. No podía concretar su pensamiento, no se acordaba de nada. Huía de Mama Rosa, temiendo que notara en ella algo anormal. Hasta llorar le era imposible. Estaba como semidormida. Su cuerpo, al sentarse, aplastábase sobre la silla como una bolsa.

A las nueve de la noche se presentó Amelia. Raselda, al verla, pareció despertar de un sueño. Vio claramente su desgracia, y sus ojos se abrieron revelando pánico.

—Pero, hija no hay razón para asustarse tanto— le dijo Amelia.

Y a fin de consolarla le contó su caso.

—Ya está dormida— vino diciendo Plácida, cerca de las diez, refiriéndose a Mama Rosa.

Un estremecimiento de horror corrió por el cuerpo de Raselda. Sentía un frío mortal, temblaba entera, abría los ojos espantosamente.

—Hay que apurarse, niña, antes que sea más tarde.

—No, no, por dios— rogaba Raselda con angustia, llevándose las manos a la cara.

—Tendremos que hacerlo a la fuerza— dijo Amelia con fastidio.

—No, Amelia, no hagamos esto... Me voy a morir... ofendemos a Dios— balbuceaba Raselda sollozando.

Por fin se dejó llevar. Se acostó en su cama como disponiéndose a morir. Ls mujeres cerraron las puertas. Plácida le recomendó no gritar, no llorar. Si lo hacía estaban perdidas.

—Ya sé, ya sé— contestaba Raselda.

Amelia le dio un pañuelo para que se lo metiera en la boca.

—¿Ya está todo pronto?— preguntó Amelia.

—Ya está— contestó la mujer, iniciando su labor siniestra.

III

Don Nume, aquel sábado, sentado a la puerta de la botica, y como siempre escarbándose las muelas, esperaba a sus tertulianos. Una magnífica luna llena esculpía sobre el fondo de la calle las figuras de los transeúntes.

—¿Usté por acá? Pero, ¿cuándo ha venido?

Era don Nilamón. Había llegado esa mañana de Santiago, adonde le llevara el estado gravísimo de su único hermano, que padecía del corazón.

¿Y cómo quedó el enfermo?

—Ha mejorado mucho, pero a su edad estas cosas son muy serias. Tendré que volver pronto, probablemente.

Don Nume informó luego al médico de las novedades que durante su ausencia ocurrieron. Había regresado de Buenos Aires, por fin, el gobernador, después de tres meses de diversiones que le costeaba el pueblo. Andaban rumores de revolución y a eso se atribuía la vuelta de Su Excelencia.

—Pero será como siempre, pues— arguyó el médico—. Toda la vida están temando con la revolución, para que después resulte invento del gobierno.

Don Nume quedó profundamente pensativo, meditando, sin duda, las palabras de don Nilamón.

—Y de nuestro asunto, ¿qué noticias hay?

Las últimas noticias eran confusas. Unos aseguraban que el Director sería destituido, otros que los destituidos eran Solís y Raselda Gómez y que nombraban, en lugar de la maestra, a Benita Gancedo.

—Sofanor no cree en nada y dice que todo es pura política.

—¿Y por dónde vienen las noticias?

—Por Solís, por Pérez, que están en Buenos Aires, y por Araujo que estuvo allí hasta hace unos días.

—¿Y qué hace el sonso de Solís en Buenos Aires?

—Lo llamaron... peligraba su puesto...— gruñó don Nume.

Don Nilamón se alegraba de pensar que podía trasladar a Solís. No le gustaba nada "el mocito ese". Era un hombre falso, sin carácter, un hipócrita.

—¡Ah! y ahora me acuerdo: ¿no sabe que lo pillaron?

Don Nilamón le rogó que le contara todo. Y entonces don Nume, misteriosamente, rezongó:

—Lo pillaron trepando la tapia, una noche, cuando las fiestas del Niño Alcalde.

—¿Y Raselda sabrá?

—Sí; si parece que... la muchacha... en fin...

Don Nilamón, alarmado, preguntó a don Nume, agarrándole de un brazo:

—Pero, ¿cómo se sabe?

—Es voz notoria.

—¡Juna gran perra! —exclamó el médico levantándose de su asiento.

Y después de una copiosa serie de ternos, dijo:

—Me voy a hablar con la muchacha, ¡badajo!

Y ya se despedía cuando apareció don Molina en la botica. El intendente venía sin cuello, con el saco desprendido y con los pantalones como si empezaran a caérsele. Los dos amigos se abrazaron y don Nilamón, en seguida, declaró que se marchaba; tenía que hacer.

—No ha de ser cosa que valga— canturreó calmosamente don Molina.

Y agregó, lleno de misterio:

—Hay noticias...

Don Nilamón le exigió que "largara el rollo", pues tenía que irse. Pero don Molina, para que sus oyentes gozaran más, les fue soltando poco a poco sus informaciones.

—Ayer— empezó el intendente— ha recibido Miguel Araujo, de Buenos Aires, una carta certificada y con muchos lacrecitos.

—¿Y qué hay con eso?— exclamó don Nilamón.

—Pero déjenme contar, caracho, no me interrumpan...

Miguel Araujo había recibido, pues, esa carta. Debía ser cosa muy grave, porque al santo botón, no más, no se gastaba tanto en lacre. Bueno. Además— ahora venía lo más importante— había recibido por carga un cajón cuadrado. ¿Qué podía recibir Araujo en el cajón cuadrado? Pistolas...

—Eso digo yo también: ¡pistolas! ¿Nos has tomado por sonsos, Sofanor?— preguntó el médico intentando marcharse.

—Un momento m'hijo. Son cosas muy graves...

Don Molina refirió varios detalles igualmente trascendentales. Era indudable que la cosa se venía encima. Y si llegaban a triunfar los constitucionalistas había que temblar. Araujo decía que era preciso levantar una horca en medio de la plaza, para ajusticiar a los ladrones públicos.

—¿Y el gobierno qué hace?— inquirió impresionado el boticario.

—Rascarse y gracias...— contestó don Molina.

Y siguieron hablando de la futura revolución. Don Molina, que atesoraba una extraordinaria cantidad de noticias, no acababa de soltarlas. Don Nilamón se reía del intendente, pero no dejaba de interesarse en sus revelaciones y cabildeos.

Pasadas las diez, don Nilamón se despidió. El viaje le había molido y se quería acostar temprano.

Iba a salir cuando de repente apareció Plácida. La mujer jadeaba, tenía los ojos asustados y la cabeza desgreñada. Apenas podía hablar.

—La niña Raselda... enferma... creo que se muere... —balbuceó la mujer, como una loca, sacudiendo del brazo al médico.

—¿Qué tiene?

—No sé, dotor, está sin sentido...

Don Nilamón, sin oír más, echó a correr hacia la confitería. Allí se detuvo, esperando que pasara algún coche. Plácida no había querido aguardar, temiendo a las preguntas del médico, y volaba por las calles, desastrada y enloquecida, como una imagen de la Desolación. El médico, después de esperar vanamente un coche, durante varios minutos, decidió ir a pie. Y se largó, reventando de cansancio, soplando y resoplando como un fuelle.

Cuando Plácida llegó, Amelia esperaba en la puerta.

—¿Cómo está, niña?— preguntó la mujer con angustia.

—Otra cosa peor, Plácida. No sabe!

—¿Qué, niña?

—La viejita... algo le ha sucedido...

Y refirió lo que en ausencia de Plácida ocurriera.

Raselda, trastornada de dolor, no pudo más. Se sacó el pañuelo que mordía, y se puso a gritar. Luego cayó desmayada. En el silencio mortal, Amelia oyó la voz de la viejita. No se animaba a contestar. Y aterrorizada, sin saber lo que hacía, dio vuelta a la llave y se refugió en un rincón. Pasaron algunos segundos trágicos, hasta que percibió un ruido de pasos, y, en seguida, los golpes de la viejita en la puerta. Ella estaba espantada, temblaba entera. La viejita rogaba con voz sollozante, con gritos que helaban el alma. Y mientras tanto, Raselda se desangraba. Por fin, oyó un ruido como de un cuerpo que cae y se hizo un silencio de agonía.

—Estoy muerta de miedo, Plácida; vaya a ver... —concluyó Amelia.

Plácida corrió al cuarto vecino. Allí estaba la viejita, exánime, en el suelo. Plácida la juzgó muerta y salió despavorida al patio, con las manos en la cabeza.

Don Nilamón, corriendo por la calle a duras penas, se acercaba. Observó grupos de vecinos que cuchicheaban y miraban la casa anhelosamente. Frente a la puerta, pasaban y repasaban algunos como queriendo entrar. Don Nilamón, que iba "con el alma en un hilo", oyó algunas palabras perdidas y tuvo el presentimiento de lo ocurrido. Los curiosos de la puerta querían detenerle y varias mujeres ofreciéronle sus servicios. Algunos entraron en la casa, detrás de él.

El médico encontró en el cuarto de Raselda un impresionante cuadro. La maestra yacía en su lecho, sin sentido, bañada en sangre. Amelia mostraba a su vez pánico y enojo. Plácida se arrimaba a Amelia, miraba al médico con ojos extraviados y sollozaba afligentemente.

Don Nilamón comprendió, en rápida ojeada, cuanto allí había sucedido. Quedó paralizado de dolor. Y permaneció unos segundos con la cabeza baja, mientras las lágrimas asomaban a sus ojos. No le afligía, precisamente, el hecho de la gravedad de Raselda, sino la tragedia de aquella vida joven.

Comenzó a examinarla. No tenía fiebre, pero la hemorragia, aunque muy disminuída, continuaba. De pronto sus ojos llamearon de indignación. Había notado, en el vientre de la enferma, huellas de golpes.

—¡Criminales!— exclamó mirando a las dos mujeres con desprecio.

Plácida se puso a llorar a gritos.

—¡Silencio! ¡Fuera de aquí las dos!

—Perdón, señor— decía Plácida, arrastrándose detrás del médico.

Amelia, sin una lágrima, permanecía atufada.

En ese momento se oyó llegar un carruaje y en seguida entró don Nume con varios frascos. El médico arrojó de la casa a las dos mujeres y a los curiosos que habían entrado en el patio. Plácida, llorando sin cesar, decía:

—Señor... la viejita...

—¿Qué hay, qué tiene?

—Está... allí... en su cuarto... vaya a verla...

Don Nilamón cerró la puerta de calle y corrió al cuarto de Mama Rosa. Estaba todo a oscuras. Encendió un fósforo, miró la cama. No había nadie. Se dirigió entonces a la puerta que daba al cuarto de Raselda, pero antes de llegar tropezó con un cuerpo humano. Era la viejita. Se arrodilló y le tomó el pulso. Estaba muerta. La puso sobre la cama y corrió a la otra pieza.

Todo había sido instantáneo. Don Nilamón, con una rapidez increíble, se quitó el saco y el cuello, se lavó las manos, y se puso a trabajar.

—Ergotina, ¡pronto!

—Yo no sabía...

—Vaya a buscarla ¡badajo!

El boticario se lanzó a la calle, como una exhalación, en busca del hemostático reclamado. Pero cuando volvió de la botica, ya la hemorragia había cesado casi enteramente.

La tarea de atender a la enferma, que había recuperado el sentido, de higienizar el cuarto, de preparar lavajes y medicamentos duró una larga hora. Don Nilamón parecía otro hombre. Se dijera, al ver su agilidad, que tenía veinte años menos; ya no sentía ni sombra de cansancio. Pero él no podía quedarse solo, cuando don Nume se marchara a su casa. Se le ocurrió llamar a doña Críspula y mandó al boticario para que la trajese en el coche.

—¡San Nicolás de mi vida!— exclamó doña Críspula, con las manos juntas en actitud de plegaria y los ojos hacia el cielo, al enterarse de todo.

Y mientras llamaba a gritos a Candelaria y se disponía a salir, no cesaba de parlotear. Ella lo esperaba. ¡Qué cosa tremenda, santa Virgen del Valle! ¡Pensar que una niña decente, una amiga de su hija había dado semejante escándalo! Era mejor morirse antes que ver tales cosas.

—¿No le parece, señor don Numeraldo?

El boticario no parecía muy de acuerdo, pero contestó afirmativamente, gruñendo algunas sílabas ininteligibles.

Con las idas y venidas del coche toda la calle se había alarmado. Los grupos de vecinos comentaban los sucesos de mil maneras.

—¡Pensar que esas mujeres son las educadoras de nuestros tiernos hijos!— exclamaba indignado un padre de familia, en el grupo de la esquina.

—Mañana mismo sacamos a las criaturas de la escuela— agregaba su esposa, con imponente gesto.

—¡Así son estas copetudas!— decía una chinonga monumental, hija mayor del ordenanza.

—¡Y luego nos *desprecean* a los pobres!— comentaba una amiga.

En el coche, mientras iban a la casa, doña Críspula hablaba sin intermitencia. ¡Parecía mentira la muerte de la viejita! Hacía pocos días la había visto en su casa, sana y buena. ¡Pero los designios del Señor eran impenetrables!

—Cuidado, no te vayas a caer— le gritaba a Candelaria, que se sentaba en el asiento delantero, frente a ella y a don Nume.

Y agregó volviéndose hacia el boticario, que no abría la boca:

—Como nunca ha andado en coche, no sabe lo que le pasa.

¡Ja, ja, ja!

Don Nume la miró severamente, y ella entonces, comprendiendo que su risa había sido inoportuna, exclamó suspirando:

—¡Pobre Raselda!

¡Qué desgracia enamorarse así! Eran cosa seria, muy seria, las pasiones. ¡A lo que se exponían las muchachas! Y todo por no seguir los consejos de las personas experimentadas.

—¡Pero, criatura, te vas a matar!— gritó a Candelaria que, al dar el coche un barquinazo feroz, se había inclinado hacia afuera.

Cuando el vehículo se detuvo, doña Críspula bajó muy oronda.

Era de las pocas veces que había andado en coche, y se pavoneaba al saberse mirada por los vecinos. Y al poner un pie en la acera, dijo a don Nume, que le ofrecía la mano:

—¡Qué gente tan curiosa! Parece que nunca han visto andar en coche.

Entraron en el cuarto de la enferma. Doña Críspula se precipitó para besarla, pero el médico la contuvo. No quería que la excitase en ninguna forma. Mañana serían los cariños.

—¡Pobrecita, no me ha conocido!— exclamó la señora.

Raselda, en efecto, no se daba cuenta de nada. Estaba en una postración profunda. El médico llamó al patio a las dos mujeres y les exigió que no hablasen con Raselda, sobre las cosas ocurridas, ni media palabra.

—Por dios, ¡qué sacrificio tan grande el que me pide!

—Le creo, señora, pero hay que hacerlo.

Don Nume quiso despedirse, pero el médico le rogó que le ayudara a sacar del cuarto vecino a la viejita. La transportaron a la sala. Doña Críspula, al verla, se enterneció. Pero luego, con ayuda de Candelaria, ella misma lavó el cadáver y lo amortajó.

La velada de la viejita fue muy triste. Don Nilamón y las dos mujeres se turnaban para no dejar a Raselda. Doña Críspula temblaba de quedarse sola con la muerta y se hacía acompañar por Candelaria. Apenas amaneció, el médico fue a la cochería y encargó un servicio fúnebre.

La postración de la enferma durante las primeras horas de la alta noche fue cada vez mayor. Sin duda sufría, a juzgar por las contracciones de su rostro; pero no lo manifestaba. La abundante hemorragia la había debilitado y hundido en una suerte de sopor. Don Nilamón la observaba a cada momento. Temía que apareciera la fiebre, que se hubiera desarrollado una infección. A las tres de la mañana, Raselda comenzó a delirar. La fiebre había surgido violentamente.

—¿Cómo la encuentra? ¿Hay alguna esperanza?— preguntaba doña Críspula a cada instante.

El médico la hallaba grave. Conocía infinidad de casos análogos y la mayoría fueron fatales. Era lo natural, lo inevitable. Mujeres sucias, ignorantes, se encargaban de las maniobras criminales. Y luego venían las infecciones, las fiebres, la muerte casi en todos los casos.

—¡Pobrecita!— exclamaba doña Críspula llorosamente.

Y agregaba:

Dios, que es tan misericordioso, no la dejará morir...

El médico se multiplicaba. Atendía a la enferma, utilizaba hasta lo increíble los insignificantes elementos de que disponía, y de cuando en cuando dirigíase al cuarto donde yacía la muerta para rezar por ella un padrenuestro. A la mañana, Raselda continuaba grave, pero la fiebre había disminuido un poco.

La viejita fue llevada esa tarde al cementerio.

Poco antes de las cinco empezaron a llegar algunos parientes y relaciones de la muerta. En la sala, arreglada con crespones y puños negros, enviados por la cochería, reuníanse las mujeres. La Vice, que fue de las primeras en presentarse, estaba hecha un mar de lágrimas. Dorotea Márquez y su marido la consolaban,

—¡A todos nos ha de tocar!— gangoseaba Dorotea.

Y el marido repetía con aire filosófico:

—¡A todos nos ha de tocar!

En el patio conversaban algunos hombres vestidos de levita.

—¡Pobre *zeñora, ez* una verdadera *desgrazia*!— exclamó Urtubey.

Luego hablaron de Raselda. Todos los presentes condenaban a Solís, que era un miserable criminal.

—¡*Laz cozas* que *pazan* en *laz familiaz*!— resumió Urtubey, lleno de pesimismo.

Y se dirigió a la sala, donde las mujeres comentaban también el caso.

—No hay temor de Dios— afirmó Dorotea.

—No hay temor de Dios— repitió el marido, dirigiéndose a Utrubey, que asintió sin dificultad.

—La culpa de todo— dijo Josefina Márquez— la tiene el Director.

—¡Esa es la verdad!— exclamó la Vice, haciendo un horroroso puchero.

A las cinco sacaron el cajón. Los concurrentes, aburridos de esperar, sintieron un alivio. Los hombres, bajo las levitas, sudaban a mares. En la puerta se aglomeraba el vecindario. Subieron la muerta a un pobre carruaje fúnebre y el cortejo, compuesto de cuatro coches, donde se distribuyó la escasa asistencia masculina, echó a andar. Al pasar por las calles, algunos recogían a sus conocidos, siempre dispuestos a pasear de balde.

Raselda, cuando sacaban el cajón, quiso incorporarse. Luego abrió los ojos enormemente y se dispuso a escuchar. Pero en seguida dobló la cabeza y cayó de nuevo en su sopor.

La casa quedó desierta y solitaria. Doña Críspula se instaló allí para cuidar mejor a Raselda.

A la noche, Urtubey trajo a doña Críspula una gran novedad. La policía había encarcelado a Plácida y a Amelia Cálcena.

—¡La justicia de Dios!— exclamó teatralmente doña Críspula.

Y empezó a hacerle preguntas. Quería saber dónde las encontraron, qué dijeron, si lloraban o no, si se habían declarado arrepentidas, si se daban cuenta de haber cometido un crimen. Urtubey no estaba muy informado, lo que desesperaba a doña Críspula.

—Pero, hijo de Dios, hubiera preguntado. ¿Para qué tiene boca?

—No *ze* me ocurrió.

—A usté nunca se le ocurre nada, parece caído del cielo— contestó irritada doña Críspula—. ¡Vaya a averiguar!

Y mientras Urtubey se dirigía a la confitería, ella se quedó en la puerta, para preguntar a los transeúntes. Pero no pasaba ni un alma. Doña Críspula se enfermaba de curiosidad. Tenía ganas de salir a la calle, pero no era posible dejar a Raselda en manos de Candelaria. Ya pensaba en retirarse cuando vio venir a don Molina. El jefe del gobierno municipal. — "nuestro lord mayor"— como le llamaba. *La Ley*, el periódico oficial, avanzaba cachazudamente, sin corbata ni cuello, con los pantalones acordeonados y con las manos a la espalda. Venía pensativo, mirando al suelo.

—¡Qué lo pase usted bien, señor intendente!— le espetó con gran cortesía doña Críspula, al pasar frente a la puerta.

Don Molina, aunque nunca había hablado con ella, no se asombró. La saludó muy amablemente y se puso a sus órdenes.

—Deseo saber, señor intendente, si es verdad que han puesto presas a las mujeres.

—¿A qué mujeres, misia Críspula?

—A Plácida, a Amelia Cálcena.

—¡Ah, —exclamó el lord mayor rascándose la cabeza.

Don Molina no sabía nada; e ignorándolo él, no podía ser verdad. Pero como era humorista por temperamento replicó:

—Las mujeres están press, sí, señora.

—¿Y qué dijeron? Llorarían, se mostrarían muy afligidas...

—Psh... ya verá cómo salen en libertá...

—¿Pero es posible, señor intendente? ¿No han cometido un delito?

—Veo que la señora no está enterada de política.

Doña Críspula quedó estupefacata. ¿Podía ser cuestión política el suceso de Raselda? El lord sostenía que no se trataba de otra cosa. Las mujeres estaban complotadas con Solís y éste, que era uno de los directores de la revolución, las haría poner en libertad en cuanto triunfasen.

—¡Qué me dice, señor intendente!

—Lo que oye, señora...

Y el lord, sonriendo de satisfacción al ver anonadada a su interlocutora con la noticia que le acababa de largar, se marchó pasito a pasito, cadenciosamente, en dirección desconocida. Nadie hubiese creído que tan insigne funcionario se dirigiese a la imprenta de *El Constitucional*. ¡Pasaba por allí todas las noches, con muchísimo disimulo, para ver quiénes entraban y salían!

Media hora después llegó Urtubey. Venía desolado y jadeante.

—¿Qué averiguó?

—¡Nadie *zabe azolutamente* nada!

—Salga de ahí, papanatas...

IV

Toda una semana pasó Raselda entre la vida y la muerte. Pero al cabo de siete días, vencida la infección, su estado comenzó a mejorar y tres semanas después de su tragedia pudo instalarse, convaleciente, en casa de doña Críspula.

Durante la primera semana de enfermedad, vivió casi en la inconsciencia. La fiebre alta, la debilidad, los dolores físicos la había postrado. Pero tomaba las medicinas dócilmente y de nada se quejaba. Más de una vez miró a doña Críspula como asombrándose de verla allí. Pero doña Críspula, que temblaba imaginando lo que ocurriría cuando Raselda supiese la magnitud del escándalo que había dado y la muerte de su abuela, no se daba por aludida. De miedo que alguien insinuase a la enferma tantos desastres, no dejaba que nadie entrara en el cuarto; y ella misma, temiendo "que se le fuese la lengua", apenas hablaba. Ya el médico la había sermoneado duramente por sus preguntas a don Molina. La buena señora ignoraba que fuese un delito punible la acción de Raselda y había contribuido, inocentemente, a divulgarla. Para ella las criminales eran Plácida y Amelia, y Raselda una víctima. Pero no obstante sus palabras comprometedoras, nadie creyó que el hecho fuese provocado. Don Nilamón había afirmado tan rotundamente la naturalidad del suceso, que no dejó lugar a la más mínima duda.

Raselda, durante aquellos siete días, no se dio cuenta dónde se hallaba, ni qué enfermedad era la suya, y había olvidado por completo el drama de su vida. De Solís se acordaba tan vagamente que no acertaba a saber quién era ni qué relación tenía con ella; sólo pasada su gravedad comenzó a coordinar ideas. Entonces vio más claramente a Solís, y una tarde preguntó a doña Críspula por qué él no estaba allí, al lado de ella. Poco a poco fue reconstruyendo sus amores, y así llegó a rememorar la angustia de los últimos días. Deseaba vehementemente que la explicaran algunas cosas, pero las únicas tres personas que la rodeaban —el médico, doña Críspula y Candelaria— parecían esfinges. Las escasas veces que algo preguntó le contestaron que, para sanar pronto, era necesario callarse y estar tranquila.

Ella, además, no se atrevía a preguntar claramente. Tenía miedo de saber la verdad y le horrorizaba el pensar que las angustias idas pudieran otra vez afligirla. Sin embargo, se pasaba las horas tratando de recordar su vida. Pero su inteligencia se perdía en vagas abstracciones y en detalles inútiles.

Una mañana en que amaneciera con poca fiebre, llamó a doña Críspula y, con voz bastante firme, le preguntó la razón de su presencia en aquella casa.

—He venido a cuidarte.

—¿Y abuelita?

Doña Críspula, que cuando Raselda le interrogaba sobre tales temas poníase a arreglar las cosas del cuarto, fingió no oír, ocupada en acomodar las medicinas. Pero Raselda repitió la pregunta y entonces la señora, con algo raro en el rostro, contestó:

—¿Tu abuelita? No se encuentra bien... La pobre está otra vez con la ciática...

Y volvió la cara, tosiendo.

Raselda quedó pensativa.

—Dígale a abuelita que me hable— dijo al cabo de un rato—. Quiero oír su voz, ya que no la veo...

—¿Hablarte, ella? Este... bueno, más tarde... porque... verás. Pasó muy mala noche y por eso duerme ahora.

Y como Raselda callara, doña Críspula salió del cuarto disparando, antes que le hiciera otra pregunta.

Raselda se entregó a su pensamiento. ¿Dónde estaría Solís? Ella lo veía claramente, clarísimamente. Era su novio, se habían querido con toda el alma. Después, él se fue. ¿A dónde se habría ido? Lo cierto era que le escribió. Ella había sufrido, había vivido largas horas dolorosas. Pero, ¿por qué? Era lo que no podía averiguar. Imaginó que Solís la había olvidado.

—¿No se acuerda él de mí?— interrogó a doña Críspula.

—¿Eh? Este...

—Nos queríamos mucho, se iba a casar conmigo... ¿sabe, señora?

Doña Críspula se sofocaba, y a la noche, en cuanto llegó el médico, le contó lo ocurrido.

—¡Pobrecita! Cree que ese sinvergüenza se iba a casar con ella.

Don Nilamón no dijo una palabra; fingiendo escuchar los comentarios de doña Críspula, permanecía cabizbajo. Al cabo la interrumpió, exclamando:

—Hay que ocultarle todo lo que se pueda. ¡Es demasiado grande su desgracia!

Pero Raselda no volvió a preguntar en varios días. Ya había mejorado y se acordaba de todo: de sus terrores, de los consejos de Plácida y de Amelia, de su delito. ¿Y era ella quien lo había cometido? Se asombraba de no sentir remordimiento ninguno. La tranquilidad en que se hallaba la hacía tan feliz que ni tan siquiera lamentaba los sufrimientos físicos y la enfermedad que pasara. Le llamaba la atención que Plácida no estuviera en la casa, que Amelia no la visitara. ¿Y Mama Rosa? Desde hacía días experimentaba un dolor secreto, un presentimiento de la verdad. No veía entrar a nadie en el cuarto de la viejita, no percibía su voz. Mama Rosa no estaba allí. ¿Pero dónde estaba?

Una tarde doña Críspula buscaba un medicamento y revolvía toda la casa sin encontrarlo.

—¿No te dije que lo pusieras sobre la cómoda, atolondrada?— le dijo a Candelaria.

—Yo lo dejé en el cuarto donde dormía la señora Rosa...

Raselda se incorporó bruscamente. ¡Dónde "dormía" dijo la sirvienta! ¡La abuelita había muerto! Ahora se acordaba, se acordaba... Una tarde ella oyó ruido de muchos pasos, como de gente que salía. Era sin duda que llevaban a enterrar a Mama Rosa.

Doña Críspula, ocupada en buscar el frasco, no había observado la emoción de Raselda, que a la noche tuvo más fiebre.

Amanecía tranquila y, cuando se halló sola, lloró silenciosamente. Eran sus primeras lágrimas después de tantas amarguras.

—¿De qué murió abuelita?— preguntó a doña Críspula. La señora la contempló aterrorizada.

—¿La bruta de Candelaria te ha dicho algún disparate?

Raselda la calmó. Ella lo había adivinado. Estaba resignada, tranquila y quería saberlo todo.

—¿Qué te puedo contar? Murió de ciática, pues.

—¿Y Plácida? ¿Y Amelia?

—A Plácida la echamos, pues has estado gravemente enferma por culpa de ella. Amelia no vendrá estando yo en esta casa. No la admitiría...

—¿Y Solís?

—Ha escrito que viene pronto...

Raselda se puso a llorar.

—¡Hija de mi alma, te vas a enfermar otra vez!

—Déjeme que llore... He sido muy mala, una miserable... una ¡qué sé yo!

Doña Críspula empezó a hacer pucheros.

Un momento después llegó el médico. Notó que habían llorado y miró a doña Críspula con severidad. Luego examinó a Raselda.

—Estás mucho mejor— dijo—. En pocos días podrás levantarte.

Una nube de tristeza cubrió el rostro de Raselda. Cuando sanara, ¿a dónde iría? ¿Tendría que vivir de limosna?

—En cuanto estés buena— dijo doña Críspula, que había adivinado la pesadumbre de Raselda —te irás conmigo a casa.

La enferma la miró con ojos humedecidos.

—Es una gran cosa para mí tener una compañera. ¡Estoy tan sola desde que se fue Rosario!

Una mañana, a fines de marzo, abandonaron la casa. Raselda la recorrió cuarto por cuarto, mirando las paredes con melancolía. Sólo un año había vivido en ella, pero ¡cuántas cosas en ese tiempo! Allí había sabido lo que era el amor, allí había caído, allí quedaba el horror de su tragedia. Le parecía que sus sueños flotaban todavía en aquella casa, llenando los rincones y vistiendo a las pobres paredes con el recuerdo de su poesía. Y se alejó con tristeza. Pero en la calle sus impresiones cambiaron. ¡Era una suerte abandonar para siempre aquel lugar! Pensó que así cortaba toda unión con el pasado y dejaba encerrada, entre cuatro viejos muros, en la tumba de la casa triste, la tragedia de su juventud.

—Ya estás otra vez aquí— le dijo con cariño doña Críspula.

Raselda sonrió dulcemente al recuerdo que le traían estas palabras. Había vivido en aquella casa dos años, cuando seguía los últimos cursos de la escuela. Al instante de nuevo en ella, imaginó que su juventud renacía y, en su optimismo orgánico, creyó ver que nuevos días claros asomaban al horizonte de su vida.

En la casa de doña Críspula, durante su convalecencia, vivió tranquila. Doña Críspula trataba de evitarle toda contrariedad y la obligaba a alimentarse bien. Los días tenían el encanto de los otoños riojanos, otoños sin lluvias ni melancolías y en los que la luz de torna suave y acariciadora. En el patio del fondo trinaban los canarios; el buen humor de la señora regocijaba la casa. Raselda, además, no pensaba en nada. Quería vivir y le parecía que era posible llegar a ser otra. A la tarde solían ir visitas. Eran personas curiosas que deseaban verla y averiguarlo todo. Pero doña Críspula, de miedo a las preguntas indiscretas de las visitas, le aconsejaba no ir a la sala. Sin embargo, acudía cuando aquellas personas eran de confianza. Notó que algunas la miraban con impertinencia, dirigiendo los ojos especialmente hacia su vientre. Le preguntaban qué enfermedad había tenido, de qué había muerto la viejita, por qué no volvía a la escuela. Raselda fue dándose cuenta, poco a poco, de que todo el pueblo sabía su desgracia y la comentaba. Esto la abatió mucho.

Una mañana apareció Galiani.

—Ya pensábamos que no volvía— le dijo doña Críspula—. Habrá encontrado en Chilecito algo que lo retuvo... ¡Ja, ja, ja!

—¡Qué quiere! Vengo fundido.

Se sentaron en el patio.

—Rosario se casó... ¿no?

—Es verdad... Y parece muy feliz, la pobre m'hija. Pero me he quedado triste con su ida a Catamarca.

Suerte que Raselda había venido a acompañarla.

—No podía encontrar mejor compañera— dijo Galiani torciendo el cuerpo e inclinándose.

—¿Y viene ahora por mucho tiempo?— preguntó doña Críspula.

Venía a arreglar sus asuntos para marcharse a Buenos Aires definitivamente. Había sido una candidez la suya creer que se podían hacer negocios en La Rioja.

—Ya salió. ¡Mire si es malo!

No era maldad. Vino a La Rioja con buenos miles de pesos y se iba sin un cobre. Se había metido en negocios de minas. Un "titeo", las tales minas. Este era un país para politiqueros y maestros de escuela.

—Los demás, los hombres de empresa, especialmente, no tenemos nada que hacer aquí— afirmó, sonriendo con falsa modestia.

Tenía una pierna sobre la otra y se acariciaba el pie con una mano.

—Y aquel mocito Solís, ¿dónde está?

Doña Críspula miró a Raselda que bajaba la cabeza y contestó que no sabían nada. Hacía tiempo que se fue de su casa. Probablemente se hallaba en Buenos Aires.

—Usted sentirá su ausencia— le dijo a Raselda.

Doña Críspula cambió de conversación, preguntándole por Chilecito. Hablaron de este pueblo, que Raselda conocía por haber vivido a dos pasos, en Nonogasta, muchos años.

Galiani no se acordó más de Solís y no hizo ninguna pregunta comprometedora. Evidentemente no había llegado hasta él noticia alguna de los sucesos.

A la tarde, al volver de la confitería, parecía enterado. Encontró a Raselda sola, paseando por el corredor. Doña Críspula había ido a la cocina. A causa de la llegada de Galiani, "que era tan criticón", se pasó la tarde vigilando y dirigiendo a la cocinera.

—La encuentro más interesante que nunca— alabó Galiani a Raselda, después de haberla mirado escrutadoramente con sus ojos risueños.

—¿Le parece?

Y empezó a adularla con las triviales galanterías que en Buenos Aires prodigaba a las mujeres de la calle. A veces se arriesgaba, y Raselda, roja de rubor, bajaba la vista. Luego habló de su próximo viaje para la semana siguiente. Maldecía a La Rioja, que le había arruinado. Suerte que en Buenos Aires tenía crédito y algunas propiedades.

—A mí me gusta vivir bien— agregó—. Pero me falta una compañera.

No podía estar solo. Y él sería generoso con la que se decidiera a soportarle. Además, tenía buen carácter, era ordenado, discreto.

—Yo creo— dijo Raselda— que no faltará alguna muchacha buena que quiera casarse con usté...

—No es eso, no me ha entendido... yo decía que...

Doña Críspula los llamó a comer.

Raselda se fue reponiendo rápidamente. Volvió a engrosar. Doña Críspula estaba contentísima y lo atribuía todo a sus buenos oficios. Sin embargo, Raselda, aunque parecía sosegada, sufría diversas inquietudes. Sobre todo pensaba en Solís. ¿Por qué no le escribía? ¿Sabría ya todo? En la casa nadie le nombraba; no tenía a quién preguntar por él. ¿Estaría en Buenos Aires? ¡Ah! sinduda se había enamorado de otra. ¿Y si estuviera en La Rioja? En este caso, se avergonzaría de ella. Ya no podía pensar en que le diese su nombre. Pero, ¿por qué la abandonaba? Si la quisiese todavía, ella no sabría resistir; de todas maneras, estaba perdida para siempre.

Esta convicción de que el amor permanecía latente en su ser la aterrorizó al principio. Podía repetirse el mal suceso. Pero luego no le asustó la idea de renovar la aventura. Soñó que vivía con Solís, sin existir para los extraños, en una casita simpática, un poco en las afueras. Solís no saldría sino para dar sus clases y ella, a fin de no soportar las miradas indiscretas, se lo pasaría en su casa. Tendrían hijitos, que serían deliciosos, naturalmente, y un día, después de diez años de vida común, él, agradecido a su fidelidad y a su amor, se casaba con ella.

—Pero, ¿en dónde está? ¿Por qué no me escribe?— se preguntaba ansiosamente.

Decidió salir a la calle. Quizás le encontrara, quizás algún conocido le hablara de él. Si veía a Araujo, era capaz de preguntarle. Y empezó a frecuentar la iglesia para tener motivos de salir.

La primera vez que entró en la iglesia tuvo una impresión de desagrado. Parecíale que al no reanudar sus devociones cometió una infidelidad hacia Dios. ¿No había prometido practicar la religión apenas saliera de su infortunio? Pero su fe no volvía; y se dijera que, pasados sus terrores, ya no necesitaba de su consuelo. Si ella hubiera practicado celosamente la religión en alguna época de su vida, podría quizás ahora rezar y agradecer a Dios su misericordia para con ella. Pero, le faltaba ese hábito y, sobre todo, la fe que hubiera podido crearlo.

No había querido confesarse otra vez. Sentíase poco arrepentida y pensaba demasiado en Solís. El goce del amor la había paganizado, y la confesión la obligaría a cortar por completo la ilusoria esperanza de vivir con su amante.

Estas salidas para ir a la iglesia fueron nueva razón de sufrimiento. Las pocas personas que le dirigieron la palabra lo hacían por curiosidad o por lástima. Con ninguna de ellas se hubiera franqueado hasta preguntar por Solís. Además, toda la gente la miraba, y ¡de qué manera, Dios santo! Las conocidas daban vuelta la cara por no saludarla, pero las demás la examinaban de tal modo que le hacían bajar la vista y avergonzarse espantosamente. Los hombres la devoraban con ojos lúbricos, y, si la calle estaba solitaria, le decían, al pasar a su lado, frases provocativas. Comprendió que no ignoraba nadie su historia. Y vio claro, en toda su horrible realidad el escándalo que había dado. ¡Qué vergüenza! Mama Rosa se hubiera muerto si viviera. ¿Y qué diría el Director? ¿Qué pensaría Rosario? ¡Qué hablarían de ella en la confitería, en las casas de familia? Ya veía su nombre arrastrado por el fango, proscrito para siempre de los hogares decentes.

Y no equivocaba.

En la confitería, en la plaza, en todos los grupos de hombres, se contaban de ella cosas escandalosas. Algunos aseguraban haber visto distintos bultos que saltaban la tapia de la casa; otros se vanagloriaban de haber recibido miradas incitadoras; y hubo quien afirmó de ella que se embriagaba y realizaba sus amores túrpidos con muchachos de la calle. Hablaban de ella con odio, por no haberles elegido; y rabiaban contra Solís, que gustó aquella fruta exquisita. Algunos creían de buena fe en la facilidad de conquistar a Raselda y estaban furiosos contra sí mismos, por haber perdido la ocasión. Don Eulalio y Palmarín le escribieron haciéndole proposiciones, y hasta Urtubey se permitió mirarla con ojos amorosos.

—Si yo hubiera querido...— dijo una vez Palmarín, con aire desdeñoso.

Las mujeres hablaban de ella como del demonio, sobre todo las madres de familia. Pero las muchachas, especialmente si estaban de novias, no eran tan severas y se interesaban en conocer detalles de la historia. Las que habían perdido toda esperanza de casarse expresábanse en forma cruel. Y como si ellas hubieran pasado la vida en otra cosa, decían:

—¡Qué más se podía esperar de una mujer que no pensaba sino en los hombres!

Una mañana Raselda encontró en la iglesia, rezando compungidamente, frente al altar de San José, a la Vicedirectora. Oyeron la misa y salieron juntas.

—No he ido a verte por no comprometerme— dijo la Vice.

Temblaba de pensar en la destitución y creía que cualquier cosa pudiera perjudicarla. Decían que el decreto resolviendo el conflicto de la Escuela estaba a la firma del ministro. Ella rezaba una novena a San Expedito, un santo muy milagroso.

—Yo nunca he creído lo que cuentan de vos— dijo.

Pero la perversidad de la gente llegaba a tal extremo que más de uno, viéndola entrar en la casa de Raselda, era capaz de acusarla como cómplice ante el Ministerio. ¿Pues no decían que Raselda era la amante de Solís, que los amores tuvieron consecuencias, y hasta —¡que había pagado a una mujer para ayudarla a cometer un crimen? Ella le contaba estas cosas porque la hacían reír. Pero ya nadie las creía.

—¡Quién va a hacer caso de calumnias tan torpes!

Raselda tenía ganas de llorar. Las palabras de la infeliz mujer la traspasaban como puñales. Hubiera querido no escucharlas, meterse bajo la tierra.

Se detuvieron en la primera esquina.

—¿Qué será esa gente?— preguntó Raselda asustada.

Y señalaba, hacia diversos sitios de la plaza, a individuos de siniestra catadura, emponchados, con facón al cinto.

—Parece que son hombres traídos por el gobierno para intimidar a los opositores.

Decían que iba a haber revolución. Solís era uno de los más comprometidos.

—¿Y dónde está?

—¿Quién?

–Solís.

—En Buenos Aires, pues. ¿No te ha escrito?

Raselda la miró asombrada.

—¡Ya decía yo que no tenías nada que ver con Solís— exclamó la Vice.

¿Cómo una niña "bien", que frecuentaba los templos, iba a entenderse con un hombre para cosas malas? Eso no podía ni pensarse de tan absurdo que era.

Raselda no pudo más y se despidió.

Pero apenas había andado unos cuantos pasos cuando estalló una bomba.

Creyó que fuese un tiro y corrió alarmada para alcanzar a la Vice. La gente se encaminaba hacia el lugar donde estallara la bomba. En seguida reventó otra.

—¡Qué será, Dios mío!— exclamaba la Vice.

Una muchacha que pasaba las informó. Era un boletín de El Constitucional.

—¿Y qué dice?— le preguntó Raselda.

—¡Yo no sé!— contestó el muchacho disparando.

La Vice rogó a Raselda, que la acompañara a su casa, que quedaba detrás de la iglesia. Allí conversarían y ella mandaría a su sirvientito a que comprara un boletín.

Así lo hicieron y en seguida regresó el muchacho con el papel. Era una pequeña hoja impresa, llena de títulos. "El nepotismo desautorizado", "Triunfo de la oposición", "Fin de los escándalos en la Escuela Normal", decía el encabezamiento.

—Lee, Raselda— rogó la Vice, inquieta.

Raselda saltó el primer párrafo, en que el redactor del boletín convertía en cuestión política el conflicto de la Escuela. Se trataba del decreto tan esperado, cuyo texto acababan de recibir telegráficamente.

Raselda leyó el decreto. El Director era trasladado a Río Cuarto, la Vice a San Luis, la Regente a Mendoza, Solís a Salta. Solamente ella era destituida.

La Vice se desmayó. Raselda, pálida, casi desfallecida, no tuvo fuerzas para nada. Sentóse en un sofá. Pero en seguida se levantó para socorrer a Matilde. Le trajo agua, le desprendió la bata, la abanicó. Al rato, la desmayada volvió en sí.

—¡Me quitan mi puesto, Raselda! ¿Qué he hecho yo para merecer tal castigo?

Y se puso a llorar.

—No se lo quitan, Matilde, pues la trasladan con cátedras. Creo que tendrá más sueldo.

—Me desautorizan, me humillan...

Pero lo que a ella más le afligía era dejar La Rioja. Tenía aquí todas sus amistades. Y ya era vieja para crearse nuevos afectos.

—¿Y qué diré yo, Matilde?

—¿Te trasladan, también? ¡Ojalá fuera a San Luis!

La Vice, que se desmayara al oír su sentencia, no se había enterado de los demás detalles del decreto. Cuando Raselda, casi impasible, le mostró el boletín, soltó de nuevo el llanto.

—¿Pero por qué serán tan malos, Raselda?— decía lloriqueando.

Raselda se despidió.

¡Expulsada de la Escuela! No le importaba tanto el hecho en sí, pues lo esperaba, sino su significado moral. Para siempre quedaba constancia de su deshonra; y en dondequiera que fuese a vivir, ello podría saberse. Sus hijos, los hijos que tendría con Solís, ¿llegarían a enterarse de esta expulsión vergonzosa? Sintió en el fondo del alma un rencor profundo, no sabía contra quién, y se encerró en sí misma, con asco de las gentes.

Doña Críspula comentó hasta lo inaudito, el traslado del Director y la Regente, pero no dijo una palabra sobre la destitución de Raselda.

Esa noche, Urtubey, que ahora visitaba muy seguido a la maestra, fue "a *exprezarle zu zentimiento*" por la destitución.

—Ez una gran *dezgracia*, Raselda. Pero ¿qué *ze* va a *hazer*? Hay que cumplir las *rezolucionez* de la *zuperioridad*. Nosotros tenemos que *obedezer*.

Y moviendo los dos brazos, en un gesto convincente, exclamó:

—La autoridad... ¡*ez* quien manda! ¿No le *pareze*?

V

Los desaforados celebraron su triunfo con un gran banquete. Fue pocos días después de conocido el decreto, en el hotel, un domingo a la noche. *El Constitucional* lo anunció con sonoros títulos. Sería una "fiesta de alta intelectualidad" y al final habría un verdadero torneo oratorio en el que lucirían su palabra "galana" el doctor Arroyo, el doctor Araujo, el doctor Eulalio Sánchez Masculino, el señor Palmarín Puente, el doctor Migoya y otras personas de verdadera ilustración. "El *chef* de nuestro simpático Hotel del Cóndor— decía el periódico— ha preparado un exquisito menú, que será bien apreciado por los comensales, entre los que se cuentan nuestros más reputados *gourmets*".

El comedor había sido arreglado con banderas y plantas y fueron traídos de la sala de juego los retratos de las artistas. Cinco mesitas unidas formaban la mesa donde cabían cómodamente hasta treinta personas. Próximo a la cabecera, un piano amenizaba la solemnidad. En las puertas del patio se estacionaban algunos curiosos. Entre ellos estaban los pasajeros del hotel y varios cocheros que tenían su parada en la esquina. Los pasajeros comieron en el patio, al aire libre.

Asistían casi todos los desaforados. Las mujeres se habían hecho representar por sus maridos o sus hermanos. Empezaban a comer los fiambres cuando el pianista, iniciando sus funciones, tocó el Himno Nacional. No hubo más remedio que ponerse en pie, dejando el fiambre a medio comer. Algunos profesores arrojaban miradas terribles al plato casi lleno. Estrepitosos aplausos acogieron el final del Himno. Los comensales se sentaron, moviendo las sillas con gran ruido, y hundieron sus cabezas en los platos.

Don Nilamón devoraba. Y así, acabó antes que todos y se puso a contar los presentes. De pronto, al tropezar con uno de ellos, puso cara de asombro, y dando un codazo a su vecino Zoilo Cabanillas, le preguntó?

—Che, Zoilo; Urtubey, ¿qué hace aquí?

—Comer— contestó Zoilo con la boca llena.

Pedro Molina saltó de risa.

—Este Urtubey ha perdido la vergüenza— dijo don Nilamón a Migoya.

—Che, Urtubey— gritó Zoilo, atronando el recinto con su vozarrón, al aludido que se hallaba en el extremo de la mesa.

Urtubey levantó la cabeza por encima de las espaldas agachadas sobre los platos.

—¿No es cierto que en el fondo de tu alma fuiste siempre un desaforado?

—*Azi ez*— contestó Urtubey ruborizándose.

Sirvieron la sopa y el pianista ejecutó el vals *Sobre las olas*. Alguien alabó los fiambres.

—No valen nada— objetó don Eulalio.

Había que ver los que servían en las *rotisseries* de Buenos Aires.

—En el Café de París, ¿eh? —preguntó Palmarín, que sólo una vez había estado en Buenos Aires.

—Se come bien en Buenos Aires— afirmó Gamaliel con entera convicción.

—Sobre todo cuando se está en buena compañía, ¿no, don Eulalio?— interrogó Palmarín.

Don Eulalio sonrió faunescamente.

Migoya dijo que a él no le gustaba exhibirse con mujeres.

—¡Tanta gente que a uno lo conoce!— exclamó, dándose importancia.

—Las mujeres para un rato y nada más— dijo Zoilo.

Don Eulalio movía la cabeza de un lado a otro, en pleno disentimiento con Zoilo. Y decía, casi al oído de Migoya, sonriendo compasivamente:

—No conoce...

Migoya quería hablar y chistaba a sus vecinos para que le atendiesen.

—La mujer... escuchen, señores... Zoilo, don Eulalio... la mujer...

Por fin se dispusieron a oírle. Y él, con aire exquisito y entonación musical, expresó un pensamiento que embelesó a sus oyentes.

—La mujer— dijo— es un vaso precioso y delicado, lleno de voluptuoso perfume, pero al cual el soplo más ligero puede quebrarlo o agrietarlo.

—¡Las mujeres son todas unas bestias!— bramó Zoilo.

Los comensales se alborotaron y el doctor Lima, el grave doctor Lima, hermano de la profesora de literatura, y que se hallaba en el otro extremo de la mesa, levantó sus lentes hacia Zoilo y los volvió a bajar. Y después de una pausa fecunda, exclamó, limpiándose la boca:

—Es preciso respetar a nuestras esposas y a nuestras madres.

—*Ia* no hay sentimientos de familia— agregó su vecino Sabá Montaña, canturreando.

—Y la familia, *señog*, es todo— afirmó el profesor de francés.

—Bien expresado, la familia es todo— dijo el doctor Lima, favoreciendo al profesor de francés con una mirada de aprobación.

Y mientras estas profundas palabras eran proferidas, un canallesto tango arrabalero, tocado por el pianista, parecía comentarlas insolentemente.

En el grupo presidido por don Nilamón se habló luego del Director.

—¿Cómo habrá recibido el decreto?— preguntó don Nilamón.

—Parece que le dio un cólico feroz— dijo Palmarín.

—El ya esperaba su traslado— continuó el médico.

La prueba era que se marchó al otro día. Tenía sus baúles arreglados.

—Y la Regente, ¿se fue con él?— preguntó don Eulalio.

—Se fueron todos a Catamarca— contestó el médico.

En el centro de la mesa alguien extrañaba la ausencia de Miguel Araujo. Había varias opiniones. Unos le creían enfermo, otros hablaban de un viaje improvisado, y no faltó quien afirmase que se trataba de una cita amorosa.

—Castiguen el petizo— cantó alguien, perezosamente, detrás de los comensales.

Era don Molina, que se había acercado a la mesa. Cuando le vieron, le invitaron de todos lados a sentarse. No aceptó.

Venía a curiosear, a ver si sabían algo.

—¿De qué, don Sofa?— preguntó Palmarín.

Don Sofanor sonreía como quien posee un secreto muy importante.

—¡Pero habían sido lerdazos!— exclamaba.

No hubo modo de que se explicara. Ya verían dentro de unas horas; él no decía más. Algunos creyeron adivinar que don Molina se refería a la revolución. Pero Migoya protestó. ¡Qué revolución ni qué niño muerto! Hacía un mes que la anunciaban, y nada. Ya nadie creía en la tal revolución. Además, ¿quiénes la iban a hacer? ¿Los constitucionales? ¡Pero si eran cuatro pobres diablos!

Mientras comían el segundo plato, se discutió tumultuosamente de política. Unos afirmaban que los contitucionales carecían de elementos; otros, que les sobraban.

En este instante llegó Araujo. Tenía aire de haber trabajado largas horas y llevaba polvo en la ropa. La conversación política cesó. Araujo era el más militante de los presentes y, como tenía tan mal genio y mandaba padrinos por cualquier cosa, nadie discutía con él. Don Molina, no teniendo ya nada que hacer allí, se fue. Volvería a los postres.

Urtubey pidió a Miguel Araujo noticias de Solís. Araujo contestó, fastidiado, que nada sabía de él. Anunció su llegada para el día anterior, y ahora faltaba.

—Ese mocito *ia* no vuelve— dijo Saba Montaña, con gesto de conocedor.

—Mejor para nuestra sociedad— exclamó el doctor Lima, con gesto austero—. Su presencia constituía un ejemplo nefasto para los jóvenes y un peligro para los hogares.

—¡Qué peligro, mi doctor.— dijo sonriendo Belisario Ramos, hermano de María y estudiante de Derecho en Buenos Aires.

No había necesidad de exagerar las cosas. Solís tuvo a mano una muchacha bonita e hizo lo que cualquier hombre hubiera hecho en su caso.

—Malas ideas, teorías disolventes, joven— expresó el doctor Lima, reconviniendo paternalmente al mozalbete.

—*Io* le *haio* razón al *doptor*— dijo Sabá.

—¡Me hace gracia la pacatería de ustedes!— exclamó Belisario.

Y se reía en la cara del doctor, desvergonzadamente.

—Con tales sentimientos, joven Ramos, no nos extrañemos de que las ideas anarquistas y socialistas hagan fácil presa de la sociedad.

—Mejor que mejor— afirmó Ramos.

Y se declaró anarquista. El mundo estaba mal organizado y la revolución social era inminente. El doctor se indignaba.

—¿Y el derecho? ¿Y las leyes?

—Hay mucha *miseguia*, eso es *ciegto*— objetó el francés.

—Y mucha hambre— terció, tironeando con los dientes una pata de pollo, un maestrito del departamento de varones, que sostenía a un familión de diez personas.

—Quizás los impuestos sean excesivos— concedió el doctor—; pero eso no autoriza procedimientos tan radicales.

Y se trenzaron en una discusión de orden económico. El estudiante sostuvo que la tierra era de todos y que debía llegarse a la comunidad de bienes.

—Pues yo, al que se meta en mi casa le encajo un tiro— dijo el maestrito.

Y apuntaba con la pata del pollo como si fuera una pistola.

—¿Por qué me han de arrebatar lo mío?— preguntaba Sabá.

—No es eso; ustedes no saben de qué se trata— decía excitado el estudiante.

Urtubey, con aire condescendiente, se atusaba los bigotes, y señalando a Ramos, preguntaba al doctor:

—¿Qué me *dize* de *ezta juventú, dotor*?

El austero personaje meneó la cabeza, sonriendo amargamente.

Hasta el final de la comida, las conversaciones, por falta de tema, fueron languideciendo. Algunos, atribuyendo el hecho a que corría poco vino, renegaban del patrón. Belisario propuso que se contaran cuentos verdes, pero el doctor Lima levantó una mano púdicamente, haciendo ademán de contenerle.

Por fin sirvieron el champaña y los rostros se animaron ante la perspectiva de los discursos. Las notas compadronas del tango *El Choclo* se hamacaban por todo el salón, y hubo que golpear las copas con los cuchillos para que el piano enmudeciera.

—Señores— rugió una voz formidable.

Cesó el rumor de los tenedores, algunos chistaron imponiendo silencio, y las cabezas se inclinaron para oír. Zoilo, con la copa de champaña en la mano, se disponía a brindar.

—Señores: Me es duro... (le dio tos), me es duro... éste... referirme a personas que... (y clavó los ojos en el mantel) que han sido ya castigadas por brazo de la justicia.

Se dio cuenta de que no era eso precisamente y trató de enmendar la frase.

—!... de personas, quiero, decir, señores, que han caído... que cayeron mejor dicho, bajo el oprobio de la sociedad.

Y miró hacia todos lados buscando aprobación. Urtubey aplaudió.

—Me es duro, digo... (de nuevo parecía querer traspasar el mantel), me es duro... (algunos comensales sonrieron) porque, señores, esas personas, sí, señores... (las risas empezaron a crecer) porque esas personas... ¡No se rían, pues, caracho! (¡Ja, ja, ja!).

Atronadores aplausos.

—¡También quién me manda meterme en esto!— dijo el orador riéndose y rascándose la cabeza, mientras se sentaba.

Las risotadas duraron un buen rato.

Luego se levantó Migoya. Y ya iba a comenzar, cuando penetraron en el comedor un oficial de policía y tres vigilantes. El patrón, alarmado, los acompañaba.

—Buscan a don Miguel— dijo el patrón a Zoilo—. Parece que la revolución ha sido descubierta. Era para esta noche.

Los comensales se levantaban, dando ya por terminado el banquete.

—¿El señor don Miguel Araujo?— preguntó tímidamente el oficial, un pobre diablo que se hallaba como avergonzado en presencia de tan importantes personas.

Los soldados, tres chinos horrorosos y mugrientos, no se movían.

—Aquí estoy— habló Araujo, acentuando sílaba por sílaba y llevándose la mano a la cintura.

Todos le rodearon. Zoilo le agarró del brazo.

—Es inútil resistir, Miguel— dijeron varios.

—¡Déjenme, ...ajo!

Don Nilamón intervino. Aconsejó a Araujo que se entregara. Eran cuatro contra él, sin contar con que en seguida, apenas oyeron tiros, vendrían refuerzos de la policía.

—Está bien— dijo Araujo entregando su arma.

Y con el brazo levantado y la voz elocuente, enrostró a los gendarmes:

—¡Pero sepan que-no-se-ma-tan- las i-deas!

Los vigilantes permanecieron impasibles, no atribuyendo importancia a la célebre frase sarmientesca.

Y mientras se alejaba, seguido de los policianos, el caudillo exclamaba a gritos, gesticulando:

—¡No ha de poder el ne-po-tis-mo contra la razón y la justicia!

Los desaforados se habían reunido en la puerta de calle. Alguien propuso volver para escuchar los brindis, pero los ánimos estaban demasiado inquietos. Los ojos seguían a Araujo, que cruzaba la plaza, y no había dado cincuenta pasos cuando se oyó un tiroteo cercano.

Los desaforados huyeron y en la confitería no quedó nadie. Algunos se llevaron, bajo el brazo, varias botellas casi llenas.

El patrón se puso a cerrar las puertas precipitadamente. pero no había concluído cuando se presentaron los revolucionarios. Era un grupo de diez hombres armados, con Regúnaga al frente, que venían a establecer un cantón. El patrón se desesperaba.

—*Pog favog*, señores, respeten el *comegcio*— decía afligido y en su pronunciación francesa, que le reaparecía fragmentariamente con el susto.

Al rato llegó una compañía del batallón guardia-cárcel. Un breve tiroteo, y el piquete se posesionó del hotel. Quedaron seis heridos: cuatro soldados y dos revolucionarios.

Durante toda la noche se oyeron tiros en distintas direcciones. A la madrugada la revolución estaba vencida. Por las calles, más tristes que nunca, pasaban soldados y vigilantes llevando a prisioneros.

La policía había ocupado la estación, pues se afirmaba que en el tren llegarían hombres armados. El primer pasajero que bajó fue Solís. El oficial le detuvo y le condujo a la policía.

Al entrar en el cuarto donde le encerraban junto con una veintena de revolucionarios, vio, en una pieza del fondo, a don Nilamón atendiendo a un herido. En la prisión se encontró con Araujo, con Regúnaga y otros partidarios, quienes le narraron los acontecimientos.

Hacia las diez le llamaron a la oficina del jefe de policía. Le condujo un soldado que se quedó custodiándole. Solís se paseaba nervioso por el cuarto, cuando vio entrar a don Nilamón.

—Doctor, ¿cómo le va?— preguntó Solís, entre amable y receloso.

—Siéntese; tenemos que hablar— contestó don Nilamón con semblante serio.

Don Nilamón se rascó la cabeza, se movió en su asiento varias veces y escupió.

—Bueno— dijo al cabo de unos minutos—. Ya se imaginará a qué vengo.

—No sé— contestó Solís, mirándole asombrado.

Don Nilamón habló. Solís había enamorado a una pobre muchacha, sola, sin padres. Ahora esa niña, a causa de aquellos amores, era expulsada de la Escuela. No tenía de qué vivir. Solís había destrozado su vida. Era una niña honesta, buena y estaba enamorada. Venía a pedirle la reparación del mal que había causado.

Solís se estrujaba el rostro con la mano.

—Usté se casa y se va a Salta— continuó el médico con voz enternecida— Allí nadie sabrá nada.

Y tomándole las dos manos, le rogó:

—Haga usté esa obra de bien, se lo pido por lo que más quiera en el mundo.

Solís titubeaba.

—Yo pensaba casarme— dijo al fin—. Se lo aseguro. Pero...

Los sucesos últimos se lo impedían. ¿Cómo casarse con una mujer que cometía tal acción? ¿Cómo entregar su nombre, el decoro de su hogar, a la maledicencia pública?

—No me hable de eso, doctor; me ofende haciéndome semejante proposición.

Don Nilamón saltó de su asiento.

—Si usté fuera un hombre honrado yo no le hablaría de esto.

Y le sacudía del brazo.

—No me toque, no quiero saber nada de usté— balbuceó Solís paseándose por el cuarto.

Don Nilamón sonrió tristemente.

—¡Canallita, y yo que...!

—¡No me insulte, viejo de m...!
Sonó un bofetón.
—Ya tiene su merecido... ¡Sargento!
Se presentó un soldado.
—Lleve a este hombre adonde estaba.
—Me la vas a pagar, viejo estúpido... déjeme...— balbuceaba Solís.
Y se alejó rabiando, deseando irse cuanto antes de La Rioja.
Desde el momento que lo arrestaron no había cesado de protestar. Resuelto a conseguir su libertad, obtuvo que llamaran de su parte al doctor Apolinario Cabanillas, el rector del Colegio y el más prestigioso de sus amigos. Explicó a Cabanillas el caso. El nada tenía que ver con la revolución, pues hallábase en Buenos Aires desde hacía dos meses.
—¿Pero usted cree que el gobernador lo va a poner en libertad?
—Le aseguro que sí, Cabanillas; sé por qué lo digo.
Cabanillas, incrédulo, torció la cabeza pero salió a complir el encargo.
Habló con el jefe de policía y con el gobernador, quienes consintieron en dar libertad a Solís. Solamente le imponían la condición de que esa misma tarde tomara el tren. Un soldado le acompañaría.
A la tarde supo que estaba libre. Pero iban a tenerle en la policía hasta el momento de salir para la estación.
—Los compadezco a los que se quedan en esta mazmorra— le dijo a Araujo, despidiéndose.
Araujo, disgustado por la libertad de Solís, no respondió.
—Me voy contento, amigo— continuó Solís.
El fracaso de la revolución le había servido admirablemente. Era la mejor solución de su aventura con Raselda. Aquellas horitas de cárcel le salvaban, evitando encontrar a Raselda, dándole pretexto para no buscarla. De otro modo, ¿quién sabía cómo hubieran acabado las cosas? El era débil de voluntad... Y no valía la pena enredarse para toda la vida con una mujer, habiendo tantas.
—¡Habiendo tantas!— repitió, tendiendo la mano a Araujo.
Y viendo que su amigo le miraba casi hostilmente, le preguntó:
—Pero, ¿qué le pasa, che Araujo?
—Mire— le dijo Araujo, clavándole los ojos—. Que Dios me castigue, pero juraría que usted nos ha traicionado, denunciando el día y la hora de la revolución.
—¿Yo?
—Ahora ya no dudo; usted ha sido ¡so traidor!
Y se abalanzó sobre Solís, dispuesto a estrangularle. Pero un vigilante le contuvo.
—Se ha vuelto loco— decía Solís muy pálido—. Yo creo que se ha vuelto loco...

VI

Raselda, casi hasta el último instante, ignoró la llegada de Solís. Fue Candelaria quien se lo refirió.

—¿Cómo has sabido?— le preguntó con alegría.

—El señor Galiani le contó a doña Críspula; yo los escuché cuando conversaban, a la mañana.

Estaban en el comedor y Raselda llevó a su cuarto a Candelaria. Doña Críspula dormía la siesta. La niña hizo sentar a su lado a la sirvienta y le rogó:

—Me vas a contar todo lo que oíste, Candelaria, todo...

—Si no sé más, niña Raselda.

Raselda quedó un momento pensativa y luego dijo:

—Le vas a llevar una carta al hotel; pero ahora mismo.

—¿Al hotel? Si está preso, niña. Se metió en la revolución, parece...

—Entonces le llevarás la carta a la policía.

Aquella venida de Solís, tan inesperada, adulaba sus ilusiones, su corazón, comprimido por las angustias y las incertidumbres, se dilataba ahora en la alegría de vivir. La dicha entró en su ser con la rapidez de una invasión y, lentamente, fue asomándose en lágrimas a sus ojos. Le escribió una carta breve pero eficaz. Le recordaba las ternuras de los viejos días, los proyectos de felicidad, aquellos solemnes juramentos cuya hora de cumplir había llegado.

—Que se la pongan en sus propias manos— le dijo a Candelaria entregándole la carta.

La muchacha salió. Raselda la acompañó hasta la puerta, y, con las manos delante de los ojos, para defenderse del sol, la vio alejarse.

Volvió a su cuarto. Pero no podía quedarse sosegada y a cada momento se asomaba a la puerta.

No dudaba del resultado de su carta. Imaginaba a Solís leyéndola, conmoverse, contestarle en seguida un pliego apasionado. Su amante salía en libertad, y pocos días después, sigilosamente, se marchaban los dos a Salta, donde vivirían, juntitos, inacabables años de dicha. ¿Cómo sería Salta? ¿Le gustaría más que La Rioja?

—El señor Solís ya se ha ido —informó a Candelaria el vigilante que se hallaba en la puerta de la policía.

—¿Quién es esa mujer? ¿Qué quiere?— preguntó una voz cavernosa, detrás de una ventana de rejas.

—Una carta para el niño Solís, es muy urgente...

—¡Ah! Bueno— habló la voz cavernosa—. El niño ese se ha ido y ojalá no vuelva, ¿entiende?

—Sí, señor— contestó Candelaria, muerta de miedo.

—Mire— le dijo el vigilante sonriendo—, es fácil que lo halle en el hotel, porque me parece que fue a buscar algunas prendas que tenía depositadas allí.

Candelaria, sin oír más, corrió hacia el hotel.

—Niño Solís, una carta de la niña Raselda— gritó al viajero, que subía a un coche en ese instante.

—Espere un segundo— rogó Solís al soldado que lo vigilaba, y entró en la confitería.

El soldado y la chinita se pusieron a hablar.

Solís leyó la carta con calma, Pidió papel y tinta, y comenzó a escribir.

"Parto en seguida para Salta; la policía me obliga. Pero mi ausencia no será larga. Espérame, mi amor. Volveré algún día, pronto tal vez, y entonces reanudaremos nuestras divinas entrevistas. ¿Te acuerdas de aquellas noches?..."

—Esto es una infamia, una crueldad— pensó.

¿Para qué dejarle esta ilusión a la pobre Raselda? Además, cualquier día podría salirle un pretendiente, y él no tenía derecho para impedirle que reconstruyera su vida. Rompió el papel y escribió:

"Raselda: parto en seguida para Salta. Te recordaré siempre, pero no me pidas que te haga desgraciada. Mi caballerosidad, mi amor mismo, me lo prohiben. Olvídate de mí, olvidémonos uno del otro. ¡Ah, me será difícil, muy difícil— te lo confieso— arrancarme del corazón esa planta que ha crecido en él! No tendré más remedio que destrozarlo, como es fuerza destrozar la maceta para sacar la planta. Tú debes buscar un puesto de maestra en cualquier escuelita provincial, y si mañana encuentras un hombre honrado, un alma noble..."

Borró precipitadamente las palabras "alma noble".

"... y si mañana encuentras un hombre honrado, un hombre de corazón que quiera ser tu esposo, acéptalo. Hemos sido unos locos y las locuras, por divinas que sean, se pagan en esta vida".

E iba a firmar, cuando pensó que convendría poner algunas palabras profundas:

Y agregó sonriendo:

"La Fatalidad nos unió y ella nos separa ahora. ¡Aceptemos sus fallos inapelables!"

Cerró la carta y salió a la puerta. Candelaria y el soldado, recostados a la pared y pegados uno contra el otro, parecían haber hecho buena amistad. Entregó la carta a la sirvienta y subió al coche.

—Rápido a la estación— ordenó al cochero.

Solís iba pensativo. Había escrito la carta con suma ligereza. El sentimiento de su libertad, la partida definitiva de La Rioja, la certidumbre de que aquella carta rompía para siempre un lazo difícil de desatar. Le habían alegrado. Pero luego, después que entregó la carta y que partió el coche, la misma conciencia de su alejamiento le cambió el espíritu. Era una suerte que Raselda le hubiera escrito, porque si no ¡qué pena no despedirse de ella! El se había conducido mal, pero ¿qué hacer? ¿Cómo llevarla a Salta, echarse encima la carga comprometedora de una querida? ¡Ah, era triste, triste hasta afligir, la situación de Raselda! Se acordó entonces de sus encantos físicos, de sus caricias, de cuánto le quería. El también la había querido, sí, la había querido y hasta pensó sinceramente en hacerla su esposa. Los recuerdos aparecíansele unos tras otros con aquella melancolía de las cosas que no retornan, con la sugestión sentimental de las ternuras que han ensanchado el alma. Y poco a poco, sin darse cuenta, se fue emocionando.

—Soy un estúpido— pensó.

Y a fin de dominarse hizo una mueca, como para corregir una cara demasiado reveladora, y se puso a hablar con su acompañante.

Mientras tanto, Candelaria llevaba la carta. La muchacha aunque pensaba en las dulzuras que le prometía su reciente amistad con el soldado, caminaba tristemente, con miedo de llegar a la casa. El niño Solís se iba. ¿Qué haría la pobre niña Raselda? Y se acordó que ella también había sufrido mucho cuando se fue el niño Pérez.

Raselda esperaba en la puerta.

—¡Cómo te has tardado!

Tomó la carta con ansiedad, la leyó en el zaguán, sus ojos se nublaron y corrió a encerrarse en su cuarto.

Desde ese día, doña Críspula empezó a notar la tristeza de Raselda. Su carácter había cambiado de repente. Se había vuelto huraña, no hablaba con nadie. Dejó de salir a la calle y se pasaba las horas enclaustrada. No quería comer. Hasta malhumorada se ponía en ocasiones, cosa inaudita en ella, y más de una vez contestó de mal modo a las preguntas y consejos de doña Críspula.

Galiani buscaba inútilmente ocasión de hablar a solas con ella. Cuando se le acercaba, dejábale ella con la palabra o huía a su cuarto.

Una noche, cuatro días después de que partiera Solís, don Nilamón fue a la casa. Venía a despedirse, pues se marchaba a Santiago del Estero. Su hermano había vuelto a agravarse.

Quiso examinar a Raselda y se quedó solo con ella.

—Pero, ¿Qué tristezas son éstas, hija?— le preguntó palmeándola cariñosamente.

Raselda, sentada junto a su mesa de escribir, apoyó la frente en su mano.

—Todo ha pasado— continuó el médico— y por consiguiente no hay razones para estar triste.

Dios había sido muy misericordioso con ella y era preciso aceptar ciertos sufrimientos en castigo de nuestras culpas. ¿Algo le quedaba de su amor? Era natural. Pero, ¿para qué echarse a muerta? Había que vivir, había que olvidarse. La melancolía era un vicio, la madre de pecados muy grandes.

Raselda soltó el llanto. Después de una larga pausa, don Nilamón le preguntó:

—¿No estás contenta en esta casa?
—Sí, tío... pero...

Doña Críspula era muy buena y se interesaba por ella, pero a veces le atormentaba con sus preguntas y consejos. No tenía libertad ni para estar sola.

—Yo quisiera algún puesto en cualquier escuela de la provincia— balbuceó tímidamente, acordándose del consejo de Solís.

Lo había meditado bien. Era la única solución para su vida.

—Muy bien, es una buena idea— dijo el médico.

Lástima que él se iba a Santiago y quién sabe cuándo volvería. Pero podía ella ir buscando un puesto, averiguar entre sus relaciones si sabían de alguna vacante.

—Además— continuó el médico— doña Críspula quiere irse a Catamarca con Rosario y no tardará en hacerlo.

Don Nilamón se despidió. Y antes de salir le exigió la promesa de ser juiciosa, de que ahuyentaría el mal humor, de que haría lo posible para olvidarse de todo.

Raselda se lo prometió sinceramente.

Ese día estuvo amable y conversó con todos.

A la noche, en la acera, se le acercó Galiani. El hombre de empresa llevaba un palillo entre los dientes y miraba a Raselda con sus ojos desagradables.

—¿Y cuándo empieza a buscar empleo?
—Mañana mismo.
—Este...

Galiani tosió, frunció los ojos, hizo diversos ruidos con las narices y la boca.

—Este... me parece —agregó— que una niña como usted no debe buscar empleo.
—¿Por qué?
—Sí; una niña tan bonita... que no precisa...
—¿Cómo que no precisa, Galiani?

No había entendido Raselda. El quería decir que ella no necesitaba recurrir a esos medios tan tristes. ¿Cómo no iba a encontrar un hombre que la quisiera?

—Yo no me casaré nunca, Galiani— dijo Raselda melancólicamente—. Los hombres no existen para mí.

Galiani sonrió.

—Me parece que usted no quiere entenderme. ¿No prefiere que hablemos con claridad?

Raselda quedó en silencio.

—Yo decía— continuó Galiani acercándosele— que una mujer como usted, que no es una inocente, puede encontrar quien la quiera.

¿Por qué rechazar la ocasión si se presentaba un hombre desinteresado que le prometiera ayudarla durante toda su vida? No había que enojarse por tal proposición.

Raselda, humillada, bajaba la cabeza sin atreverse a hablar.

—¿Usted cree que podrá vivir siempre sola? Tendrá que recurrir a un hombre, hoy o mañana.

Y agregó, queriendo tomarle una mano:

—No desconfíe de mí; soy su amigo y me parece que mis intenciones son mejores que las del otro. Yo no engaño a nadie, por lo menos...

Raselda, recostada contra la pared, se apretaba los ojos con los nudillos de los dedos y movía la cabeza desesperadamente.

—Piense bien, Raselda.

Al otro día comenzó ella a buscar empleo.

Antes que a nadie, quiso ver al marido de Dorotea, que era miembro del Consejo de Educación. Fue a su casa. Dorotea, desde el patio, la vio llamar a la puerta, pero no la recibió. Le mandó decir que su marido estaba muy ocupado. La sirvienta, enseñada, le preguntó lo que deseaba para decírselo. Raselda declaró el objeto de su visita. La sirvienta entró en el cuarto donde estaba Dorotea y volvió al momento diciendo que no había puestos disponibles.

De allí fue a casa de Sabá Montaña, también miembro del Consejo. Había salido.

En los días posteriores trató de ver a don Eulalio, presidente de aquella docta institución. Le humillaba esta visita a don Eulalio, que le había hecho, por carta, proposiciones. Pero ella esperaba interesar a su mujer, ¡una señora tan religiosa y tan buena! La mujer de don Eulalio la recibió. Le preguntó si se confesaba, si estaba arrepentida de todo. Le dio innumerables consejos y le prometió que le escribiría en caso de que hubiese puesto vacante.

A Sabá Montaña le fue imposible verlo. La mujer le mandaba decir siempre que había salido.

Un día, no sabiendo ya a quién recurrir, fue a ver al gobernador. Había sido su profesor y, aunque no la veía desde esa época, era fácil que la recordara.

El gobernador la recibió cariñosamente, con su aire patriarcal y bonachón.

—Está hecha una mujer— le dijo con su alma habitual y mirándola de arriba abajo, lleno de golosa complacencia.

Se declaró muy dispuesto a servirla, pero, ¡había tantos compromisos! ¿Por qué no iba al día siguiente a la Casa de Gobierno? Así tenía él tiempo de averiguar si había puestos vacantes. En su casa, además, ¡estaba siempre tan ocupado!

Raselda sonreía satisfecha, Y como despedida, el gobernador, con aire paternal, le retuvo la mano entre las suyas y la palmeó en el hombro.

Al día siguiente, Raselda fue a la Casa de Gobierno. El gobernador parecía que la esperaba, y estaba muy peripuesto, recién afeitado, con una flor en el ojal. El saco, de brin blanco, hacía resaltar la negrura de la barba agarena.

—¡Adelante, mi discípula— exclamó cachazudamente—. ¡No sabe el gusto que tengo en verla!

Y la hizo sentar a su lado, en su envejecido sofá de tafilete.

El gobernador le hablaba muy cariñosamente y evocaba la Escuela en los tiempos de su profesorado.

—Usted no me quería mucho, ¿no?— dijo inclinando a su lado la cabeza, con aire tierno, y mirándole en los ojos.

—No, señor; sí lo quería.

—¿Y ahora?

Había dejado caer su mano sobre la de Raselda, pero ella retiró la suya bruscamente.

—Me tengo que ir, señor— respondió, levantándose.

El gobernador volvió a prometerle un puesto. No había por ahora vacantes, pero la primera que se presentara la ocuparía ella.

Raselda salió con las facciones contraídas en un gesto de dolor. Jamás se imaginó que los hombres fueran tan egoístas, tan torpes, tan incomprensivos. Tenía ganas de llorar de desilusión, de llorar por Solís, cuya actitud ahora le parecía turbia. La conducta de los demás ponía una sombra en el alma de Solís. Y llegó a dudar de él, de su amor, de todo. Pero ella rechazaba estas ideas, pues aquel amor constituía la sola felicidad de su existencia, la sola felicidad que ella podía aumentar en su pensamiento, como esos viejos de vida mediocre que, a fin de convencerse de que también ellos vivieron, magnifican las pobres expansiones de su juventud, diciendo: "¡aquellos eran los buenos tiempos.!"

Abatida, profundamente decepcionada, entró en su casa. Doña Críspula le pidió detalles de la visita al gobernador. Había querido acompañar a Raselda, que se opusiera; y ahora se esponjaba, sólo de pensar que una persona de su casa había sido recibida por tan insigne mandatario.

Entonces, ¿te prometió?

—Sí, me prometió para cuando hubiera vacante.

—¿Has visto? ¡Qué te decía yo! Si es persona muy amable, muy generosa, el gobernador.

A Galiani, quien también le preguntara, contestóle Raselda lo mismo. Pero Galiani sonreía para sus adentros y la miraba maligna y largamente.

—Usted está muy desengañada— le dijo, cuando quedó solo con ella.

—¿Yo? ¿Por qué?

—Por culpa de los hombres, ¿no es cierto?

Raselda no contestó.

—Yo sé más, todavía— añadió Galiani, casi en secreto—. Sé que usted ha llorado. Y con razón, porque no sabe qué va a ser de su vida.

—¿Quién le ha dicho eso?

—Mi experiencia. Raselda. Créame, pues yo conozco el mundo. Hágame caso y no se arrepentirá.

Doña Críspula venía notando desde hacía una semana el empeño de Galiani en conversar a solas con Raselda. Ella le había dado bromitas, pero viendo que a Raselda le desagradaban decidió hablar seriamente con él. Galiani le declaró que, en efecto, le gustaba Raselda y que, si ella aceptara, se casaría. Le rogó que no le dijera una palabra. Raselda teníale antipatía y él necesitaba primeramente enamorarla.

—¡Picarón!— exclamó doña Críspula con la cara hecha una fiesta—. ¡Ja, ja, ja!

Desde entonces los dejaba solos, pero en el fondo tenía cierto vago recelo. Y así, esa noche, mandó a Candelaria que se acercara a la ventana del cuarto que había ocupado Solís, y que era ahora de Galiani, para oír lo que decían. Candelaria no oyó nada y sólo vio a Galiani que hablaba al oído de Raselda y a ella que le escuchaba con la mirada en el suelo. La conversación duró como una hora y al retirarse Raselda a su cuarto doña Críspula le notó los ojos colorados. Raselda cayó de nuevo en profunda tristeza. Pero no era una tristeza huraña, como la otra vez. Ahora no estaba malhumorada. Amanecía con ojeras enormes y los ojos hinchados y parecía muy nerviosa. Evitaba el encontrarse a solas con Galiani, y de pronto, en medio de un silencio o de la charla de los otros, hacía con la cabeza un fugaz gesto de desesperación que sólo Galiani comprendía.

Una mañana recibió carta de Amelia. Deseaba verla y la citaba en la iglesia. Raselda, pretextando ir a misa, acudió a la cita. No había en la iglesia sino algunas viejas que rezaban devotamente. Las dos muchachas se colocaron en los últimos lugares, delante de una columna.

—Me voy a Buenos Aires— le dijo Amelia—. Estoy harta de este pueblo.

—¿Y qué vas a hacer en Buenos Aires?

—Me voy con Araujo— contestó riendo, como si se tratara de una gracia.

Raselda quedó escandalizada.

—Pero él se volverá en seguida a La Rioja— agregó, como para disimular la importancia del hecho.

—¿Y qué vas a hacer después?— inquirió Raselda curiosamente.

—¿Después? No me faltará adonde arrimarme...

Y reía levantando los hombros.

—¡Pero, Amelia! ¡Decir esas cosas, y en la iglesia!

—No seas pacata, oíme.

¿Por qué no se iba ella también a Buenos Aires? Vivirían juntas, si era posible. Lo pasarían admirablemente. ¿Qué podían hacer en La Rioja? La gente las miraba como apestadas.

—Amelia, ¡decir eso!

—¿Por qué no? Nuestro destino es seguir el camino que hemos empezado.

Y agregó:

—Vámonos a Buenos Aires, no sea sonsa...

Raselda, como si resistiera una tentación muy fuerte, bajó la cabeza y se puso a rezar.

—Vamos a vivir en el Hotel de Roma, calle Rivadavia.

Le daba la dirección por si se resolvía a ir o a escribirle.

Salieron de la iglesia. Amelia la besó animándola a acompañarla y le dio de nuevo su domicilio en Buenos Aires, Y todavía, mientras se alejaba, se volvió para gritarle:

—Hotel de Roma, calle Rivadavia...

Dos días después, Galiani, que saliera a la calle muy temprano, fue a la confitería para leer los diarios. Deseaba informarse de las noticias comerciales. El patrón los tenía en la mano y se los prestó.

—¿Qué hay de nuevo?— preguntó Galiani.

—Parece que en Santiago esperaban anoche revolución.

—¿Dicen los diarios?

—No sé, lo dijo el doctor Arroyo que acaba de llegar.

—¿Don Nilamón?

—Sí, murió su hermano, ¿no sabe?

Galiani dio un rápido vistazo a los diarios y salió. Tomó un coche y se dirigió a la estación, donde pidió un camarote de dos camas.

Media hora después estaba en su casa y anunciaba el viaje para esa tarde. Raselda huyó a su cuarto y no salió para nada hasta el momento de almorzar.

—¡Conque nos deja, Galiani!— exclamaba doña Críspula cabeceando de arriba abajo.

—Es verdad, señora— contestaba el aludido, retorciéndose los bigotes nerviosamente.

Doña Críspula hablaba sin cesar, mientras su huésped, como tigre enjaulado, paseábase por el corredor. Por fin Galiani alegó que necesitaba arreglar sus valijas y rogó a la señora que se la prestase a Candelaria. Cerró la puerta de su cuarto y, ayudándose de la sirvienta, se puso a acomodar las valijas.

—Candelaria— dijo a la muchacha que estaba inclinada sobre una maleta—; tome para usted...

Y le tendió un billete de diez pesos.

Candelaria miraba el billete con ojos azorados, y no se atrevía y tomarlo. Pero Galiani se lo puso en la mano y ella, pensando que con tanta plata podría hacer lindos regalos a su soldado, lo aceptó.

Galiani, luego, escribió dos palabras en un papelito y se lo entregó a la sirvienta.

—Lleve esto a la niña Raselda. Pero con mucho disimulo. Es preciso que doña Críspula no vea absolutamente nada.

Candelaria salió y volvió en seguida.

—¿Se lo dió?

—Sí, señor.

—¿Qué estaba haciendo?

—Muy apenada, parecía...

—¿Y qué dijo?

—Lo rompió y se puso a llorar... ¡Pobre niña Raselda!

Durante el almuerzo Raselda no habló una palabra. Fingió dolor de cabeza, mareo, malestar. Debía haberse indigestado. Galiani la miraba disimuladamente y ella bajaba los ojos.

Una hora antes de salir, Galiani se despidió.

—Pero si hay tiempo, Galiani. ¡Qué apuro por dejarnos!

—Tengo una cuenta en la confitería, señora... Voy a pagarla.

Doña Críspula no acababa de decir adiós a su huésped. Le dijo que era un ingrato con La Rioja, donde tanto le apreciaban, y lo invitó a que volviera pronto.

—Puede que vuelva. Psh... ¡tantas cosas se ven en la vida!

¡Pero no será por negocios, téngalo seguro!...

—¡Ya salió! ¡Ja, ja, ja! ¡Qué Galiani éste!

De Raselda se despidió en su cuarto. Sufría, la pobre, tal dolor de cabeza que debió recostarse. Cuando Galiani, seguido de doña Críspula, llamó a la puerta, la maestra salió casi tambaleando, dio la mano al viajero y se entró sin mirarle.

Galiani partió por fin. Doña Críspula, con lágrimas en los ojos, vio alejarse a su huésped. En seguida se acostó a dormir su siesta.

Candelaria, en la pocilga donde dormía, contemplaba su billete. Pero no era del todo feliz. Sin saber por qué, sentía un vago remordimiento. Pensó que tal vez ese papelito que llevó a la niña fuese una cosa mala. Y debía serlo, porque si no ¿a qué le daban tanta plata? Tuvo ganas de hablar con doña Críspula, de contarle todo. Pero, ¿no sería mejor conversar antes con la niña?

Y fue al cuarto de Raselda. Todo estaba revuelto, las ropas por el suelo, una silla volteada. ¿Dónde estaba la niña? La buscó por toda la casa, no la encontró. Corrió entonces a despertar a doña Críspula.

—Señora, la niña se ha ido... no está en ninguna parte...

Doña Críspula saltó de la cama y voló al cuarto de Raselda. Había huído, no cabía duda. Buscaba alguna carta cuando vio un trozo de papel. "La espero en la est..." "... me un carruaje..."

—¡Se ha ido con Galiani! ¡Era el miedo que yo tenía!

Y arremetió contra Candelaria llamándola bruta, infeliz, estúpida y pellizcándola en los brazos. La muchacha se echó a llorar.

Doña Críspula salió a la calle como loca. Faltaba un cuarto de hora para que partiese el tren; aún podía llegar a tiempo. Pasó un coche y subió.

—A la casa de don Nilamón— gritó al cochero.

En la casa del médico llamó con el aldabón furiosamente. El médico alarmado, salió a abrir. Estaba en zapatillas y guardapolvo.

—¿Qué pasa?

—Raselda huye... con Galiani... hay tiempo...

Don Nilamón, sin averiguar más, saltó al coche.

—¡A la estación!

El coche volaba.

—¡Dios mio, ojalá lleguemos!

—Faltan cinco minutos— dijo el médico como hablando solo.

—¡Jesús! ¡Perdida para siempre!

—A veces el tren demora en salir...

Los caballos, cansados, disminuyeron su marcha.

—¡Más ligero, badajo!— gritó el médico al cochero, olvidándose de doña Críspula.

Llegaron. Don Nilamón saltó del coche, salió al andén, buscó por todas partes. La gente le miraba con asombro. Preguntó, nadie sabía. Trepó al tren, recorrió el coche dormitorio.

—¿Qué busca, señor?— le preguntaba el guarda al verle meterse en los camarotes.

—¡Qué le importa!

Abrían las puertas con estrépito formidable, metía la cabeza aunque hubiera gente. Llegó al último de todos.

—Está ocupado— dijo el guarda.

Don Nilamón empujó al hombre, abrió la puerta.

—¡Tío!

—¡Raselda, ¿qué es esto?

—¡Perdón, perdón tío!

Raselda se arrojó a los pies del médico, llorando con ansia. Y mientras Galiani se inclinaba cortésmente y sonreía, don Nilamón arrastraba de un brazo a Raselda, fuera del vagón dormitorio.

EPILOGO

Cuatro años más tarde, Solís, en Buenos Aires, caminaba una noche por la avenida de Mayo. Eran las once y la avenida, por ser invierno, estaba casi solitaria. Iba triste y preocupado. Creía estar de nuevo enfermo, y esta preocupación le hizo recordar sus horas riojanas. Había pasado en Salta dos años. Ahora ejercía el periodismo, en un diario de la tarde.

De pronto vio que la agarraban del brazo y le abrazaban. Era Pérez. Entraron en un bar silencioso y modesto.

—¡Hacía años que no nos veíamos!— exclamó Solís melancólicamente.

Y se contaron el uno al otro sus vidas desde la separación en La Rioja. No se habían visto desde entonces. Pérez se había marchado a París, de donde acababa de llegar y adonde regresaría muy pronto. Había estudiado intensamente y era uno de los mejores alumnos de la *Schola Cantorum*. Estaba más hombre y apenas tartamudeaba.

Pidieron whisky con soda, y, acodados sobre la mesa, quedaron un rato silenciosos, recordando con nostalgia sus horas provincianas.

—No lo pasamos mal ¿verdad?— preguntó el músico.

—Yo siempre me acuerdo con cariño de aquella tierra... dijo Solís con aire soñador.

Y pensando en Raselda, cuyo recuerdo le turbaba a menudo, habló de la tristeza poética y profunda de La Rioja. Evocó las cálidas, las voluptuosas noches de verano, cuando el cielo se empolvaba de estrellas; las canciones de los ciegos; las serenatas, que ahondaban el misterio de las calles dormidas; los ojos de las mujeres.

Su voz se había empañado de emoción. Apuró su copa y, al cabo de un rato, exclamó:

—¡Me gustaría volver!

—A mí también, hombre —repitió Pérez—. Quisiera ver a doña Críspula, a don Nilamón, a Miguel Araujo... qué tipo admirable ¿eh?... a tantos otros amigos o conocidos...

Solís le dijo que todo había cambiado allí. Doña Críspula estaba con Rosario en Catamarca y era abuela de dos provincianitos deliciosos. Araujo vivía en Buenos Aires. Don Nilamón había muerto...

—¿Don Nilamón?— exclamó el músico con profunda pena.

Y agregó:

—Era un hombre excelente, una gran alma, un gran carácter... Solís tosió, mirando el fondo vacío de su vaso.

—¿Y don Molina, el viejo contador de cuentos verdes? ¿Qué se ha hecho?

—Pero, amigo— dijo Solís en tono de falsa reconvención—; veo indignadamente que usted no conoce a los grandes hombres de su país. El señor Molina fue gobernador de La Rioja y acaba de ser elegido diputado nacional.

—¿Y qué hará en el Congreso?

—Contará sus cuentos verdes. ¿Cree usted que la mayoría de sus colegas hace algo mejor?

—¿Y Urtubey? ¿Y el Director?

—Urtubey es rector del Colegio Nacional.

—¡No, hombre!

—Le aseguro, Pérez. ¿Para qué le voy a engañar?

—¡Qué país admirable, el nuestro!

En cuanto al Director, sólo sabía que en Catamarca había vuelto a ser sumariado. Como siempre, le acompañaba la señorita Rodríguez, y su señora continuaba yendo todos los inviernos, para tomar baños contra el reumatismo, a Rosario de la Frontera.

—¿Y Cabanillas, el rector? Era su gran amigo.

Cabanillas acababa de publicar el tomo octavo de su *Historia de La Rioja*. Era un volumen de ochocientas páginas. Ya había llegado a Facundo Quiroga.

—¡Extraordinario!— exclamó Pérez.

¡Qué había de ser extraordinario! Cada provincia tenía un historiador. Todos publicaban volúmenes colosales y afirmaban, a pesar de eso, que la historia argentina no había sido escrita.

Quedaron en silencio, sonriendo.

Después de una larga pausa, Pérez, en voz baja, mirando a Solís en los ojos le preguntó por Raselda.

—Poco después de su tragedia, le dieron un puesto de maestra en una escuelita de Chamical. Allá debe estar.

—¿No sabe más?

—Nada más.

—Pues yo le daré noticias.

En Chamical fue muy hostilizada. Se supo de lo ocurrido en La Rioja, y una persona que le tenía mala voluntad preparó contra ella a todo el vecindario. Había sufrido horriblemente, pues le reabrían su herida. Fue trasladada a un pueblito lejano, cerca de los Andes.

—¡Qué vida!— exclamó Solís compasivamente.

—Ella no se queja. Soporta sus males como un castigo a sus faltas y está muy entregada a la religión. No acusa a nadie...

—¿Y cómo sabe todo eso, Pérez?

—¿Se acuerda de Amelia Cálcena?

La había encontrado hacía pocos días. Estaba muy bonita, y dedicada "a la vida". Había caído para no levantarse más. Raselda le había escrito varias veces.

—¡Pobrecita Raselda!— exclamó Solís.

—¿Usted la quiso de veras, eh?

—Creo que sí...

Quedaron otra vez en silencio. Solís se secó una lágrima, aprovechando un instante en que Pérez no le miraba. Luego exclamó:

—En fin, no vale la pena...

Y sin concluir la frase, pidió otro whisky.

FIN

UNA OPINION DE UNAMUNO

LA PLAGA DEL NORMALISMO

(Para *La Nación*)
Salamanca, mayo de 1915

Acabo de leer la novela de Manuel Galvez "La maestra normal" (vida de provincia). La impresión general ha sido muy penosa. No en el aspecto estético, ¡no! No quiero decir que me haya disgustado como obra de arte y de ficción. Todo lo contrario. Y buena prueba de ello es que he leído sus 400 páginas con creciente interés y eso que desde hace años difícilmente resisto la lectura completa de una novela. La penosa impresión que me ha dejado es de orden moral. Porque es la novela de Gálvez un documento muy doloroso. Despréndese de sus páginas un tétrico vaho de pesimismo. Si esa vida de provincia es así, tal como Gálvez nos la presenta, es una vida bien sórdida y bien triste. Aunque sé también que todo tiene más de una cara y que todo consiste en el modo de encarar. Los "Recuerdos de provincia" del gran Sarmiento nos pintan también la vida provinciana, y en una época de mayor aislamiento, que en la de hoy, y sin embargo, es otro, muy otro, el ambiente que allí se respira. ¿O es que Sarmiento llevaba su provincia en sí mismo?

Yo vivo una vida provinciana también, voy a la capital de España lo menos que puedo, y aunque conozco las pequeñeces, miseriucas y envidiejas de provincia, declaro preferir la vida en ésta a la vida en una gran capital, en la que la personalidad acaba por borrarse y en que flota en la atmósfera moral un cierto éter de mediocridad uniforme.

Pero no es de esto de la vida de provincia de lo que voy a hablaros ahora a propósito de la terrible novela de Gálvez; es de otra cosa, es del normalismo, que es, de cierto una verdadera plaga. Y puedo decir algo de él porque catorce años de rectorado y veintitrés de profesorado me han permitido conocerlo.

Los excesos del sacerdocio, constituido en casta, han producido el movimiento anticlerical, al que se adhieren no pocos espíritus religiosos y creyentes. No es raro encontrar católicos muy católicos que son anticlericales. Y los excesos de la milicia, constituida también en casta, han producido el movimiento antimilitarista, al que se adhieren no pocos hombres muy patriotas y que creen no debe descuidarse la defensa de la patria por medio de las armas. Y preveo que puede llegar día en que frente al magisterio, que se llama a sí mismo, con su característica pedantería, sacerdocio de la cultura, pueda surgir un movimiento antipedagogista en el que entren gentes muy amantes de la cultura y de la educación y de la enseñanza. Somos muchos los que empezamos a aburrirnos de las pedantescas cantinelas pedagógicas.

Manuel Gálvez ha puesto en boca de uno de sus personajes, del simpático

D. Nilamón, ideas que son de muchos: "El normalismo es la peor plaga que puede invadir a un pueblo joven", exclama. Y yo añado que también a un pueblo viejo. Y sobre todo cuando va acompañado de cientificismo. "En el orden de la cultura —dice— el normalismo significaba el predominio de la enseñanza primaria sobre la universitaria, la muerte de los altos estudios, la desaparición de aquella aristocracia cultural que se llamó el humanismo. Con la invasión de los pedagogos y los primarios, verdaderos primarios, ya no se quería que el país tuviese sabios, escritores, artistas, filósofos, humanistas: sólo quería tener escueleros. ¡Escuelas y más escuelas! pedían los bárbaros en coro y combatían la creación de nuevas universidades... Era una cosa "requetesabida" que la gloria de los pueblos no dependía de que el rebaño supiese leer, sino del valimiento de sus espíritus superiores".

Aunque la expresión de D. Nilamón peque de paradógica —y no puedo ser yo quien se lo reproche— en el fondo no le falta razón. El problema de la incultura no es precisamente el del analfabetismo, ni son más cultos aquellos pueblos en que hay más tanto por ciento de los que saben leer y escribir. Hay que ver lo que leen y lo que escriben.

"—Estamos en una era científica, sentenció el director.

"—Mediocre querrá decir, contestó el médico.

"Y continuó con el normalismo, que propendía a las más pretenciosa y vulgar forma de cultura. Un poquito de todo, pero eso sí, todo muy ordenado y encajado en la cabeza".

¡Claro está! Como que aquí el método, es decir, el camino lo es todo. ¡El método por el método mismo! Lo que importa es el camino y no lo que por él se transporte. Hace ya unos años, en mi novela "Amor y pedagogía" hice decir a un personaje de ella que el fin del hombre es la ciencia y el fin de la ciencia catalogar el universo para devolvérselo a Dios en orden. Y es que parece mentira la importancia que a los trabajadores de catalogación y clasificación se les da en las tristes épocas de esterilidad creativa mental. Lo mismo Comte que Spencer se preocuparon del problema (!!!) de la clasificación de las ciencias. Y para nuestros pedagogos lo más importante parece ser a qué clase, a qué género, a qué especie pertenece algo. El problema del conocimiento parece reducirse para ellos como para Spencer —este hombre fundamentalmente afilosófico— se reducía a una cuestión de clasificación.

La base del pedagogismo, por lo menos entre nosotros, es un árdido y sórdido formalismo. En la pedagogía al uso todo es formal, puramente formal. Es algo así como la disciplina militar. Lo interesante para nuestros pedagogos parece ser, no lo que se ha de enseñar, sino cómo se ha de enseñar. Y yo estoy convencido que del "qué" saca cualquier hombre medianamente listo el "cómo", y en cambio no hay manera de sacar del "cómo" el "qué". Eso de que hay quienes saben bien una doctrina, pero no enseñarla, es casi siempre una falsedad. La experiencia me ha enseñado que la mayor parte de las veces en que dice de uno que sabe algo, pero no sabe enseñarlo, o es que en realidad no lo sabe bien o no quiere enseñarlo. Y contra la falta de voluntad no sirve la

pedagogía. Y en cambio he visto que los que enseñan bien lo poco que saben **no** es por pedagogía sino porque saben bien ese poco que enseñan, pues no es saber mucho el saber muchas cosas.

Acostumbro decir a los maestros cuando les hablo de pedagogía, que ésta es como una colección de moldes de quesos de todas formas y tamaños, pero con los cuales no pueden hacer el queso, porque les falta leche y cuajo para hacerlo, mientras que con éstas primeras materias puede, en rigor, hacerse el queso en cualquier recipiente, y si nos apuran hasta a mano.

Un pedagogo español hace pocos años aún famosísimo y que ha hecho no poco daño a la enseñanza con sus procedimientos, acostumbraba usar y abusar de los juegos instructivos en la escuela. Y es natural, se quería enseñar a los niños a aprender jugando y acababan jugando a aprender. Ideó el buen señor para la enseñanza de la historia de España una especie de juego de la rayuela y trazando en el suelo un esquema les iba metiendo aquello de los cartagineses, los romanos, los godos, los árabes, la casa de Austria, etc. Y hube de decirle: "Mire usted, señor mío, usted cree haber inventado su procedimiento para que los niños aprendan esas cosas con menor fatiga y distrayéndose más, pero yo le digo que todo eso, lo mismo aprendido de un modo que otro, es perfectamente inútil y que eso ni es historia de España ni cosa que lo valga. Como no vale la pena de poner la gramática en verso para facilitar su estudio cuando lo derecho es no enseñar gramática y sí la lengua, pues no por saber conjugar y todo eso de la definición del verbo y del adverbio y lo del régimen directo e indirecto, se habla ni se escribe mejor una lengua ni se piensa mejor con ella. "Pero váyale usted a quitar a un pedagogo de la cabeza todas esas martingalas".

Hablando yo una vez con un normalista de la conveniencia de suprimir las escuelas normales y que los futuros maestros estudiasen en nuestros institutos de segunda enseñanza —los liceos franceses— se le ocurrió la estupenda amenidad de decirme que eso no podía ser, porque la física, v. gr., que había que enseñar en la normal, ni era ni podía ser la del instituto. Y al asombrarse de tal proposición, agregó que la física que se enseña en el instituto es una física para saberla y la de la normal una física que se aprende para enseñarla. "¡Tableau!".

Hay un libro de un fuerte e intenso pensador uruguayo, de quien ya os he hablado alguna vez, de D. Carlos Vaz Ferreyra, libro titulado "Ideas y observaciones" que está lleno de sagacísimas notas sobre la plaga del pedagogismo. Es un libro que he recomendado a nuestros maestros y he procurado hacer circular, lo que me han llevado a mal no pocos de nuestros normalistas. Los males tienden a constituir casta. Difícilmente veréis en una normal que se ponga como libro de texto libro que no haya sido escrito por un normalista. Un tratado de física que no esté hecho por un pedagogo parece que no le sirve. Y es que la física suya es física que se aprende no para saberla, sino para enseñarla.

¡Cómo tenía razón don Nilamón al decir que eso del memorismo, de que hablan los pedagogos es una pamplina! "Antes se estudiaba todo de memoria y al pie de la letra. Costaba trabajo, pero pasaban cincuenta años y uno no se olvidaba de lo que aprendió. Además, tal procedimiento desarrollaba la memoria, que es la más alta forma de inteligencia. Las generaciones actuales estudiaban racionalmente, pero el hecho es que salían de los colegios sin saber nada de nada. ¿Qué les quedaba? ¿Ideas generales? ¡Pero si eso de las ideas generales era otra pamplina! Palabras vacías, frases huecas", y si al menos salieran sabiendo ideas generales, como decía D. Nilamón, no sería poco. Pero ni eso.

Hay cosas, en efecto, que no se pueden enseñar si no es de memoria. El hecho, el dato, sólo la memoria se aprende. La conjugación latina, por ejemplo, sólo de memoria cabe aprenderla. Después viene todo análisis de ella. Y lo mismo la tabla de multiplicar, para aprender la cual no hay, dígase lo que se quiera, sino el antiquísimo método de aprenderla cantando: ¡tres por dos, seis!; ¡tres por tres, nueve!; ¡tres por cuatro, doce!; etc. Todo lo otro viene después. Y véase lo que son las cosas; las matemáticas, o siquiera la aritmética y la geometría en que cabría inculcar a los niños verdaderas ideas generales filosóficas, maldito si para ello se las aprovecha. No tenéis sino entrar en una escuela y pedir a un niño que multiplique la fracción decimal periódica pura 0,33... equivalente a un tercio, por tres y que luego se dé cuenta de cómo la fracción resultante 0,99... equivale a la unidad. Una excelente ocasión para embuirle el sentido de la continuidad, corrigiendo la concepción vulgar y práctica de lo discontinuo, de lo discreto, la concepción que sirve de base a la filosofía atomística. Pero nada de esto se hace. O pedidle que sobre un cuadrado dado construya uno de doble área y hacedle ver cómo la diagonal del cuadrado es la raíz cuadrada de dos con relación al lado como unidad y llevadle por ahí a la noción de inconmensurabilidad. Todo esto serviría para dar los principios más elementales, a la vez que los más fundamentales, del cálculo infinitesimal, para afirmar la noción matemática de lo infinito, es decir, de lo contínuo. Pero parece que sólo se enseña matemáticas para fines prácticos. Y este practicismo se paga luego caro.

A los niños no se debe enseñarles sólo para que sepan ganarse la vida y valerse en ésta con lo que aprendan en la escuela; hay que enseñarles también para que adquieran una concepción unitaria y total del universo, para que pueda hacerse una filosofía. Pero no esa pseudo-filosofía cientificista —no científica— hecha con retazos y por procedimientos clasificativos. Cuando en la novela de Gálvez el director, en actitud de hierofante y con acento casi épico exclama: "Y en cuanto a las escuelas normales, sepa el señor que son los únicos lugares, en todo el país, que merecen respeto, pues sólo en ellas se transmiten los conocimientos según métodos rigurosamente científicos", ya sabemos lo que esto de métodos rigurosamente científicos quiere decir en su boca.

Hay, sin duda, en el tipo del director que Gálvez nos presenta algo de caricatura, pero el tipo existe, y existe aquí lo mismo que ahí. Conozco señores de esos capaces de preguntar una tontería tan grande como aquella de: "Señorita Núñez: ¿En qué consiste la introducción recapitulativa?" Lo que no se encuentra aquí es quienes hayan sido positivistas comtianos de esos que usaron para su correspondencia privada el calendario comtiano con lo de mes de Esquilo y mes de Shakespeare. Comte apenas si ha hecho estragos en España; Spencer algo más. Lo que no quiere decir ¡claro está! que nos defendiese de ello ninguna especie de metafísica. Ni aún de teología, dígase lo que se quiera.

Acaso todo esto que vengo diciendo pueda escandalizar a alguien y hacerle creer que yo, que llevo cerca de treinta años dedicado a la enseñanza y he sido rector de una universidad y me he preocupado siempre de problemas de educación, soy un espíritu atrasado, metafísico que diría el director, o un espíritu falso y pedagógico. Pero os digo que, en bien de la cultura, en bien de la instrucción, en bien de la formación intelectual, moral y estética de las generaciones futuras, hay que reaccionar contra todo lo que de pedantesco y de mecánico hay en la flamante pedagogía.

La pedagogía en general me ha parecido una disciplina económica, tendiente a obtener un resultado con el menor esfuerzo, pero con el esfuerzo del que enseña. Sus dichosos métodos se reducen a no tener que poner alma en la enseñanza. Y domina en ella otro error de funestísimas consecuencias, cual es el de querer facilitar en exceso las cosas. Es un mal, y un mal grave, el que se diga y repita al niño que las cosas son fáciles. Hay ocasiones en que es deber del maestro hasta el dificultar. Conviene introducir una concepción de la vida más austera, más ascética. Harto se abusa del juego.

Hay en la novela de Gálvez otras indicaciondes de un punto importantísimo, pero de los más delicados. El director era anticlerical y positivista; "declaraba su indiferencia hacia todas las religiones, pero en el fondo tenía un odio secreto, subterráneo, a la iglesia católica". Y ello es muy natural. Y no sólo porque la especie de filosofía, llamémosla así por eufemismo, que servía de base al normalismo pedagógico del director era en el fondo hostil a toda religión, cuanto porque el magisterio aspira a sustituir al sacerdocio. Cada vez se ve más clara la rivalidad entre el cura y el maestro de escuela. Ambos se disputan el dominio de las almas. Y es muy fácil que salgamos de un mal para ir a caer en otro acaso peor. La tiranía ejercida a nombre de la ciencia no es mejor que la tiranía ejercida a nombre de la fe. Y la pedagogía es tan de temer como la teología.

He leído a uno que reprochaba a Gálvez el que al hablar de la caída de la pobre Raselda, la maestra normal, dice "Pero ella había entrevisto otro culpable quizá mayor que todos ellos: la enseñanza laica. Aquella tarde que se confesó vio el poder enorme de la religión. Si ella hubiese sido una verdadera creyente se habría, quizás, salvado. Había comprendido que existía en los sacramentos una fuerza invisible y poderosa que rechaza el mal, algo inexplicable, tal vez la gracia, que era la mejor defensa contra el pecado. Pero ¡ah! a ella no le habían inculcado la enseñanza religiosa. Hizo la primera comunión, aprendió a rezar, ¿pero luego? La escuela era laica, valía decir atea. Ahora comprendía cómo esa enseñanza conducía a la indiferencia, a la inmoralidad, al crimen mismo". Esto parece escrito desde un punto de vista estrictamente católico, apostólico, romano, y yo no lo suscribiría sin reservas, ciertamente, pero encierra una gran parte de la verdad. Mas como creo que en estas mismas columnas os he hablado de lo que pienso de la enseñanza laica, no es cosa de que vuelva ahora a ello.

Ya sé que tanto acaso a Gálvez como a mí nos sea difícil escapar del dicterio de reaccionarios y otros motes por el estilo. Estoy acostumbrado a ese modo simplista de juzgar a las personas y las cosas, y no por ello dejaré de persistir en mi campaña contra el cientificismo pedantesco, tan fatal para la ciencia misma, de que nos infestó en sus postrimerías el pasado siglo XIX, Si la sólida educación, si una enseñanza que tienda a darnos una concepción racional del universo y a la vez un sentimiento religioso de él y de la vida han de ser eficaces, tienen que desembarazarse de la plaga del metodicismo pedagógico. Nada de esas horribles tecniquerías que sólo conducen a ahogar la libre personalidad humana, la del espíritu que aprende, pero también sueña y aspira y cree y espera y desespera y reza, en fin, para hacerse así su Dios.

Miguel de Unamuno

BIBLIOGRAFIA

Ediciones más importantes de *La maestra normal*.

Gálvez, Manuel. *La maestra normal*. Vida de provincia. Buenos Aires: Sociedad Cooperativa "Nosotros", 1914. 400 pp. En la "Advertencia" de dos páginas, Gálvez afirma que los nombres en la novela son ficticios y que La Rioja no es típica de todas las provincias del interior.

—*La maestra normal*. Vida de provincia. Buenos Aires: Agencia General de Librería y Publicaciones, 1918. 400 pp. La portada reza "Edición corregida y con un retrato del autor." Esta, y todas las ediciones posteriores, no llevan la "Advertencia."

—*La maestra normal*. Vida de provincia. Buenos Aires: Editorial Patria, 1921. 366 pp. Es Volumen VI de la Biblioteca de Novelistas Americanas y es la "Edición definitiva." Con algunas pequeñas correcciones, el texto es el mismo que el de las ediciones anteriores.

—*La maestra normal*. Buenos Aires: Agencia de Librería y Publicaciones, 1925. 345 pp.

—*La maestra normal*. Buenos Aires: Editorial Tor, 1933. 302 pp.

—*La maestra normal*. Buenos Aires: Editorial Tor. No lleva fecha, pero será de 1936 o 1937. 302 pp. La cubierta tiene una silueta de la protagonista Raselda.

—*La maestra normal*. Buenos Aires: Editorial Tor, 1939. 302 pp.

—*La maestra normal*. Buenos Aires: Editorial Tor, 1950. 283 pp. La cubierta tiene una pintura de Raselda tocando la guitarra.

—*La maestra normal*. Buenos Aires: Editorial Losada. 1964. 272 pp. Forma parte de la Biblioteca Contemporánea.

En antologías

Maestros del idioma: Argentinos, americanos y españoles contemporáneos, ed. Germán Berdiales. Buenos Aires: Editorial Kapelusz, 1935. Pp. 41-42. Dos páginas sacadas de la Primera Parte, Capítulo I de *La maestra normal* están incluidas en esta antología de la literatura hispánica. Son páginas 8 y 9 de la Editorial Tor, 1933 ("El paisaje, además, era muy monótono" hasta las palabras "bajo el crujir del tigre próximo.")

En traducción:

Il Libro della Pampa: Antología di Scrittori Argentini. Scelta, tradotta e presentata da Gherardo Marone. Vol. II. Lanciano: Editore Gino Carabba, 1937. Pp. 144-177. Aparecen capítulos 1, 2 y 3 de *La maestra normal* en versión italiana.

Bibliografía crítica sobre Manuel Gálvez

Alegría, Fernando. "Manuel Gálvez," en *Breve historia de la novela hispanoamericana*. México: Ediciones de Andrea, 1959. Pp. 107-112.

Anzoátegui, Ignacio B. *Manuel Gálvez*. Buenos Aires: Ediciones Culturales Argentinas. 1961.

Barbagelata, Hugo, "Manuel Gálvez," en *La novela y el cuento en Hispanoamérica*. Montevideo: Enrique Miguez, 1947. Pp. 89-97.

Blanco-González, Bernardo. "Manuel Gálvez (1882-1962)." *Revista Iberoamericana* 19 (Julio 1963): 311-315.

Bonet, Carmelo, "La novela," en *Historia de la literatura argentina*, ed. Rafael A. Arrieta. Buenos Aires: Editorial Peuser, 1959. IV. Pp. 260-269.

Brown, Donald, "The Catholic Naturalism of Manuel Gálvez." *Modern Language Quarterly*, IX, No 2 (1948): 165-176.

Carrero del Mármol, Elena. "Gálvez y Mallea: Imágenes de la Argentina." *Duquesne Hispanic Review* 2 (1963): 167-178.

Cejador y Frauca, *Historia de la lengua y literatura castellana*. Madrid: Revista de Archivos, Bibliotecas y Museos, 1920. Vol. XII, pp. 216-217.

Crawford, William Rex. "Manuel Gálvez." En *A Century of Latin American Thought*. Cambridge: Harvard University Press, 1961. Pp.149-164.

Chapman, Arnold. "Manuel Gálvez y Eduardo Mallea." *Revista Iberoamericana* 49 (1953): 71-78.

Desinano, Norma, *La novelística de Manuel Gálvez*. Santa Fe: Universidad Nacional del Litoral, 1965.

Díez-Echarri, Emiliano, "Manuel Gálvez," en *Historia de la literatura española e hispanoamericana*, Madrid, Aguilar, 1960, pp. 1406-1409.

Foster, David William. "Ideological Ruptures in Manuel Gálvez's *Historia de arrabal*: Linguistic Conventions." *Hispanic Journal* 4 (Spring 1983): 21-27.

Galaos, José Antonio. "Manuel Gálvez: novelista-cronista de Buenos Aires." *Cuadernos Hispanoamericanos* 57 (1964): 344-355.

García, Germán. *La novela argentina: Un itinerario*. Buenos Aires: Editorial Sudamericana, 1952. Pp. 117-125.

Ghiano, Juan Carlos. "Vigencia de la obra literaria de Gálvez." *Boletín de la Academia Argentina de Letras* 47 (Julio-Dic 1982): 215-227.

Gorosito Heredia, "Nuestros escritores: Manuel Gálvez," en *Histonium* 10, No. 109 (Junio 1948): 434-435.

Jaimes Freyre, Mireya, "Gálvez y su laberinto," *Revista Iberoamericana* 18 (1953), 315-337.

Jiménez, Luis A. *"Literatura y sociedad en la narrativa de Manuel Gálvez."* Disertación de Ph.D., Johns Hopkins University, 1976.

Jitrik, Noé, "Los desplazamientos de la culpa en las obras sociales de Manuel Gálvez," en *Duquesne Hispanic Review*, II, No. 1 (1963), 143-166.

Kisnerman, Natalio. *Bibliografía de Manuel Gálvez*. Buenos Aires: Fondo Nacional de Las Artes, 1963.

Kobzina, Norma G., "An Argentine *Nana*: Gálvez y Zola." *Revista de Estudios Hispánicos* 10 (1976): 163-179.

Lafforgue, Jorge y Rivera, Jorge B., "Manuel Gálvez y la tradición realista." En *Historia de la literatura argentina*, Vol. 3. Buenos Aires: Centro Editor de América Latina, 1981. Pp. 201-216.

Lichtblau, Myron. *Manuel Gálvez*. New York: Twayne Publishers, 1972.

Lichtblau, Myron. "Manuel Gálvez y la soledad interior," en *Anuario Humánitas* (Nuevo León, México), 1969. Pp. 401-408.

Lichtblau, Myron. "Spanish Reaction to Manuel Gálvez's *El solar de la raza*." *Symposium* (Summer 1975), 131-138.

Megenney, William W., ed. *Manuel Gálvez*. University of California Commemorative Series. Riverside: University of California, 1983.

Olivari, Nicolás y Stanchina, Lorenzo, *Manuel Gálvez: Ensayo sobre su obra*. Buenos Aires: Agencia General de Librería y Publicaciones, 1924.

Prieto, Adolfo. *Estudios de literatura argentina*. Buenos Aires: Editorial Galerna, 1969. Sobre Gálvez, pp. 9-27.

Puente, Joseph E. *Estudio crítico-histórico de las novelas de Manuel Gálvez*. Miami: Ediciones Universal, 1975.

Roggiano, Alfredo, "Manuel Gálvez," en *Diccionario de la literatura latinoamericana: Argentina*. Washington, D.C.: Unión Panamericana, 1961. II. Pp. 92-98.

Schwartz, Kessel. "Two Faces of Feminism in the 1920's." *Revista de Estudios Hispánicos* 13 (1979): 461-471.

Spell, Jefferson Rea, "City Life in the Argentine as Seen by Manuel Gálvez." en *Contemporary Spanish-American Fiction*: Chapel Hill, University of North Carolina Press, 1944. Pp. 15-63.

Torres-Ríoseco, Arturo, "Manuel Gálvez." en *Grandes novelistas de la América Hispana*. Vol. 2. Berkeley: University of California Press, 1943. Pp . 137-160.

Varios. *Manuel Gálvez*. Número especial de la revista *Symposium*, XXXVI, No. 4 (Winter 1982/83), dedicado a la vida y obra de Gálvez. Entre los ensayos figuran los siguientes: Blasi, Alberto, "La correspondencia inédita Manuel Gálvez —Valery Larbaud," pp. 287-300; Carlos, Alberto J., "*Nacha Regules y Santa*: Problemas de intertextualidad," pp.301-07; Cuperman, Pedro, "Manuel Gálvez: Novela y Lenguaje," pp. 309-314; Ferrán, Jaime, "La poesía de un novelista," pp. 315-319; Goldman, Peter B., "Beyond Buenos Aires: Gálvez in the Broader Context," pp. 320-329; Lagos Pope, María Inés, "Historia y escritura: Sarmiento y Gálvez, pp. 330-338; Lichtblau, Myron, "Manuel Gálvez: Su posición en la literatura hispanoamericana," pp. 339-344; Minc, Rose S., "De *La maestra normal* a *Perdido en su noche*:Arquetipos en progresión retrogresiva," pp. 345-351. Walker, John, "Gálvez, Barrios, and the Metaphysical Malaise," pp. 352-358; y Adorno, Rolena K., "Behind the Mask: A Concluding Remark on the Gálvez Symposium," pp. 359-360.

Vidal, Hernán. "El naturalismo historicista en *Caminos de la muerte* de Manuel Gálvez."*Hispano 38* (1970): 59-67.

Walker, John. "Ideología y metafísica en Manuel Gálvez: Una síntesis novelística."*Revista Canadiense de Estudios Hispánicos* 10 (Spring 1986): 475-490.

Zum, Felde, Alberto, "Manuel Gálvez."en *Indice crítico de la literatura hispanoamericana: La narrativa*. México: Editorial Guaranía, 1959. Pp. 217-225.

Artículos y comentarios periodísticos sobre La *maestra normal*

Alomar, Gabriel. "Una novela pedagógica: *La maestra normal*.". *El imparcial* (Madrid), 11 feb. 1918.

Blomberg, Héctor Pedro. "Heroínas de la novela americana: Raselda." *Para Ti* (Buenos Aires), 8 de mayo 1923.

C, R. "La maestra normal. Vida Intelectual." *La Tribuna de Buenos Aires*, 8 dic. 1914.

Gabriel, José. "Los buenos libros: *La maestra normal*." *La Unión* (Buenos Aires), 25 nov. 1914.

Gálvez Manuel. "A propósito de las apreciaciones que en *El Pueblo* (8-10 dic. 1914) se hicieron sobre la novela *La maestra normal*. "*El Pueblo*, 20 dic. 1914.

Garrido de Peña, Carlota. "La institución normal argentina. "*Los Principios* (Córdoba), 26 junio 1915.

Guillot, Victor Juan. "La maestra normal." *Crítica* (Buenos Aires), 4 feb. 1915.

Haraux, Arturo. "La maestra normal." *Humanidad Nueva* (Buenos Aires), Enero 1915.

Leal, Luis. "Tradición y cosmopolitismo en *La maestra normal*." En *Manuel Gálvez*. Riverside: University of California, 1983. Pp. 65-79.

Loucan, Enrique de. "La maestra normal." *La Gaceta de Buenos Aires*, 24 Dic 1914.

Lugones, Leopoldo. "Por la verdad y la justicia." *La Nación*, 13 Junio 1915.

Mas y Pi, Juan. "Una novela argentina: *La maestra normal*." *El diario español* (Buenos Aires), 15 Nov. 1914.

Melián Lafinur, Alvaro. "La maestra normal." *Nosotros* 17 (Enero 1915): 95-100.

Monner Sans, José María. "*La maestra normal* de Gálvez: Breves anotaciones críticas." Buenos Aires: Escoffier, Caracciolo, 1915).

Mouliá, Enrique de. "La maestra normal." *La Tribuna* (Buenos Aires), 28 Dic. 1915.

Núñez Regueira, Manuel (seud. Electron). "La maestra normal." *La Capital de Rosario*, 17 Dic. 1914.

Obertí, Tomás. "¿Por qué caen las mujeres?" *Atlántida* (Buenos Aires), 15 agosto 1918.

Obligado, Pedro Miguel. "La maestra normal." *Nosotros* 17 (15 Junio): 314-316.

Rodríguez del Busto, N. "La maestra normal." *La Gaceta de Tucumán*, 9 Mayo 1915.

Scotti, C. M. "*La maestra normal* de Gálvez." *Ideas* 1 (Sept. 1915): 107.

Testena, Falco. "Di un libro e un autore argentino: *La maestra normal* di Manuel Gálvez." *La Patria degli Italiani*, 30 Nov. 1914.

Torrendell, J. "El libro de la semana: *La maestra normal*." *Atlántida* (Buenos Aires), 11 Julio 1918.

Unamuno, Miguel de. "La plaga del normalismo." *La Nación* (Buenos Aires), 8 Junio 1915.

Vega, José V. de la. "La maestra normal." *La Capital de Rosario*, 26 Dic. 1914.

Z, G. M. "Las ideas educacionales del señor Lugones." *Nueva Epoca* (Santa Fe), 15 Junio 1915.

Referencias anónimas en periódicos. (arregladas en orden alfabético según el nombre del periódico.

Anon. "*La maestra normal.*" *La Acción de Paraná*, 22 Dic. 1914.
— "En Synamerikansk roman om Yrkeskvinmen." *Aften-posten* (Oslo), 24 Julio 1939.
— "La novela *La maestra normal.*" *La Argentina*, 8 Dic. 1914.
— "*La maestra normal* de Manuel Gálvez." *El Argentino* (La Plata), 26 Dic. 1914.
— "*La maestra normal* de Manuel Gálvez." *La Capital* (Rosario), 21 Nov. 1914.
— "Un nuevo libro de Manuel Gálvez: *La maestra normal.*" *La Capital* (Rosario), 4 Dic. 1914.
— "*La maestra normal.*" *El Diario de Buenos Aires*, 17 Nov. 1914.
— "Por la escuela laica y sus servidores." *El Diario de Buenos Aires*, 20 Nov. 1915.
— "Una novela argentina: *La maestra normal.*" *El Diario Español*, 10 Oct. 1914.
— "*La maestra normal.*" *La Gaceta de Tucumán*, 20 Dic. 1914.
— "*La maestra normal.*" *La Libertad* (Córdoba), 4 Enero 1915.
— "*La maestra normal*: Novela argentina." *La Libertad* (Santiago de Estero), 30 Dic. 1914.
— "*La maestra normal.*" *La Nación* (Buenos Aires), 3 Dic. 1914.
— "A propósito de *La maestra normal*". *Nosotros* 17 (Junio 1915).
— Una novela nacional: "*La maestra normal* de Manuel Gálvez." *Nueva Epoca* (Santa Fe), 28 Nov. 1914.
— "De un libro: *La maestra normal.*" *Nueva España* (Rosario), 22 Nov. 1914.
— "Los libros nuevos: *La maestra normal* de Manuel Gálvez." *El Orden* (Tucumán), Dic. 1914.
— "*La maestra normal* de Manuel Gálvez." *La Prensa* (Buenos Aires), 22 Enero 1915.
— "El normalismo y la neutralidad: Enormidades nunca vistas." *Los Principios* (Córdoba), 22 Junio 1915.
— "*La maestra normal* de Manuel Gálvez." Letras Nacionales. *El Pueblo* (Buenos Aires), 8-10 Dic. 1914.
— "*La maestra normal.*" Sección Bibliográfica. *La Razón* (Buenos Aires), 9 Nov. 1914.
— "*La maestra normal.*" *La Razón* (Buenos Aires), 4 Enero 1915.

— "Un libro de Manuel Gálvez: *La maestra normal.*" *La Razón* (Montevideo), 30 Enero 1915.
— "*La maestra normal.*" Bibliografía. *La Reacción* (Rosario), 28 Nov. 1914.
— "*La maestra normal* de M. Gálvez." *Revista de Letras*, 12 Dic. 1914.
— "*La maestra normal.*" *Santa Fe*, Nov. 1914.
— "*La maestra normal* de Manuel Gálvez." Sección Bibliográfica, *La Unión* (Buenos Aires), 22 Nov. 1914.
— "Nueva Obra de Manuel Gálvez." *La Voz del Interior* (Córdoba), 8 Nov. 1914.
— "*La maestra normal* de Manuel Gálvez." *La Voz del Interior* (Córdoba), 20 Enero 1915.

Cartas escritas a Manuel Gálvez referentes a *La maestra normal*.
Se encuentran en la Sala Gálvez de la Academia Argentina de Letras.

Remitente:
    Hector Pedro Blomberg. 5 Feb. 1916.
    Arturo Capdevila. 17 Nov. 1914.
    Juan Manuel Dávalos. 7 Abril 1915.
    Arturo Cabrero Domínguez. 12 Sept. 1949.
    Andrés González Blanco. 24 Enero 1915.
    Martiniano Leguizamón. 15 Nov. 1914.
    Luis Méndez Calzada. 14 Enero 1915.
    Pedro Miguel Obligado. 14 Abril 1915.

OBRAS DE MANUEL GALVEZ

Obras de ficción

La maestra normal. Buenos Aires: Sociedad Cooperativa Nosotros, 1914.
El mal metafísico. Buenos Aires: Sociedad Cooperativa Nosotros, 1916.
La sombra del convento. Buenos Aires: Sociedad Cooperativa Nosotros, 1917.
Nacha Regules. Buenos Aires: Editorial Pax, 1919.
Luna de miel y otras narraciones. Buenos Aires: Biblioteca de Novelistas Americanos, 1920.

La tragedia de un hombre fuerte. Buenos Aires: Biblioteca de Novelistas Americanos, 1922.

Historia de arrabal. Buenos Aires: Agencia General de Librería y Publicaciones, 1922.

El cántico espiritual. Buenos Aires: Agencia General de Librería y Publicaciones, 1923.

La pampa y su pasión. Buenos Aires: Agencia General de Librería y Publicaciones, 1926.

Una mujer muy moderna. Buenos Aires: Editorial Gleizer, 1927.

Los caminos de la muerte. Buenos Aires: La Facultad, 1928.

Humaitá. Buenos Aires: La Facultad, 1929.

Jornadas de Agonía. Buenos Aires: La Facultad, 1929.

Miércoles Santo. Buenos Aires: La Facultad, 1930.

El gaucho de Los Cerrillos. Buenos Aires: La Facultad, 1931.

El General Quiroga. Buenos Aires: La Facultad, 1932.

Cautiverio. Buenos Aires: Sociedad Amigos del Libro Ríoplatense, 1935.

La noche toca a su fin. Buenos Aires: Editorial Cabaut, 1935.

Hombres en soledad. Buenos Aires: Club del Libro, 1938.

La ciudad pintada de rojo. Buenos Aires: Instituto Panamericano de Cultura, 1948.

La muerte en las calles. Buenos Aires: El Ateneo, 1949.

Tiempo de odio y angustia. Buenos Aires: Espasa-Calpe Argentina, 1951.

Han tocado a degüello. Buenos Aires: Espasa-Calpe Argentina, 1951.

Bajo la garra anglo-francesa. Buenos Aires: Espasa-Calpe Argentina, 1953.

Y así cayó don Juan Manuel. Buenos Aires: Espasa-Calpe Argentina, 1954.

Las dos vidas del pobre Napoleón. Buenos Aires: Editorial Losada, 1954.

El uno y la multitud. Buenos Aires: Ediciones Alpe, 1955.

Tránsito Guzmán. Buenos Aires: Ediciones Theoría, 1956.

Perdido en su noche. Buenos Aires: Editorial Sudamericana, 1958.

Me mataron entre todos. Buenos Aires: Emecé Editores, 1962.

La locura de ser santo. Buenos Aires: Ediciones Puma, 1967.

La gran familia de los Laris. Buenos Aires: EUDEBA, 1973.

Poesía

El enigma interior. Buenos Aires: Edición privada, 1907.
El sendero de humildad. Buenos Aires: A. Moen, 1909.
Poemas para una recién llegada. Buenos Aires: Ediciones Theoría, 1957.

Drama

Nacha Regules. Buenos Aires: Agencia General de Librería y Publicaciones, 1924.
El hombre de los ojos azules. Buenos Aires: La Facultad, 1928.
Calibán. Buenos Aires: Edición privada, 1943.

Biografía

Vida de Fray Mamerto Esquiú. Buenos Aires: Editorial Tor, 1933.
Vida de Hipólito Yrigoyen. Buenos Aires: Editorial Tor, 1939 .
Vida de don Juan Manuel de Rosas. Buenos Aires: El Ateneo, 1940.
Vida de don Gabriel García Moreno. Buenos Aires: Editorial Difusión, 1942.
Vida de Aparicio Saravia. Buenos Aires: Edición privada, 1942.
Vida de Sarmiento. Buenos Aires: Emecé Editores, 1945.
José Hernández. Buenos Aires: La Universidad, 1945.
Don Francisco de Miranda. Buenos Aires: Emecé Editores, 1947.
El santito de la toldería. Buenos Aires: Poblet, 1947.

Ensayos

El diario de Gabriel Quiroga. Buenos Aires: A. Moen, 1910.
El solar de la raza. Buenos Aires: Sociedad Cooperativa Nosotros, 1913.
La inseguridad de la vida obrera. Buenos Aires: Alsina, 1913.
La vida múltiple. Buenos Aires: Sociedad Cooperativa Nosotros, 1916.
El espíritu de aristocracia y otros ensayos. Buenos Aires: Agencia General de Librería y Publicaciones, 1924.
Este pueblo necesita. Buenos Aires: A. García Santos, 1934.
La Argentina en nuestros libros. Santiago de Chile: Editorial Ercilla, 1935.
España y algunos españoles. Buenos Aires: Editorial Huarpes, 1945.
El novelista y las novelas. Buenos Aires: Emecé Editores, 1949 .

Memorias

Recuerdos de la vida literaria. Consta de cuatro volúmenes:
Amigos y maestros de mi juventud, 1900-1910. Buenos Aires: Kraft, 1944.
En el mundo de los seres ficticios. Buenos Aires: Hachette, 1961.
Entre la novela y la historia. Buenos Aires: Hachette, 1962.
En el mundo de los seres reales. Buenos Aires: Hachette, 1965.

SUMARIO

Prefacio	5
Estudio preliminar	7
La maestra normal	31
Una opinión de Unamuno	283
Bibliografía	289
Ediciones de La *Maestra Normal*	289
Bibliografía crítica sobre Manuel Gálvez	290
Obras de Manuel Gálvez	295